ILONA SCHMIDT

Die Hexentochter und die Fränkische Krone

DIE VESTE MUSS FALLEN ... Franken um 1634. Wieder stehen die kaiserlichen Truppen vor Coburg, um endlich die Veste der sächsischen Herzöge für den Kaiser einzunehmen. Während die Bürgermeister vergeblich auf Hilfe von ihrem Herzog hoffen, bereitet sich die Bevölkerung auf Hunger und Tod vor.

Inmitten der Wirren lebt die Bürgermeistertochter Elisabeth mit dem Stigma, ein Hexenkind zu sein. Als sie anfängt, den viele Jahre zurückliegenden Flammentod ihrer Mutter zu hinterfragen, soll sie just den Mann heiraten, der ihre Mutter damals angeklagt hatte. In ihrer Not vertraut sie sich ausgerechnet zwei Feinden an, die sie für ihre Verbündeten hält. Doch die haben anderes im Sinn. Hannes Freymann will Rache an dem schwedischen General nehmen, der seine Heimat verwüstet hat, und Freiherr Karl Köckh ist heimlich im Auftrag des bayerischen Kurfürsten unterwegs, der den Kaiserlichen misstraut. Da wird Elisabeths Vater sterbenskrank und sie begreift, dass ihr die Feinde näher sind, als sie glauben kann ...

In München geboren, lebte Ilona Schmidt viele Jahre in Nürnberg. Nach dem Studium der Chemie in Erlangen zog sie berufsbedingt nach Coburg. Heute arbeitet sie für einen amerikanischen Konzern und bereist die Welt. Ihre Liebe zum Krimi und für das Abenteuer lebt sie in ihren Romanen aus.

ILONA SCHMIDT

Die Hexentochter und die Fränkische Krone

Historischer Roman

Immer informiert

Spannung pur – mit unserem Newsletter informieren wir Sie
regelmäßig über Wissenswertes aus unserer Bücherwelt.

Gefällt mir!

Facebook: @Gmeiner.Verlag
Instagram: @gmeinerverlag
Twitter: @GmeinerVerlag

Besuchen Sie uns im Internet:
www.gmeiner-verlag.de

© 2023 – Gmeiner-Verlag GmbH
Im Ehnried 5, 88605 Meßkirch
Telefon 0 75 75 / 20 95 - 0
info@gmeiner-verlag.de
Alle Rechte vorbehalten
1. Auflage 2023

Herstellung: Mirjam Hecht
Umschlaggestaltung: U.O.R.G. Lutz Eberle, Stuttgart
unter Verwendung eines Bildes von: © Anneka / shutterstock.com
und https://commons.wikimedia.org/wiki/File:Coburgprint1small.
jpg?uselang=de
Druck: GGP Media GmbH, Pößneck
Printed in Germany
ISBN 978-3-8392-0344-6

Prolog
Juli 1625

1 Andreas

ES HÄTTE NIEMALS so weit kommen dürfen. Andreas Bachenschwanz schlurfte durchs Steintor, hinter dem Hexenkarren her, wobei ihm die Sommerschwüle Schweißperlen auf die Stirn trieb. Das Hemd klebte an seinem Körper, aber es wäre ungehörig gewesen, die schwarze Jacke auszuziehen. Mit letzter Willenskraft erstieg er die Anhöhe mit dem Galgen darauf. Heute erschien ihm die Hohe Straße staubiger und beschwerlicher zu sein als sonst, und auch die silberne Bürgermeisterkette wog schwerer denn je.

Auf dem mannshoch gemauerten Rund des Schafotts ragte das quadratische Holzgestänge, an dem gleichzeitig vier Verurteilte aufgehängt werden konnten, gen Himmel. Direkt daneben stakte aus einem Stroh- und Reisigwall der rußgeschwärzte Brandpfahl, der die Seele seiner Frau reinigen sollte. Ein Abgeurteilter aus der vergangenen Woche baumelte in der Mittagsglut. Sein von Krähen zerhacktes Gesicht grinste Andreas ekelerregend an. Ein bestialischer Gestank umgab diesen furchtbaren Ort, den Andreas bislang wie die Pest gemieden hatte. Heute jedoch musste er hier sein. Heute musste er diesen Leidensweg gehen, denn vor ihm ratterte das Ochsengespann mit dem Käfig, in dem seine Agnes hockte, einem grauenvollen Ziel entgegen. Begleitet wurde der Zug von Soldaten der Stadtwache, die in ihren gelb-schwarz gestreiften Uniformen und den Piken an riesige Wespen erinnerten.

Die Zunge klebte Andreas trocken am Gaumen, während er sich mit einem Tuch den Schweiß von der Stirn wischte.

Ihm folgten die Bürger Coburgs, deren Schmährufe sich mit dem Quietschen und Knarren des Gefährts vermischten. Andreas warf einen Blick zurück. Er kannte sie alle: die Mitglieder des Schöppenstuhls in ihren schlichten schwarzen Roben, die anderen vier Bürgermeister der Stadt, darunter der derzeit vorsitzende, die Bäcker, die Fleischer, die Handwerker. Einer aus dieser Prozession hatte seine Agnes denunziert.

Das lange Haar zerzaust und verklebt, starrte sie ihn aus blutunterlaufenen Augen an. Er wich ihrem Blick aus. Mit beiden Händen hielt sie die Metallstäbe des Käfigs umklammert. Ihr schmaler Körper steckte in einem zerschlissenen Kleid. Das einst wunderschöne Gesicht war vor Angst verzerrt, die Haut spannte grau über ihre Knochen. Von der Fratze des Teufels konnte er nichts entdecken, aber schon bald würden sie das Böse aus seiner Agnes heraustreiben.

Als sich der Zug der Hinrichtungsstätte näherte, flüchteten einige Drosseln aus der Brombeerhecke, die den Weg säumte, und eine Schar Spatzen flatterte unter lautem Protest von einem Haufen Pferdeäpfel hoch.

Eine schmale Hand schob sich in seine, und er umschloss sie zögerlich. Elisabeth stolperte in ihren neuen Schühchen und fiel auf die Knie. Hastig zog er sie wieder auf die Beine. Ihre rotbraunen Locken steckten unter einer schwarzen Haube, die blassen Wangen schimmerten nass.

»Warum hast du die Kleine mitgenommen?«, sprach ihn sein alter Freund Matthäus Sommer von der Seite an. »Muss sie das unbedingt sehen?«

Andreas zuckte zusammen, denn er hatte ihn bislang nicht bemerkt. »Der Geheimrat meint, es sei das Beste, damit der Teufel nicht auch noch von dem Kind Besitz ergreift«, antwortete er heiser.

Als Beisitzer des Schöppengerichts und Geheimrat des Herzogs hatte Dr. Wolffrum in einer Sitzung auf Elisabeths Teilnahme bestanden, und es hatte keine Gegenstimme gegeben.

»Sie ist erst neun.« Matthäus ließ nicht locker. »Noch nicht einmal eine Frau.«

Unangenehm berührt wandte sich Andreas ab. Elisabeth war das einzige Kind, das Agnes ihm in ihrem Wahn gelassen hatte. Alle anderen lagen auf dem Salvatorfriedhof im Familiengrab. Ermordet von ihrer Hexenmutter, die der Satan zu solch frevelhaftem Tun verführt hatte. So hatte die Anklage gelautet. Nachdem Agnes die Finger mehrmals gebrochen worden waren und das glühende Eisen auf dem einst makellosen Körper gewütet hatte, war ihr Widerstand erstorben und sie hatte alles zugegeben.

»Habt Ihr davon gewusst, Herr Bürgermeister?«, hatte Dr. Wolffrum gerufen, als ihr Geständnis verlesen worden war. Nein, beileibe nicht. Andreas hatte nichts von der Besessenheit seiner Frau bemerkt. Selbst dann nicht, als das Getuschel in seiner Umgebung lauter geworden war. Doch zu diesem Zeitpunkt hatte er alle Verdächtigungen noch als dummen Stadttratsch abgetan.

Fast hätte er deswegen sein Amt verloren, was sein Ruin gewesen wäre. Er, der Bürgermeister und Nachkomme einer alteingesessenen Patrizierfamilie, sollte eine Hexe geheiratet haben? Unmöglich.

Augenblicklich mischte sich Wut ins Durcheinander seiner Gefühle. Agnes hatte Schande über ihn gebracht und ihn den absurdesten Verdächtigungen preisgegeben. Sie hatte ihm geschadet, ebenso ihrer Tochter, der für immer das Stigma des Hexenkindes anhaften würde.

Agnes biss sich in die Faust. Mitleid suchte sein Herz zu erweichen, aber gegen den Teufel war kein Kraut gewachsen, da half nur das Feuer.

Der Karren hielt an. Unter dem Gemurmel der Menge bildete die Stadtwache ein Spalier. Zwei der Soldaten öffneten die Käfigtür und zerrten Agnes an ihren blutverschmierten Händen heraus. Sie schrie auf, an ihren Unterschenkeln rann Urin zu Boden.

Ein schwarzer Talar über einem feisten Wanst schob sich durch die Menge, der Pfarrer baute sich vor ihr auf. »Bereust du deine Sünden, Agnes Bachenschwanz?«, brüllte er, damit es jeder hören konnte.

Ihre Lippen zitterten. »Ich bereue alles. Bitte lasst mich gehen«, flüsterte sie.

Erst jetzt war Andreas fähig, ihr in die Augen sehen, in denen er Angst, Entsetzen und die Frage nach dem Warum las. Sie brach den Blickkontakt zu ihm ab, schwankte, fing sich wieder und hob flehentlich die Hände. »Ich habe nichts von alldem getan. Gütiger Gott im Himmel, du weißt, dass ich die Wahrheit spreche. Warum lässt du das zu?«

»Sogar im Angesicht des Todes verhöhnt diese Teufelshure den Namen des Herrn. Welch ein Frevel!«

Agnes ließ die Arme sinken. »Ich bin keine Hexe!«, schluchzte sie mit überschnappender Stimme.

»Nein, Mutter, das bist du nicht!«, rief Elisabeth. Andreas griff sie an der Schulter und schüttelte sie leicht, um sie zum Schweigen zu bringen.

Agnes drehte ihren Kopf, ein Lächeln blitzte auf, leicht und zart wie ein Schmetterlingsflügel. »Andreas, schick sie heim. Sie soll mich nicht brennen sehen.«

»Schweig, Hexe!«, fuhr sie der Kirchenmann an. »Das Kind

soll den Namen des Herrn rufen, wenn der Teufel aus deinem Leib fährt, damit er sich nicht des Körpers des Mädchens bemächtigt. Die Hinrichtung möge beginnen.«

Die Wachen zerrten die wimmernde Agnes zum Scheiterhaufen und banden sie am Pfahl fest.

Andreas schaute wie versteinert zu. Das Herz schmerzte und Magensäure kratzte in seinem Rachen. Seine Tochter, die wie ein Mehlsack an seiner Hand hing, zitterte und würgte ein unterdrücktes Schluchzen hervor.

Hastig hängte der Scharfrichter ein Beutelchen um Agnes' Hals und tauchte eine zischende Fackel in den mit Schwefel und Schwarzpulver durchsetzten Scheiterhaufen. Die ersten Flammen loderten auf, und der Gestank von Holz, Schwefel und versengtem Haar stach in Andreas' Nase. Unwillkürlich trat er einen Schritt zurück.

»Was hast du ihr da umgehängt?«, keifte der Pfaffe den Henker an. Zu spät. An dem von Andreas bezahlten Gnadenakt war nichts mehr zu ändern, denn die Flammenwand verhinderte jegliche Annäherung.

Agnes hustete, schrie, sank in sich zusammen und bäumte sich auf. »Gott wird euch strafen ... für eure Lügen ... eure Verleumdungen ... eure Gier. Eure Höfe werden brennen ... Hungersnot wird ausbrechen ... und die Pest! Der Sensenmann kommt, hält reiche Ernte! Und Krieg wird's geben – Krieg!«

Neben Andreas sank Elisabeth ohnmächtig in den Staub.

Die schöne Mathilde eilte herbei und hob das Mädchen auf. »Schluss mit dem Unsinn. Ich nehme die Kleine mit zu mir nach Hause.« Ihrer resoluten Stimme wagte niemand zu widersprechen; selbst der Geheime Rat Dr. Wolffrum nicht. Die junge Witwe forderte einen der Umstehenden auf, Elisabeth zu tragen.

Agnes war inzwischen vollkommen von Flammen eingehüllt, ihre Schreie wurden unerträglich. Mit einem lauten Zischen verpuffte das Schwarzpulver in dem Beutel und erlöste sie von ihren Qualen.

Hilflos und erschöpft schleppte sich Andreas hinter der sich auflösenden Menschenmenge her. Die Schöffen und Stadtknechte zogen angeregt plaudernd in Richtung Ratskeller, in dem sie ihre Gerichtsmahlzeit einnehmen würden – ohne ihn, denn ihm war speiübel.

Die Bedrohung
Oktober 1632

2 Karl

Mit einem lauten Knall blieb die Kanonenkugel in der Mauer der Festung stecken. Viele Ellen dick widerstand das Bollwerk allen Versuchen, es zum Einsturz zu bringen.

Freiherr Karl Köckh zu Prunn blickte von der Anhöhe Fürwitz zur Veste Coburg hinüber. Fürwahr ein Witz, denn den dreifachen Mauerring zu sprengen war schier unmöglich. Wenn überhaupt, konnten die Verteidiger nur durch Aushungern zur Aufgabe gezwungen werden – und das würde dauern. Manche Dinge waren eben nicht mit Gewalt zu erreichen.

Gedankenverloren strich sich Karl über den roten Kinn- und Oberlippenbart, der in Kontrast zu seinem schwarzen Haupthaar stand, weswegen er oft gehänselt worden war. Insgeheim ärgerte er sich darüber. Was konnte er für die Farbe seines Barts?

Herbstbunte Wälder umrahmten das groteske Schauspiel. In der Tat ein idyllisches Plätzchen, wären da nicht die Kanonen des Generals Wallenstein, deren Feuer speiende Mündungen auf die Festung gerichtet waren. Die Stadt Coburg duckte sich im Tal hinter der Burg, ebenso wie deren Bürger, die sich vor den Besatzern in ihren Häusern versteckten. Sie hatten nur so lange Widerstand geleistet, bis ihrem Herzog die Flucht gelungen war.

General Wallenstein hieß mit vollem Namen Albrecht Wenzel Eusebius von Waldstein. Er war von Ferdinand II., dem Kaiser des Heiligen Römischen Reichs Deutscher Nation, erneut zum Oberbefehlshaber von dessen Armeen ernannt worden, die tapfer den katholischen Glauben gegen den Protestantismus verteidigten. In Wahrheit ging es darum allerdings schon lange nicht mehr, sondern um Macht und Land.

Wallenstein wetterte lauthals über die Offiziere neben sich. Dass er keiner der gegeneinander kriegführenden Konfessionen zuzuordnen war, war hinlänglich bekannt, aber auf seine Erfahrungen als Heerführer wollte der Kaiser dennoch nicht verzichten. Wallenstein thronte auf einem eigens für ihn besorgten Stuhl, da ihm längeres Stehen angeblich schwerfiel.

Neben dem Feldherrn standen zwei Lakaien, um ihm bei Bedarf eine Erfrischung zu reichen.

»Der Festungskommandant hatte nichts als Spott für mich übrig«, zischte ein Hauptmann mit hochrotem Gesicht. »Als ich ihn aufforderte, die Burg zu übergeben, und ihm drohte, anzugreifen, gab er zur Antwort, ich solle tun, was ich nicht lassen könne.«

Wallenstein kniff die Lippen zusammen. »Die Festung gilt als uneinnehmbar. Mit diesem Wissen hat der Kerl gut reden.«

»Wie wollen wir sie dann in die Knie zwingen?«

Mit einer List, dachte Karl. Ähnlich der, mit der die Griechen Troja erobert hatten. Doch er verbiss sich seine Meinung, denn das stand ihm nicht zu. Man hatte gefälligst zu tun, was einem die hohen Herren befahlen, und ansonsten das Maul zu halten. Karl hatte früh erfahren müssen, was einem blühte, wenn man zu vorlaut war. Für ihn galt es, seinen Herrn, den bayerischen Kurfürsten Maximilian I., zufriedenzustellen, um die Familiengüter zu behalten – selbst wenn dies mitunter schwerfiel.

Zeit, sich bemerkbar zu machen. Karl räusperte sich. »Herr General«, sagte er und deutete eine Verbeugung an.

»Ah, Leutnant Köckh«, antwortete Wallenstein mit ernster Miene. »Ich denke, der Regent der Bayern schickt mir einen seiner besten Leibgardisten nicht ohne Grund. Welche Botschaft bringt Ihr mir?«

»Der Kurfürst ist zum Aufbruch bereit.«

»Sonst nichts?« Wallenstein wischte imaginären Staub von einem seiner Stulpenstiefel und schickte seine Offiziere und die Lakaien fort. Als sie außer Hörweite waren, winkte er Karl zu sich. »In zwei Tagen rücken wir ebenfalls ab, in eine andere Richtung. Das könnt Ihr Seiner Durchlaucht getrost melden. Zieht er wahrhaftig gegen den Schwedenkönig zu Felde?«

»Wie Euch gewiss bekannt ist, Herr General«, antwortete Karl vorsichtig.

Wallenstein winkte ab. »Der Kurfürst von Bayern mag sich um sein Land kümmern, wir nehmen uns die Sachsen vor.«

»Ihr wollt die Veste und somit den Oberst Taupadel erneut unbehelligt lassen?«

Wallenstein legte den Kopf leicht schief und sah Karl prüfend an. »Meint Ihr, er kommt freiwillig heraus?«

»Ihr hattet ihn bei Neumarkt bereits in Eurer Gewalt und habt ihn dann laufen lassen. Zum Dank ist er in die Oberpfalz eingefallen.«

»Eure Heimat?«

»Ist das Altmühltal.«

»Folglich müsstet auch Ihr ein Interesse an der Einnahme der Veste haben, um seiner habhaft zu werden.«

»Gewiss, aber ich gehorche den Befehlen meines Dienstherrn, und der möchte nach Nürnberg.«

»Einen wie Euch könnte ich gut gebrauchen«, antwortete Wallenstein mit einem feinen Lächeln. »Es würde Euer Schaden nicht sein.«

Ein Wechsel zu ihm käme einem Schlag ins Gesicht des Kurfürsten gleich, der Wallenstein seit der Freilassung des für die Schweden kämpfenden Oberst Georg Taupadel zutiefst misstraute. Zumal dies nicht das erste Mal gewesen war, dass der Feldherr ihm die Hilfe versagt und ihn sogar behindert hatte. »Ich habe einen Eid geleistet, Herr General, und den kann ich nicht brechen.«

»Nun gut, Herr Leutnant.« Wallenstein blickte ihn durchdringend an. »Dann würde ich mich beim Kaiser dafür verwenden, Euch davon zu entbinden.«

»Euer Vertrauen ehrt mich, dennoch muss ich ablehnen.«

»Solltet Ihr es Euch anders überlegen, wisst Ihr, wo ich zu finden bin. Ich schätze Männer, die ihren Verstand nutzen und zu ihrem Wort stehen. Mitunter erfordert es ungewöhnliche Maßnahmen, das Richtige zu tun. Geht nun und berichtet Eurem Herrn über unser Gespräch und auch davon, dass ich weiterziehen werde. Um zu erfahren, wohin ich mich als Nächstes wende, wurdet Ihr doch hergeschickt, nicht wahr?«

Ohne darauf einzugehen, verbeugte sich Karl tief und warf zum Abschied einen Blick auf die trutzige Veste. Sie hatte einst Luther beherbergt, der eine Kirchenspaltung nie beabsichtigt hatte. Der würde sich vermutlich im Grab umdrehen, wenn er erführe, dass seinetwegen ein Krieg entbrannt war.

Karls Ritt in die Stadt hinunter führte durch einen Hohlweg, auf dem ihm eine junge Maid entgegenkam. Ihre Haare leuchteten im Licht der untergehenden Sonne. Er erkannte sie als die Tochter eines der fünf Bürgermeister der Stadt wieder. In der Hand hielt sie einen Topf, den sie fest an sich drückte. Sie war hübsch anzusehen, etwas mager zwar, aber das waren heutzutage alle. Ihre rotbraunen Haare waren zu einem Zopf geflochten, der bei jedem ihrer Schritte mitschwang. Freundlich nickte er ihr zu.

»Edler Herr«, sagte sie zaghaft, »verzeiht, dass ich Euch anspreche.«

»Da gibt's nichts zu verzeihen. Was steht an?«

»Ihr gehört doch zum Tross des Kurfürsten. Darf ich erfahren, wann er abzieht?«

Fast hätte Karl laut aufgelacht. »Wenn es ihm beliebt.«

Auf ihrer Nasenwurzel erschienen Fältchen. »Schade. Ich dachte, Ihr könntet es mir verraten.«

»Warum wollt Ihr das wissen? Ihr seid die Tochter eines der Bürgermeister, nicht wahr? Ihr werdet es also früh genug erfahren.«

Ihre Hand fuhr zum Mund. »Es ist nur ... Ach, nichts.«

Seine Neugier war geweckt. »Kann ich helfen?« Das war ihm herausgerutscht, denn als Lutherische stand sie auf der gegnerischen Seite. Doch etwas an ihr erinnerte ihn an seine Frau Rosemarie, die in München auf seine Rückkehr wartete.

»Euch eilt ein gewisser Ruf voraus«, sagte sie.

»Tatsächlich?«, antwortete er amüsiert. »Hoffentlich ein guter.«

»Man sagt, Ihr hättet einen Mörder seiner gerechten Strafe zugeführt.«

»Das ist nichts Außerordentliches.« Er ahnte, worauf sie anspielte: eine Mordserie in einem der Stadtpaläste Münchens. Als der Kurfürst des Geredes über die Missetaten überdrüssig geworden war, hatte er Karl mit der Aufklärung des Falls betraut. Wie aber war diese Information von München nach Coburg gelangt?

Sie blinzelte, schien verwirrt. »Ihr seid demnach für solche Sachen zuständig, oder?«

»Lediglich wenn ich von Seiner Durchlaucht beauftragt werde.«

»Könntet Ihr eine Ausnahme machen?«

»Das wird kaum möglich sein. Ich befinde mich hier auf feindlichem Boden und habe im Herzogtum Coburg keinerlei Handhabe.«

»Ihr habt uns besiegt, also seid Ihr jetzt verantwortlich.«

Ihn amüsierte ihre Logik, doch ihr ernstes Gesicht verbot ihm, darüber zu lachen. »Geht es um ein Verbrechen?«

»Meine Mutter wurde als Hexe denunziert und verbrannt. Sie war unschuldig.«

Das Mädchen dauerte ihn. Als Kind einer Hexe musste sie mit der Bürde des Aberglaubens ihrer Mitbürger leben. Für ihn selbst existierten weder Hexen noch Zauberer, und selbst bei der Antwort auf die Frage, ob es einen Gott gab, wie ihn die Kirchen darstellten, kam er ins Zaudern. Solche Gedanken behielt er jedoch tunlichst für sich. »Wann war das?«

»Vor zehn Jahren.«

»Da bin ich leider machtlos. Ihr müsst Euch an Euren Herzog wenden.«

»Er war selbst darin verwickelt. Die Beschlagnahme ihres Vermögens kam ihm gerade recht.«

»Es gehört viel Mut dazu, den eigenen Herzog öffentlich anzuklagen.«

»Das sage ich nur Euch, weil Ihr ein Katholischer und dem Herzog zu keinem Gehorsam verpflichtet seid.«

Als er verneinte, ließ sie die Schultern hängen. »Am besten, Ihr kehrt um«, sagte er. »Oben wird noch gekämpft. Aber so Gott will, ist der Spuk bald vorbei.«

»Ich habe keine Angst«, rief sie und warf ihren Kopf in den Nacken. »Wer will schon etwas mit der Tochter einer Hexe zu tun haben?«

Oben an der Burg ertönte ein gewaltiges Donnern. Kanonen wurden abgefeuert. Davon unbeeindruckt wanderte das Mädchen den Topf schwenkend weiter bergauf.

Nachdenklich setzte Karl seinen Weg fort. Die Aufgabe hätte ihn gereizt, aber so schnell würde er nicht nach Coburg zurückkommen – wenn er diesen vermaledeiten Krieg überhaupt überleben sollte.

September 1634

3 Elisabeth

Bunte Fahnen wehten über der Ehrenburg, der Stadtresidenz des Coburger Herzogs, denn heute war ein Festtag. Elisabeth Bachenschwanz packte den Henkel des vollen Wassereimers und schleppte ihn vom Schlossbrunnen zu ihrem schmucken Fachwerkhaus in der Herrngasse, das drei Stockwerke hoch war.

Bürger strebten in Scharen dem Marktplatz zu, denn der Festungskommandant und einige seiner Offiziere würden heute geehrt werden. Sie hatten bei einem vor Kurzem erfolgten Angriff der Kroaten, bei der Verteidigung von Veste und Stadt Standhaftigkeit beweisen.

Vor zwei Jahren war der bayerische Kurfürst zusammen mit Wallenstein in ihre Heimat eingefallen, um Coburg einzunehmen, und kurze Zeit später unverrichteter Dinge wieder abgezogen. Damals hatte Elisabeth ihren Kummer einem Fremden anvertraut, der jedoch mit seinem Heer weitergezogen war. Ein dauerhafter Frieden war dennoch nicht eingetreten, denn immer wieder wurde das Coburger Land von marodierenden Feinden heimgesucht.

Das Wasser war für die Pflanzen im Hinterhof ihres Elternhauses bestimmt, in dem sie mit ihrem Vater, der Stiefmutter Mathilde und deren Tochter Käte aus erster Ehe lebte. Zu dem

Haushalt gehörten außerdem eine Küchenmagd sowie ein Knecht, der für die schweren Arbeiten zuständig war. Mehr Gesinde hatten sie nicht, denn die Besatzer hatten die Ruhr-Krankheit mitgebracht, die die Bevölkerung dezimiert hatte.

Als Elisabeth die hölzerne Eingangstür öffnete, schlug ihr aus dem Flur der Geruch von Gemüseeintopf und Gebratenem aus der Küche entgegen. Sie öffnete die Küchentür, rief einen Gruß hinein und erntete dafür ein grantiges: »Raus aus meiner Küch.«

Schmunzelnd trug Elisabeth den schweren Eimer in den geliebten Hinterhofgarten, den ihre Mutter einst angelegt hatte. In ihm blühten Rosen, wuchsen Himbeer- und Johannisbeersträucher, und sogar ein Apfelbäumchen streckte seine mit goldenen Blättern behängten Zweige in die Herbstluft. In einem mit Steinen eingefassten Beet gab es noch etwas Schnittlauch, Petersilie sowie Pfefferminze. Einige Astern leuchteten ihr bunt entgegen. Nachdem Elisabeth mit dem Gießen fertig war, betrachtete sie zufrieden den Garten.

»Elisabeth!«, rief Käte plötzlich aus einem der Fenster im zweiten Stock. »Hast du mich vergessen? Bring mir den dunkelroten Rock und das dazu passende Mieder.«

Elisabeth hatte tatsächlich nicht daran gedacht, doch zugeben würde sie das nicht. »Ich komme gleich!«, antwortete sie, aber Käte war bereits im Innern verschwunden. Elisabeth holte das Gewünschte aus der Kleiderkammer im ersten Stock und betrat Kätes Zimmer im zweiten.

Die Siebzehnjährige trat ihr lachend entgegen, wobei ihre hüftlangen blonden Haare bei jedem ihrer Schritte wippten. Wie so oft erinnerten sie Elisabeth an ein reifes Kornfeld, dessen Halme sich im Wind wiegten. Unter Kätes langem, rüschenbesetztem Leinenhemd schauten nackte Füße hervor. Ihr Vater war kurz vor ihrer Geburt gestorben, und keine drei Monate nach dem Feuertod von Elisabeths Mutter war sie gemeinsam mit ihrer Mutter Mathilde ins Haus des Bürgermeisters Bachenschwanz eingezogen. Damals war Elisabeth neun Jahre alt gewesen, und der Anblick der brennenden Mutter verfolgte sie bis heute.

»Kommst du nach der Ehrung mit in den Festsaal?«, fragte Käte. »Der Rat soll sogar ein Tänzchen erlaubt haben.«

Nachdenklich hielt Elisabeth die dunkelroten Kleidungsstücke hoch. Sie hätte schon gewollt, aber als Kind einer Hexe sollte sie solchen Festivitäten besser fernbleiben. »Mal sehen«, sagte sie deshalb ausweichend. »Ich habe noch zu tun.«

»Das kann warten«, erwiderte Käte und zog ihr am Zopf. »Vielleicht lernst du einen hübschen jungen Mann kennen?«

»In Coburg? Die wissen doch alle, dass ich keine Aussteuer mit in die Ehe bringe.« Elisabeth zog ihr den Seidenrock über. »Ich werde für mein Auskommen selbst sorgen müssen.«

»So darfst du nicht reden. Es ist die Bestimmung einer jeden Frau, einem Mann zu dienen und ihm Kinder zu gebären.«

»Mich will keiner und ich will auch keinen.«

»Mutter findet bestimmt eine gute Partie für dich.«

Gott bewahre, dachte Elisabeth.

Käte blinzelte mit ihren langen Wimpern und drehte sich im Kreis, wobei der Rock wie ein riesengroßer roter Kreisel mitschwang. »Und eine Aussteuer bekommst du bestimmt auch. Meinst du, ich kann so gehen?«

Sie sah wunderschön aus. Elisabeth deutete auf ihre blanken Füße. »Du hast die Schuhe vergessen.«

Kichernd schlüpfte Käte in die roten Seidenschuhe ihrer Mutter.

In zartgelbem Brokat, hochgeschlossen und mit Spitzenhaube kam Mathilde hereingeschwebt. Kritisch ließ sie ihren Blick über Käte schweifen, zupfte hier und dort an ihr herum, bis sie endlich zufrieden nickte. »Steht dir wirklich gut. Unsere Gäste werden entzückt sein.«

»Wenn du auf diesen Wolffrum anspielst – den mag ich nicht.«

Einen Moment lang weiteten sich Mathildes Augen. »Du musst ihn nicht mögen«, sagte sie mit brüchiger Stimme. »Sei nett zu ihm, das genügt. Außerdem ist er kein Freier, sondern ein wichtiger Gast.«

Käte verzog das Gesicht, als würde sie in eine dieser seltenen Früchte aus dem Süden, die sie Zitronen nannten, beißen.

Der aus Eisenach stammende Dr. Peter Wolffrum hatte als Geheimer Rat nicht nur das Ohr des Herzogs, sondern auch großen Einfluss auf die Oberen der Stadt. Ihm gab Elisabeth die Hauptschuld am Tod ihrer Mutter. Beweisen konnte sie das allerdings nicht. Jedes Mal, wenn über ihn gesprochen wurde oder er an ihr vorüberging, erwachten die alten Schreckensbilder zu neuem Leben. Mit zitternden Fingern steckte sie Kätes üppige Haarpracht hoch.

»Hast du die Tischdecke zu Ende gestickt?«, fragte Mathilde in ihr Brüten hinein. »Die würde gut zum heutigen Anlass passen.«

»Ja.« Elisabeth hasste Sticken, aber die Stiefmutter legte großen Wert darauf, dass sie diese hausfraulichen Fähigkeiten beherrsche. »Es wurde alles zu Eurer Zufriedenheit erledigt, Frau Mutter. Wenn Ihr zurück seid, erzählt mir bitte, wie es war.«

»Du gehst nicht mit?« Mathilde legte nun selbst an Kätes Frisur Hand an. »Die Ehrung unserer Helden sollte dir nicht einerlei sein.«

»Welcher Helden? Als die Kroaten kamen, haben sie sich feige in den Weinbergen versteckt, weil der Feind in der Überzahl war. Und als der drohte, die Dörfer niederzubrennen, öffneten die Bürgermeister das Stadtsäckel, damit sie weiterziehen.«

Mathildes Blick ruhte lange auf ihr. »Du bist zu rebellisch,

Elisabeth. Eine Frau hat über solche Dinge nicht nachzudenken. Wenn du dich nicht demütig verhältst, wird man das auf den schlechten Einfluss deiner Mutter zurückführen.«

Mathilde verschwand mit ihrer Tochter über die Stiege nach unten ins Erdgeschoss, wo Vaters tiefe Stimme zu hören war. Kurz darauf fiel die Haustür schwer ins Schloss. Stille breitete sich aus. Nicht einmal aus der Küche drangen Geräusche. Nur der Essensgeruch hing noch in der Luft.

Vom Marktplatz her erschollen Fanfaren, und Trommeln schlugen so laut, dass es durch die Herrngasse hallte. Elisabeth öffnete ein Fenster und beugte sich hinaus. Die halbe Stadt war auf den Beinen: die Herren mit weiten Hüten, die verheirateten Frauen mit Hauben. Nachdem sie dem Treiben eine Weile zugeschaut hatte, holte sie die Decke mit der Stickerei aus der Rosenholztruhe und breitete sie auf dem Tisch aus. Viele Stunden mühseliger Arbeit steckten darin.

Lauter Applaus lockte Elisabeth erneut ans Fenster. Die kräftige Stimme des vorsitzenden Bürgermeisters scholl vom Marktplatz zu ihr herüber. Langsam zog sie sich zurück, öffnete die Anrichte und deckte das Fayencen-Geschirr und die Kristallgläser auf.

Als ein Trommelwirbel einsetzte, hielt sie es nicht länger im Haus aus. Kaum war sie auf der Straße, hörte sie Hufgetrappel hinter sich. Erschrocken fuhr sie herum. Ein mächtiges Ross baute sich vor ihr auf. Sie stolperte rückwärts und fiel auf ihr Hinterteil.

Zwei Reiter in blauen Jacken mit geschlitzten Ärmeln sowie Spitzenkragen und breitkrempigen Hüten mit Straußenfedern daran hielten ihre stattlichen Pferde neben ihr an. Einer hatte lockiges blondes Haar, der andere pechschwarzes. Letzterer sah dem Leutnant des Kurfürsten, dem sie vor zwei Jahren ihr Leid geklagt hatte, zum Verwechseln ähnlich. Sie blickte genauer hin, er war es tatsächlich. Was wollte er hier und wer war sein Begleiter? Bedeutete das, dass die Bayern wieder über Coburg herfallen würden?

Schwungvoll sprang der Blonde von seinem Fuchs und bot ihr galant die Hand. »Verzeiht, es lag nicht in meiner Absicht, Euch zu erschrecken oder gar zu verletzen.«

»Glaubt ihm nicht. Das macht er immer so, wenn ihm ein Weibsbild gefällt«, sagte der Leutnant des Kurfürsten. Den Kinnbart hatte er sich abrasiert, den schmal geschnittenen Oberlippenbart hingegen behalten. An seinem Sattel hing eine Muskete, und beide Männer trugen lange Schwerter umgeschnallt.

Feine Herren, vor denen sie im Straßendreck hockte. Sie erfasste die Hand des Blonden und ließ sich von ihm hochziehen.

»Hört nicht auf diesen Sprücheklopfer. Karl will Euch nur in Verlegenheit bringen. Habt Ihr Euch wehgetan?«

Das war die Strafe für ihre Neugierde. Sie hätte im Haus bleiben sollen, denn nun musste sie das Getratsche der Passanten fürchten, weil sie sich mit Fremden unterhielt. »Nein, mein Herr.«

»Von wegen Sprücheklopfer«, brummte Karl, dessen Lachfalten seinen gestrengen Gesichtsausdruck Lügen straften. Er sah vornehmer aus als vor zwei Jahren; vom Straßenstaub, der seinen Kleidern anhaftete, einmal abgesehen. Erinnerte er sich noch an sie? Verschmitzt lächelnd zwinkerte er ihr zu. »Könnt Ihr uns verraten, warum die ganze Stadt aus dem Häuschen ist?«

»Wir ehren heute unseren Festungskommandanten und seine Offiziere, weil sie die Veste so wacker gegen die Kroaten gehalten haben.«

Die Wärme in den Augen des Blonden wich einer Verbissenheit. »Wir haben die Verwüstungen vor den Toren der Stadt gesehen. Wer wird geehrt? Etwa Oberst Taupadel, den die Schweden zum Generalmajor ernannt haben, weil er die Veste so gut gegen Wallenstein verteidigt hat?«

»Der ist längst weitergezogen. Unser neuer Festungskommandant heißt Zehm.«

Die Mundwinkel des Blonden sanken nach unten. »Wir sind umsonst gekommen«, sagte er zu Karl.

»Wir werden sehen. Ich brauche jetzt erst mal ein kühles Bier und tüchtig was zu essen. Da vorne ist ein Gasthof, nicht wahr?«

»Das Goldene Kreuz. Eine gute Herberge.«

»Das Hexenkind!«, schrie eine Magd im Vorbeigehen und hielt sich ihre Zeigefinger überkreuzt vors Gesicht. »Du bist schuld an unserm Unglück. Deine Mutter hat uns alle verhext!«

Dass so etwas passieren würde, hätte Elisabeth sich denken können. Entsetzt rannte sie zurück ins Haus.

4 Karl

FREIHERR KARL' KÖCKH zu Prunn hatte das Mädchen mit dem kastanienbraunen Haar auf den ersten Blick wiedererkannt. Er hätte es nie für möglich gehalten, dass sich ihre Wege noch mal kreuzen würden, aber die Spielregeln des Lebens waren mitunter unergründlich. Lange hatte er nicht mehr an das Mädchen gedacht, erst als sein Freund Hannes ihn gebeten hatte, ihn mit nach Coburg zu nehmen, hatte er sich an das Zusammentreffen erinnert. Und nun sah er die junge Frau wie vom Teufel gehetzt in einem der Fachwerkhäuser verschwinden.

»Nanu? Was war das denn?«, fragte sein Freund, Hannes Freymann von Randeck. Hannes und er hatten dieselbe Schule in Eichstätt besucht, gemeinsam Streiche ausgeheckt und die darauffolgenden Strafen zusammen ertragen. Sogar in dieselbe Maid hatten sie sich verliebt, aber bevor sie sich wegen ihr entzweien konnten, hatte ein Dritter erfolgreich um sie geworben.

»Hast doch gehört. Dem Mädchen bin ich während meines letzten Aufenthalts hier in Coburg begegnet. Seine Mutter wurde als Hexe denunziert.«

»Denunziert?« Hannes runzelte die Stirn. »Mitunter fällt es einem schwer, die Wahrheit zu akzeptieren.«

»Manchmal frage ich mich, ob du wirklich der Sohn deines Vaters bist.«

Hannes legte den Kopf schief. »Seine Weigerung, sich an den Hexenverfolgungen zu beteiligen, hat ihm gewaltigen Ärger eingebracht.«

»Und den Segen derer, die dadurch verschont blieben. Schau, da vorne ist das Gasthaus. War beim ersten Mal gar nicht so übel. Ich kann das Bier und das Essen schon riechen.«

»Du warst dort mal zu Gast?«

»Nur zum Essen. Genächtigt habe ich in einem Schlösschen, das der Kurfürst für sich in Anspruch genommen hat – sehr zum Leidwesen des Besitzers.«

Auf dem nahe gelegenen Marktplatz erschollen Rufe, und als Pferdegetrappel einsetzte, brandete Beifall auf. »Du kannst dich noch früh genug auf die faule Haut legen«, erwiderte Hannes. »Hörst du, wie die Bürger applaudieren? Diesen

Festungskommandanten Zehm sollten wir uns einmal näher anschauen, meinst du nicht auch?«

Zehm, leider nicht Taupadel, der schwedische General, hinter dem nicht nur Hannes her war, sondern auch alle Kaiserlichen. Den zu fangen würde Ehre und Belohnung bedeuten. Zehm dagegen war im großen Gesamten nur ein kleines Licht.

Taupadel trieb jetzt an einem anderen Ort sein Unwesen und lachte seine Verfolger aus. Wallenstein hatte ihn in seinen Händen gehabt und dann laufen lassen. Deshalb war er in Verdacht geraten, sich den Schweden andienen zu wollen, und war des Hochverrats beim Kaiser angeklagt worden. Weil kein Offizier seines Reichs bereit gewesen war, Wallenstein zu beseitigen, hatten die Schotten herhalten müssen, um ihn und seine Getreuen ins Jenseits zu befördern. Wäre Karl damals mit ihm gezogen, wer wüsste, ob er heute noch am Leben wäre.

An der Eingangstür trat ihnen eine stämmige Frau mit schmalen Lippen entgegen und stemmte ihre gichtknotigen Hände in die Hüften. »Ich bin die Wirtin, alle nennen mich Sonja«, lispelte sie. »Auf welcher Seite steht Ihr, wenn ich fragen darf? Ihr müsst entschuldigen, neuerdings muss man vorsichtig sein, wen man beherbergt.«

»Auf keiner«, antwortete Karl knapp und hoffte, die Frau würde ihn nicht wiedererkennen.

»Des sin' die Schlimmsten«, war alles, was sie entgegnete. Sie wies einen ihrer Knechte an, die Pferde im Stall des Hinterhofs unterzubringen. Sichtlich stolz zeigte sie ihnen eines der Herbergszimmer im ersten Stock. Darin standen richtige Betten, eine Waschschüssel und sogar ein Nachtgeschirr. »Nicht ausm Fenster schütten, verstanden? Das Wetter is gut, Ihr könnt also aufs Scheißhaus im Hinterhof gehen. Besauft Euch net, denn ich mag's net, wenn jemand ins Bett kotzt.«

»Ich auch nicht.« Karl drückte prüfend auf der Strohmatratze herum. »Wäre schön, wenn sich der Gast vor uns auch daran gehalten hätte. Hoffentlich ist es nicht verwanzt?«
»Wo denkt Ihr hin? Das Stroh is ganz frisch.«
»Sieht ordentlich aus. Was meinst du, Hannes?«
»Wir nehmen es. Wie viel verlangt Ihr?«
»Einen Schilling die Nacht pro Person und einen halben für die Pferde. Aber im Voraus, wenns beliebt.«

Sie schien ihnen nicht zu trauen, und sie tat gut daran. Karl drückte ihr die geforderten Geldstücke für zwei Nächte in die Hand. »Falls wir länger bleiben, lassen wir es Euch rechtzeitig wissen.«

»Komm schon, ich will die Ehrung nicht verpassen«, drängte Hannes.

Trotz seines Durstes und des Lochs im Bauch gab Karl nach. Hannes marschierte voran Richtung Marktplatz und bahnte sich einen Weg durch die Menschenmenge.

Mehrstöckige Fachwerkhäuser standen sich auf dem weitläufigen Platz gegenüber, die beiden anderen Seiten wurden von zwei großen Gebäuden eingenommen. Eines wurde an den Ecken von doppelstöckigen, reich verzierten Erkern abschlossen, das andere hingegen wies nur einen auf. Auf dessen Dreiecksgiebel befand sich die grün angelaufene Statue eines Männchens mit Wappenschild in der einen und einem erhobenen Marschallstab in der anderen Hand. Links und rechts des Gebäudes plätscherten zwei große Brunnen. Coburg hatte trotz des im ganzen Land wütenden Kriegs nichts von seiner Pracht verloren.

»Reiche Bürgersleute«, stellte Hannes fest. »Offensichtlich sind die Coburger mit einem blauen Auge davongekommen.«

»Wallenstein wollte die Veste und der Kurfürst die Stadt. Wäre der Schwedenkönig nicht in Bayern eingefallen, sähe das Herzogtum Sachsen-Coburg jetzt anders aus.«

Auf einem hölzernen Podest, vor dem etwa zwanzig berittene Dragoner Aufstellung genommen hatten, sprachen die Oberen der Stadt mit einem leicht ergrauten Offizier im glänzenden Brustharnisch.

»Das muss Kommandant Zehm sein«, sagte Hannes leise und stellte sich hinter eine fein gekleidete Dame und ein blondes Fräulein im dunkelroten Kleid. Die beiden Frauen drängten sich in die vorderste Reihe, wobei die Bürger respektvoll zur Seite traten. Karl nutzte die so entstehende Lücke, indem er nachrückte. Lavendelparfüm stieg ihm in die Nase. Das Mädchen drehte sich halb um und strahlte ihn aus himmelblauen Augen an.

»Ihr seid fremd hier, nicht wahr?«, fragte es mit heller Stimme.

»In der Tat, das sind wir. Wollt Ihr uns nicht verraten, wer die anwesenden Herrschaften sind?«

»Gerne«, sagte das Mädchen und deutete auf das Podest. »Das sind die wackeren Verteidiger der Veste. Der da oben in der Rüstung, das ist der Festungshauptmann Zehm, und der daneben ist unser Oberstwachtmeister Görtz.«

Görtz strahlte den Charme einer Daumenschraube aus.

»Zwei Befehlshaber in einer Festung – kommt es da nicht zu Reibereien?«, fragte Karl.

Das Mädchen kicherte. »Die zwei können sich auf den Tod nicht ausstehen. Schließlich war der Zehm schon lange vor Görtz da. Der ist einer von uns und dient dem Herzog, während der Görtz dem Generalmajor Taupadel unterstellt ist. Den hat Taupadel hiergelassen, um auf seine Schwester und seinen Sohn aufzupassen.«

»Der Generalmajor hat seine Schwester und seinen Sohn dagelassen?«

»Weil er die Veste als unbezwingbar erachtet.« Das Mädchen hob seine Nase. »Nach Wallenstein wird keiner mehr seine Zeit verschwenden, hat er gesagt.«

Wenn er sich da nicht getäuscht hatte, dachte Karl. Hinter ihm sog Hannes die Luft scharf ein. »Wie viele Landsknechte sind denn oben auf der Veste stationiert?«

»Och, jede Menge. An die sechshundert, glaube ich.«

Die Dame, die das Mädchen begleitete, fuhr herum und zupfte es am Ärmel. »Wirst du wohl schweigen, du dummes Ding?«

Die Ältere hatte ein ebenmäßiges, schmales Gesicht und hielt sich kerzengerade, wobei der exquisite Stoff ihrer Kleidung im Sonnenlicht schimmerte. In ihrer Jugend musste sie eine Schönheit gewesen sein, heute wirkte sie verhärmt. Ein Eindruck, der durch die dünnen Lippen und die Krähenfüße um Mundwinkel und Augen verstärkt wurde.

»Meine Herren, ich weiß nicht, wo Ihr herkommt, doch bei uns in Coburg gilt es als ungehörig, eine Jungfer ohne Erlaubnis ihrer Eltern anzusprechen«, sagte sie spitz.

»Verzeiht«, erwiderte Karl mit einer leichten Verbeugung. »Erstens hat das Fräulein uns zuerst angesprochen, zweitens ist es in Eurer Begleitung und drittens schadet es nicht, oder? Wir wollten gewiss nicht unhöflich sein.«

»So ist es«, bestätigte Hannes. »Wir sind auf der Durchreise und wollten uns nur vergewissern, dass uns keine Gefahr droht. Immerhin leben wir in unsicheren Zeiten. Vor den Toren der Stadt fanden wir etliche Dörfer niedergebrannt und verlassen vor.«

»Das waren die Kroaten. Mögen sie dafür ewig in der Hölle schmoren.« Die Frau musterte sie ausgiebig. »Ihr seht nicht wie dieses Lumpenpack aus.«

»Wo denkt Ihr hin? Wir sind Vertriebene aus Bayern, die eine Anstellung suchen«, sagte Karl und verbeugte sich zuerst vor der Frau und dann vor dem Mädchen. »Ich wünsche Euch und Eurer Tochter einen angenehmen Tag.«

Ihre Augenbrauen zogen sich zusammen. Gleich würde

sie die Stadtwache rufen, da war sich Karl sicher. »Habt Ihr Euch beim Kommandanten der Bürgerwehr angemeldet?«

»Mit Verlaub, sonst wären wir nicht hier. Coburg hat mächtige Mauern und gut bewachte Tore. Auf Wiedersehen, meine Dame.«

Außer Hörweite stupste Hannes ihm seinen Ellenbogen in die Seite. »Gut gemacht, Karl. Jetzt wissen wir wenigstens, was uns erwartet. Das Mädchen hätte noch mehr ausgeplaudert, wenn die Mutter nicht dazwischengegangen wäre.«

»Eigentlich nicht viel Neues. Dennoch sollten wir die Angaben überprüfen.«

»Deshalb möchte ich zur Veste hoch, solange die Kommandanten unten auf dem Marktplatz feiern. Die Gelegenheit ist günstig.«

»Nicht günstiger als an jedem anderen Tag. Nur ein Narr würde die Verteidigung einer so wichtigen Burg vernachlässigen. Vor allem dann nicht, wenn der Kommandant die Verantwortung für die Sicherheit der Familie seines Oberen trägt. Das wird kein Kinderspiel, dort hineinzugelangen.« Karl deutete auf ihren Gasthof. »Vielleicht finden wir da drinnen einen, der wie ein Zeisig singt, wenn wir ihm genug Bier und Wein einschenken.«

»Oder wir lösen seine Zunge mit der Peitsche«, knurrte Hannes.

»Mensch, reiß dich zusammen. Die Coburger haben uns freundlich aufgenommen.«

Der Freund schüttelte den Kopf. »Das ist es nicht. Es geht mir weder um Coburg noch um diesen verdammten Krieg. Es geht mir um ...«

»Um persönliche Rache«, vervollständigte Karl den Satz. »Du weißt, wie die Mühlsteine der Mächtigen mahlen, und wir sollten aufpassen, dass wir nicht dazwischengeraten.«

5 Elisabeth

Die Sehnsucht, der Enge ihrer Dachkammer zu entrinnen, ließ Elisabeth aus dem kleinen geöffneten Fenster schauen, um das Treiben auf der Herrngasse zu verfolgen. Die kalte Luft störte sie nicht, schien im Gegenteil ihre Sinne zu wecken. Wenn Elisabeth sich vorbeugte, konnte sie einen Blick auf den Markt erhaschen. Stimmengewirr drang zu ihr herauf. Anscheinend war der Festakt zu Ende, denn die zwei Fremden verschwanden im Goldenen Kreuz. Sie erinnerte sich noch gut an den dunkelhaarigen Leibgardisten des Bayernfürsten. Die Hoffnung, er möge sich um ihr Anliegen kümmern, hatte er mit seinem Weggang zerstört. Nun war er zurückgekehrt, jedoch nicht mit einem Heer, sondern mit einem gut aussehenden blonden Begleiter.

Was wollten sie hier? Bestimmt waren sie Spione, denn Vater hatte geäußert, die kaiserlichen Armeen könnten sich bald gen Coburg wenden. Allerdings trugen die beiden keine Uniformen, und wer konnte schon sagen, wem sie jetzt dienten. Dem Wallenstein sagte man nach, er habe sich eines Besseren besonnen und die Fahnen gewechselt, wofür er im Januar mit Absetzung und im Februar mit der Ermordung bestraft worden war.

Nach der Verheerung, die Wallenstein vor zwei Jahren angerichtet hatte, ging es den Coburgern inzwischen wieder einigermaßen gut. Bäckermeister Hohnbaum eilte unter ihrem Fenster vorbei, gefolgt von seinem Gesellen mit einem Huckelkorb halb gefüllt mit Brotlaiben. Kurz darauf winkte Krämersohn Hans Sommer grinsend zu ihr hoch, bevor er um die nächste Ecke verschwand. Aus dem Fenster schauend fühlte sich Elisabeth frei. Niemand bedrohte sie, nicht einmal ein böser Traum.

Ihr Frohsinn verpuffte augenblicklich, als vom Markt kommend zwei Männer in schmucklosen schwarzen Roben und mit dunklen Spitzhüten ihre Schritte auf Elisabeths Elternhaus zu lenkten. Die herzoglichen Geheimräte Dr. Peter Wolffrum und Dr. Bonaventura Gauer wollten ihrem Vater einen Besuch abstatten. Dr. Gauer war der vorsitzende Bürgermeister und der besuchte eigentlich niemanden, denn er und die anderen Bürgermeister trafen sich regelmäßig im Rathaus. Neugier und Angst vor Wolffrum wechselten sich bei Elisabeth ab. Er war Kirchenrat und zugleich Ankläger für allerlei Verbrechen. Ihn wollte keiner gern als Gast haben.

Es war Elisabeths Aufgabe, die Herren hereinzulassen, was sie sogleich tat. Wortlos schritten sie an ihr vorbei in den Flur, wo Elisabeths Vater sie schon erwartete. Er bat sie nach oben in die gute Wohnstube. Steif erwiderten sie seinen Gruß und entblößten dabei ihre kahlen Häupter. Elisabeth folgte ihnen.

»Wie geht es dir, Elisabeth?«, fragte Wolffrum mit scharfer Stimme, als er auf Vaters Stuhl Platz nahm. »Betest du brav jeden Tag?«

»Gewiss, Herr Geheimrat.«

»Einzig durch ständiges Bußetun kannst du der Hölle entrinnen, die dir ansonsten vorbestimmt wäre. Du musst mir sofort mitteilen, wenn der Satan dich zu verführen sucht.«

»Gewiss«, murmelte sie und wünschte sich weit fort.

In diesem Moment betrat Mathilde in einem hochgeschlossenen dunklen Kleid die Stube und winkte Elisabeth, das Mahl zu servieren. Es würde ein langer Abend werden.

Auf die Gemüsesuppe folgte eine Schweinekeule samt brauner Schwarte, dazu gekochter Kohl und Brot. Für die herzoglichen Räte nur das Beste. Wie köstlich das alles duftete. Geschwind verließ Elisabeth die Stube. Sie ließ die Tür halb offen, um zu hören, wenn sie gerufen wurde. Aus dem Zimmer drangen Schlürf- und Schmatzgeräusche, laute Rülpser sowie ein ordentlicher Furz. Elisabeth zog sich nach unten in die Küche zurück.

»Was ist mit dir, Lisbeth?«, fragte Ilse sie dort. Sie war die Regentin der Küche, und nicht einmal Mathilde wagte es, ihr zu widersprechen.

»Dieser Dr. Wolffrum ...«

»Hat er dich wieder mal an deine Sünden erinnert? Das macht der mit jedem. Nimm's net so ernst. Der hält sich für 'nen Stadtheiligen. Wer frei ist von Schuld, der werfe den ersten Stein, müsst der sich selbst den ganzen Tag predigen, anstatt ständig auf andern rumzuhacken.«

»Was willst du damit sagen?«

Ilse zog die Schultern hoch und drehte sich weg. »Nix weiter. Ich mein halt bloß, dass manchmal die besonders Heiligen in Wahrheit die größten Scheinheiligen sind.«

»Du redst dich um Kopf und Kragen.« Der einohrige Lutz zog seinen Kopf aus dem Kamin, den er einmal im Monat reinigen musste. Mit seinem rußgeschwärzten Gesicht sah er aus wie der Schutzpatron auf dem Coburger Stadtwappen. Früher als Kind hatte es ihr Spaß gemacht, sich mit dem Ruß anzuschwärzen, was ihre Mutter lachend quittiert hatte – Vater nicht.

»Pah«, war alles, was Ilse erwiderte.

»Gott zum Gruße!« Archidiakonus Pfürschner betrat die Küche, ließ sich am Tisch nieder und leierte ein Gebet herunter. Kaum war er damit fertig, löffelte er gierig die Suppe in sich hinein.

»Stimmt es, dass die Kaiserlichen sich sammeln?«, fragte Ilse ihn. »Die Schafhirten haben erzählt, dass sich bei Kulmbach was zusammenbraut.«

»Solang's bei uns noch was zu holen gibt, hauen die net

ab«, sagte Lutz und steckte seinen Kopf wieder in den Kamin. Kurz darauf drangen kratzende Geräusche daraus hervor.

»Wirste wohl mit dem Krach aufhören, solang unser Gast isst?«, rief Ilse.

»Ich hab ihn net gerufen.«

»Wir müssen mehr beten«, sagte der Archidiakonus, »dann werden sie uns verschonen.«

»Die brauchen gar net schießen, die bringen auch so Tod und Pestilenz«, drang es aus dem Kamin. Ein Batzen Ruß fiel herunter und schwärzte alles drum herum.

»Oh, du Saubär!«

»Alles liegt in Gottes Hand.« Schmatzend beendete der Pfaffe seine Mahlzeit. »Du bist die beste Köchin von ganz Coburg, Ilse.«

Die schaute verlegen weg. »Trotzdem gibt's kein' Nachschlag. Die Suppe muss bis morgen reichen.«

Mit enttäuschter Miene verabschiedete sich der Pfarrer, nicht ohne schnell einen Segen auszusprechen. Elisabeth blickte ihm hinterher. Die Kaiserlichen sammelten sich, und die beiden Neuankömmlinge gehörten bestimmt zu ihnen.

»Du musst wieder hinauf«, sagte Ilse.

Elisabeth nickte und verließ die Küche. In der Wohnstube waren die Teller geleert. Alle saßen stumm und steif auf ihren Stühlen. In der Luft lag eine spürbare Spannung. Sie griff nach dem ersten Teller. Schnell alles abgeräumt und dann weg von hier.

»Es wäre mir eine Ehre, Eure Tochter ehelichen zu dürfen«, sagte da der alte Dr. Gauer mit zittriger Stimme.

Er meinte bestimmt die arme Käte. Wenn Elisabeth mehr erfahren wollte, musste sie bleiben. Sie stellte das Geschirr auf den Boden und wischte eifrig über einen nicht vorhandenen Fleck auf der Türschwelle.

»Sie bekäme eine ordentliche Mitgift«, sagte Mathilde.

»Und welcher Art wäre die?«

»Den Gutshof, der, wie Ihr wisst, an Euren Familienbesitz grenzt.«

Der alte Gauer schwieg. Elisabeth rubbelte langsamer und stellte es schließlich ein. Für eine Weile hörte sie nur ihren eigenen Herzschlag und das Knistern des Kaminfeuers. Sie konnte nicht gemeint sein, denn ihr stand keine Aussteuer zu. Wollte Mathilde die siebzehnjährige Käte diesem alten Zausel überlassen, der vermutlich nicht einmal den nächsten Winter überleben würde? Was bezweckte sie damit?

Endlich brach Wolffrum das Schweigen: »Dort ist kaum noch Gesinde, weil der Pächter am Nervenfieber gestorben ist. Wer verrichtet die anstehende Arbeit?«

»Sagtet Ihr nicht, der Krieg sei bald vorbei?«, bemerkte Vater. »Wenn wir uns alle in Gottgefälligkeit üben, kommen die überlebenden Landsknechte auf ihre Höfe zurück und die Not hat ein Ende.«

»Was ist mit Elisabeth?«, fragte Wolffrum.

Ihr Vater räusperte sich vernehmlich. »Für sie suchen wir ebenfalls einen Freier.«

»Ohne Mitgift wird es schwer werden, einen Heiratswilligen zu finden.« Anscheinend hatte Gauer seine Sprache wiedererlangt.

»Wir werden ihr etwas mitgeben. Sie ist alt genug«, sagte Mathilde.

»Fast zu alt«, erwiderte Wolffrum. »Frauen müssen früh mit dem Gebären beginnen, sonst sterben sie dabei.«

»Es wird sich eine Lösung finden.«

Käte und sie sollten verschachert werden wie Kühe. Elisabeth hatte genug gehört, stellte das Geschirr in der Küche ab und flüchtete in ihre Dachkammer, bevor Ilse sie mit Fragen löchern konnte. Ein Holzgestell als Bett, ein Nachttisch mit dem Nachtgeschirr darin, ein Tischlein, auf dem Stoffstücke für ein Mieder lagen, und ein Stuhl bildeten die Einrichtung. An der kahlen Wand hing ein großes Holzkreuz, und auf dem mit Stroh gefüllten Kissen ruhte ein kleines Holzschaf – das einzige Erinnerungsstück an ihre Mutter.

Erschöpft sank sie auf die Bettkante, ergriff das Schäflein, faltete die Hände wie zum Gebet und grübelte über das Gehörte nach, bis ihr die Augenlider zufielen.

Sie erwachte, als unten die Haustür zugeschlagen wurde. Sofort sprang sie auf, öffnete das Fenster und blickte nach unten. Draußen war es inzwischen dunkel. Die Gäste, Mathilde und der Vater verließen das Haus, überquerten die Gasse und verschwanden im Zeughaus gegenüber, dessen Fenster hell erleuchtet waren. Geigen, Lauten und Blockflöten, dazu ein Cembalo und ein Chor intonierten Allemanden sowie Couranten und forderten so die Gäste zum Zuhören und Tanzen auf. Elisabeth beugte sich vor, um die Tanzenden, die sich der festlichen Umgebung und dem Anlass entsprechend herausgeputzt hatten, besser beobachten zu können. Das sanfte Kerzenlicht der Kronleuchter schmeichelte ihnen, sie sahen alle jünger und schöner aus. Die Coburger feierten ausgelassen, obwohl es gewiss manchem wegen des frivolen Treibens einen Schauer des Entsetzens über den Rücken jagte. Elisabeth entdeckte an diesem Abend jedoch nur fröhliche Gesichter und nichts, was Gott hätte missfallen können.

Oder doch?

War das da unten in der Mauernische nicht Käte? Ein groß gewachsener, schlanker Mann küsste soeben ihren Handrücken. Wenn Elisabeth Kätes begeisterte Beschreibung richtig in Erinnerung hatte, konnte das nur dieser Ludwig von Seckendorff sein, der Festungskommandant der benachbarten Heldburg, die ebenfalls zum Herzogtum Sachsen-Coburg gehörte. Beim ersten Erscheinen des Feindes war er hierhergeflüchtet und hatte seine Frau samt Kindern schmählich im Stich gelassen.

Ein weiterer Handkuss folgte, und als er mit seinen Lippen an Kätes Hals entlangfuhr, schlang sie beide Arme um ihn. Und dann küsste er sie mitten auf den Mund.

Erschrocken fuhr Elisabeth zurück, wollte nicht glauben, was sie da beobachtet hatte. Als sie erneut hinausspähte, waren die beiden verschwunden.

Verwundert stieg sie zur Küche hinab, in der Ilse und Lutz die letzten Aufräumarbeiten vornahmen. Wie jeden Abend saßen sie noch zusammen und Elisabeth hörte dem neuesten Tratsch zu, den die beiden austauschten. Meistens waren sie dann sogar einer Meinung. Elisabeth erzählte nichts von ihrer Beobachtung, das stand ihr nicht zu. Die Kirchturmuhr schlug neunmal und es war schon über der Zeit, sich zurückzuziehen. Lutz würde die Haustüre absperren, aber da der Herr noch unterwegs war, brauchte er es heute nicht zu tun. Elisabeth ging nach oben in ihre Kammer, um dem Treiben etwas zuzusehen.

Die Festlichkeiten schienen sich dem Ende zu nähern, da sich immer mehr fein Gekleidete durch die beiden Ausgänge ins Freie schoben. Unter ihnen auch der Vater und die Stiefmutter. Kurze Zeit später knarrte die Eingangstür, und Käte eilte leichten Fußes die Treppenstiege hoch. Sie stürmte in Elisabeths Kammer, wirbelte einmal um die eigene Achse und ließ sich auf den Stuhl plumpsen. Mit einem theatralischen Seufzer legte sie ihre Hand auf den Halsansatz, streckte die Beine aus und studierte die Decke. »Elisabeth, es war herrlich. Du hättest dabei sein sollen. Tanzen, singen und trinken ohne Ende. Meine Füße brennen wie Feuer.«

»Wer war alles da?«

»Alle. Selbst der Zehm und der griesgrämige Görtz und Ludwig. Und stell dir vor, ich werde heiraten.«

»Ja, den alten Gauer.«
»Aber nein, was redest du da? Ludwig will mich ehelichen.«
»Der von Seckendorff? Der ist doch schon verheiratet.«
»Er wird sich scheiden lassen.« Käte sah sich suchend um. »Ich habe mein Täschchen vergessen. Ausgerechnet das perlenbestickte. Magst du es mir nicht holen?«
»Jetzt?«
»Ach, bitte. Meine Füße schmerzen so sehr«, sagte Käte mit einem treuherzigen Augenaufschlag.
»Na gut. Weißt du wenigstens, wo du es gelassen hast?«
»Im Festsaal, auf einem Tischchen. Gleich wenn du reinkommst in der vorderen rechten Ecke.«

Nur wenige Kerzen und Öllampen erhellten den Saal noch. Bedienstete räumten die Tische ab, und in der Luft hing der Geruch von Wein, Bier und Rauch. Ein Mann lag laut schnarchend auf dem Boden.

Elisabeth eilte zu besagtem Ort und fand das Täschchen auf Anhieb. Inzwischen versperrten drei lallende Zecher den Ausgang, aber zum Glück gab es eine zweite Tür, auf die sie nun zulief.

Aus einer der dunklen Ecken drang merkwürdiges Stöhnen. War da jemand in Not? Elisabeth fasste allen Mut zusammen und näherte sich vorsichtig.

Eine Dame saß mit entblößtem Hinterteil auf dem Schoß eines Mannes, der seine Hände in ihre Gesäßbacken verkrallt hatte. Sie hob und senkte sich, wobei sie keuchende Geräusche von sich gab, während er wie ein Säugling an ihrer Brust nuckelte. Als er seinen Kopf in den Schein einer Öllampe drehte, konnte Elisabeth sein verzerrtes Gesicht sehen – Ludwig von Seckendorff. Die Frau stieß einen spitzen Schrei aus, er stöhnte auf.

Für heute reichte es. Mochten die Kaiserlichen getrost kommen, schlimmer konnte es kaum werden.

6 Hannes

Hannes schreckte aus dem Schlaf hoch. Glasklar stand das grausame Bild vor seinen Augen. Abwehrend riss er die Hand nach oben. Blut, so viel Blut. Er roch es förmlich. Menschen aufgespießt, geschlachtet, verkohlt. Und dort, auf dem Vorplatz der brennenden Kirche, ein schmerzverzerrtes Kindergesicht, Tränenspuren, Blut zwischen den dünnen Beinchen, die rehbraunen Augen leer und starr.

Nur langsam drangen die Stille und die Dunkelheit seiner Umgebung in sein gequältes Bewusstsein vor. Er lag in einem Bett des Goldenen Kreuzes in Coburg, und der altbekannte Albtraum hatte ihn einmal mehr heimgesucht.

»Schlaf weiter«, brummte Karl von der anderen Schlafstatt herüber. »Es ist mitten in der Nacht.«

Der Freund schien Mord und Totschlag besser zu verkraften oder er verbarg seine wahren Gefühle geschickt hinter einer Maske der Gleichgültigkeit. Als Zweitgeborener hatte Karl eine Offizierslaufbahn einschlagen müssen, während Hannes als Drittgeborener einen Beruf hatte erwählen können, der ihm zusagte: den eines Forstmannes. Der Erstgeborene erbte die Güter und den Titel, der Zweitgeborene diente seinem Fürsten als Offizier und dem Drittgeborenen blieb nur, ein Kirchenamt zu bekleiden; außer der Vater hatte ein Einsehen. Doch inzwischen hatte der Krieg Karl zum Erben und Freiherrn gemacht und Hannes zum Soldaten. Dankbar hatte er Karls Angebot angenommen, ihn zu begleiten.

An Schlaf war nicht mehr zu denken. Unter seinen nackten Füßen fühlte Hannes die Unebenheiten der Dielen, deren Wärme und Festigkeit. Das Mädchen von gestern fiel ihm ein.

Die Tochter eines der Bürgermeister, hatte ihm Karl erzählt. Das Wechselspiel ihrer Gesichtszüge hatte sich ihm eingeprägt; von beherzt bis zurückhaltend und zuletzt erschrocken.

Er legte sich wieder hin, aber der Schlaf wollte nicht kommen. Vertrieben vom Licht des anbrechenden Tages verlor die Nacht allmählich ihre dunkle Kraft. Stimmen und das Rumpeln von Wagenrädern drangen durch die Fenster herein und kündeten vom Erwachen der Stadt.

Eine Möglichkeit zum Waschen fand er nicht. Ein Bad würde ihm guttun, doch das konnte warten. Behände schlüpfte er in frische Sachen, seine schmutzige Wechselkleidung hatte er der Wirtin zum Reinigen gegeben. Karl schlief währenddessen noch tief und fest, was Hannes dem Freund von Herzen gönnte.

Aus der Küche drang das Klappern von Töpfen. Eine Magd schrubbte mit hochrotem Gesicht die Tische in der Schankstube, als er eintrat. Es roch nach Weinessig und Kernseife.

»Mögt Ihr ein Frühstück?«, fragte die Wirtin.

»Gern, aber erst wenn mein Freund sich aus dem Bett gerollt hat. Sagt, wie komme ich am einfachsten zur Veste hoch?«

»Hier die Herrngasse entlang, dann rechts in die Schlossgasse, an der Ehrenburg vorbei, links Richtung Steintor und dahinter immer den Berg 'nauf. Könnt Ihr gar net verfehlen.«

»Die Ehrenburg?«

»Der Sitz des Herzogs. Wenn er sich denn mal bei uns aufhält. Der jetzige bleibt lieber weg. Wir vermissen unseren Johann Casimir!«

Darauf wusste Hannes nichts zu erwidern. Auf dem Schanktisch stand ein Korb voller rotbackiger Äpfel. Er nahm sich einen und steckte einen zweiten unters Wams. Kauend trat er in die Morgenfrische hinaus. Der Himmel hatte sich eine Wolkendecke übergezogen, und die wenigen Menschen, die zu dieser frühen Stunde unterwegs waren, hielten die Jacken zugeknöpft.

Unentschlossen verharrte er einen Moment. Bis auf zwei Männer, die Pferdeäpfel und sonstigen Unrat wegräumten, lag der Marktplatz verlassen vor ihm. Die Türme der Stadtkirche – einer ordentlich hoch, der andere stummelkurz – ragten hinter den Hausdächern auf. Es sah fast so aus, als wäre der Stadt beim Bauen das Geld für den zweiten ausgegangen. Glockengeläut setzte ein und weckte die Schlafenden. Ein struppiger Hund schnüffelte an Abfällen, und eine Magd schüttete den übel riechenden Inhalt eines Eimers in eine Abflussrinne.

Sein Blick schweifte durch die Herrngasse, die ihren Namen zu Recht trug. Ein stattliches Fachwerkhaus reihte sich ans andere. Gleich an der Ecke befanden sich ein Krämerladen und nur wenige Schritte neben dem Goldenen Kreuz das Zeughaus, in dem der Ball stattgefunden hatte. Und in das Haus schräg gegenüber war das Mädchen mit den lindgrünen Augen geflüchtet. Dessen schwere Eichentür war reich verziert, der Türklopfer schimmerte bronzen, und in den oberen Fenstern hielten Vorhänge neugierige Blicke ab. Der Bürgermeister musste gut situiert sein.

Langsam schritt er daran vorbei.

Als er an der Ecke die Schänke Zum Herrenbeck passierte, rückte die Ehrenburg in sein Blickfeld. Das Steintor, eines der Tore der Stadtmauer, wurde soeben von zwei Stadtwachen geöffnet. Die Straße führte über einen Wassergraben und bald zweigte ein Hohlweg links ab. Es ging stetig bergauf, vorbei an vereinzelt stehenden Häusern und summenden Bienenstöcken. Im Süden breiteten sich Weinberge aus, weiter unten erkannte er auf einer Anhöhe den Stadtgalgen und gleich daneben den Brandpfahl.

Über ihm wuchs die mächtige Festungsanlage in den Himmel. Auf dem kahlen Berghang darunter grasten Schafe und

Ziegen, behütet von einem mageren Jungen, der ihm, auf einem Grashalm kauend, entgegenblickte. Die eingefallenen Wangen des Burschen ließen darauf schließen, dass er Hunger litt.

Hannes hielt den zweiten Apfel hoch. »He, Junge, magst ihn haben?«

»Ei freilich.« Der Bursche fing ihn geschickt mit einer Hand, riss seinen Mund auf, als wollte er ihn in einem Stück verschlingen, und schlug seine Zähne hinein. Das »Vielen Dank, der Herr« war kaum zu verstehen.

Als Hannes den Bergkamm erreichte, brach die Sonne durch die Wolkendecke und ließ in der Ferne eine Kirchturmspitze im Morgendunst golden erstrahlen. Dahinter reihten sich bewaldete Bergketten auf, die sich mit dem Horizont vereinten.

Hannes hielt auf die Veste zu. Drei Burgmauern trotzten seinem Blick. Ein dickbauchiger, niedriger Turm, darüber eine hohe Bastei sowie viele Schießscharten und Pechnasen ermöglichten es der Besatzung, jeden Angriff abzuwehren. Nicht weit von hier musste Wallenstein seine Kanonen in Stellung gebracht haben, um auf die Festung zu schießen. Kleinere und größere Kugeln in den Mauern zeugten noch heute davon. An der Südseite überspannte eine Zugbrücke den stinkenden Burggraben. Dahinter fiel das Gelände steil ab. Das würde einen Ansturm von der Stadt aus enorm erschweren, wenn nicht gar unmöglich machen. Karl hatte die Lage treffend eingeschätzt. Ein Eindringen ohne Erlaubnis war aussichtslos. Die meisten Burgen hatten einen geheimen Zugang, aber den zu finden schien unmöglich. Trotzdem musste er um jeden Preis hinein, denn seine Opfer würden nicht freiwillig herauskommen. So einfältig wären sie nicht – oder doch?

Hannes blieb vor dem Tor zur Zugbrücke stehen. Oben auf dem Wehrgang hielten vier Soldaten Wache, und ein Hellebardier schaute misstrauisch aus seinem Wächtertürmchen zu ihm herunter. Zwei Pikeniere traten aus dem Burgeingang, über dem die Spitzen eines Fallgitters bedrohlich nach unten ragten.

»Wohin des Wegs?«, fragte der Hellebardier.

»In die Stadt. Da lang, oder?«

»Schau, dass du dich schleichst, sonst machen wir dir Beine.«

»Ich gehe auf der anderen Seite runter, wenns recht ist. Einen schönen Tag noch.«

An zwei Pulvertürmen im äußeren Mauerring vorbei gelangte Hannes zu einer flache Bastei, die aussah, als streckte die Burg die Zunge heraus. Auf ihr spazierte soeben eine Frau mit einem kleinen Jungen an der Hand. Das mussten Taupadels Schwester und dessen Sohn sein. Wenn es ihm gelänge, die beiden in seine Gewalt zu bringen, würde der General für seine Verbrechen bitter büßen müssen.

Ein Mann trat auf die Dame zu, verbeugte sich ehrerbietig und führte die ihm entgegengestreckte Hand an seinen Mund. Hannes erkannte ihn erst auf den zweiten Blick: Ludwig von Seckendorff. Dieser Weiberheld hatte gestern das blonde Mädchen, das auf dem Marktplatz so auskunftsfreudig gewesen war, hofiert, nur um später eine andere Dame zu begatten. Und heute hatte er schon die Nächste im Visier.

Nachdem Hannes' Erkundung bislang ohne Probleme verlaufen war, wollte er mehr herausfinden. Er setzte seinen Rundgang um die Burg fort und kam zu einer Stelle, an der einmal eine hölzerne Rampe hinaufgeführt haben musste. Von ihr waren lediglich noch die Stützpfeiler erhalten. Direkt daneben, in der Basteimauer, entdeckte er einen anscheinend eilig zugemauerten, halbhohen Torbogen. War hier einst ein zusätzlicher Eingang gewesen? Oberhalb der Rampe zeigte sich ein Musketier und legte die Muskete an. Zeit, sich aus dem Staub zu machen. Aus Richtung der Zugbrücke galoppierten sieben Reiter auf ihn zu, vorneweg der Hauptmann der Dragoner, den er am Vortag auf dem Marktplatz gesehen hatte. Alle trugen braune Schwedenjacken, Breitschwerter und der Offizier gar eine Steinschlosspistole. Es schien, als wollten sie ihn niederreiten, doch kurz bevor sie ihn erreichten, hob der Hauptmann die Hand und zügelte sein Pferd.

Eine einleuchtende Erklärung für seine Anwesenheit hatte Hannes nicht parat, und käme es zum Kampf, würde er fraglos den Kürzeren ziehen.

»Was hast du hier zu suchen?«, schnauzte ihn der Dragonerhauptmann an.

»Eine bestimmte Dame«, antwortete er wahrheitsgemäß.

»Welche? Die da oben vielleicht?«

»Ich soll Frau Taupadel eine Nachricht überbringen«, sagte Hannes, wobei ihm bewusst war, dass Lügen kurze Beine hatten. »Ist sie das auf der Bastei?«

Der Hauptmann schien ihm den Schwindel abzukaufen, denn er nickte nachdenklich. Wahrscheinlich war es öfter der Fall, dass Boten an der Burg auftauchten. »Das ist sie.«

Die Gesuchte also. Die Stunde der Rache nahte. »Darf ich sie sprechen?«

»Nein. Der Befehl des Festungskommandanten ist eindeutig: Ohne Genehmigung hat keiner Zugang. Gib mir die Nachricht.«

»Das ist nicht möglich. Sie wurde mir mündlich mitgeteilt.«

»Dann rufe sie ihr zu.«

Jetzt steckte er in der Zwickmühle. Was sollte er ihr sagen? Hannes schüttelte den Kopf. »Tut mir leid, aber mir wurde aufgetragen, sie ihr unter vier Augen zu übermitteln.«

»Du sprichst die Mundart der Bayern und bist womöglich ein Katholik.«

»Nicht jeder Bayer ist zwangsläufig euer Feind.«

»Trotzdem muss ich erst um Erlaubnis fragen. Du kommst mit.« Die Einladung klang feindselig, das gezogene Schwert war unmissverständlich.

Das hatte Hannes nun von seiner Vorwitzigkeit. Angriff ist mitunter die beste Verteidigung, hatte Karl ihn gelehrt. »Was soll das? Ich bin kein gemeiner Strauchdieb.«

»Aber vielleicht ein Spion«, wandte sich der Hauptmann an seine Männer, von denen zwei von ihren Pferden sprangen. »Legt den Kerl in Ketten und nehmt ihn mit. Es wird sich schnell herausstellen, ob er die Wahrheit gesprochen hat.«

Verdammt, das war schiefgegangen. Wie ein Narr hatte er sich um Kopf und Kragen geredet. Was sollte er tun?

»Guten Morgen, die Herren.« Karls Stimme ließ ihn herumfahren. Keuchend kroch sein Freund auf allen vieren die steile Böschung hoch. Eine Welle der Erleichterung überspülte Hannes, denn Karl war – im Gegensatz zu ihm – ein vortrefflicher Kämpfer.

»Und wer bist du? Noch ein Bote?«

»Nein, sein Begleiter«, sagte Karl schwer atmend. »Puh, ganz schön anstrengend.«

Sofort richtete der Hauptmann sein Schwert stoßbereit auf Karls Kehle. »Wer seid Ihr?«

In aller Gemütsruhe legte Karl seinen Zeigefinger auf die Klingenspitze und schob sie zur Seite. »Immer langsam, Herr Hauptmann. Es gibt keinen Grund, uns zu misstrauen oder gar festzunehmen. Wir sind lediglich auf der Durchreise und schon bald wieder weg.«

»Euer Gefährte behauptet, eine Nachricht für Frau Taupadel zu haben.«

»Ja, er soll der Gemahlin des Generalmajors etwas ausrichten. Sie wird sich darüber freuen.«

»Die ist aber bereits verstorben. Das hier ist seine Schwester.«

»Wenn das so ist … Komm, Hannes, unser Auftrag hat sich erledigt. Außerdem wartet unser Frühstück auf uns. Gott zum Gruße!«

7 Elisabeth

DAS MORGENLÄUTEN DER Kirchturmglocken brach in Elisabeths Traum ein. Sie sah ihre Mutter am Brandpfahl, hörte, wie sie vor Schmerzen schrie. Gelbe Flammen umhüllten ihren Körper und der Teufel in Gestalt von Wolffrum tanzte um sie herum. Es dauerte einen Moment, bis sie begriff, wo sie sich befand.

Nachdem sie sich ihr schweißnasses Gesicht mit eiskaltem Wasser aus der Waschkanne gekühlt hatte, fiel der Schrecken des Albtraums langsam von ihr ab. Sie und Wolffrum? Nie im Leben. Selbstmord zu begehen verbot sich von selbst, denn das war eine Sünde. Von Davonlaufen war in der Bibel jedoch keine Rede.

Sorgfältig rubbelte sie mit dem Zeigefinger über ihre Zähne, wie es Mathilde der Käte beigebracht hatte. Angeblich blieben sie dadurch besser erhalten. Sie tat dies stets gründlich und war bisher von Zahnschmerzen verschont geblieben, im Gegensatz zu Käte, die sich weniger Mühe gab und deswegen schon zweimal zum Bader hatte gehen müssen.

Unten stieß sie auf Ilse, die den Küchentisch abschrubbte und ihr einen Becher Milch reichte. »Hast Glück, dass der Bauer grad a Kännla reing'reicht hat. Er sagt, die Kuh gibt wieder welche.«

Da Lutz unterwegs war, ergriff Elisabeth einen Eimer, um Wasser zu holen. Die Brunnen boten nicht nur Trinkwasser, sondern zudem die Gelegenheit, Neuigkeiten zu erfahren.

Schon von Weitem sah sie Hans, den Sohn des Krämers, sowie die alte Gunde, die soeben ihren krummen Rücken über die Einfassung des Schlossbrunnens beugte. Gunde trug wie immer eine schwarze Haube, einen grauen Rock und anstatt eines Mieders ein verblichenes Männerwams. Tagein, tagaus stets dasselbe, denn sie besaß nichts als das, was sie am Leibe hatte. Eigentlich hieß sie Kunigunde, war Hebamme und Kräuterweiblein, ebenso wie ihre Schwester, ihre Mutter und ihre Großmutter welche gewesen waren. Aber das hatte sie wahrscheinlich längst vergessen, genauso wie ihren Nachnamen und die Erinnerungen an ihren Mann, den die Ruhr vor Jahren hinweggerafft hatte.

»Darf ich helfen?«, fragte Elisabeth und nahm ihr den Eimer aus den faltigen Händen.

»Sieh an, die Agnes«, kicherte Gunde. »Ich weiß noch genau, wie ich dich zur Welt gebracht hab. Wie geht's deiner Mutter, der …? Wie heißt sie gleich wieder? Ach ja, Johanna. Die von dem Rosenauer. Wohnt sie noch in dem Schloss an der Itz? Wie geht's ihr?«

»Da, wo sie jetzt ist, gut«, sagte Elisabeth und füllte zuerst Gundes Eimer und dann den eigenen. Johanna von Rosenau war Elisabeths Großmutter mütterlicherseits gewesen.

»Das ist die Lisbeth und net ihre Mutter, die Agnes«, sagte Hans. »Die Agnes is längst tot, und das Schloss Rosenau hat der Adam Alexander an den Herzog Johann Casimir verkaufen müssen, genauso wie davor sei Vater die Burg am

Rittersteich. Und die Johanna is auch scho g'storbn. Haste wohl vergessen.«

»Vergessen tue ich gar nix, du Bürschle«, behauptete Gunde im Brustton der Überzeugung. »Ich kann mich fei noch genau erinnern, wie du mir an Sack übern Kopf gestülpt hast, als ich bei der Barbara war. Die Arme war so erschrocken, dass se beinah ihr Kind verloren hätt.«

Hans lachte laut auf. »Das war net ich, sondern mei' Vater, und die Barbara war sei' Mutter.«

Elisabeth legte ihren Zeigefinger auf die Lippen, um anzudeuten, er möge die Alte nicht länger verbessern. Sie selbst widersprach ihr nie und hörte dafür oft die schönsten Geschichten aus einer Zeit, in der Herzog Johann Casimir noch jung und die Welt in Ordnung gewesen war.

»Erzähl mir vom Schicksal der Anna, der Tochter vom August von Sachsen«, forderte Elisabeth sie auf.

»Ja, ja, die vornehme Anna. Das kommt davon, wenn man sei'm Mann untreu is. Geheiratet hat er se in Dresden. Dreißigtausend Taler hat se mit in die Ehe gebracht. A schöne Aussteuer, gell? Allein gelassen hat se der Herzog halt oft, und da hat se sich vom Ulrich von Liechtenstein in die Schlafstatt zieh'n lassen. Mei, war der Herzog sauer. Der hat sich scheiden lassen und hat se ins Kloster Sonnefeld g'steckt.« Gundes Bäckchen färbten sich vor lauter Eifer dunkelrot.

»Das ist wirklich schlimm.«

»Die konnten froh sein, denn die beiden sin' zum Tod durchs Henkersbeil verurteilt worden. Aber unser Casimir hat ihren Urteilsspruch in lebenslange Haft umgewandelt. Die Arme hat noch zwanzig Jahr lang g'lebt.«

»Hat der Herzog noch mal geheiratet?«, fragte Hans brav, obwohl er die Antwort wissen müsste, da dies jedes Kind in der Schule lernte. Womöglich wollte er sein Verhalten von vorhin wiedergutmachen, wofür ihm Elisabeth ein Lächeln schenkte.

Gunde schmatzte. »Freilich hat er das. Hat sogar a Münze prägen lassen mit sich und der Neuen vorne drauf. ›Wie küssen die zwei sich so fein‹, stand da g'schrieben und auf der Rückseit'n war die Anna drauf und der Spruch: ›Wer küsst mich armes Nünnelein‹.«

»Recht is ihr g'schehen.« Hans zwinkerte Elisabeth zu.

Sie nahm Gundes und ihren gefüllten Eimer auf. »Ich trag ihn dir nach Hause. Ist ja nicht weit. Ich geh sowieso in dieselbe Richtung. Aber vorher muss ich meinen daheim abliefern.«

Hans schaute auf seine zwei Eimer. »Wenn du wartest, bis ich zurück bin, könnte ich den von Gunde tragen.«

»Ich denke, dein Vater duldet keine Umwege?«

Hans ließ den Kopf hängen. »Holst du heute Honig? Wenn wir auch welchen brauchen, könnte ich mitkommen.«

»Kann sein.« Als sie ihm zuzwinkerte, lief er knallrot an. »Spute dich, sonst gibt's daheim lange Ohren.«

Gundes Häuschen in der Galgengasse, die gleich hinter dem Steintor rechts abzweigte, besaß nur zwei Räume. Dem Dach fehlten einige Schindeln, und außen wucherte jede Menge Unkraut.

»So, das hätten wir.« Elisabeth stellte den schweren Eimer hinter die Türschwelle. »Du hast gesagt, dass du dich noch gut an meine Mutter, die Agnes, erinnern kannst. Glaubst du, sie war eine Hexe?«

»Gott beschütze dich, mein Kind«, sagte die Alte. »Sie war genauso wenig eine Hex wie ich oder mei' Cousine, die Ottilia, welche sind.«

»Aber warum wurde sie dann beschuldigt?«

»Weil se hinter dei'm Erbe her sind wie der Teufel hinter der armen Seel. Du weißt scho – die Rosenau. Deshalb wolln se dich weghaben.«

Arme Gunde, die abermals etwas verwechselte, denn Eli-

sabeth hatte nichts geerbt und niemand wollte sie weghaben.
»Weißt du, wer sie angezeigt hat?«

»Gunde weiß alles. Komm ein andermal wieder. Gott mit dir, mein Kind.« Sie zog ihr die Tür vor der Nase zu. Stocksteif blieb Elisabeth stehen, hob die Hand, um zu klopfen, und senkte sie wieder. Sie nahm sich vor, später noch einmal bei dem alten Weiblein vorbeizuschauen.

Nachdem sie bereits hier oben war, konnte sie gleich im Probstgrund, beim Schorsch, Honig holen. Dessen drei Bienenkörbe standen etwas abseits des Wegs an einem Hang des Festungsbergs. Nach kurzem Fußmarsch ließ sie sich erschöpft im hohen Gras nieder. Zu ihren Füßen breitete sich das Coburger Land aus. Zwischen einigen Weilern, Mühlen und Gehöften schlängelte sich das Flüsschen Itz gen Süden. In derselben Richtung stand der Brandpfahl, an dem ihre Mutter gestorben war. Nein, sie sollte nicht daran denken, ermahnte sie sich und schlang die Arme um ihre Beine.

Ein Miauen riss sie aus ihren Gedanken.

Ein schwarzes Kätzchen. Elisabeth sprang auf und spuckte zu ihrem Schutz schnell auf einen Stein, während die Katze davonflitzte.

»Keine Angst«, dröhnte Schorschs tiefe Stimme hinter ihr. Er trug eine knöchellange Kutte, dicke Handschuhe und hatte eine Haube auf, die er bei Bedarf übers Gesicht ziehen konnte. »Die tut nichts.«

»Wo ist sie hin?«

»Die hat sich genauso erschreckt wie du. Braucht ihr Honig?« Schorsch verschwand in einem kleinen Schuppen, und als er gleich darauf mit einem gefüllten Becher herauskam, schlich das abgemagerte Kätzchen dahinter hervor. Ihm fehlte ein Auge, und aus dem Loch lief Eiter über die Wange. Erst jetzt bemerkte Elisabeth ein weißes Pfötchen.

Ihr Mitleid wurde stärker als ihre Angst. »Das arme Ding wird bald verhungern. Fütterst du es denn nicht?«

»Eine Katze muss sich selbst ernähren können«, brummte Schorsch.

»Das kann sie aber offensichtlich nicht.«

»Schwarze Katzen bringen Unglück. Du hast selbst gerade auf den Stein gespuckt. Die wird sich schon was fangen. Du gehst jetzt besser. Ich muss arbeiten, und du willst sicher nicht gestochen werden.«

Nur widerwillig kehrte Elisabeth dem Imker und der Katze den Rücken. Sollten Christen nicht barmherzig sein?

Als sie in ihrem Zuhause die Küche betrat, flog Ilses Kopf hoch. »Is was?«

»Nichts. Hier, der Honig.« Elisabeth stutzte. »Ist ein schwarzes Pferd schlechter als ein weißes?«

»Woher soll ich das wissen? Die sin' alle riesengroß und Furcht einflößend. Frag jemanden, der welche hat.«

»Wollen wir uns eine Katze zulegen? Die Nachbarin hat auch eine.«

Ilse bekam große Augen. »So a Viech kommt mir net ins Haus. Des bringt Unglück. Denk an dei' Mutter, die hat ...« Ihre Augen wurden rund wie ihr Mund.

»Was hat meine Mutter?«

»Davon weiß ich net mehr als das, was ich scho erzählt hab.«

»Die alte Gunde hat gesagt, jemand hatte geplant, meine Mutter loszuwerden.«

»So a Blödsinn. Geh jetzt raus aus meiner Küch.«

Elisabeth holte sich einen Besen und fegte damit die Wohnstube und den Flur aus. Als sie die Haustür öffnete, um den Schmutz auf die Straße zu kehren, marschierten der Blonde und sein schwarzhaariger Freund vorbei. Beide wirkten erhitzt. Der Blonde drehte sich zu ihr. Als er sie erkannte, zuckten seine Augenbrauen kurz hoch.

»Wie heißt Ihr?«, fragte er.

»Ist es nicht üblich, sich zuerst selbst vorzustellen? Ich bin Elisabeth, die Tochter des Bürgermeisters.«

»Verzeiht.« Der Blonde deutete eine Verbeugung an. »Ich bin Hannes Freymann von Randeck und der hier ist mein Freund, Karl Köckh, Freiherr zu Prunn.«

»Ihr seid Katholische, nicht wahr? Euer Freund war im Gefolge des kaiserlichen Kurfürsten.«

»Und wenn?«

»Dann wäret Ihr ziemlich mutig, denn es wird erzählt, die Kaiserlichen würden sich wieder sammeln. Wir sind eine lutherische Stadt, und unser Herzog unterstützt den Schwedischen Bund.«

»Ich bin in erster Linie Oberpfälzer«, sagte Karl langsam, »und habe meinen Dienst im Kaiserlichen Heer quittiert. Und Hannes ist Oberförster. Der ist genauso kriegerisch wie ein Baum.«

Sie hatte das Gefühl, in ihrem Kopf würden die Bienen vom Schorsch herumfliegen, weil es gar so heftig darin summte. »Wo habt Ihr Eure Pferde eingestellt?«, fragte sie, an Hannes gewandt.

»Bei der Wirtin. Warum wollt Ihr das wissen?«

»Weil ... Hat die Farbe eines Pferdes etwas zu bedeuten? Ich meine, ist ein Rappe böse und ein Schimmel gut?«

»Ich für meinen Teil reite am liebsten fuchsige Stuten«, sagte Karl mit einem Grinsen.

»Ich dachte, Herren reiten ausschließlich Hengste?«

Karl stutzte und er wirkte nachdenklich. »Eure Frage ist ernst gemeint, nicht wahr? Nein, die Farbe spielt keine Rolle. Dem einen gefällt Weiß, dem anderen Schwarz besser. Die Fellfärbung hat mit der Abstammung zu tun und das Verhalten mit der Ausbildung. Ist ein Ross bösartig, dann deshalb, weil es der Mensch dazu gemacht hat.«

»Bei Katzen ist das bestimmt genauso. Warum werden schwarze Katzen dann verfolgt?«

»Weil das die Farbe des Teufels ist und wegen ihrer Pupillen«, sagte Karl mit gesenkter Stimme. »Die Leute fürchten alles, was anders ist. Das bleibt aber unter uns, weil manche meinen, Wissenschaft sei Ketzerei und Teufelswerk. Am besten, Ihr vergesst das schnell wieder.«

Ilses Kopf erschien im geöffneten Küchenfenster, und sie drohte den beiden mit der Faust. »Setzt dem Mädchen keine Flöhe ins Ohr. Katzen bringen Unglück und damit basta. Und jetzt seht zu, dass Ihr verschwindet.«

Nach kurzem Gruß gingen die beiden weiter in Richtung Goldenes Kreuz. Elisabeth sah ihnen lange hinterher. Interessant, was die Herren alles wussten. Um in Ruhe über das Gehörte nachdenken zu können, begab sie sich in ihren Garten, wo es immer etwas zu tun gab.

Ihr Blick fiel auf den Schuppen und ein ungeheuerlicher Gedanke, wie sie der Katze helfen könnte, setzte sich in ihr fest.

Oktober 1634

8 Andreas

»Kulmbach ist in Bedrängnis!«, rief der regennasse Stadtbote in die Runde der Räte, die sich in der Ratsstube im Erdgeschoss des Neuen Rathauses eingefunden hatte.

Stöhnend lehnte Andreas Bachenschwanz, einer der fünf Bürgermeister, sich zurück. Das war zu erwarten gewesen. Er strich sich über den Bauch, da ihn seit Tagen ein Magengrimmen plagte, das sich immer nach den Mahlzeiten einstellte oder wenn er sich geärgert hatte.

In dem Raum mit dem wuchtigen Eichentisch in der Mitte und dem Kronleuchter darüber hatten sich viele Menschen versammelt. Nur wenige Lehnstühle waren leer geblieben. Schlechte Nachrichten verbreiteten sich grundsätzlich schneller als gute, Hiobsbotschaften gar wie ein Lauffeuer. Wäre Kulmbach gefallen, hätten die Stühle nicht gereicht.

Wolken verdunkelten die Sonne, sodass lediglich spärliches Licht durch die Kreuzfenster hereinfiel, weshalb Kerzen und Öllampen brannten. Der vorsitzende Bürgermeister Bonaventura Breithaupt hatte die Herren zu einer außerordentlichen Sitzung einberufen, um die Lage Kulmbachs zu erörtern.

»Wenn die Kaiserlichen ihre Drohung wahrmachen und angreifen, wird sich die Stadt nicht halten können«, wiederholte der Stadtbote seine Nachricht. Auf dem Dielenboden unter ihm bildete sich eine Pfütze.

Andreas hatte Mitleid mit ihm. Man sollte den armen Tropf heimschicken, bevor er sich eine Erkältung holte.

Der Bote fuhr fort: »Generalwachtmeister Lamboy sitzt in Eger und schreibt Drohbriefe an die Kulmbacher Bürgermeister. Die wollen aber nicht aufgeben.«

Rufe wurden laut.

»Sind die wahnsinnig geworden?«

»Die Plassenburg ist genauso uneinnehmbar wie unsere Veste.«

»Unsinn! Die Plassenburg wurde schon einmal vor achtzig Jahren eingenommen – unsere Veste hingegen nie!«

»Nach dem Wiederaufbau haben sie die Wehranlagen verstärkt, deshalb gilt sie jetzt als sicher.«

»Was gehen uns die Kulmbacher an, die gehören zum Markgrafen von Brandenburg?«

»Ja warum in Gottes Namen kommen dann die Brandenburger den Kulmbachern nicht zu Hilfe?«

Schlagartig wurde es still. Die letzte Frage hing wie ein Vorwurf im Raum, denn in ihr schwang die Angst mit, es könnte ihnen ebenso ergehen. Coburg gehörte nach dem Tode des Herzogs Johann Casimir zum nördlichen Herzogtum Sachsen-Eisenach, aber wie die Brandenburger würde es seinen südlichen Landesteilen nicht zu Hilfe eilen.

»Meine Herren«, sagte Andreas bedächtig, »selbst wenn die Burg durchhält, kann die Stadt eingenommen werden, wie wir am eigenen Leib erfahren haben. Erinnert euch an Wallenstein. Wir haben nicht die Mittel, um diesen brandschatzenden Horden zu widerstehen.«

»Achttausend Mann hat Wallenstein dabeigehabt, und alle haben sich bei uns durchgefressen. Die Zeche mussten die Bürger und Bauern zahlen«, brummte Breithaupt. Er saß an der Mitte des Tisches, auf dem er beide Hände abgestützt hatte. Um seine geringe Körpergröße auszugleichen, pflegte er Schuhe mit hohen Absätzen zu tragen und ein Kissen auf die Sitzfläche des Stuhls zu legen. »Wie viele Landsknechte hat Generalwachtmeister Lamboy unter seinem Befehl? Oder ist der Kurfürst dabei?«

»Nein, der weilt in Bayern«, sagte der Stadtbote. »Die Kaiserlichen werden von Lamboy befehligt. Man spricht von sieben Regimentern, also etwa zweitausendfünfhundert bis dreitausend Mann.«

»Hast du sie gesehen?«

»Nein. Die sitzen in Kirchenlamitz und haben einen Trompeter mit ihren Forderungen auf die Plassenburg geschickt.«

»Dann ist es nur eine Frage der Zeit, bis Kulmbach fällt. Und wenn es dort nichts mehr zu holen gibt, werden sie sich bei uns einnisten. Nicht vorzustellen, wenn die den ganzen Winter über hierblieben.«

»Wenn Lamboys Armee bis in den Frühling bleibt, wird das Getreide knapp. Es reicht kaum für uns«, warf Bäcker Hohnbaum ein.

»Und was wird mit dem Schlachtvieh?«, meldete sich der Fleischer.

»Vielleicht gefällt es ihnen in Kulmbach so gut, dass sie dort überwintern«, meinte Oberstwachtmeister Rauschert.

»In dem ärmlichen Kuhdorf?«, höhnte der Zunftmeister der Tuchmacher.

»Oha! Wer hat das gesagt?«, rief ein Kulmbacher, der in der herzoglichen Verwaltung arbeitete, mit erhobener Faust.

»Mindestens zweitausendfünfhundert. Ganz schön viele«, klagte der Krämer Matthäus Sommer. »Ich hatte gehofft, es wären weniger.«

»Nicht genug, um uns einzuschüchtern.« Bürgermeister

Langers flache Hand klatschte so heftig auf den Tisch, dass Andreas zusammenzuckte.

Die Stimmung schlug spürbar um. Aus Angst vor einem Angriff ließen sich die sonst eher gemäßigten Räte zu wütenden Wortgefechten hinreißen.

Andreas spürte förmlich, wie sich die Spannung aufbaute, einem nahenden Unwetter gleich. Er sollte mit der Stimme der Vernunft sprechen, wie es von ihm als Bürgermeister erwartet wurde, wenngleich er seinem Ärger am liebsten Luft gemacht hätte. Er räusperte sich vernehmlich. »Ob zweitausend oder achttausend spielt keine Rolle. Unsere Bürgerwehr bringt gerade einmal fünfhundert Mann auf die Beine. Wir sollten den Kaiserlichen die Stadt kampflos übergeben. Das wäre allemal besser, als unser schönes Coburg zusammenschießen zu lassen.«

»Genau!«, rief einer der Stadträte. »Wie beim Wallenstein.«

Langer stand auf. »Ich bin dagegen. Wir müssen uns wehren. Die Heere werden uns aussaugen, Seuchen bringen und nichts als Tod und Elend hinterlassen.«

Wie ein aufbrausender Wind schwollen daraufhin die Stimmen an. Ein Tumult brach los, Stühle rückten. Ausgewachsene Männer schrien sich wie Marktweiber an, drohten mit den Fäusten und schlugen auf den Tisch. Fast alle waren auf den Beinen, und der Stadtbote drückte sich eingeschüchtert an die Wand. Nur Matthäus Sommer, die Doktoren Wolffrum und Gauer sowie Andreas waren sitzen geblieben.

Aus Gauers Mundwinkel floss ein Speichelfaden, den er sich mit einem Tüchlein abtupfte. Allmählich kamen Andreas Bedenken, dem Greis seine Käte zur Frau zu geben, obwohl sie nicht seine Tochter war, wie Mathilde gern betonte.

»Gemach! Gemach!«, rief er. »Noch sind sie nicht da. Es ist gewiss klug, sich vorher Gedanken zu machen, aber es gibt keinen Grund, deswegen gleich die Nerven zu verlieren.«

»Wohl gesprochen«, grunzte Wolffrum. »Trotzdem wäre es an der Zeit, sich vermehrt Gott zuzuwenden und dem teuflischen Treiben ein Ende zu bereiten.«

»Wie wahr, wie wahr!«, riefen einige. Die Zwischenrufe erstarben und schufen so Raum für Wolffrums dünne Stimme.

»Gott schickt uns den Krieg als Strafe für unser lasterhaftes Leben.«

Seine Worte echoten in Andreas' Kopf und wollten nicht vergehen. Er hatte sie schon einmal gehört. Agnes hatte die Warnung kurz vor ihrem Tod ausgestoßen, und noch heute überlief ihn ein Schaudern, wenn er sich das vergegenwärtigte. Waren vor ihrem Tod nur gelegentlich Soldaten marodierend durch die Pflege Coburg gezogen, hatten danach erst die Pest und dann eine ganze Armee das Land verwüstet und entvölkert. Mit verschränkten Armen lehnte er sich vor. »Sprecht Euch aus, Herr Geheimrat. Was meint Ihr genau?«, fragte er rau, obwohl er die Antwort ahnte.

»Satanas lebt unter uns.« Wolffrum fixierte ihn mit seinen kalten schwarzen Augen. »Wir müssen ihn vertreiben.«

»Wie stellt Ihr Euch das vor?«

»Das solltet Ihr wissen – gerade Ihr.«

Es wurde mucksmäuschenstill in der Ratsstube, lediglich der Landregen trommelte leise an die Fenster. Keiner der Herren rührte sich.

Zu oft hatte Wolffrum ihn daran erinnert, dass Elisabeth ohnmächtig geworden war, anstatt den Namen Gottes auszurufen, als ihre Mutter lichterloh brannte. Diese versteckte Drohung und die damit verbundene Gefahr für seine Tochter durfte er nicht ignorieren. Ihm wurde eng um die Brust, als wäre er in einem Schraubstock eingespannt.

»Wir werden tun, was getan werden muss«, sagte Breithaupt eisig, »und wir werden die Bevölkerung auffordern, mehr zu beten.«

»Ihr hättet keinen Ball abhalten dürfen«, greinte Langer.

»Das habt Ihr selbst mitentschieden.« Breithaupt war mitunter gnadenlos.

»Die Hexe wird den Feind anlocken, und der wird unsere Stadt mit Feuer, Tod und Pestilenz überziehen«, kündigte Wolffrum an.

»Eine Hexe – in unserer Stadt?«, wisperten die braven Räte. Wolffrums Augenbrauen zuckten nach oben. Jetzt war es geschehen, die Saat der Verleumdung war ausgestreut.

»In Coburg gibt es keine Hexen mehr«, schnarrte Breithaupt. »Oder wisst Ihr von einer?«

Andreas hielt es nicht länger auf dem Stuhl und er baute sich vor Wolffrum auf. Jeder im Raum wusste, auf wen Wolffrum anspielte. Hinter seinem Rücken presste Andreas die Hände gegeneinander, damit sie sich nicht von selbst um dessen Hals legten. »Sprecht frank und frei, aber lasst diese haltlosen Verdächtigungen.«

Ein seltenes Lächeln verzerrte Wolffrums Gesicht, entstellte es zu einer Fratze, ähnlich den Figuren an den Pfeilern alter Kirchen. »Die Wahrheit wird ans Licht kommen.«

Eine unmissverständliche Drohung. Der Mann, der bei Andreas ein und aus ging, würde keinen Moment zögern, seine Elisabeth auf den Scheiterhaufen zu schicken, wenn es ihm zum Vorteil gereichte. Es war ein schwerer Fehler gewesen, den Rat des Archidiakonus missachtet und das Mädchen nicht beizeiten in ein Stift gebracht zu haben. Er hatte zu lange gewartet. Schwerfällig setzte er sich. Eine Anklage seiner Tochter musste unter allen Umständen verhindert werden.

»Die Soldaten werden von den jeweiligen Fürsten und dem Kaiser in Marsch gesetzt, nicht vom Satan«, sagte er eindringlich. »Es wäre ein Irrsinn, zu behaupten, der Herzog von Weimar sei vom Gehörnten beseelt, nur weil seine Armeen vor Zirndorf standen. Die Soldaten bringen das Elend mit. Sie sind die eigentliche Plage. Vor Kronach haben die Schweden gewütet, und vor unseren Toren werden die Kaiserlichen Rache nehmen. Das wird mit oder ohne Gebete geschehen.«

Schweigen folgte seiner Rede – eisig und angstvoll. Er war zu weit gegangen, indem er die Worte eines Ketzers gewählt hatte.

»So darfst du nicht reden, Andreas«, sagte Breithaupt endlich. »Es liegt in Gottes Hand, was geschehen wird.«

»Soll denn nicht bald Frieden sein?«, fragte Matthäus.

»So es dem Herrgott gefällt«, erwiderte Wolffrum, jedes Wort betonend.

»Die Sitzung ist beendet«, rief Breithaupt. »Wir treffen uns zu gewohnter Stunde wieder.«

Die Ratsmitglieder drängten durch die Flügeltür hinaus, wobei sie riefen, dass sie sich dieses Teufelsgerede unter keinen Umständen länger anhören würden. Wolffrum und Gauer verließen nebeneinander die Ratsstube, Breithaupt, Andreas, Matthäus und der Stadtbote blieben zurück.

»Was willst du noch hier?«, wandte sich Breithaupt an den Durchnässten. »Du kannst heim. Und du, Andreas, sei vorsichtig mit dem, was du sagst. Denk an den guten Nicholas Zech, den Herzog Casimir auf der Veste elendig zugrunde gehen ließ.«

»Das war ungerecht und ungesetzlich«, fuhr Andreas auf. »Zech hatte nichts Verwerfliches getan und wurde zweimal freigesprochen.«

»Und dann endgültig verurteilt, weil sowohl unser Herzog als auch sein Bruder es so wollten. Du weißt, was ich damit sagen will. Die Gerichtsbarkeit ist käuflich. Mach dich wegen einer unbedachten Äußerung nicht angreifbar. Geht jetzt bitte, ich habe zu tun.« Breithaupt eilte, mit dem Boten am Rockzipfel, nach nebenan in die Schreibstube.

Wie konnte Breithaupt ihn nur mit dem Zech vergleichen, fragte Andreas sich. Nicholas Zech hatte als Rentmeister und

Zentgraf des Herzogs gute Arbeit geleistet, war jedoch einigen unbequem geworden und hatte in einem Brief an einen vermeintlichen Freund seinen Herzog despektierlich tituliert – prompt war er denunziert worden. Andreas rauschte hinaus, gefolgt vom Krämer Sommer, der ihn vor dem Rathaus am Ärmel festhielt und unter den Torbogen zurückzog.
»Was sollte das mit dem Wolffrum? Will er dir am Zeug flicken?«

»Kann sein«, sagte Andreas mit bleischwerer Zunge. »Er will meine Elisabeth verbrennen.«

Matthäus Sommer zuckte zurück. »Das brave Kind wird ihm hoffentlich keinen Anlass gegeben haben, oder?«

»Sicherlich nicht. Mein Gott, Matthäus. Ich möchte, dass das dumme Gerede endlich aufhört.«

Der Freund brachte seinen Mund nahe an Andreas' Ohr. »Ich weiß, warum der Wolffrum hinter deiner Elisabeth her ist und wie du verhindern kannst, dass ihr ein Leid geschieht.«

»Da bin ich gespannt.«

Matthäus legte den Zeigefinger auf den Mund. Er winkte ihm zu folgen, eilte mit eingezogenem Kopf ins Rathaus zurück und durch eine rückwärtige Tür in den Hinterhof, auf den Eingang eines angrenzenden Weinkellers zu, in dem große Holzfässer gestapelt lagen. Hier begann das Reich des Zolleinnehmers. Der war in seinem Gewölbe zugange, wie Andreas an den Stimmen, die daraus hervordrangen, erkannte. Als sie in einer Nische anlangten, drehte sich Matthäus um und tat so, als würde er sich über die Bauweise der Rückfront des Rathauses auslassen. Er zeigte auf ein Fenster und dann aufs nächste. Schuster, Tuchmacher und Kürschner boten dahinter ihre Waren feil.

»Der Hexenerlass dient zur Bereicherung des Zentgrafen«, flüsterte Matthäus hinter vorgehaltener Hand. »Das Gericht beschlagnahmt alle Besitztümer einer Hexe, nicht wahr?«

Widerstrebend stimmte Andreas zu. Agnes' Gutshof in Einberg hatte sofort nach dem Urteil den Besitzer gewechselt. Trotzdem, Matthäus musste sich irren.

»Wie du weißt, bin ich Kaufmann und kenne mich in Gelddingen ein wenig aus«, sagte der Freund.

Daran gab es keinen Zweifel, hatte Andreas doch mitunter dessen Rat in Finanzangelegenheiten eingeholt. »Mach's kurz.«

»Ist dir aufgefallen, dass dem Hexenwahn ausschließlich reiche Frauen zum Opfer fallen? Denk mal darüber nach, wer in den letzten Jahren alles den Feuertod gestorben ist. Da war nicht eine einzige Arme dabei.«

Andreas erinnerte sich an die bemitleidenswerten Frauen. Tatsächlich sind sie alle wohlhabend gewesen. Trotzdem wehrte sich sein Verstand dagegen, seinem Freund zu glauben. Seine Agnes sollte nur deshalb gestorben sein, damit sich die Obrigkeit ihren Hof in Einberg einverleiben konnte? Das durfte nicht wahr sein. Unmöglich.

»Ich habe ein ungutes Gefühl bei der Sache, Matthäus. Du redest dich um Kopf und Kragen. Wenn das der Geheimrat hört.«

»Dir kann ich doch vertrauen? Ist bloß eine Vermutung.«

»Andere haben wegen geringfügigerer Äußerungen am Pranger geendet.« Andreas zeigte wahllos auf ein Fenster im Erdgeschoss, hinter dem die Fleischer und Bäcker ihre Waren verkauften.

Matthäus ließ nicht locker. »Vielleicht wusste der Herzog nichts von dem Geschachere um die Hinterlassenschaften. Der Geheime Rat, das Schöppengericht und der Zentgraf haben jedenfalls genug eingesteckt, das kannst du mir glauben.«

»Möglich, dass unser Herzog mit dem Hexenerlass seine Untertanen nur an die Kandare nehmen wollte.«

»Mag sein. Hat Elisabeth irgendwelche Reichtümer?«

Noch nicht, wäre die ehrliche Antwort gewesen, aber davon wusste niemand etwas. Andreas schüttelte demonstrativ den Kopf. »Nichts hat sie. Rein gar nichts.«

Sein Freund zog die Mundwinkel nach unten. »Hm. Das macht meine Theorie zunichte.«

Der Regen durchweichte allmählich Andreas' Jacke, Kälte drang bis auf die Haut vor. Zeit, nach Hause zu gehen.

»Na ja, vielleicht habe ich mich geirrt. Eigentlich wollte ich dir vorschlagen, sie zu enterben.« Matthäus marschierte durch das Rathaus und quer über den Marktplatz in Richtung Spitalgasse.

Andreas folgte ihm. »Gott mit dir!«, rief er dem Freund hinterher.

»Und mit dir – aber vor allem mit Elisabeth!«

9 Elisabeth

NADEL, ZWIRN UND Stoff verschwammen vor Elisabeths brennenden Augen. Das Grau des Tages ging nahtlos über in das der Nacht. Sie raffte das fast fertige Mieder zusammen, legte es zur Seite und faltete die Hände im Schoß. Erst jetzt bemerkte sie, wie kalt und dunkel es in ihrer Dachkammer war.

Sie war des Überlegens müde. Richtig oder falsch, gut oder

schlecht, sie musste tun, was sie sich vorgenommen hatte. Das Wetter sah nicht einladend aus, aber das würde ihrem Vorhaben nur dienlich sein. Sie packte ihren Umhang, den sie zum Trocknen über die Kleidertruhe gelegt hatte, und stieg die Treppen hinunter.

Das Zimmer mit den herrlich bunt bemalten Balken, in dem die Familie ihr Essen einzunehmen pflegte, lag verlassen vor ihr. Köstlicher Suppengeruch hing in der Luft, doch die Teller waren leer, bis auf ein Stückchen Fleisch, das in dem Teller an Kätes Platz zurückgeblieben war. Geschwind wickelte Elisabeth es in ein Mundtuch ein. Kätes Stuhl stand schräg an der langen Seite, Vaters ordentlich ausgerichtet an der kurzen und der von Frau Mutter war unter den Tisch geschoben, ihrem Mann gegenüber und mit dem Rücken zur Tür. Ein Stuhl war frei geblieben – ihrer. Die Tafel war groß genug, um weiteren Personen Platz zu bieten, aber nachdem keine Gäste eingeladen worden waren, hatte Frau Mutter die überzähligen Stühle entfernen lassen – bis auf den von Elisabeth. Er stand wie als Mahnung unbenutzt da, denn sie durfte nie am gemeinsamen Mahl teilnehmen. Kätes Becher war noch halb voll. Schnell nahm Elisabeth einen Schluck. Der Inhalt schmeckte süß und fruchtig, fast wie Traubensaft, mit einem angenehmen Prickeln am Gaumen. Sie zögerte, überlegte ein letztes Mal, ob sie dem Kätzchen etwas zu fressen bringen sollte. Würde sie erwischt werden, zöge das fürchterliche Folgen nach sich. Als Hexenkind verbot sich der Besitz einer schwarzen Katze. Den Coburgern Aberglaube und Ängstlichkeit vorzuwerfen war absurd, da sie sich selbst von ihren eigenen Vorbehalten gegen das Tier hatte leiten lassen.

Diese Überlegung gab ihr den letzten Anstoß, das Unmögliche dennoch zu versuchen. Diese Katze war an ihrem schwarzen Pelz genauso wenig schuld wie Elisabeth am Schicksal ihrer Mutter.

Sie musste sich sputen, wollte sie bei ihrer Rückkehr nicht vor verschlossener Haustür stehen. Eilig trug sie das Geschirr ab und stellte die Teller auf den Arbeitstisch in der Küche. Im Kamin, der gleichzeitig als Kochstelle diente, prasselte ein Feuer, dessen Wärme ihr wohltat. Wenn es draußen nur nicht so ungemütlich wäre. Morgen würde es vielleicht zu regnen aufhören, aber bis dahin konnte es zu spät sein.

Ilse und Lutz saßen am Küchentisch, jeder vor einem Brettchen, darauf Brot und Schmalz. In Elisabeths Magen rumorte es. Mit dem Zeigefinger strich sie über einen der Teller, die sie hereingetragen hatte, und leckte ihn genüsslich ab. Sie mochte die Spur Salz, das den Geschmack des Gemüses verstärkte.

»Magst eine Scheibe Brot?«, fragte Ilse. »Du musst was essen. Schaust aus wie a Klapperg'stell.«

Auch die Katze hungerte, und wer zu mager war, würde bald sterben. Eventuell war der Tod eine Möglichkeit, ihren inneren Frieden zu finden und sich zudem Wolffrums Zugriff zu entziehen. Halt, so durfte sie nicht denken, das war Sünde. Gott schenkte einem das Leben, und Er allein war berechtigt, es einem zu nehmen.

»Nein, danke«, erwiderte sie und begab sich in den Flur, wo sie ins Haus lauschte. Mutter und Vater sprachen oben in der Wohnstube gedämpft miteinander. Sie würden sie nicht vermissen, denn nach dem Abendbrot war es Elisabeth verboten, sich in der Stube oder gar in der Schlafkammer der Eheleute aufzuhalten.

Die Gelegenheit war günstig.

Elisabeth atmete tief durch und drückte die Haustür auf. Leise schlich sie hinaus und lehnte die Tür an. Feiner Nieselregen benetzte ihr Gesicht. Sie zog die Kapuze ihres Umhangs über den Kopf und hastete Richtung Steintor. Die Straßen waren menschenleer, nur in der Steingasse huschte eine kleine

Gestalt mit einem Huckelkorb auf dem Rücken an ihr vorbei, bog aber vor Erreichen des Stadttores ab.

Im offenen Wachhäuschen daneben vertrieben sich zwei Soldaten die Zeit mit Würfeln. Wenn das der Pastor wüsste. Sie waren so in ihr Spiel vertieft, dass sie nicht bemerkten, wie sie sich an ihnen vorbeidrückte.

»Zwölf«, rief einer der Wächter. »Her mit dem Geld!«

Erneut rollten die Würfel, prallten von der Holzwand ab. »Müsste doch mit dem Teufel zugehen, wenn ich diesmal nicht gewinne«, fluchte der andere.

Hinter dem Tor beschleunigte Elisabeth ihre Schritte. Ganz allein hier draußen vor der Stadt war ihr ein wenig unheimlich zumute. Das Grau schien sie erdrücken zu wollen. Aus den Gebäuden außerhalb der Stadtmauer drang nur spärliches Licht, Gundes Haus lag im Dunkeln. Ein Stück weiter ließ Elisabeth die letzten Anzeichen menschlichen Lebens hinter sich und tauchte in den Probstgrund ein. Das Gefühl drohenden Unheils verstärkte sich und trieb sie vorwärts. Tausend Augen schienen sie zu beobachten.

In ihrer Hast strauchelte sie auf dem unebenen Weg und wäre fast gestützt. Die Imkerei war nicht mehr weit. Über ihr verriet diffuses Licht den Standort der Veste.

Ein Rascheln im Unterholz ließ sie herumfahren. Hoffentlich kein Bär.

Blanke Angst packte sie. Panisch lief sie los, schnell weg von dem Grauen, weg von der Gefahr. Sie stieß sich ihre Zehen an einem Stein und fiel der Länge nach hin. Nässe quoll durch ihre Kleider. O Gott, gleich würde das Ungeheuer sie anfallen.

Doch nichts dergleichen geschah. Lang ausgestreckt lag sie im feuchten Gras.

Als sie aufblickte, hörte sie den Ruf einer Eule, und einen Steinwurf entfernt lief ein Fuchs vorbei. Er sah zu ihr her, dann verschluckte ihn das Grau.

»Dumme Gans«, schalt sie sich selbst, rappelte sich auf und klopfte die Kleider ab. Ihr Knie schmerzte. Das würde einen dicken Bluterguss geben und unangenehme Fragen von Ilse nach sich ziehen.

Sie verstand nun, warum die meisten sich weigerten, nachts hinauszugehen. Zwerge, Feen und Geister lebten in den Geschichten der Alten fort. Sie hatten ihre Wurzeln hier draußen in der Düsternis. Langsam tappte sie weiter, sorgsam darauf bedacht, leise aufzutreten, um nicht die Aufmerksamkeit der Dämonen zu wecken.

Endlich zeigten sich die Umrisse der Bienenkörbe und des Imkerschuppens. Schweigen umgab jetzt diesen Ort, an dem es tagsüber vor Emsigkeit summte und brummte. Angestrengt starrte sie in die Dunkelheit, doch das Kätzchen war nirgends zu entdecken.

War sie zu spät gekommen?

Schon wollte sie ihrer hämmernden Angst nachgeben und umkehren, als ein kleiner Schatten neben dem Schuppen auftauchte.

Geschwind ging Elisabeth in die Knie, so wie sie es bei der Nachbarin beobachtet hatte, wickelte das Stückchen Fleisch aus dem Mundtuch und hielt es ausgestreckt vor sich hin. Mit sanften Worten lockte sie das Kätzchen, und nach einer Weile näherte es sich humpelnd.

Ihre Gedanken rasten. Ein Stückchen noch, und sie würde es ergreifen und heimtragen können. In ihrem Hinterhof wäre es einfacher, sich um das Tierchen zu kümmern. Allerdings war zu Hause die Gefahr des Entdecktwerdens wesentlich größer.

Elisabeth verhielt sich still. Das Kätzchen schnüffelte kurz an dem Fleisch und verschlang es gierig.

»Leider habe ich nur wenig dabei. Morgen bringe ich dir mehr.« Die Entscheidung war gefallen. Sie würde es hier versorgen, bevor der Schorsch morgens hochkäme. Da sie fast jeden Morgen Gundes Eimer trug, würde der kleine Umweg keinem auffallen.

Ein Schuss zerfetzte die Stille. Droben an der Veste wurden Rufe laut, die Katze verschwand wie vom Blitz getroffen.

»Dort! Dort!«

War sie damit gemeint? Angestrengt starrte sie in die Schwärze. Fackeln wurden entzündet.

»Ist da wer?«

»Der ist fort!«

Die Rufe galten jemand anderem. Vermutlich hatten die Wachposten der Burg etwas gesehen; ein Wildtier oder gar einen Feind? Elisabeth rappelte sich auf und hielt nach der Katze Ausschau. An diesem Ort durfte sie keine Minute länger bleiben, da sie weder dem Verfolgten noch den Verfolgern in die Hände fallen wollte. Sie schlich zum Weg zurück und lief den Hohlweg hinunter. Gleich würde sie die Abzweigung erreichen.

Wie aus dem Nichts sprang sie ein Schatten an und riss sie zu Boden. Elisabeth stieß einen spitzen Schrei aus. Schwer lag der Körper eines Mannes auf ihr. Panische Angst schnürte ihr die Kehle zu.

10 Hannes

»Kommst du mit oder nicht?«, fragte Hannes am Abend in ihrer Kammer im Goldenen Kreuz. Er hängte sich den Gurt mit dem Rapier über die Schulter, schob den Dolch in seinen Gürtel und warf sich den dunklen Umhang über.

Karl erhob sich schwerfällig von seinem Lager. Das morgendliche Trinken hatte ihn den Nachmittag verschlafen lassen. »Immer noch dasselbe Sauwetter? Hört das denn nie auf?«

»Und sollte es morgen weiterhin regnen, wirst du unser Vorhaben auf übermorgen verschieben wollen. Du suchst nur nach Ausreden, um dein Versprechen nicht einhalten zu müssen.«

»Schon gut. Ich begleite dich.«

Der Tag versprach ebenso trübe auszuklingen, wie er begonnen hatte. Offenbar waren die Stadtwachen mehr daran interessiert, wer herein-, als wer hinauswollte, und so konnten sie die Stadt unbehelligt durch das Steintor verlassen. Zügig schritten sie den Probstgrund entlang und kletterten die Böschung des Hohlwegs hinauf, direkt zur Veste hoch. Zusätzlich zur Dämmerung boten Hecken und Obstgärten Sichtschutz. Eine Armee würde sich nicht unbemerkt anschleichen können, zwei einzelne Personen schon eher. Hannes beeilte sich, den Hang unter der Veste abzusuchen.

»Was treibst du da?«, fragte Karl keuchend. »Zur Veste geht's da hinauf.«

Hannes untersuchte ein Gebüsch, fand allerdings nur Zweige, Gras und Erde. »Hier soll es einen Geheimgang geben.«

»Und den willst du im Dunkeln finden?«

»Auf meinem Erkundungsgang traf ich einen Weinbauer, der ihn mir genau beschrieben hat.«

»Welcher Weinbauer?«

»Hättest du nicht so viel gesoffen und deinen Rausch ausgeschlafen, würdest du jetzt nicht fragen«, flüsterte Hannes. »Es soll sogar ein Geheimgang von der Stadt bis in die Burg hoch führen, aber der Eingang dazu war dem Mann unbekannt.«

»Unfug. Die Burg wurde auf felsigem Grund erbaut. Zudem ergibt ein Geheimgang keinen Sinn, wenn ihn jeder kennt. Sollte dennoch einer bestehen, wäre der Zugang bestimmt versperrt. Und ohne Fackeln würde ich sowieso nicht hineingehen.«

Daran hatte Hannes nicht gedacht. Auch in seiner Burg Randeck sollte es einen solchen geben, doch bislang hatte ihn niemand gefunden. Durchaus möglich, dass es sich um ein Ammenmärchen handelte.

Die hereinbrechende Nacht verwischte die Umrisse der Umgebung und erschwerte die Suche. Die Knöchel schmerzten vom schiefen Gehen am Hang, zudem war Karl keine große Hilfe. Der fluchte gelegentlich und schaute ihm meist nur zu.

Neben einer Hecke setzte Hannes sich ins feuchte Gras, zog die Knie an und stützte den Kopf auf die Hände. Vom Probstgrund kommend tauchte ein Schatten in den Hohlweg ein.

»Mir reicht's für heute«, sagte Karl. »Wenn es überhaupt einen Eingang gibt, dann auf der anderen Seite und weiter oben. Aber bis wir dort sind, ist es stockdunkel. Wir sollten uns auf den Rückweg machen. Ich möchte nicht vor verschlossenen Stadttoren stehen.«

Hannes starrte in den feuchten Nebel. Ein weiterer Tag

war nutzlos verstrichen. Noch tobte das Feuer der Rache in ihm, aber er fühlte es schon weniger heiß brennen.

»Heute Abend sind offensichtlich viele Leute unterwegs«, sagte Karl. Unter ihnen erklomm jemand den Hang und hielt genau auf sie zu. Karl kauerte sich nieder und bedeutete Hannes, es ihm gleichzutun.

Ein Mann in schwarzem Umhang keuchte dicht an ihnen vorbei, ohne sie zu bemerken. Hannes wollte ihm nachschleichen, aber Karl hielt ihn zurück.

Der Mann hatte den Burggraben fast erreicht. Wie aus heiterem Himmel donnerte ein Schuss über sie hinweg. Oben in der Veste wurden Rufe laut. Der Kerl fuhr herum und rannte wie von tausend Teufeln gehetzt an ihnen vorbei.

»Verdammt. Wenn die rauskommen, um ihn zu verfolgen, wird's ungemütlich. Lauf.« Karl sprang dem Flüchtenden hinterher.

Abwärts ging es wesentlich schneller als aufwärts. Hannes stolperte, stürzte kopfüber hinab, fing sich und rappelte sich benommen auf. Der Unbekannte verschwand im Hohlweg und wenig später auch Karl.

Von unten drangen Geräusche eines Handgemenges zu ihm. Neugierig, wen Karl erwischt hatte, rutschte Hannes die Böschung hinab.

»Runter von der Frau!«, rief Karl. »Wer bist du?«

»Das geht dich einen Dreck an!«

»Ich denke doch. Raus mit der Sprache, oder ich löse dir die Zunge!«

»Oberst Ludwig von Seckendorff von den Schwedischen.«

»Warum schießen die auf Euch, wenn Ihr zu denen gehört?«

»Weil da oben lauter Narren sitzen. Lamboys Spione sollen sich in der Gegend herumtreiben, um nach Zugängen zur Veste zu suchen. Deshalb schießen die Idioten auf alles, was sich bewegt.«

»Vielleicht solltet Ihr keine Abkürzung nehmen, sondern auf dem Weg bleiben?«

»Lasst mich ziehen, oder Ihr werdet es bereuen.«

»Wie Ihr wünscht.«

An Hannes vorbei marschierte von Seckendorff erneut in Richtung Burg los, blieb aber nach einigen Schritten stehen und drehte sich um. »Gehört Ihr zu Lamboys Truppen?«

»Nein«, antwortete Karl und half einer kleinen Gestalt hoch. Unter der Kapuze quollen lange Haare hervor, und als sie aufsah, erkannte Hannes sie: Elisabeth, das Hexenkind. Warum trieb sie sich des Nachts außerhalb der Stadtmauern herum?

»Seid Ihr verletzt?«, fragte Karl.

Ohne ein Wort zu verlieren, riss sie sich los und rannte Richtung Coburg davon.

»Hör auf, Maulaffen feilzuhalten«, sagte Karl und verschwand im Halbdunkel, Elisabeth folgend.

Den Kopf voller Fragen holte Hannes auf. Er öffnete den Mund, um ihm einige Fragen zu stellen, aber Karl kam ihm zuvor: »Das Mädchen … Das war doch Elisabeth, die Tochter des Bürgermeisters? Was hat sie zu so später Stunde hier zu suchen?«

»Das frage ich mich auch. Sie hatte weder einen Eimer noch einen Korb bei sich. Jedenfalls war sie ziemlich erschrocken.«

»Das wärest du auch, wenn von Seckendorff auf dir liegen würde.«

»Sie hatte auch vor uns Angst.«

»Vielleicht hat sie in der Festung einen heimlichen Liebhaber, von dem ihr Vater nichts wissen darf.«

Das wiederum traute Hannes ihr nicht zu. »Kann ich mir nicht vorstellen. Was ist mit von Seckendorff?«

»Ich wette, der war bei einem Weib unten in Coburg und

wollte sich unauffällig in die Veste zurückschleichen. Vielleicht bei der Jungfer, die er gestern Abend auf dem Fest hofierte. Komisch, dass er Lamboy erwähnt hat. Wenn der in der Nähe ist, sollten wir uns ihm anschließen.«

»Muss das sein?«

»Wenn du in die Burg willst, ja. Los jetzt, der Nachtwächter ruft bereits.«

Zum Glück erreichten sie das Stadttor rechtzeitig. Die zwei Wächter schlossen soeben die schweren Holztüren. Nachdem sie sie überzeugen konnten, im Goldenen Kreuz zu Gast zu sein, durften sie passieren.

»Heut Abend ist allerhand los«, brummte der eine.

»Sperr zu«, erwiderte der andere. »Dienstschluss. Der Nachtwächter geht schon seine Runde.«

11 Karl

Es war an der Zeit, Coburg den Rücken zu kehren, fand Karl, aus verschiedenen Gründen. Käme der Tross der Kaiserlichen Armee erst einmal in Reichweite der Kanonen, würden die Bürger ihn und Hannes womöglich festsetzen oder Schlimmeres mit ihnen anstellen. Die Folterknechte waren im Erfinden von Grausamkeiten fantasievoll, wenn es darum ging, an Informationen zu gelangen.

Auch schien Hannes eine Vorliebe für die Tochter des Bürgermeisters entwickelt zu haben. Karl kannte seinen Freund gut genug, dass ihm dies nicht entgangen war. Die Schwierigkeiten, die eine solche Beziehung nach sich zögen, bedachte Hannes offenbar nicht. Es war nahezu ausgeschlossen, dass ein Katholischer eine Evangelische ehelichte, nicht in dieser Zeit. Karl musste einschreiten, bevor deren Zuneigung sich vertiefte.

Es gab noch einen dritten Grund, und der betraf seinen Auftrag, den er jedoch nur in Lamboys Nähe erledigen konnte. Hannes durfte er unmöglich einweihen, wollte er ihn nicht in Gefahr bringen.

»Wohin?«, fragte Hannes.

»Zum Lamboy'schen Heer.«

Hannes öffnete den Mund, schloss ihn wieder und schüttelte den Kopf. »Das kommt von selbst zu uns. Inzwischen könnten wir versuchen, die Taupadels in unsere Gewalt zu bringen.«

»Und was gedenkst du dann mit ihnen zu tun?«

Hannes zögerte. Seine Hand umschloss fest den Knauf seines Schwertes.

»Siehst du«, sagte Karl. »Es gehört eine Portion Mut und viel Hass dazu, die eigenen Rachegelüste zu befriedigen. Das kannst du einfacher haben. Wenn Lamboy die Veste erobert, ergibt sich alles von selbst.«

»Will er das oder will er lediglich in Coburg überwintern?«

»Wahrscheinlich möchte er dem Kaiser beweisen, dass er der bessere Heerführer ist. Das zu schaffen, was Wallenstein verwehrt blieb, wird Lamboy große Ehre und noch mehr Güter einbringen.«

»Und was wird er mit den Taupadels tun?«

»Vermutlich Lösegeld für sie verlangen. Reicht dir das?«

Hannes sah düster auf das Schwert und ließ es los. »Meiner Schwester war das nicht vergönnt, sie wurde grausam getötet. Vater hätte sie gern freigekauft.«

Dem hatte Karl nichts entgegenzusetzen. »Wir machen uns auf den Weg nach Kulmbach.«

Zuerst ritten sie durch den Lichtenfelser Forst und folgten dann dem Main bis vor die verschlossenen Tore der Stadt, hinter der auf einem Berg die Plassenburg weithin sichtbar thronte, als existierte keine Gefahr. Ein Stück weiter in der Aue lag das Feldlager Lamboys mit seinen zwölftausend Soldaten.

Volle zwei Stunden mussten sie warten, bis sie zu Lamboy in die Ratsstube vorgelassen wurden. Wärme und Tabakgeruch schlugen Karl beim Eintreten entgegen. In bläulichen Schwaden standen sechs Offiziere an einem langen Tisch, auf dem eine große Landkarte sowie ein Schreiben ausgebreitet lagen, und berieten sich mit ihrem Befehlshaber. Generalwachtmeister Wilhelm von Lamboy war an seiner silbrig glänzenden Rüstung, den weißen Handschuhen und dem Spitzenkragen leicht zu erkennen. In den blonden Haaren, im Kinnbart und dem dunkleren Schnurrbart schimmerte es vereinzelt grau. In der rechten Hand hielt er eine Reitgerte mit Elfenbeingriff. Auch die anderen Herren hatten ihre Brust- und Rückenharnische angelegt, aus denen Seidenjacken und Kniehosen hervorschauten. Die Casaques hatten sie lässig über die Schultern geworfen und die rote Seidenschärpe der Offiziere um den unteren Teil ihrer Panzerung geschlungen. Fürwahr eine edle Gesellschaft, die sich hier eingefunden hatte, um den Fortgang des Kriegs zu besprechen. Sie scherzten und lachten, schenkten Karl und Hannes dabei keine Beachtung. In der Ecke saß ein junger Soldat hinter einem Pult, auf dem Schreibfeder, Tintenfass und Papier bereitlagen. Karl blieb neben Hannes an der Tür stehen.

»Nun, Eure Drohung, wir würden Kulmbach in Flammen aufgehen lassen, scheint keinen Eindruck gemacht zu haben«, schnarrte Lamboy.

Der angesprochene junge Offizier errötete. »Wir wollten ihnen Angst einjagen, damit sie die sechstausend Gulden und die Verpflegung schneller herausrücken.«

»Was nicht gefruchtet hat.« Lamboy pochte mit der Reitpeitsche auf den Tisch. »Die Stadträte entschuldigten dies mit den mageren Steuereinnahmen wegen der Pestilenz und den hohen Abgaben, die sie an ihren Brandenburger Kurfürsten und die Bischöfe zu entrichten hätten. Aber das ficht mich nicht an, meine Herren. Wir nehmen uns dennoch, was wir brauchen. Kulmbach wird fallen. Morgen Abend.«

»Großartig!«, rief ein ergrauter Offizier. »Wie werden wir vorgehen, Herr Generalwachtmeister?«

»Wir stellen ihnen ein Ultimatum und lassen in Sichtweite von Burg und Stadt ein Bataillon aufmarschieren. Danach veranstalten wir einen kleinen Angriff. Nichts Großes, nur um sie ein wenig einzuschüchtern. Ich hoffe, das wird sie überzeugen.«

Die Herren murmelten Zustimmung. Es ergab Sinn, nicht das gesamte Heer in Marsch zu setzen, denn wer sollte es versorgen, wenn sie Kulmbach verwüsteten?

»Der Feldmarschall des Kaisers erwartet die Unterwerfung des Frankenlandes. Geht und bereitet alles vor.«

Bis auf den Schreiber verließen alle Stabsmitglieder Lamboys den Raum. Lamboy setzte sich schwerfällig auf einen Armlehnstuhl an eine kurze Seite des Tisches und nahm einen kräftigen Schluck aus einem Becher. »Und nun zu Euch beiden.« Lamboy wandte sich mit strengem Blick an Hannes und Karl. »Ihr beabsichtigt also, in meine Armee einzutreten. Ich suche mir meine Offiziere grundsätzlich selbst aus. Euer Name?«, fragte er Karl.

»Karl Friedrich Köckh, Freiherr zu Prunn, Herr Generalwachtmeister.«

»Der Name Köckh sagt mir nichts. Was gibt es über Euch zu berichten?«

Einiges, und nicht alles würde ihm gefallen. »Mein Vater ist Geheimrat des Herzogs von Bayern.«

»Des Kurfürsten.« Lamboy musterte ihn ausgiebig und nickte. »Ich meine, Euch schon einmal gesehen zu haben.«

»Als Leutnant der kurfürstlichen Kürassiere unterstand ich Wallensteins Befehl gegen die Schweden bei Zirndorf. Dort sind wir uns begegnet.«

»Wart Ihr auch in Coburg mit ihm?«

»Das war ich«, sagte Karl, obwohl das nicht ganz der Wahrheit entsprach. Er war mit dem Kurfürsten dort gewesen, weil der befürchtet hatte, dass Coburg dem Kaiser und nicht Bayern zufallen könnte. Aber das brauchte der Generalwachtmeister nicht zu wissen. »Ich habe ein Empfehlungsschreiben.«

»Vom Kurfürsten?«

Ein gefährlicher Moment, denn allzu leicht könnten sie für seine Spione gehalten werden. »Nein, von meinem damaligen Hauptmann.«

»Habt Ihr Landsknechte dabei?«

»Nein, Herr Generalwachtmeister. Ich hoffe, das ist kein Nachteil.«

»Wie viele Soldaten braucht man, um ein Städtchen einzunehmen? Zweihundert – allenfalls. Schaut hinaus. Der Rest ist nur Ballast, den wir mit durchfüttern müssen. Allerdings fehlt es uns an gut ausgebildeten und erfahrenen Offizieren.« Lamboy deutete auf Hannes. »Und wer seid Ihr?«

»Wolfgang Johannes Freymann zu Randeck.«

»Freymann zu Randeck ist ein kaiserlicher Geheimrat und Heraldiker des Kurfürsten. Euer Vater?«

»Ja.«

»Der Mann hat einen guten Namen, obwohl er sich weigerte, die Hexenerlasse umzusetzen. Mangelnde Disziplin gibt es bei mir nicht.« Er legte die Reitpeitsche auf die Tischplatte und richtete sie so aus, dass sie parallel zu dem Schreiben lag. »Worin seid Ihr ausgebildet?«

Hannes senkte die Schultern. »Ich bin Oberforstmeister im Rentamt Amberg, verstehe mich aber trotzdem aufs Kämpfen.«

»Ja, Kämpfe mit Wilderern und armem Bauerngesindel, das ein paar Bunde Reisig gestohlen hat. Eine Schlacht ist etwas anderes, als einen Baum zu fällen.«

»Außerdem besuchte ich die Fechtschule in …«

»Einerlei.« Lamboy schnitt ihm das Wort ab. »Wer vertritt Euch in Eurer Abwesenheit? Die Forstwirtschaft ist wichtig für die Kriegskasse.«

»Der Kurfürst hat mich beurlaubt, um der kaiserlichen Sache zu dienen.«

»Und die wäre?«

Hannes geriet ins Stottern. »D-den k-katholischen Glauben zu verteidigen.«

Lachend schlug sich Lamboy mit der flachen Hand auf den Oberschenkel. »Genau das ist es, was den Kaiser bewegt. Ich nehme euch in meine Dienste auf. Schreiber, ich ernenne Herrn Köckh zum Hauptmann und den Förster zu seinem Leutnant. Mag sich Hauptmann Köckh mit einem unerfahrenen Leutnant herumplagen. Meldet Euch bei Oberstleutnant Krafft. Er hat mich wiederholt um Ersatz für gefallene Offiziere gebeten, nun bekommt er ihn.«

Wortlos ergriff der Schreiber die Feder, tunkte sie ins Tintenfass und malte sorgfältig Buchstaben aufs Papier. Mit seiner Reitpeitsche deutete Lamboy auf Hannes' langes Rapier. »Lasst Euch einen Felddegen geben. Auf dem Schlachtfeld taugen die zivilen Bratspieße nichts.«

»Wie Herr Generalwachtmeister befehlen«, sagte Karl. »Ich werde ihm auch eine Bandelier als Schwertgürtel besorgen. Damit zieht es sich besser blank.«

Lamboy winkte ab. »Eure Entscheidung, Herr Hauptmann. Ich sehe Euch auf dem Schlachtfeld.«

Damit waren sie eingestellt und aus dem Gespräch entlassen.

Sie fanden den Oberstleutnant bei seinem Kürassier-Regiment, das die Farben des Grafen von Hatzfeld trug. Krafft erwies sich als drahtiger Mann, etwa so groß wie Hannes, mit dunkelbraunem Haar und vollem Kinnbart. Nach anfänglichem Erstaunen hieß er sie willkommen und machte sie mit seiner Einheit vertraut.

»Der Herr Leutnant wird seine feine Jacke ausziehen müssen, da Seide den höheren Offiziersrängen vorbehalten ist«, sagte Krafft. »Euch steht ein Seide-Wollgemisch zu. Statt einer Jacke könnt Ihr Euch auch einen Lederkoller kaufen, der soll sogar besser schützen als ein Harnisch. Kostet dreißig Taler.«

»Du hast einen Harnisch, der reicht«, meinte Karl, der nicht vorhatte, Hannes einer Gefahr auszusetzen.

»Ich mag das Blechding aber nicht. Allerdings sind dreißig Taler zu viel für mein Säckel.«

»Die Lederkoller haben die Schweden mitgebracht«, erklärte Krafft. »Sie sind aus geschabtem Elchleder, was den hohen Preis rechtfertigt.« Dann zeigte er ihnen rote Tücher. »Bei uns ist es Pflicht, eine rote Armbinde als Erkennungsmerkmal zu tragen, da man sonst die Unsrigen nicht von den Schweden unterscheiden kann.«

»Eine gute Idee«, sagte Karl. »Obwohl ich erwartet hätte, dass sich der Generalwachtmeister eine andere Farbe aussucht, nachdem Wallenstein bereits rot befohlen hatte.«

Krafft grinste nur, führte sie zuerst zum Büchsenmacher und anschließend zum Waffenschmied, die beide im Tross mitfuhren. Waffen gab es reichlich, erbeutete und neue. Karl erstand eine Pistole und einen Radschlosskarabiner, Hannes bekam einen Pallasch in die Hand gedrückt.

»Der ist gut zum Zuhauen, aber aufgepasst: Nur eine Seite der Klinge ist scharf«, erklärte Krafft. »Beim gerittenen Angriff stützt Ihr den Knauf am besten auf dem Oberschenkel ab, damit Euch die Klinge nicht aus der Hand geschlagen wird, wenn Ihr einen aufspießt. Hoffentlich bringt er Euch mehr Glück als seinem Vorbesitzer.«

»Wieso?«, fragte Hannes.

»Dem wurde der Kopf abgerissen. Er ist ins Visier einer feindlichen Feldschlange geraten«, sagte Krafft achselzuckend. »Morgen Früh wird auf dem Mühlberg Aufstellung genommen. Da könnt Ihr Eure Fähigkeiten unter Beweis stellen, Herr Hauptmann.«

Nach einer Weile des Herumfragens kamen sie in einem Bauernhaus unter, das von einem alten Mann bewohnt wurde.

»Die Familie hat vermutlich Reißaus genommen«, brummte Karl, als sie das halb eingefallene Dach sahen. »Da hast du uns was Feines eingebrockt.«

»Du warst es, der hierherwollte.«

Das stimmte. In der Bauernstube stank es nach Schweiß und Fäkalien. Ihr Abendmahl fiel karg aus, doch der Wein war trinkbar. Die Schlafstatt bestand aus muffigem Stroh in zerschlissenen Leinensäcken, Flöhe und anderes Getier inbegriffen.

»Ein Königreich für ein Bett unter freiem Himmel im Blaubeerkraut«, maulte Hannes. »Wir hätten in Coburg auf Lamboy warten sollen.«

»Dann wären wir in Ketten gelegt worden.«

Hannes blies die Kerze aus. Noch lange drangen von draußen Geräusche herein und hielten Karl wach. Das Gesicht seiner im Kindbett verstorbenen Frau tauchte vor seinem inneren Auge auf und erinnerte ihn an Schmerz und Verlust. Was würde der morgige Tag bringen? Kampf und Tod, was sonst.

12 Hannes

AM NÄCHSTEN MORGEN, bei einem spelzigen Stück Fladenbrot und schalem Dünnbier, erfuhr Hannes von seinem Freund, dass die Kulmbacher der erneuten Aufforderung, sich zu ergeben, nicht nachgegeben hätten. Der Markgraf Christian von Brandenburg-Kulmbach habe keine Befugnis, die Plassenburg zu übergeben. Der Herr Generalwachtmeister Lamboy solle sich vierzehn Tage gedulden, bis Nachricht aus Brandenburg einträfe.

»So lange sollen wir noch in diesem Loch bleiben?« Hannes verschluckte sich an dem Brot, und Karl klopfte ihm auf den Rücken.

»Das wird Lamboy sauer aufstoßen«, sagte Karl. »Zwei Wochen sind verdammt lange. So viel Zeit hat er nicht.«

Hannes war überrascht, denn für einen ehemaligen Leutnant des Kurfürsten wusste sein Freund offenbar sehr genau Bescheid. Allerdings hatte er sich über seine Aufgaben in der Leibgarde stets bedeckt gehalten. Normalerweise hätte Hannes es damit auf sich bewenden lassen, doch dieses Mal drängte es ihn, mehr zu erfahren. »Woher willst du das wissen?«

»Der Kaiser beabsichtigt, den Krieg zu beenden. Der Herzog von Breda hat es mir unter dem Siegel der Verschwiegenheit anvertraut.«

Dieser Name war Hannes unbekannt. »Warum möchte er nach all den Kriegsjahren ausgerechnet jetzt Frieden schließen? Hat er genügend eingeheimst und fühlt sich als Sieger?«

Karl lachte trocken auf. »Gibt es in diesem Krieg überhaupt einen? Die Heere ziehen durchs Land und hinterlassen eine Spur der Verwüstung. Ganze Landstriche sind ausgeblutet. Bei dem ständigen Hin und Her kommt es vor, dass eine Stadt mehrmals erobert und zurückerobert wird. Das alles findet auf dem Buckel der notleidenden Bevölkerung statt. Die Herzöge wollen sich vom Joch des Kaisers befreien, aber der denkt nicht daran, ihnen nachzugeben.«

»Ich dachte, es gehe um den wahren Glauben?«

Karl schüttelte den Kopf. Sein Blick schweifte in die Ferne, dann leerte er seinen Humpen und wischte sich mit dem Handrücken über den Mund. »Grausiges Gesöff.«

»Hast du noch weitere Informationen parat?«

»Frankreich wird sich mit den Schweden verbünden.«

»Du täuschst dich. Der Franzosenkönig ist katholisch, die Schweden sind protestantisch. Deshalb unterstützen die Schweden die protestantischen Herzöge.«

»Das ist Kardinal Richelieus Verdienst, der gegen die Vormachtstellung der Habsburger ankämpft. Da vergisst man schnell seinen Glauben.«

»Unser Kaiser ist Habsburger.«

»Eben. Wie der österreichische, der spanische, böhmische, ungarische und der kroatische König. Dennoch wird der Kaiser bald allein dastehen.«

Diese Ränkespiele waren zu verwirrend. Da waren Hannes seine Bäume lieber, denn die kannten nur eine Richtung:

nach oben. »Ich dachte, die Franzosen und unser Kurfürst hätten einen Beistandspakt geschlossen?«

»Richtig.« Karl nickte. »Mit französischer Unterstützung konnte Maximilian Kurfürst werden, der nun bestimmen wird, wie wir uns zu kleiden haben und zu wem wir beten sollen.«

»Demnach ist Frankreich jetzt gegen uns?«

»Wenn du meinst, das sei alles, bist du auf dem Holzweg. Die Spanier stehen schon bereit, den Franzosen zu Hilfe zu eilen. Die Heerführer sprechen Schwedisch, Spanisch und Italienisch. Schau dir unsere eigene Armee an: Lamboy stammt aus den Niederlanden, sein Oberer, der feiste Piccolomini, ist Italiener. Die Kroaten ziehen im Namen des Kaisers umher. Alle sind hier, um fette Beute zu machen. Am Ende wird der Kaiser nichts mehr haben, um das es sich zu kämpfen lohnt.«

Damit erhob sich Karl und ließ ihn in der Wohnstube sitzen.

Gegen Mittag gab Oberstleutnant Adolf Krafft den Befehl zum Aufsitzen. Ein großer Teil der Regimenter hatte auf dem der Plassenburg gegenüberliegenden Mühlberg Aufstellung bezogen.

»Was passiert als Nächstes?«, fragte Hannes, der nochmals den Sitz seines Brust- und Rückenharnisches überprüfte.

Karl hatte seine Rüstung ebenfalls angelegt, die zudem Arme und Oberschenkel bedeckte, und sich die rote Seidenschärpe darübergebunden. »Verflucht unbequem dieses Zeug. Hör zu: Unser Major reitet mit vierzig Mann direkt gegen Kulmbach, und wir greifen vom Berg aus an. Keine Bange, Hannes. Wir schaffen das. Bleib nur immer an meiner Seite.«

Karl ließ seine Abteilung einen Hang hinaufreiten, während unter ihnen Kraffts vierzig Mannen zu einer steinernen Brücke galoppierten. Mündungsfeuer blitzte, Musketen krachten, Pulverdampf stieg auf. Der Vorstoß kam ins Stocken. Die Kulmbacher schossen aus allen Rohren und wagten mit Unterstützung einiger Kürassiere sogar einen Ausfall. Sie trieben Krafft von der Brücke, verfolgten ihn gar bis ins nächste Dorf.

»Mach dich bereit, gleich geht's los«, sagte Karl.

Nervös ruckte Hannes an dem unbequemen Harnisch herum. Er hätte sich doch einen Lederkoller kaufen sollen, aber es war einerlei, beides würde ihn nicht vor einer Kugel schützen.

Im gestreckten Galopp preschte ein Melder auf sie zu. Ein Trompetensignal erschallte, und das Fußregiment setzte sich in Bewegung.

Karl brüllte zum Angriff und galoppierte seinen fünfundzwanzig Reitern voran. Es gab kein Zurück mehr, Hannes wurde wie ein Ast in einem Wildbach mitgezogen. Die Kontrolle über seinen Hengst hatte er längst verloren. Sie jagten den Berghang hinunter und unten im Tal über die Brücke auf ein offen stehendes Stadttor zu.

Und schon waren sie drin. Einer der Wächter hielt Karl seinen Spieß entgegen, doch der schlug ihn zur Seite und ritt unbeirrt weiter. Auf einem Platz fand die wilde Hatz ihr Ende.

»Das war's«, sagte Karl, als wäre es ein Spaziergang gewesen.

Sie hatten es bis in die Mitte Kulmbachs geschafft.

Oberstleutnant Krafft stieß mit seiner Gruppe zu ihnen. »Gut gemacht, Herr Hauptmann. Der Herr Generalwachtmeister wird zufrieden sein und Euch belobigen.«

»Darauf ist geschissen«, murrte Karl später in einem Gasthof, einen Krug Wein vor sich. »Das Glück war uns hold, Hannes, aber so glimpflich wird es nicht immer ablaufen.«

Karls Groll wollte Hannes nicht über sich ergehen lassen. »Ich werde mal nachschauen, ob sich unsere Männer anständig benehmen«, sagte er und trat ins Freie, ohne Karls Antwort abzuwarten.

Feuer von brennenden Häusern und Stadeln erhellten die Nacht. Die Soldaten zogen plündernd und brandschatzend durch die Gassen, in denen sich kaum ein Bürger blicken ließ. Vor einem Haus schlugen Landsknechte auf einen Wehrlosen ein. Hannes trat hinzu. Der Mann lag zusammengekrümmt im Straßendreck und blutete aus Mund und Nase.

»Lasst von ihm ab, er hat genug«, sagte er. Nur zögerlich folgten die Männer seinem Befehl.

»Welcher Kompanie gehört Ihr an?«, begehrte Hannes zu wissen.

»Der des Herzogs von Breda. Der Kerl ist einer der Bürgermeister. Er hat sein Maul zu weit aufgerissen, und da haben wir es ihm gestopft.«

»Es ist in Ordnung ihn zu strafen, aber nicht über Gebühr.«

Murrend verzogen sie sich und Hannes half dem Verletzten in dessen Haus. »Mehr kann ich für Euch nicht tun.«

Ein ungutes Gefühl bemächtigte sich seiner, als er einen Erschossenen vor einer Toreinfahrt liegen sah.

»Was ist hier los?«, fragte Hannes die Soldaten, die um die Leiche standen und soeben johlend weiterziehen wollten.

»Dem Pfaffen haben wir's gründlich gezeigt.«

Hannes betrachtete ein Schild neben dem Tor. »Hofsattler« stand darauf. War der Tote wirklich ein Geistlicher gewesen? Er hatte genug gesehen und kehrte zu Karl zurück.

Am Morgen schwelten noch mehrere Brände und schwarzer Rauch hing schwer über Kulmbach. Der Bürgermeister zahlte nach einigem Hin und Her zweitausendvierhundert Gulden, woraufhin Lamboy das Zeichen zum Aufbruch gab. Die Plassenburg blieb unangetastet.

Nach einem kleinen Umweg über das auf Seiten des Kaisers stehende Kronach, das noch von Taupadels Heimsuchung gezeichnet war, bewegte sich Lamboys Armee von zweitausendfünfhundert Mann einem Lindwurm gleich auf Coburg zu – insgesamt sechs Regimenter. Dazu kam ein Tross von siebenhundert Frauen und Kindern, Handwerkern, Metzgern, Bäckern, Händlern – jedoch keine Huren.

»Die sind nicht gelitten«, hatte Krafft erklärt. »In meinem Tross gibt's keine ledigen Weiber. Sollte jemand denken, nicht auf eine Dirne verzichten zu können, wird vorher gefälligst geheiratet.«

»Wer's glaubt, wird selig«, hatte Karl das Gesagte später grinsend kommentiert.

Nebel hing in den Bergen und Bäumen, nistete sich darin ein und kroch durch Mantel und Jacke. Die Trommler der Regimenter wurden nicht müde, auf ihre Instrumente einzuschlagen, begleitet von gelegentlichen Fanfarensignalen. Die Bevölkerung sollte hören, dass Lamboy im Anmarsch war. Vereinzelt strebten Mensch und Tier aus den Ortschaften den Niederwäldern zu, um sich darin in Sicherheit zu bringen. Wenn den Soldaten danach stand, plünderten sie einen Hof und steckten ihn in Brand.

Am Spätnachmittag stießen sie auf den Weiler Großheirath, überschwemmten ihn wie das Schmelzwasser im Frühjahr, das sich dann in die Feuchtwiesen der Itz ergoss. Lamboy und sein Stab nahmen Quartier in einem der besseren Häuser, während die Männer des Trosses behände eine kleine Zeltstadt für all die anderen aufbauten.

»Ihr braucht Euch gar nicht häuslich niederzulassen«, sagte Krafft. »Der Herr Generalwachtmeister wird mit den Coburgern kurzen Prozess machen.«

Wie mochte das wohl aussehen? Er würde alles verwüsten, gab Hannes sich selbst die Antwort, sodass nur mehr schwarze Holzgerippe und verbrannte Felder übrig bleiben und die braven Bauern somit ihrer Lebensgrundlage beraubt sein würden.

Hannes verließ den Lagerplatz zu Pferde, um Abstand zum Aufbautrubel zu gewinnen. Die Nässe des hüfthohen Grases wischte den Schmutz von seinen Stulpenstiefeln, verlieh ihnen einen lange nicht gesehenen Glanz. Zu seiner Linken machte er an der Itz zwei Mühlen aus und weit vor ihm, auf einem Hügel unterhalb der Burg, die quadratische Konstruktion eines Galgens, der auf einem gemauerten Rund stand. Zwei arme Seelen baumelten dort im Wind. Was hatten die wohl verbrochen? Daneben reckte sich ein rußgeschwärzter Brandpfahl, einem mahnenden Zeigefinger gleich, ins Grau. Hannes fröstelte bei dem Anblick.

Dahinter versteckte sich die Veste im Nebel, die Tore der darunter liegenden Stadt waren geschlossen. Er versuchte, den Probstgrund oder die Imkerei zu entdecken – vergebens. Seine Gedanken flogen zu Elisabeth. Wie anmutig und bescheiden sie war, wie zerbrechlich und zugleich willensstark. Er wünschte sich, es würden andere Zeiten herrschen.

Ein Fanfarensignal hinter ihm ließ ihn zusammenfahren. Ein kleiner Trupp, bestehend aus dem Trompeter des Lamboy'schen Regiments, einem Standartenträger sowie zehn Kürassieren, ritt an ihm vorbei, auf Coburg zu. Auf das erneute Schmettern eines Signals hin öffnete sich das äußere Tor und die Stadt spuckte einen uniformierten Torwächter aus, der sich auf den Trompeter zubewegte, von ihm einen Gegenstand entgegennahm und sich eilends zurückzog.

Die Feuchtigkeit der Luft kühlte Hannes' Haut, und obwohl ihm vom langen Sitzen im Sattel der Hintern schmerzte, verweilte er auf seinem Beobachtungsposten. Im Lager würde er nur im Weg stehen, und was hier vor sich ging, war ohnehin wesentlich bedeutsamer. Wie werden sich die Coburger verhalten? Die Räte und Bürgermeister tagten garantiert bereits.

Eine halbe Stunde später öffnete sich das Tor erneut, und dem Trompeter wurde vom Torwächter etwas übergeben, woraufhin sich die beiden abermals trennten. Hannes wendete sein Pferd und ritt zum Lager zurück. Hatten sich die Coburger den Forderungen unterworfen? Je schneller sie die Veste einnähmen, desto besser, denn dann bräuchte Lamboy den Winter nicht hier auszusitzen.

Zeitgleich mit dem Trupp erreichte er die Zeltstadt. Seine Eile zahlte sich nicht aus, da über die getroffenen Vereinbarungen nichts durchgesickert war.

»Geduld ist eine Tugend«, sagte Karl, als er ihm von seinen Beobachtungen berichtete. »Das solltest du als Forstmann am besten wissen.«

13 Andreas

DAS HÄMMERN DES eisernen Türklopfers dröhnte durchs Haus. Andreas war gerade dabei, sich anzukleiden, und sah zum Fenster hinaus. Ein Bote der herzoglichen Kanzlei – erkennbar an dem roten Umhang mit dem Emblem des Herzoghauses darauf – holte zum nächsten Angriff auf die schwere Eichentür aus.

Andreas riss das Fenster auf. »Musst du solchen Lärm veranstalten? Ich bin nicht taub.«

»Unverschämtheit, in aller Herrgottsfrüh so aus dem Bett geholt zu werden!«, rief Mathilde schrill aus dem Schlafzimmer. »Kann Elisabeth nicht aufmachen?«

»Du solltest wissen, dass sie um diese Zeit Wasser holt«, sagte er in ihre Richtung. Schreien wollte er nicht, damit die wissbegierigen Nachbarn nichts mitbekamen.

»Was gibt's!«, rief er nach unten.

»Der herzogliche Rat wünscht, Euch zu sprechen.«

»Jetzt, zu dieser frühen Stunde?«

»Sobald Ihr bereit seid, Herr Bürgermeister.«

Das könnte dauern. Es zog ihn nicht in die Kanzlei am Marktplatz, in der die Geheimräte normalerweise tagten, denn dort hockte Wolffrum wie die Spinne im Netz.

Doch in Anbetracht der drohenden Kriegsgefahr war er über die Bitte um ein Gespräch nicht verwundert. Wahrscheinlich wollten die Herrschaften wissen, wie viele Männer die Bürgerwehr zählte, damit der Herzog keine Verstärkung zu schicken brauchte. Einerseits schmeichelte ihm die Einladung, andererseits fürchtete er, Wolffrum könnte die Gelegenheit nutzen, um erneut Drohungen gegen seine Tochter auszustoßen.

»Die Sitzung findet heute ausnahmsweise im Stadtschloss statt«, fügte der Bote hinzu.

»Ich wollte eigentlich zum Bader. Richte den Herren aus, ich komme in ungefähr einer halben Stunde.«

»Wie der Herr Bürgermeister wünschen.« Der Bote verbeugte sich und verschwand.

Andreas eilte zum Bader, der ihm Oberlippen- und Kinnbart stutzte. Es folgten eine Rasur und ein Schnitt der schulterlangen Haare. Der Bader war ein wortkarger Mann, was ungewöhnlich war, Andreas jedoch schätzte. Zudem ersparte ihm der frühe Besuch ein Zusammentreffen mit anderen Kunden, die ihn sonst mit Fragen gelöchert hätten. Zufrieden betastete Andreas sein Gesicht und nahm die Arbeit des Mannes in dem leicht getrübten Spiegel in Augenschein. Er bezahlte und fühlte sich nun bereit, den herzoglichen Räten in der Ehrenburg gegenüberzutreten.

Zuvor machte er noch einen Abstecher zu Sommers Krämerladen in der Spitalgasse 22. Auf dem Markt boten heute lediglich fünf Stände ihre Waren feil: Brot, ein bisschen Gemüse, Eier, Lauch und Rüben sowie Weine von einem fahrenden Händler. Viel zu wenig für die dezimierte Bevölkerung. Wo sollte das noch hinführen? Andreas erinnerte sich gut an Zeiten, in denen der Marktplatz vor Leben schier überzuquellen drohte.

Hinter drei steinernen Torbögen lag der Laden seines Freundes. Von Knöpfen, Garnen, Waagen, Geschirr, Holzspielzeug, Wollteppichen, Strümpfen und Farbpulvern bis hin zu merkwürdig duftenden Gewürzen aus aller Herren Länder war hier alles zu finden. Diese Köstlichkeiten schwängerten mit ihren Düften nicht nur die Luft des Ladens, sondern bereicherten zudem die Speisen der Coburger, die es sich leisten konnten.

Die Händler priesen ihre Waren in den beiden Rathäusern oder auf dem Marktplatz an, aber Matthäus' Vater hatte sich stets geweigert, einen Stand zu betreiben, und jetzt waren die Zünfte nicht mehr bereit, einen Krämer unter sich zu dulden.

Matthäus zerrte am Ohr seines Sohnes, der mit schmerzverzogenem Gesicht die Zähne zusammenbiss.

»Wohin wolltest du Lausebengel?«

»Nirgendwohin, nur der alten Gunde den Eimer heimtragen.«

»Hast wohl nichts Besseres zu tun?«

»Doch, Vater. Predigt unser Pfarrer nicht, dass wir hilfsbereit sein sollen?«

»Richtig, aber zuerst bist du uns gefällig, dann kommt der Laden und zum Schluss alles andere.«

»Es hat doch eh kaum jemand Geld, um was zu kaufen.«

Schon klatschte Matthäus' Hand auf die Wange seines Sohnes. Der kniff den Mund zusammen, warf dem Vater und Andreas einen finsteren Blick zu und verschwand in den hinteren Teil des Ladens.

»So ein Früchtchen von einem Sohn. Nichts als Flausen im Kopf. Warum geht er zum Wasserholen frühmorgens ausgerechnet zum Schlossbrunnen, wenn die beiden Marktbrunnen viel näher liegen? Ich sollte ihm einmal nachgehen.«

Ein Verdacht regte sich in Andreas. Seine Elisabeth holte ihr Wasser ebenfalls aus diesem Brunnen und etwa zur selben Zeit. War sie am Ende der Grund für Hans' Umweg? Sollte er dem Vorbild seines Freundes folgen und ihr hinterherschleichen? Eigentlich war er einer Verbindung mit der Sommerfamilie nicht abgeneigt, selbst wenn Mathilde keifen würde.

Andreas schnupperte in einen Sack mit braunen Bohnen. »Was ist denn das?«

»Kaffee, den hat mir ein Händler mitgebracht. Etwas Besonders aus Konstantinopel. Ich hoffte, der Herzog interessiert sich dafür.«

»Wenn er denn hier wäre. Was macht man damit?«

»Mahlen, kochen und trinken. Schmeckt bitter und anregend.«

»Neumodisches Zeug, so wie deine Teeblätter und der Kakao. Wer mag denn das?«

»Leider kaum jemand.«

»Sag mal, wann wirst du deinen Jungen verheiraten?«

»Wenn er mit seiner Lehre fertig ist.«

»Mit der Tochter des Apothekers?«

Matthäus rieb sich das Kinn. »Hm, ja«, antwortete er. »Stell dir vor, ihr Vater wollte neulich wissen, wie es mit unseren Verkäufen bestellt ist. Sogar in die Bücher wollte er einen Blick werfen.«

Das sah dem alten Pillendreher ähnlich. Durch das Dahinschwinden der Einwohner gab es weniger Käufer, was sowohl der Krämer als auch der Apotheker zu spüren bekamen.

Andreas räusperte sich. »Ich muss zu einer Sitzung des Geheimen Rats. Bin gespannt, was die von mir wollen. Hoffentlich bringen sie keine Anschuldigungen gegen meine Elisabeth vor, das könnte ich nicht ertragen.«

»Wieso sollten sie? Sie wird sich doch keine Blöße gegeben haben, oder? Das Mädel geht kaum aus dem Haus.«

»Sie ist ein liebes Ding, hilfsbereit und arbeitsam. Ich hätte gern einen passenden Mann für sie gefunden.«

Matthäus betrachtete ihn nachdenklich. »Kann ich gut verstehen.« Mehr sagte er nicht.

Zeit, aufzubrechen. Andreas verabschiedete sich und machte sich auf den Weg zum Schloss Ehrenburg, dessen Eingang kurz vor dem Steintor lag.

Wieder zu Hause setzte er sich an den Frühstückstisch. Sein Ärger über die vertane Zeit wurde von einem Gefühl des Unwohlseins überlagert. Sein Magen drückte, und er nahm sich vor, den Medikus aufzusuchen. Mit Widerwillen betrachtete er sein Frühstück, das aus einem Stück Graubrot, etwas Geräuchertem und einem Rührei bestand. Dazu trank er Dünnbier. Seine Frau musste sich mit einer Scheibe Schmalzbrot und eingemachten Erdbeeren begnügen. Ihr mittelblondes Haar wurde von einer weißen Haube bedeckt, unter der eine Strähne hervorschaute. Mit einer fahrigen Bewegung schob sie sie zurück.

»Was wollten die Herrschaften in der Ehrenburg von dir?«, fragte sie mit vollem Mund.

Nichts Besonderes. Sie hatten ihm lediglich mitgeteilt, dass Herzog Ernst Hilfe schicken würde, sollte sich Lamboys Armee in Richtung Coburg in Bewegung setzen, und dass der Herzog von den Bürgermeistern erwarte, Ruhe zu bewahren und alle notwendigen Maßnahmen für die Verteidigung der Stadt zu ergreifen. Was, dachte der Mann, würden sie sonst tun?

Käte hockte mit trotzigem Gesichtsausdruck, hochgesteckter Haarpracht und vorgeschobener Unterlippe am Tisch. Sie ähnelte einem bockigen Kind, doch ihre fraulichen Rundungen widersprachen diesem Bild. Er würde sie bald verheiraten müssen, allerdings hatte Mathilde ihre eigene Vorstellung, was ihr zukünftiger Schwiegersohn in die Ehe einzubringen hatte. Ihm selbst wäre der etwas einfältige Sohn des vorsitzenden Bürgermeisters recht, der ein ansehnliches Grundstück im Itzgrund erben würde.

»Ich will den alten Gauer nicht«, maulte Käte.

»Sei still«, fuhr Mathilde sie an. »Du nimmst den, den ich für dich aussuche.«

Andreas strich sich über den Bauch und schob den Teller weg. Die Streiterei schlug ihm auf den Magen.

»Geht es Euch nicht gut, mein Lieber? Soll ich Euch einen warmen Leibwickel machen lassen?«, säuselte Mathilde.

Er musste aufstoßen. Heute war es besonders arg, ihm wurde schwindelig. Als er sich erhob, um sich ins Bett zu legen, zwang ihn ein Rauschen im Kopf zum sofortigen Hinsetzen. »Später vielleicht. Holt erst den Dr. Messner.«

»Ist es wirklich so schlimm, dass Ihr gleich nach dem Medikus verlangen müsst? Bedenkt, was das kostet. Der Bader wäre billiger.«

Ihn als Weichling hinzustellen beherrschte sie hervorragend. »Schon gut, meine Liebe. Es wird bald vergehen. Bloß nicht den Bader, sonst weiß gleich die ganze Stadt davon.«

»Was fehlt Euch, Herr Vater?«, fragte Käte.

»Mir ist unwohl. Aber nun zu dir. Wie kannst du es wagen, deiner Mutter zu widersprechen?«

»Verzeiht, Herr Vater, ich widerspreche nicht. Ich respektiere lediglich Euren Wunsch, einen wohlbetuchten und ehrbaren Freier für mich zu finden. Es gibt einen anderen mit mehr Geld und Einfluss als den von Mutter Auserwählten.« Kätes Wangen röteten sich.

Andreas schlug mit der flachen Hand auf den Tisch. »Schluss jetzt. Du wirst dich der Entscheidung deiner Mutter fügen.«

Käte zuckte zusammen, obwohl er weder sie noch Elisabeth je körperlich gezüchtigt hatte. Dennoch sollte er die Zügel bei beiden Mädchen in Zukunft ein wenig straffer anziehen.

Mathilde legte ihren Kopf schief und musterte ihre Tochter von oben herab. »Und wer soll das sein?«

»Das werdet Ihr merken, wenn er an der Tür pocht und um meine Hand anhält.«

»Oho!«, rief Andreas. »Du wirst dich doch nicht hinter unserem Rücken mit einem Mann eingelassen haben?«

Käte errötete bis unter den Haaransatz.

Erneut stieg Saures aus Andreas' Magen auf, was ein Brennen im Rachen verursachte. Er sollte sich nicht aufregen und auf eine Bestrafung der Stieftochter wegen ihres Aufbegehrens verzichten.

»Ihr werdet dafür Sorge tragen, dass sie das Haus nur noch in Begleitung verlässt«, fuhr er Mathilde an, die eine beleidigte Miene aufsetzte.

»Ihr solltet Euch wieder in Euer Bett begeben, mein Lieber. Selbstverständlich wird mein Mädchen den Mann heiraten, den ich aussuche.«

Seit sich seine Agnes mit dem Teufel eingelassen hatte, war er nicht mehr Herr im eigenen Haus. Zwist und Unruhe hatten seitdem Einzug gehalten. Misslaunig schlurfte er aus dem Speisezimmer. Durchs Fenster seiner Schlafkammer sah er Elisabeth den Hinterhof fegen.

Erst beim Mittagsläuten stand Andreas auf. Das Magengrimmen war gottlob verflogen. Den Arztbesuch erachtete er nunmehr als unnötig. Nach der Besserung seines Befindens erschien auch das Schicksal der beiden Mädchen in einem freundlicheren Licht. Frauen hatten sich zu fügen und damit basta. Er entschloss sich, den Archidiakonus aufzusuchen, um mit ihm Elisabeths Eintritt in ein Stift zu erörtern. Von Bewegungen Lamboy'scher Truppen hatte er nichts mehr gehört, die schienen sich in Kirchenlamitz festgesetzt zu haben. Möge Gott fügen, dass es so bliebe. Da ein kalter Wind durch die Herrngasse pfiff, zog er sich seinen Mantel über.

Auf dem Marktplatz lief der Stadtbote auf ihn zu. »Kulmbach brennt!«, rief er schon von Weitem.

14 Elisabeth

NACHDEM SICH DER Ruf, dass Kulmbach gefallen war, wie ein Lauffeuer in Coburg verbreitet hatte, hielt die Stadt den Atem an.

Elisabeth verschwendete keine Gedanken an das Kommende. An ihren Lebensumständen würde sich kaum etwas ändern. Sie eilte durch leere Gassen zum Schlossbrunnen, ohne zu erwarten, dort jemanden anzutreffen, da die meisten zu dieser frühen Stunde noch in den Federn lagen. Sie sah sich getäuscht. Hans Sommer lachte ihr frech entgegen.

»Warum bist du so guter Laune?«, fragte sie ihn. »Hast du keine Angst?«

»Wegen so was lass ich mir den Tag nicht vergrämen. Ändern kann ich daran eh nichts. Ist doch nicht das erste Mal, dass wir belagert werden. Schau, mir wächst ein Bart.« Er fuhr sich übers Gesicht und zupfte an etwas Unsichtbarem.

»Wie nennst du das Gewächs?«

Hans beugte sich vor und streckte ihr sein Kinn entgegen. Bei genauerem Hinsehen zeichnete sich ein feiner Flaum ab. Elisabeth stellte ihren Eimer auf dem Boden ab und unterdrückte den Wunsch, darüberzustreichen, aus Angst, er könnte die Geste missverstehen.

»Bald bin ich ein richtiger Mann!«, rief Hans, griff nach dem Henkel ihres Eimers und füllte ihn.

»Was ist mit deinem?«, fragte sie. »Braucht ihr heute kein Wasser?«

»Schon erledigt.«

Offenbar hatte er auf sie gewartet. »Also gut, du darfst ihn mir heimtragen.«

»Die Fremden, die im Goldenen Kreuz abgestiegen waren, sollen Spione gewesen sein.«

Sie wollte widersprechen, verkniff es sich aber. Dass Hannes ein Feind war, konnte sie sich beim besten Willen nicht vorstellen. Dafür hatte sie ihn in zu guter Erinnerung behalten. »Wegen mir darfst du deine Pflichten nicht vernachlässigen. Es wäre mir lieber, du würdest mir nicht helfen.«

Hans kräuselte die Nase. »Schön, wenn das der einzige Grund wäre. Ich hasse es, wenn sich die Leut die Mäuler zerreißen. Die sollen erst mal vor der eigenen Haustür kehren.«

Das stimmte, aber Gehässigkeit war genauso menschlich wie das Bedürfnis, die Schuld immer bei anderen zu suchen. »Wo bleibt Gunde heute?«

Er deutete in Richtung Steintor. »Wenn man vom Teufel spricht.«

Gunde schlurfte gebückt heran und sah klappriger aus denn je. Das Wams schlackerte um ihren Körper, als würde es einer größeren Person gehören. Elisabeth war von der Sorge erfüllt, Gunde könnte bald für immer fernbleiben und ihre letzte Reise antreten. Dann wäre die Einzige, die noch von ihrer Mutter sprach, gegangen.

»Die Gunde hat überall rumerzählt, der Wolffrum würde seine Griffel nach dir ausstrecken, und auch, dass sie wisse, warum deine Mutter sterben musste.« Hans ergriff den Henkel ihres Eimers und eilte los, als wollte er nicht mit Gunde zusammen gesehen werden. »Komm, Lisbeth.«

Elisabeth stutzte. Woher hatte die Alte dieses Wissen – oder war es nur eines ihrer Hirngespinste? »Ich bin gleich zurück, warte auf mich!«, rief sie Gunde entgegen und rannte hinter Hans her.

Kurz vor dem Wirtshaus Zum Herrenbeck holte sie ihn ein. Nachdem er den Eimer in ihrem Hausflur abgestellt hatte, fiel sein Blick beim Hinausgehen auf einen Becher mit Milch, den sie zuvor hinter der Tür versteckt hatte. »Wofür ist die?«

Was sollte sie antworten? Zugeben, dass sie für eine schwarze Katze bestimmt war? »Gib her«, sagte sie und streckte die Hand nach dem Becher aus.

»Du wirst doch nicht ...?«, fragte er leise und sah scheu auf das daneben liegende Fenster. »Katze« formte sein Mund, ohne einen Laut von sich zu geben.

»Ein bisschen Milch für eine arme Seele. Was ist daran verwerflich? Schon in der Bibel steht: Gebt, so wird euch gegeben.«

Die Hände in den Hosentaschen versteckt kratzte er mit

seinem Schuh im Dreck. »Schon klar, warum du es mir verschweigst. Hast halt kein Vertrauen. Soll *ich* Gundes Eimer tragen?«

»Nein, du gehst heim, damit du keinen Ärger kriegst. Danke für deine Hilfe, Hans.«

»Ein Lächeln von dir würde mir genügen.« Als seine eisblauen Augen über ihren Körper glitten, wurde ihr bewusst, dass aus Hans ein Mann geworden war. Sie kam seinem Wunsch nach und lächelte ihn an.

»Warum hast du es so eilig?«

»Ich muss Gunde fragen, was es mit ihrem Gerede über Wolffrum und meine Mutter auf sich hat.«

»Ah so«, sagte er gedehnt. »Du kennst doch die Gunde. Die redet viel, wenn der Tag lang ist.«

»Sie weiß mehr, als du denkst.«

Hans hob die Schultern. »Bis morgen am Brunnen.«

Elisabeth stellte den Eimer in der Küche ab. »Ich schau mal nach der Gunde«, rief sie Ilse zu, froh, eine Ausrede für ihren morgendlichen Ausflug gefunden zu haben. Die Küchenmagd war mit dem Schrubben einer eisernen Pfanne beschäftigt, wobei ihr die Haare wirr vom Kopf abstanden.

»Bei der Gelegenheit kannste gleich beim Imker vorbeischauen.«

»Im Ernst?«, antwortete Elisabeth vorsichtig.

»Machste doch eh fast jeden Tag. Man könnt fast meinen, es gäbe außer dem Honig noch ein' andern Grund.«

»Ich helfe nur der Gunde.«

Ilse hörte mit dem Schrubben auf. »Sei vorsichtig, Lisbeth. Die Leut reden schnell über Dinge, die se nix angehen, und am liebsten, wenn se mit ihr'm Getratsch jemandem eins auswischen könn'. Schorsch meint zum Beispiel, du hätt'st a Auge auf ihn g'worfn. Der alte Sack muss net ganz bei Trost sein. Oder weiß der was, was wir net wissen?«

Elisabeth schluckte. Sollte sie ihr die Wahrheit sagen? Ilse war ihre Vertraute, schenkte ihr oft die Aufmerksamkeit, die ihr die Frau Mutter und leider auch der Vater verwehrten.

»Es geht nicht um den alten Schorsch.«

»Bring kei' Unglück über uns, is alles, was ich dazu sagen kann.«

»Was ihr Weibaleut nur immer habt.« Lutz schleppte einen Huckelkorb herein, in dem es aufgeregt gackerte. »Ständich hackt ihr auf derra Lisbeth rum. Des arme Ding weeß doch gar net, was se mache soll.«

»Sei still, Lutz, bevor du dir's Maul verbrennst. Zeig lieber her, waste gekriegt hast. Mein Gott, so an alten Göker. Der taugt grad' für a Suppen.«

Erleichtert über die Ablenkung ergriff Elisabeth ein Stückchen Brot, steckte es in ihre Rocktasche, in der sich bereits ein Bissen zähes Fleisch von gestern befand, und schlich hinaus.

Von Gunde war weit und breit nichts zu sehen, lediglich ihr Eimer wartete am Brunnen auf Füllung. Vergeblich schaute sich Elisabeth um.

Bestimmt war sie nach Hause gegangen. Entschlossen eilte Elisabeth Richtung Steintor, mit Gundes vollem Eimer in der Hand, wobei sie bemüht war, möglichst wenig Wasser zu verschütten. Als Elisabeth durch das Stadttor ging, warfen ihr die Wächter einen uninteressierten Blick zu. Außerhalb der Stadtmauern empfing sie die Trostlosigkeit nackter Bäume und fahler Farben, jedoch keine Gunde. Der Eimer wurde ihr immer schwerer. Die Alte konnte sich doch nicht in Luft aufgelöst haben. Aus dem Schlot ihres Häuschens quoll Rauch, die windschiefe Tür war angelehnt.

»Gunde?«, rief Elisabeth hinein. Keine Antwort.

Sie stellte den Eimer ab. Aus dem Innern roch es nach alter Wäsche und Urin.

Gut möglich, dass Gunde am Brunnen oder am Schloss einen Bekannten getroffen hatte und mit ihm gegangen war. Elisabeth hätte die Wächter fragen können, aber Aufsehen war das Letzte, was sie erregen wollte.

Sie kehrte zur Abbiegung zurück und lief entschlossen in Richtung Probstgrund. Als sie zum Steintor zurückblickte, schritt eine verhüllte Gestalt an den Wächtern vorbei ins Stadtinnere – Gunde war es nicht. Des Herumrätselns überdrüssig, begab Elisabeth sich auf den Weg zum Kätzchen, das sie bestimmt schon erwartete.

Ein stürmischer Wind trieb dunkle Wolken vor sich her. Eile war geboten, wollte sie nicht nass werden. Unterwegs begegnete sie niemandem, und als sie bei Schorschs Schuppen anlangte, war das Kätzchen nicht zu sehen. Enttäuscht stellte sie das Mitgebrachte vor der Hütte ab und begab sich auf den Rückweg.

Aus dem Schornstein von Gundes Häuschen stieg inzwischen kein Rauch mehr, und der Eimer stand noch genauso da, wie sie ihn abgestellt hatte. Das war ungewöhnlich. Vorsichtig drückte sie die Tür auf.

Ein säuerlicher Geruch, der Brechreiz verursachte, schlug ihr entgegen. Auf dem Bett lag ein zusammengekrümmtes Bündel. Gunde. Mit leerem Blick und offenem Mund starrte die Alte sie an, die Zunge bläulich verfärbt. Voller Entsetzen taumelte Elisabeth rückwärts ins Freie und drückte ihre Hand auf das rasende Herz. Sie musste Hilfe holen.

Nein, zu spät. Gunde war tot.

Sie rannte los und blieb kurz darauf abrupt stehen.

Unten im Itztal sah sie einen schwarzen Riesenwurm auf Coburg zukriechen – das Heer der Kaiserlichen war im Anmarsch.

Die Belagerung
November 1634

15 Andreas

»Ihr habt zu viel Ärger«, meinte der Arzt Dr. Messner mit gewichtiger Miene und setzte Andreas zehn Blutegel auf den Bauch, um die schlechten Säfte zu entfernen. Misstrauisch beäugte Andreas die schleimigen schwarzen Viecher, die sich festsaugten. Mathilde drehte sich mit einem Laut des Ekels weg und verließ die Schlafkammer.

Er hasste Blutegel, aber mehr noch die Geräte, die der Medikus auf einem Tuch vor ihm ausbreitete. Schweiß lief ihm die Stirn hinab und brannte in den Augen. Die ständige Übelkeit und der Schwindel machten ihm schwer zu schaffen. Hinzu kam, dass Lamboy heranrückte, um sein geliebtes Coburg zu erobern.

»Kein Wunder, dass ich krank werde, wenn sich alles gegen mich verschworen hat«, sagte er zu dem Medikus.

»Jeder hat sein Kreuz zu tragen«, antwortete der und ließ eine Zange auf- und zuschnappen, legte sie Gott sei Dank jedoch beiseite.

Andreas atmete auf. »Was war mit Gunde?«

Dr. Messner studierte seine Instrumente, ließ seine Hand über dem Sortiment schweben. »Was soll gewesen sein? Sie ist tot. Schließlich war sie uralt.«

»Habt Ihr sie gesehen?«

Der Arzt hatte seine Wahl getroffen. Er ergriff den bronzen schimmernden Schröpfschnepper und schob den Ärmel von Andreas' Hemd hoch. »Warum sollte ich? Der Totengräber hebt bereits ein Grab im Salvatorfriedhof aus. Hatte keinen roten Heller, die Alte, deshalb haben ein paar Bürger für die Beerdigung zusammengelegt.«

»Ihr Haus ... Äh, muss das sein?«

»Wie bitte?«

»Muss das Schröpfen wirklich sein?«, wiederholte er. »Ich hab doch schon die Egel.«

»Die saugen zu wenig Blut. Meine Patienten schwören auf sie und misstrauen diesem neuartigen Gerät. Ihr hoffentlich nicht? Ihr steht in dem Ruf, allem Neuen aufgeschlossen zu sein. Was ist mit ihrem Haus?«

Dass er allem Neuen aufgeschlossen sei, hatte einen eigenartigen Beiklang. Es hörte sich fast so an, als wäre er einer dieser Ketzer, die danach strebten, Gott seines Glanzes zu berauben. Auch Ärzten wurde diesbezüglich einiges nachgesagt. Obwohl sie nicht so schlimm wie diese Astronomen Galileo und Kepler waren, forderten sie den Glauben heraus und wollten auch nicht mehr »Medikus« geheißen werden.

Die Egel hätte der Bader genauso gut ansetzen können, doch eine innere Stimme sagte ihm, dass er an mehr als nur einem verstimmten Magen litt. Deshalb hatte er den Arzt kommen lassen, obwohl ihm Dr. Wolffrum davon abgeraten hatte. Es war ein offenes Geheimnis, dass die beiden Doktoren sich nicht grün waren.

»Gunde gehörte das Haus, in dem sie lebte«, sagte Andreas. »Sie hat keine Erben, die sind gestorben. Mein Gott, um was ich mich alles kümmern muss.«

»Das Haus wird an den Herzog fallen, wie jeder herrenloser Besitz.«

»Elisabeth hat erzählt, die Gunde habe eine blaue Zunge gehabt.«

»Sie wird erstickt sein.«

»Im Bett?«

Der Arzt riss seine Hände hoch. »Wollt Ihr eine ärztliche Untersuchung? Wozu soll die gut sein? Die Gunde war halb taub und blind, besaß keine Reichtümer und wusste nichts, und besonders attraktiv war sie auch nicht mehr. Wer also sollte ein Interesse an ihrem Tod gehabt haben?«

Auf dem Hals des Arztes erschienen rote Flecken. Offenbar empfand er Andreas' Vorbehalte als Einmischung in seine Angelegenheiten. Ohne Vorwarnung setzte er den Schröpfschnepper an.

»Bleibt mir bloß mit dem Ding vom Leibe. Mir geht's schon viel besser!«, rief Andreas. Zu spät, der Schnepper biss zu, Blut floss aus seinem Arm.

»Haltet still. Ihr macht es nur schlimmer. Und lasst die Gunde in Frieden ruhen. Aber wenn es Euch beruhigt, kann ich Euer Anliegen dem Dr. Gauer vortragen.«

»Das kann ich selbst«, sagte Andreas grob. »Und nun beeilt Euch. Ich habe nachher eine Ratsversammlung.«

»Nach einem Aderlass müsst Ihr ruhen.«

»Den Teufel muss ich.«

Der Arzt zog die Augenbrauen hoch und enthielt sich eines Kommentars. Andreas umfing Schläfrigkeit, die das Magengrimmen besänftigte. Vielleicht bewirkte der Aderlass ja doch etwas.

Aus dem Ruhen wurde leider nichts, denn kaum war Dr. Messner gegangen, klopfte der Stadtbote an der Tür, um ihn an die außerordentliche und ungemein wichtige Sitzung zu erinnern. Immerhin stünde der Generalwachtmeister Lamboy mit seinem Heer vor den Toren. Andreas erhob sich schwerfällig, schlüpfte in seine Schuhe und warf sich den Mantel über. Draußen empfing ihn kalter Nieselregen.

Der Rathaussaal war brechend voll. Alle waren sie da: die vier anderen Bürgermeister Coburgs, die herzoglichen Räte, Kanzler, Beisitzer, die Offiziere der Bürgerwehr und der Festung und sogar die Assessoren der kirchlichen und weltlichen Gerichtsbarkeit.

»Was sollen wir tun?«, jammerte Langer.

»Es ihnen zeigen, wie Ihr vor zwei Wochen großmundig verlangt habt«, antwortete der vorsitzende Bürgermeister Breithaupt betont langsam und von oben herab. »Wie wär's, wenn Ihr Euch höchstpersönlich hinausbegebt und dem Oberstwachtmeister die Leviten lest?«

»Die Veste braucht unbedingt Verstärkung«, eröffnete Oberst Georg Philipp von Zehm die Beratung. Er war in Begleitung von Oberstwachtmeister Georg Sittig von Schlitz, den sie jedoch nur Görtz nannten, erschienen. Zehm war erst in diesem Jahr vom Herzog Johann Ernst von Coburg-Sachsen-Eisenach in seinem Amt als Festungskommandant bestätigt worden. Görtz war von Generalmajor Taupadel, der im Auftrag des schwedisch-deutschen Heilbronner Bundes unterwegs war, ebenfalls als Kommandant der Veste eingesetzt worden. Das hieß, es gab zwei Befehlshaber auf der Burg.

Görtz hielt die Arme verschränkt und schaute unter seinen buschigen Augenbrauen finster in die Runde. Zehm stand leicht vornübergebeugt vor dem Tisch mit den darum herum versammelten Räten und hielt seine Hände fast bittend vor sich. »Wir sind zu wenige auf der Burg.«

»Ihr habt doch erst vor Kurzem Verstärkung vom Herzog geschickt bekommen.«

»Nicht genug! Wir sind nur dreihundert Mann! Wir brauchen die fünfhundert der Bürgerwehr.«

»Wir können keinen einzigen entbehren«, erwiderte Rauschert. »Wenn sogar Kulmbach im Handumdrehen gefallen ist, dann werden sie uns überrennen. Den Kronachern ist es da besser ergangen.«

»Weil sie der kaiserlichen Liga angehören und unsere Feinde sind«, belehrte Görtz ihn.

»Welchen Unterschied macht das?«, fragte Breithaupt. »Kulmbach musste Lamboys Heer versorgen, weil es erobert wurde, und Kronach, weil es zu denen gehört. Da wäre es am besten, wir würden die Stadt gleich kampflos übergeben.«

Breithaupt sprach das aus, was Andreas dachte. In diesem Krieg gab es weder Gewinner noch Verlierer – außer den Heerführern, die sich zu bereichern wussten.

Zehm verzog das Gesicht, als würde er in einen sauren Apfel beißen. »Ihr müsst die Stadt unbedingt halten. Macht nicht denselben Fehler wie die Kulmbacher und lasst die Tore offen stehen, selbst wenn sie jetzt behaupten, es sei ein Versehen gewesen.«

»Dadurch wurden größere Verluste vermieden und die Plassenburg blieb verschont«, erwiderte Breithaupt.

Auf Zehms Stirn zeichneten sich scharfe Linien ab, sein Kinnbart zitterte. »Unsinn!«, brach es aus ihm hervor. »Die Veste darf unter keinen Umständen in Feindeshand fallen!«

»Richtig!«, bekräftigte Görtz und verschränkte seine Arme vor der breiten Brust. »Sie ist von strategischer Bedeutung. Lamboy wird sich an ihr beweisen wollen, allein deshalb, um seinen ehemaligen Oberen Wallenstein noch im Grabe zu demütigen.«

Die heutigen Argumente unterschieden sich nicht von denen während der letzten Belagerung durch Wallenstein, außer dass jener damals durch eine Fügung Gottes frühzeitig abgezogen war.

Rauschert schüttelte den Kopf. »Warum sollten sie eine als

uneinnehmbar geltende Burg angreifen, wenn sie in der Stadt Brot und Gold finden? Ich hab mich damals gefragt, warum Wallenstein so versessen auf die Veste war, und wette, Lamboy wird es mit Coburg genauso halten wie mit Kulmbach. Ihm reichen Provisionen und Ruhm. Die bekommt er mit der Einnahme der Stadt. Die Festung wird ihm einerlei sein.«

»Vielleicht will sich der Kaiser unser Herzogtum einverleiben und nach und nach alle Lutherstädte zum alten Glauben zurückführen?«, meinte von Seckendorff, der sich wie immer verspätet zu ihnen gesellt hatte.

Rauschert bedachte ihn mit einem abfälligen Blick. »Und warum hat er kein Interesse an der Plassenburg?«

»Weil, wie von Seckendorff sagte, Kulmbach keine Lutherstadt und daher unbedeutend ist«, entgegnete Zehm abfällig, was ein von dort stammender herzoglicher Rat mit einem Knurren kommentierte. »Luther war auf der Veste, nicht auf der Plassenburg.«

Rauschert schlug mit der Faust auf den Tisch. »Und was ist mit unserem Herzog in Eisenach? Lässt er uns im Stich wie die Brandenburger die Kulmbacher? Er sollte uns mehr Verstärkung schicken, anstatt unsere wehrfähigen Männer in die Burg zu befehlen.«

Zustimmendes Raunen wurde laut. In den grimmigen Gesichtern der beiden Burgkommandanten zeigte sich eine nie gesehene Einigkeit. Zu Andreas' Verdruss zündete sich einer seine Pfeife an. Musste das sein? Die Luft war ohnehin schon zum Schneiden dick. Zeit, das Wort zu ergreifen.

»Verehrte Anwesende!«, sprach er mit erhobener Stimme, und alle wendeten sich ihm zu. »In Großheirath steht eine Armee, die von uns – der Stadt wohlgemerkt – zehntausend Gulden sowie Unterkunft und Verpflegung einfordert. Damit sollten wir uns zuerst beschäftigen, bevor wir uns Gedanken über die Verteidigung der Burg machen.«

»Mit Verlaub, das sehe ich anders«, entgegnete Zehm. »Es geht um die Bürgerwehr, die auch für die Veste zuständig ist.«

Andreas hielt es nicht länger auf seinem Stuhl. »Kann uns die Veste beschützen?«, fragte er schneidend und suchte Halt an der Stuhllehne. »Kann sie alle Bürger aufnehmen oder gar den Feind vertreiben?«

»Die Veste Coburg wird mit Martin Luther in Zusammenhang gebracht. Sie ist ein Symbol des Widerstands und der Uneinnehmbarkeit«, rief Dr. Wolffrum. »Deshalb will sie der Kaiser besetzen, und er wird nicht eher ruhen, bis ihm das gelungen ist. Ein Sieg der Gegenreformation muss unbedingt verhindert werden!«

In diese Ecke wollte Andreas sich nicht drängen lassen. »Der Schutz der Stadt und ihrer Bürger muss Vorrang haben. Lasst Lamboy herein und übergebt ihm die Veste. Irgendwann wird er abziehen, und dann kann wieder, so Gott will, Frieden einkehren.«

»Wir haben aber keine zehntausend Gulden«, lamentierte Langer erneut. »Wo soll das Geld herkommen?«

Rauschert räusperte sich. »Ich schicke dreißig Mann auf die Veste hoch, die restlichen behalten wir zu unserer Sicherheit hier.«

»Einverstanden«, sagte Breithaupt. »Gegenstimmen?« Es gab keine. Mit zufriedenem Gesicht fuhr er fort: »Herr Bachenschwanz, wer soll den Brief an den Generalwachtmeister Lamboy aufsetzen?«

Endlich bewegte sich etwas. Andreas räusperte sich. »Ich möchte vorschlagen, eine Delegation für Verhandlungen zusammenzustellen. Vielleicht können wir die Übergabebedingungen mildern. Herr Rauschert sollte dabei sein, ein Bürgermeister und ein herzoglicher Rat.«

Breithaupt nickte. »Ich schlage als Räte die Doktoren Gauer und Wolffrum vor. Wer meldet sich von den Bürgermeistern?«

Die fünf Angesprochenen schauten sich gegenseitig an. Wenn es darum ging, Verantwortung zu übernehmen, zogen alle feige den Schwanz ein. »Ich gehe«, sagte Andreas fest entschlossen.

»Nein, ich mache das«, widersprach Streitberg. »Ihr seid blass wie der Tod. Außerdem kenne ich einen der Lamboy'schen Offiziere. Vielleicht kann er ein gutes Wort für uns einlegen.«

Wohl kaum. Generalwachtmeister wird man nicht von ungefähr. »Ich nehme Euer Angebot dankend an, Herr von Streitberg. Wer soll sonst noch mit? Vielleicht ein Vertreter der Zünfte?«

Am Ende der Diskussionen wurde der Bäcker Hohnbaum aus dem Steinweg berufen. Unter den Segenswünschen für ein gutes Gelingen und begleitet von den Hoffnungen aller marschierte die Delegation aus dem Rathaussaal.

16 Elisabeth

ELISABETH EMPFAND DIE außerhalb der Stadt lauernde Bedrohung wie die Spannung vor einem Gewitter. Der Nieselregen hatte aufgehört, tief liegende Wolkenfetzen trieben dahin. Sie hatte genug durchziehende Armeen erlebt, mit ihrer nimmersatten Gier und ihrer grausamen Selbstgerechtigkeit. Dieses

Mal erwuchs im Schatten der Landsknechte eine Schwärze, die sie einzusaugen drohte. Das Bild der toten Gunde tat ein Übriges, um sie nachts wach zu halten. War es Zufall gewesen, dass die Alte ausgerechnet dann gestorben war, nachdem sie Andeutungen zum Tod von Elisabeths Mutter gemacht hatte?

In ihren Umhang gehüllt schritt sie eilends über das holprige Kopfsteinpflaster an der Ehrenburg entlang, in der Rocktasche ein Stückchen Blutwurst und klein geschnittenes Hammelfleisch für das Kätzchen.

Das Steintor war geschlossen. Die Wächter Hahn und Bechtold standen mit ihren Hellebarden davor. Ihr Vorhaben deswegen aufzugeben, kam nicht infrage.

»Halt. Wo willst'n hin?«, fragte Bechtold.

»Zum Schorsch, Honig holen.« Seltsam, wie leicht ihr die Lüge über die Lippen ging. Sie warf den Kopf in den Nacken. »Wenn du nichts dagegen hast.«

»Des geht heut net und in nächster Zeit a net.«

»Und warum nicht?«

»Wecha dem Lamboy.«

»Der lagert bei Großheirath, und das ist fast eine Stunde von hier weg. Ich will nur schnell in den Probstgrund.«

»Eine Tote reicht. Um die Alte war's net schad, aber du bist zu jung zum Sterben, obwohl du des Hexenkind bist.«

»Meinen Vater plagt arges Magengrimmen«, antwortete sie mit fester Stimme. »Er soll viel Milch mit Honig trinken. Deshalb brauchen wir mehr als sonst. Du willst doch auch, dass dein Bürgermeister wieder gesund wird, oder?«

»Dann musst du halt mehr mitnehm', damit du net so oft 'naus musst. Ich sag dir's gleich, ab Morgen lass mer kein' mehr durch.«

Hahn gab den Weg frei. »Beeil dich, sonst is zu!«

Sie meinten es ernst. Wer draußen wohnte, suchte besser entweder hinter den Mauern der Stadt oder in der Burg

Schutz, wollte er nicht der Willkür der feindlichen Soldaten ausgeliefert sein.

In den Bienenstöcken herrschte Ruhe. Pfropfen verstopften die Einfluglöcher, um Mäuse und Ratten fernzuhalten. Um diese Jahreszeit hatte sich jeder einen Vorrat an Honig angelegt, und Schorsch würde keinen mehr herausrücken, da ihn die Bienen zum Überwintern brauchten. Das hatte sie bei ihrer Notlüge nicht bedacht, aber zum Glück war es den Torwächtern nicht aufgefallen.

Sie hatte beschlossen, die Katze Mohrle zu nennen. Sie lief sofort hinter dem Schuppen hervor, und nach kurzem Beschnüffeln des Dargebotenen fraß sie ihr gierig aus der Hand, wobei ihre raue Zunge kratzend über Elisabeths Finger schleckte. Die Wurst war im Nu vertilgt. Als Mohrle fertig war, schmiegte sie sich an ihr Knie und schnurrte zufrieden.

Elisabeth hatte beschlossen, das Tierchen mit nach Hause zu nehmen, da sie es hier draußen nicht mehr versorgen konnte. Zweifel befielen sie nun, ob der Plan nicht zu gewagt war. Sie bückte sich, hob Mohrle auf und drückte sie gegen ihre Brust.

Vor lauter Wonne kniff das Kätzchen das gesunde Auge zu. Elisabeth spürte seine Wärme und zog vorsichtig ihren Umhang um den flauschigen Körper. Vielleicht ahnte es, worum es ging, da es keinen Fluchtversuch unternahm. In einem eigenartigen Zustand zwischen Angst und Glück marschierte sie auf das Steintor zu, drückte die massive Holztür ein Stück weit auf und stahl sich hindurch. Bechtold nickte nur, und als sie an ihm vorbei war, schob er den schweren Riegel vor.

Jetzt war es passiert, Mohrle war in der Stadt.

Elisabeth schaffte es, ungesehen in die Herrngasse zu gelangen und in den Hauseingang zu schlüpfen.

»Unserm Hausherrn geht's schlechter«, drang Ilses Stimme aus der Küche.

»An dei'm Essen liegt des bestimmt net«, erwiderte Lutz.
»Nanu? Sonst beschwerste dich immer!«

Auf Zehenspitzen ging Elisabeth an der Küchentür und dem Treppenaufgang vorbei. Oben, in der Wohnstube, knarrten Dielen, jemand ging auf und ab.

Sie presste die Katze fest an sich und huschte hinaus in den Hinterhof.

Der windschiefe Schuppen dort erschien Elisabeth ein ideales Katzenversteck zu sein, da nur sie ihn benutzte. Selbst Lutz mied ihn, weil ihre Mutter dort ihrem Hexenwerk nachgegangen sein sollte. Vorsichtig setzte sie Mohrle auf den Boden.

Besonders einladend sah das Innere des Schuppens nicht aus: blanker Erdboden, einige Regale, ein mit Brettern vernageltes Fenster und der Wind pfiff durch die Ritzen. Was konnte sie tun, um Mohrle den Aufenthalt angenehmer zu gestalten? Eine kuschelige Decke musste her. Außerdem brauchte sie zwei Schälchen. Als sie hinausging, versuchte das Kätzchen, ihr zu folgen, was sie mit der Hand verhinderte.

Elisabeth schlich in den Flur zurück. Aus der Küche ertönte Ilses und Lutz' Gezanke ums Essen und darüber, wie sich eine Besetzung Coburgs auf ihren Alltag auswirken würde.

Verflixt, solange die beiden sich in der Küche aufhielten, konnte sie die Schälchen nicht holen, zumindest aber die Decke aus ihrem Zimmer. Elisabeth huschte die Stiege hoch. Auf dem Treppenabsatz des ersten Stocks hielt sie inne. Hinter der geschlossenen Tür zur Wohnstube waren dumpfe Stimmen zu hören.

»Ihr könnt sie nicht wegschicken – jetzt, wo der Feind vor der Stadt steht.« Das war Mathilde. »Viel zu gefährlich. Die Kaiserlichen patrouillieren vor den Toren.«

Über wen sprachen sie?

»Elisabeth muss fort von hier, selbst wenn dies mein letzter Wunsch sein sollte.«

»Tut nicht so, als würdet Ihr bald sterben, Mann. Wo soll sie denn hin?«

»Nach Eisenach. Görtz trifft Vorbereitungen, die Taupadels dorthin in Sicherheit zu bringen. Herzog Ernst wird Elisabeth ein Empfehlungsschreiben für das Stift in Quedlinburg ausstellen.«

»Und wie gedenkt Ihr das zu bewerkstelligen? Wenn das jemand vermitteln kann, dann lediglich Dr. Wolffrum oder Dr. Gauer, weil die als Geheimräte des Herzogs Verbindung zu ihm halten. Glaubt Ihr allen Ernstes, Wolffrum rührt auch nur einen Finger? Schließlich will er Elisabeth zur Frau.«

»Das wird alles geregelt. Görtz ist mir noch was schuldig. Aber das geht Euch nichts an. Macht es mir nicht schwerer, als es ist, Mathilde.«

»Ihr seid derjenige, der alles schwerer macht. Ich möchte sie nicht fortschicken – ausgerechnet jetzt, wo schwere Zeiten bevorstehen. Denkt auch einmal an mich.«

»Ihr sorgt schon dafür, dass Ihr nicht in Vergessenheit geratet.«

»Andreas Bachenschwanz!«

»Lasst mich in Frieden, Frau. Ich leg mich hin.«

»Soll ich Dr. Messner holen lassen?«

»Um Gottes willen, nein. Der lässt mich wieder zur Ader.«

»Ich bringe Euch ein Glas Milch. Die wird Euch guttun.«

Die Klinke bewegte sich. Elisabeth schreckte zusammen, ihr Herz trommelte wild. Sie sollte weggeschickt werden – mit den Taupadels. Mit ihnen unterwegs zu sein wäre wesentlich gefährlicher, als in der Stadt zu bleiben. Ihr eigener Vater fiel ihr in den Rücken. Sie hastete die Stufen hinab und glitt in die Küche. Im selben Moment ertönten oben im Gang Schritte.

Hoffentlich hatte Mathilde sie nicht gesehen.

Ilse schaute sie durchdringend an, als könnte sie ihre Gedanken lesen. »Ich muss kehren«, murmelte Elisabeth und stapfte an ihr vorbei auf den Besenschrank zu.

Hinter ihr betrat Mathilde die Küche. »Ilse, hol mir den Honig aus der Speisekammer.«

Elisabeth bemerkte ihren prüfenden Blick und ihre Ohren wurden heiß.

»Bring das deinem Vater.« Sie hielt ein Glas Milch mit einem Löffel darin hoch, in das Ilse ein wenig Honig aus dem Krug goss und dann umrührte. »Ich habe in der Stadt etwas zu erledigen, sonst brächte ich es ihm selbst.«

»Gewiss, Frau Mutter.«

»Bist ein gutes Mädchen.«

Als Elisabeth den Kopf hob, blickte sie in eiskalte Augen.

17 Karl

KARL HATTE LAMBOYS Werdegang genauestens verfolgt, wie er auch Wallensteins Aufstieg und den anderer beobachtet hatte. Lamboy stammte aus Flandern und hatte viele Jahre unter Wallenstein gedient, bis er in schwedische Gefangenschaft geraten war. Erst durch einen Gefangenenaustausch konnte Kaiser Ferdinand ihn befreien. Für seine Tapferkeit in der Schlacht bei Lützen belohnte der Kaiser ihn mit einem Landgut in Böhmen und erhob ihn mit dem Titel eines Reichsfreiherrn in den Adelsstand. Nachdem Lamboy sich von Wallenstein losgesagt hatte, wurde er vom Kaiser zum Generalwachtmeister befördert. Dass damit noch nicht das Ende seiner Karriere erreicht war, lag für Karl auf der Hand. Dass Macht die Seele eines Mannes korrumpierte, auch.

Lamboy ließ das Heer bei Großheirath lagern, das nicht sonderlich einladend aussah. Graue Schieferschindeln auf den Dächern, vom Regen aufgeweichte Wege, und in der Ferne erhob sich drohend die Burg. Der Ort war klein und mit wenigen Schritten zu durchmessen. Lamboy hatte das größte schiefergedeckte Fachwerkhaus in der Ortsmitte als sein Hauptquartier gewählt, während sich seine Offiziere mit Bauernhöfen begnügen mussten, die sich um eine plumpe Kirche mit einem stämmigen Zwiebelturm gruppierten. Sie durfte nicht angetastet werden, ebenso wie die Einwohner – solange sie Quartier, Proviant für die Soldaten sowie Futter für Zug- und Reittiere bereitstellten. Dennoch würde es zu Grausamkeiten kommen, dessen war Karl sich sicher.

Karl und Hannes waren in einem Weiler untergekommen, etwas außerhalb von Großheirath. Nur eine alte Frau und ein Junge lebten dort. Die anderen Familienmitglieder waren geflohen, weil sie den Versprechungen, nicht misshandelt zu werden, keinen Glauben geschenkt hatten. Das Dach des Hauses war mit Reisig gedeckt, und vor den Fensteröffnungen schützten Säcke die Bewohner vor dem kalten Wind.

Die Nacht brach schnell ins Tal herein. Als Abendmahl gab es Schmalzbrot, das leicht nach Asche schmeckte. Eine Magd schlich herein, wobei sie tunlichst vermied, Karl oder Hannes direkt anzuschauen, und brachte etwas Käse auf einem Holzbrettchen. Um ihnen nicht ihr Hinterteil entgegenzustrecken, schritt sie rückwärts wieder hinaus.

Karl grinste und nahm sich ein Stückchen Käse.

»Wann, meinst du, wird es losgehen?«, fragte Hannes. »Jetzt, wo endlich der Regen und der Wind nachlassen, wäre es doch eine gute Gelegenheit? Die Männer werden schon ungeduldig.«

»So wie du?«

»Ja.«

»Die Coburger wollen nicht nachgeben.«

»Sie müssen doch einsehen, dass es keinen Sinn hat. Besser den Lamboy gnädig stimmen.«

»Meinst du, das würde ihnen was nützen?«

Hannes überlegte. »Nein.«

»Siehst du.«

Wenig später begaben die beiden sich zu ihrer Schlafstatt. Karl lag noch lange wach, lauschte den gleichmäßigen Atemzügen seines Freundes und dem Wind, der in den Baumwipfeln rauschte. Wie es wohl zu Hause zuging? Mühlenhammer und Schmiede waren seit Taupadels Einfall in die Oberpfalz zerstört. Um ihre Eisenwaren auf flussabwärts gelegene Märkte bringen zu können, hatte sein Vater sogar die Altmühl schiffbar machen lassen – eine Geldausgabe, die er sich hätte sparen können, denn ohne Hammer keine Ware und kein Einkommen. Ihr Herrschaftsgebiet warf zu wenig ab, um die achtzigtausend Gulden aufbringen zu können, die der bayrische Kurfürst als Abgabe forderte. Deshalb war Karl losgezogen, um Geld zu verdienen. Er schloss die Augen.

Laute Stimmen ertönten. Er fuhr hoch. Völlige Dunkelheit umgab ihn.

»Hast du das gehört?«, fragte Hannes.

»Ich bin nicht taub.«

Draußen klagte eine Frau. »Mei' Klara! Mei' Klara!«

»Was zum Teufel ...?« Karl sprang auf die Beine, griff nach

seinem Schwert und rannte im Unterkleid auf den Hof. »Was ist los? Wir brauchen mehr Licht!«

Im Schein der Fackeln und einer Laterne sah er den Grund der Unruhe. Zwei Kürassiere hielten eine Frau fest, die auf einen dritten deutete.

»Der da war's! Die Sau hat mei' Klara entehrt!«

»Halt's Maul, alte Hex«, rief der Beschuldigte und hob die Hand zum Schlag.

»Halt ein«, fuhr Karl ihn an. »Dein Name?«

Der Mann zögerte, blieb bedrohlich vor der Alten stehen. Karl musste sich durchsetzen, wollte er den Respekt seiner Untergebenen nicht verlieren.

»Drei Schritte zurück oder ich hacke dir den Arm ab«, drohte er. »Raus mit der Sprache. Wie heißt du?«

Widerwillig gehorchte der Soldat. »Franz, Herr Hauptmann. Das Weib lügt.«

»Wir werden sehen. Wo ist Klara?«

»Im Schuppen«, heulte die Alte. »Sie is mei' Enkelin, hat nach mir schaun wollen und traut sich jetzt nimmer raus. Erscht is mei' Tochter an dera Seuchen g'storben, und jetzt auch noch des Unglück. Schweine seid ihr. Kroaten und Schweden, ölla desselbe Pack.«

»Wir sind keines von beiden«, erwiderte Karl. »Holt das Mädchen her!«

Gehorsam trabten die zwei Soldaten los. Der Beschuldigte schickte sich an, ihnen zu folgen.

»Hiergeblieben!«

»Die hat mich geil g'macht, die Hur«, ereiferte sich Franz. »Da wär jeder schwach geworden.«

»Befehl ist Befehl«, sagte Hannes. »Und der lautet: keine Weiber.«

Der Mann schnaubte wie ein Pferd. »Wie sonst soll ein Mann ohne Weib zu seinem Recht kommen?«

Eine derartige Disziplinlosigkeit durfte Karl nicht durchgehen lassen. Er tippte auf Hannes' Brust. »Stopft ihm sein vorlautes Maul, wenn er es noch einmal ungefragt aufmacht.«

Aus dem Dunkel traten die beiden Soldaten hervor, in ihrer Mitte das Mädchen, das sie untergehakt hatten. Vor Karls Füßen ließen sie es zu Boden gleiten. Das Hemd des Mädchens hing in Fetzen, wodurch eine apfelförmige Brust entblößt wurde, seine Beine waren blutverschmiert.

»Was ist geschehen?«, fragte Karl.

Das wimmernde Häufchen Elend rappelte sich auf die Knie hoch. Die Kleine mochte etwa zwölf Jahre alt sein.

»Keine Angst, ich tue dir nichts«, sagte Karl sanft. »Aber ich muss wissen, was passiert ist, damit ich ein gerechtes Strafmaß festlegen kann.«

Kaum war das Wort »Strafmaß« gefallen, warf Klara den Kopf zurück. »G'nommen hat er mich, der Sauhund«, stieß sie hervor. »Grad als ich mein' Geschwistern den Brei geben wollt. G'walt hat er mir an'tan, und des vor die Klein'.«

»Du wirst ihm schöne Augen gemacht haben, oder hat er dir etwas dafür angeboten?«, fragte Karl. »Hast du dich gewehrt?«

Sie schüttelte den Kopf, sank in sich zusammen. Alle Kraft schien sie verlassen zu haben mit seiner Andeutung, sie könnte an ihrem Schicksal selbst Schuld tragen.

»So seid ihr Mannsbilder«, zeterte die Alte. »Wenn sich a Jungfer fügt, nur weil se Angst um ihr Leben hat, sagt ihr, dass sie's g'wollt hat.«

Karl wusste nur allzu gut um die Anziehungskraft einer Frau auf einen Mann, der zu lange hatte darben müssen. Aber leider fragten Männer oft nicht, ob sie willkommen waren. Er glaubte dem Mädchen. Klara war weder eine Hure noch eine, die lieber mit einem Landsknecht davonzog, als zu Hause zu verhungern. Karl schob den Unterkiefer vor, straffte sich und deutete auf Franz. »Fünfzehn mit der Peitsche sollten reichen, damit du verstehst, dass Befehle zu befolgen sind. Danach wirst du sie heiraten.«

»Ich will den aber net!«, schrie Klara.

Der Soldat stöhnte auf. »Zählt meine Aussage denn nichts, Herr Hauptmann?«

»Was zählt, ist mein Befehl. Herr Leutnant, Euer Delinquent.«

Hannes riss die Augen auf, als sollte er selbst die Peitsche schwingen. »Überlasst die Bestrafung dem Kornett«, fügte Karl hinzu, »der hat einen kräftigen Arm.«

Dem Auspeitschen wollte er nicht beiwohnen, mit anhören musste er es dennoch. Er erleichterte sich auf dem Misthaufen und kehrte missmutig zu seiner Schlafstatt zurück.

»Wann geht's endlich weiter?«, fragte Hannes am nächsten Morgen.

»Das weiß nur der liebe Gott und Lamboy.«

»In mir kribbelt es wie in einem Ameisenhaufen.«

»Sei froh, wenn nichts passiert. Das könnte nämlich unangenehm werden.«

Hannes blinzelte. »Warum? Die Coburger werden klein beigegeben. Das würden alle Städte tun, hast du mir mal erklärt. Allmählich kriege ich Hunger, aber in diesem elenden Nest gibt es nichts.«

»Doch. Huren.«

»Ich denke, es ist verboten, sich mit denen einzulassen, wie du gestern Abend deutlich gemacht hast.«

»Das war keine Hure. Eigentlich hätte ich den Schurken am nächsten Baum aufhängen lassen sollen.«

»Jetzt muss er sie heiraten, darf sie aber dennoch nicht mitnehmen, weil sie zu jung ist. Mit einer Hure wäre er besser bedient gewesen.«

»Da magst du recht haben. Lass uns ins Dorf gehen. Vielleicht gibt es Neuigkeiten.«

In der Dorfmitte liefen alle Informationen zusammen. Dort stand auch das Zelt eines Marketenders; einer der Letzten, die das Heer noch aufzuweisen hatte. Der Mann bot ihnen eine Gemüsesuppe an, die sie gerne annahmen. Nur leicht gesalzen, dafür heiß, stillte sie Karls Hunger und wärmte von innen.

»Hat's g'schmeckt?«, flüsterte die Frau des Marketenders in sein Ohr. Ihr praller Busen schien das Mieder fast zu sprengen. Sie grinste pausbäckig und zeigte dabei vier gelbe Zähne.

»War gut«, sagte er und gab ihr schnell den Blechnapf zurück.

Soeben kam die Delegation der Coburger im Gänsemarsch und gesenkten Hauptes aus Lamboys Quartier marschiert. Karl sah der Gruppe hinterher, die sich durch die Itz-Wiesen auf ihre Stadt zubewegte.

Hannes stupste ihn mit seinem Ellenbogen an. »Die machen lange Gesichter.«

»Ganz im Gegensatz zu denen da drüben.« Aus einem Haus kamen zwei kichernde junge Frauen, von denen eine ein kleines Geldsäckel in der Hand hielt.

»Ist scho a Kreuz mit den Huren«, klagte die Marketenderin. »Erst werden sie von ei'm Landsknecht mitgeschleppt und nachher krepiert der Kerl einfach. Aber was sollen die armen Dinger tun, wenn sie net selbst verrecken wollen?«

»Hurerei ist verboten«, entgegnete er trocken.

Die Frau gluckste. »Da könnte man das Atmen auch verbieten.«

Das stimmte, gleichwohl die Pfaffen nicht müde wurden, von ihren Kanzeln zu predigen, dass Wollust Sünde sei. Schon wollte Karl seinen Freund auffordern, in ihr Quartier zurückzugehen, als ein Bote auf ihn zustürmte.

»Hauptmann Köckh?«

Überrascht blickte Karl ihm entgegen. »Ja. Was gibt's?«

»Ihr sollt Euch unverzüglich beim Generalwachtmeister melden.«

Ihm schwante Schlimmes, aber was blieb ihm anderes übrig, als dem Befehl Folge zu leisten. »Warte hier«, bat er Hannes und folgte dem Boten in eines der Häuser. Drinnen war die Luft von Kaminrauch und Tabakqualm geschwängert. Lamboy saß an einer Tafel, umgeben von Offizieren, unter ihnen Krafft. Mit einer Handbewegung schickte er alle hinaus, nur Karl bedeutete er zu bleiben. Kaum war im Vorraum Stille eingekehrt, zog Lamboy ein Schreiben unter einer Landkarte des Herzogtums Coburg hervor. »Freiherr Köckh, Leibgardist des Kurfürsten«, las er vor. »Das habt Ihr mir verschwiegen.«

»Es erschien mir unwichtig. Ich dachte, dass ich mit Euch bei Zirndorf war, würde genügen.«

»Unwichtig, sagt Ihr? Ihr wisst, dass der Kurfürst von Bayern seine eigenen Ziele verfolgt.«

Vorsicht war angesagt, denn lügen wollte Karl nicht, die Wahrheit sagen allerdings auch nicht. »Mit Verlaub, darin bin ich nicht involviert.«

»Auch hat er Wallensteins Sturz betrieben.«

»Aber nicht seinen Tod.«

»Seid Ihr davon überzeugt?«

Das war Karl nicht. Trug derjenige eine Mitschuld, der einen anderen zum Mord anstiftete? Er senkte den Blick.

»Es ist gefährlich, sich in die Ränkespiele der Mächtigen einzumischen«, sagte Lamboy leise.

»Ich mische mich nicht ein.«

»Wohl denn. Mein alter Freund Felix Rauschert hat Euch neulich in Coburg gesehen. Was wolltet Ihr dort?«

»Ihr kennt den Hauptmann der Bürgerwehr?«

Lamboy kniff die Augen zusammen, deutete mit einem krummen Zeigefinger auf Karl. »Aus alten Tagen, in denen Coburg noch neutral war. Nun?«

»Die Lage auskundschaften. Ich wusste, Ihr seid im Anmarsch. Mir war nicht bekannt, dass der Herr Generalwachtmeister über solch vorzügliche Verbindungen nach Coburg verfügt.«

Manchmal war es besser, den Mund zu halten, aber die Bemerkung war ihm herausgerutscht.

Lamboy ergriff eine Reitpeitsche und hielt sie sich vor die Brust, als wollte er ihn züchtigen. »Ihr seid ein Mann nach meinem Geschmack. Ihr wart mit von der Partie, als Wallenstein versuchte, die Veste zu erobern?«

»Nur als Leibgardist des Kurfürsten.«

»Und als sein Spion.«

»Das war nicht nötig, denn die Herren sprachen offen miteinander.«

Lamboy lachte meckernd. »Und dennoch hat der Kurfürst Wallensteins Tod betrieben.«

»Das hatte er sich mit seiner Passivität, die fast an Sabotage grenzte, selbst zuzuschreiben. Er hätte dem Kurfürsten zu Hilfe eilen sollen.«

»Bedauert Ihr den Fall des Generalissimus?«

»Er war ein begnadeter Stratege.«

»Der mit dem Feind zusammenarbeitete.«

»Das ist unbewiesen.«

»Ihr habt Mut, Herr zu Prunn. Das ist anerkennenswert. Wollte Wallenstein Euch deshalb in seinen Reihen haben?«

Woher wusste Lamboy das? Karl versteifte sich. »Ich habe abgelehnt.«

»Weil Ihr vom Kurfürsten oder seinen Räten erfuhrt, was sich über seinem Kopf zusammenbraute? Ihr könnt mir nichts vormachen. Männer wie Ihr sind gefährlich.« Die Reitpeitsche knallte auf den Tisch. »Ihr untersteht jetzt meinem Befehl, und ich will die Veste um jeden Preis, verstanden?«

Karl nickte langsam. »Was immer Ihr befehlt.«

»Ihr könnt gehen.«

Die Warnung war unmissverständlich. Lamboy vermutete nicht zu Unrecht in ihm einen Spion, und das ließ Karl fürchten, es könnte ihn ein ähnliches Ende wie Wallenstein ereilen. Er verbeugte sich knapp und verließ die Stube.

18 Elisabeth

AM MORGEN DES fünften Tages der Belagerung wurde Elisabeth von der Frau Mutter ins Stockwerk der Eltern gerufen. Mathildes Spitzenhaube saß wie immer makellos auf dem blonden Haar, ein roter Seidenschal schmückte ihren tannengrünen Wollmantel. »Dein Vater wünscht, dich zu sprechen. Möchte bloß wissen, warum.«

Das kam selten vor, und wenn, dann nur, um sie wegen eines Vergehens zu maßregeln. Würde er sie jetzt wegschicken? Kampflos würde sie das Feld nicht räumen, obwohl von ihr Gehorsam erwartet wurde.

Mathilde zupfte sich den Schal zurecht. »Geh zu Deinem Vater. Ihm geht es schlecht. Dr. Messner hat ihm Bettruhe verordnet. Und rege ihn nicht auf. Die Stadt bereitet ihm genug

Kummer, da braucht er keinen zusätzlichen. Nachher fegst du den Flur und die Stube, verstanden? Wenn du fertig bist, geh zum Tuchhändler und hole Seidenstoff für einen Rock und ein dazu passendes Mieder. Dunkelrot. Die Sachen müssen bis zu deiner Hochzeit fertig sein.«

»Meiner Hochzeit? Mit wem? Doch nicht mit diesem Scheusal Wolffrum! Dann gehe ich lieber ins Kloster.«

Die Ohrfeige traf sie schneller, als Elisabeth auszuweichen vermochte. Ihre Wange brannte wie Feuer. Blanker Hass sprach aus Mathildes Gesicht. Ihre Schritte hallten wie Schüsse durch das Treppenhaus.

Elisabeth holte tief Luft, lief zur elterlichen Schlafkammer und öffnete die Tür.

Vorhänge verdunkelten den Raum. Es roch nach Schweiß und aus dem Zinkeimer neben dem Bett nach Erbrochenem. In dem Eichenkastenbett lag Vater, dessen Haut grau und schlaff wirkte, sein Kopf war mit einer Schlafkappe bedeckt. Die stickige Luft nahm ihr fast den Atem. Elisabeth zog die Vorhänge auf und Licht flutete herein. »Soll ich das Fenster öffnen?«

»Der Arzt fürchtet, die Ausdünstungen der Stadt könnten mir schaden. Auch Sonnenlicht soll ich meiden. Setz dich«, sagte ihr Vater mit gebrochener Stimme.

»Unsinn, in dem Gestank erstickt Ihr ja.« Entschlossen riss sie das Fenster auf, ließ sich neben ihm auf der Bettkante nieder und faltete die Hände im Schoß. Sanft strich er über ihren Handrücken.

»Mit mir geht es zu Ende, mein Kind.«

Sie betrachtete ihn lange. Er sah gottserbärmlich aus. Würde sie ihn vermissen, wenn er sterben würde? Ihn, dem sein Ansehen wichtiger als die Rettung der Mutter gewesen war?

»Ich möchte, dass du Coburg verlässt.«

»Aber Vater ...«

»Hör zu. Der Archidiakonus hat ein Empfehlungsschreiben an den Herzog aufgesetzt, und auch von mir erhältst du eines. Im Stift in Quedlinburg bist du sicher vor dem Irrwitz der Räte. Ehelichen wird dich eh keiner, daher erscheint mir ein Kloster für dich als die bessere Wahl.«

»Vater.«

»Noch kannst du abreisen. Noch kommt man durch. Herr von Zehm ist gerade erst aus Eisenach zurückgekehrt, und Herr von Seckendorff hat Frau und Kinder aus der Heldburg in Sicherheit gebracht. Wenn die Kaiserlichen erst einmal die Stadt umringt haben, bist du hier gefangen. Eine Dame aus der Veste flieht nach Eisenach und hat sich bereit erklärt, dich mitzunehmen. Mach dich sogleich reisefertig. Gegen Mittag zieht ihr los. Und spute dich, die Zeit wird knapp.«

Eine Dame, wie Vater es nannte. Schöne Seidenkleider, Goldstickereien, Schühchen so fein, dass man darin kaum laufen konnte. Doch so einfach würde Elisabeth sich nicht abschieben lassen, sie wollte ein Wörtchen mitreden.

»Ich bleibe. Aber nicht um den Wolffrum zu heiraten. Und ins Kloster gehe ich auch nicht.«

»Keine Widerrede und kein Wort zu meiner Gemahlin oder sonst jemandem.«

Er hatte »Gemahlin« gesagt, nicht »Mathilde« oder »Frau«. Offenbar waren sie sich uneins. »Warum diese Heimlichtuerei?«

»Sie würde sich nur unnötig sorgen. Geh, und zwar sofort. Dies ist mein einziger und wohl auch mein letzter Wunsch.«

Die Endgültigkeit seiner Worte trieben ihr den Schweiß auf die Stirn. »Vater?«

»Geh jetzt.«

Elisabeth stolperte rückwärts aus der Schlafkammer. Aufsteigende Angst schnürte ihr die Brust ein. Als Kind hatten die Buben der Nachbarschaft sie im Boden eingegraben, um sie zu ängstigen. Unsäglich schwer hatte ihr die Erde auf die Brust gedrückt. Genauso fühlte es sich heute an.

Lutz hatte sie damals herausgeholt und die Täter ordentlich verprügelt. Das war kurz nach dem Tod ihrer Mutter gewesen. Doch heute würde kein Lutz zu Hilfe eilen. Heute war sie auf sich allein gestellt. Sie verstand, warum er sie fortschickte. Vater wich so einem Streit mit Wolffrum und Frau Mutter aus.

Und was würde aus Mohrle werden?

Wenn sie ginge, stürbe nicht nur das Kätzchen und der Garten ihrer Mutter im Hinterhof, sondern mit ihm auch die Erinnerung.

Widerwillig stopfte sie in ihrer Kammer ihre Siebensachen in einen Sack, den ihr der einohrige Lutz schweigend die Stiege hinuntertrug. Auf dem Elternstockwerk hörte sie hinter der Tür zur Schlafkammer Mathildes sorgenvolle Stimme. Offenbar lebte Vater noch.

»Ich find des fei net in Ordnung, dass de fortgehst«, sagte Lutz und verschwand in der Küche. Einsam stand sie im Hausflur, schaute ein letztes Mal auf die altvertrauten Mauer- und Pflastersteine und dann hoch zum Gebälk.

Eines musste sie noch erledigen. Um Mohrle musste sich jemand kümmern. Sie öffnete die Küchentür. »Ilse?«

Die Magd trocknete sich soeben die Hände am Küchentuch ab. »Was is?«

»Ich muss mit dir reden. Du weißt, dass ich fort soll?«

»Darüber wird scho lang g'redet. Jetzt wird es halt wahr.« Ilse strich sich über ihren Wuschelkopf. »Der Hausfrau wird des net recht sein, weil du ihr als Arbeitskraft fehlst.«

Elisabeth zögerte. »Ich habe keine Wahl.«

»Wer weiß, ob du überhaupt aus der Stadt rauskommst. Die Soldaten warten nur auf junge Weiber.«

»Vater sagt, dass welche aus der Veste nach Eisenach fliehen wollen.«

»Wollen scho, aber ob se könn' …?«

»Was würdest du an meiner Stelle machen?«

Ilse ballte ihre Fäuste vor dem Bauch. »Hierbleiben.«

»Leider muss ich tun, was Vater von mir verlangt.«

»Wennste des a bissala 'nauszögern kannst, erledigt sich die Sach von selba«, brummte Lutz.

»Da hört sich doch alles auf. Du Riesenochs rechnest wohl damit, dass unser Brotgeber stirbt«, sagte Ilse und warf das Tuch nach ihm. Lutz fing es auf und wischte sich damit über die Stirn. Auf dem Stoff blieb ein schwarzer Streifen zurück.

»So hab ich des net g'meint. Der Lamboy wird's verhindern. Wirst sehen.«

Die zwei Streithähne würde Elisabeth am meisten vermissen. »Bevor ich losgehe, hätte ich noch eine Bitte. Im Schuppen …«

»Dei Katz? Soll ich se derschlagen?«, fragte Lutz.

»Dann nehme ich sie lieber mit.«

»Was für a Katz?«, wollte Ilse wissen.

»Na, die Teufelskatz, die schwarze.«

»A schwarze Katz!«, rief Ilse aus. »Mensch, Lisbeth, biste noch bei Trost?«

»Sie ist so elend dran, und wenn ihr keiner hilft, wird sie sterben.«

»Genau das wird se, und zwar sofort. Lutz, du tust se ersäufen. Mach's aber so, dass keiner was merkt. Und nachher vergräbst du se.«

»Nein, das dürft ihr nicht!«

»Für die andern wär die Katz der Beweis, dass de vom Teufel besessen bist«, meinte Lutz.

»Warum hängst du so an dem Viech?«, fragte Ilse.

»Sie ist ein armes Tierchen und bestimmt kein Teufel. Was kann sie dafür, dass sie ein schwarzes Fell hat? Ich bring sie dorthin, wo ich sie hergeholt habe.«

Lutz besah seine Schuhe, wo ein Zeh herausschaute. »Die lassen dich net zum Tor 'naus. Soll ich se wegbring'?«

»Du versprichst mir, dass du ihr nichts tust?«

»Versprochen«, sagte Lutz knapp. »Ich tu se wieder 'nauf zum Schorsch.«

Vor ihm blieb nichts geheim. Lutz wusste mehr, als er preisgab, womöglich auch, warum ihre Mutter hatte sterben müssen. Aber jetzt war es zu spät, um das herauszufinden. »Ich dank dir von ganzem Herzen.«

»Hat der se etwa versorgt?«, fragte Ilse dazwischen.

»Des geht dich nix an. Freilich mach ich des, Lisbeth. Nachher, wenn ich Zeit hab«, sagte Lutz grinsend und kratzte sich ausgiebig die Kopfhaut.

»Du alter Säuniggel!«, schrie Ilse. »Wennste Läus hast, gehste gefälligst zum Bader. Und untersteh dich, noch amal so dreckig in meiner Küch zu erscheinen. Des is a saubere Küch!«

Lutz rollte mit den Augen und winkte ab. »Ma wird sich doch noch amal am Kopf juggen dürfen. Du kratzt dich doch auch am Arsch, wennste denkst, dass keiner zuschaut. Und ich sag net, dass de Filzläus hast und schmeiß dich aus der Küch 'naus.« Damit war er mit ihr fertig und verschwand.

»Hundsarsch, vermaledeiter!« Ilse packte vier Steingutteller und stellte sie derart schwungvoll in den Küchenschrank, dass es nur so schepperte.

Es klopfte an der Haustür und Elisabeth nahm ihr Bündel auf. Ein Unbekannter in grüner Livree stand vor der Tür.

Vorne, am Ende der Herrngasse, wartete eine vierspännige Kutsche. Elisabeth traute ihren Augen kaum, weil sie noch nie mit einer gefahren war.

Als sie auf die Kabinentür zusteuerte, hielt der Livrierte sie auf: »Nichts da, die Kabine ist für die vornehmen Herrschaften. Zu mir nach hinten, auf den Lakaienbock.«

Er ließ sich herab, ihr den Kleidersack zu halten, während sie auf die schmale Plattform kletterte, die hinten an der Kutsche und entgegen der Fahrtrichtung angebracht war. Den Sack verstaute sie unter ihren Beinen.

Ilse tauchte auf und lief auf sie zu, wobei ihre Wuschelhaare bei jedem Schritt mitwippten. »Dei' Umhang! Es is doch saukalt!«

Im letzten Moment konnte Elisabeth ihn ergreifen, denn das Gefährt setzte sich bereits ruckelnd in Bewegung. Hinter ihrem Rücken ließ der Kutscher die Peitsche knallen, woraufhin sich das Ruckeln verstärkte. Auf dem Kopfsteinpflaster ratterten die Räder, Pferdehufe hämmerten im Takt. Ilse wurde mit jeder Sekunde kleiner und war nach der nächsten Biegung außer Sicht.

Angst vor dem Unbekannten, Trauer um den Verlust ihrer gewohnten Umgebung, aber auch ein bisschen Neugier auf das Kommende beherrschten Elisabeths Gefühle. Was sollte sie tun? Vom Bock springen, dem Vater trotzen und warten, bis ihn der Tod ereilen würde, oder ihm gehorchen und das Glück in einer neuen Zukunft suchen?

Vor dem Hahntor hielt das Gespann quietschend an. Elisabeth drehte sich um. Das Tor war verschlossen, Soldaten der Bürgerwehr standen davor. Generalwachtmeister Felix Rauschert, in glänzendem Brust- und Rückenharnisch und mit leuchtend roter Seidenschärpe, trat an die Kabine heran und rief: »Halt! Wohin des Wegs?«

Aus dem Innern antwortete die Dame sanft: »Nach Weimar, zu Herzog Bernhard. Ich beabsichtige, dort meinen Bruder zu treffen.«

»Wer hat die Fahrt genehmigt?«

Die Dame schwieg, stattdessen ertönte eine helle Jungenstimme: »Wir werden draußen von einer Eskorte des Oberst Zehm erwartet.«

»Sieh an, für so eine Narretei hat der Zehm Männer übrig, aber mir will er welche abschwatzen. Nicht zu fassen.«

»Das fällt nicht in Eure Zuständigkeit«, rief die Dame.

»Das tut es sehr wohl. Was meint Ihr, was da draußen los ist?«

»Die Kaiserlichen stehen im Süden«, erklang nun eine Männerstimme aus der Kabine. »Ich bringe die Dame und ihren Neffen nach Weimar, das bekanntlich im Norden liegt.«

»Da schau her, der Herr von Seckendorff«, sagte Rauschert nur. »Habt Ihr das eingefädelt?«

Mit der Hand am goldenen Heft seines Schwertes umschritt er das Gefährt. Als er Elisabeth gewahrte, zeigte sich Verblüffung in seinem Gesicht. »Was machst du da oben?«

»Vater hat ... Ich soll in ein Stift.«

Rauscherts Stirnfalten vertieften sich. »Das fällt ihm reichlich spät ein. Der meint wohl, weil er Bürgermeister ist, kann er sich alles erlauben. Wahrscheinlich hat ihm sein Magengrimmen das Hirn erweicht, anders kann ich's mir nicht erklären.«

Er trat wieder nach vorn, stemmte die Hände in die Hüften und stellte sich breitbeinig in den Weg. »Die Kutsche bleibt hier. Die Ausreise wird verweigert. Draußen reitet gerade ein Trupp Kaiserlicher vorbei, und von Euren Dragonern ist weit und breit keiner zu sehen. Wenn ihr den Lamboy'schen in die Hände fallen würdet, hätten sie ein Druckmittel mehr gegen uns in der Hand. Sollte der Zehm das wünschen, soll er gefälligst auch die Verantwortung dafür übernehmen.«

»Ich muss doch sehr bitten«, schnaufte von Seckendorff. »Selbst wenn Ihr Generalwachtmeister seid, bin ich immerhin Festungshauptmann der Heldburg.«

Rauschert winkte ab. »Festungshauptmann ohne Festung, wenn ich darauf hinweisen darf. Ihr habt mir nichts zu befehlen.«

Elisabeth hatte genug von dem Streit. Ohne dass der Livrierte versuchte, sie aufzuhalten, packte sie ihr Bündel und sprang vom Bock. Sollten die sich erst mal einig werden. Ob die Kutsche hinausdurfte oder nicht, war ihr einerlei. Jedenfalls würde sie ohne sie weiterfahren.

In der Spitalgasse leerte Hans Sommer soeben einen mit Wollsachen gefüllten Korb. Die Tür zur Krämerei unter den drei Torbögen stand offen. Flüchtig nahm Elisabeth den Geruch von Kaffee wahr, den sie noch nie hatte kosten dürfen. Schon wollte sie weiterlaufen, als Hans aufsah. Sein Jungengesicht erstrahlte.

»Nanu?«, sagte er. »Was machst du um diese Zeit in der Spitalgasse?«

»Ich bin auf dem Nachhauseweg.«

»Ich meine, woher kommst du?«

»Vom Hahntor.«

»Und was ist in dem Sack?« Er deutete darauf, die Augenbrauen wissbegierig nach oben gezogen.

»Vater wollte mich fortschicken, aber wir durften nicht hinaus.«

»Wer ist *wir*?«

»Eine Dame aus der Veste. Der von Seckendorff war auch dabei.«

»Jetzt haut's dem Fass den Boden raus. Wir kriegen keine Waren mehr, weil der Feind nichts durchlässt, und ihr wollt in der Gegend rumkutschieren? Wohin eigentlich?«

»Nach Eisenach und Weimar.«

»Durchs Thüringische? Das haben die Kroaten doch grad erst besetzt. Einen unserer Lieferanten hätten se beinah umgebracht. Jetzt fehlen ihm ein Finger und die Hälfte seiner Waren. Das Gold haben se ihm auch gestohlen. Er möcht sei' Geschäft am liebsten aufgeben.«

Hans nahm ihr das Bündel aus der Hand.

»Was ist mit deinem Vater?«

»Der kann mir nur 'ne Maulschelle geben. Ist mir egal. Manchmal muss ma des tun, was ma für richtig hält, und deshalb trag ich dir jetzt dei' Bündel heim. Komm.«

Elisabeth folgte ihm, den Kopf voller Gedanken, ob Karl und sein Freund Hannes unter den kaiserlichen Belagerern waren und was Vater zu ihrer Rückkehr sagen würde.

Ein Gutes hatte die Geschichte: Das Geheimnis ums Mohrle war keines mehr, und sie würde keine Essensreste mehr stehlen müssen. Mit einem zaghaften Lächeln verabschiedete sie sich von Hans, der bis über beide Ohren errötete. Als in der Herrngasse die Haustür hinter ihr zugefallen war, horchte sie angestrengt nach oben, ob der Tod bereits Einzug gehalten hatte.

19 Elisabeth

ELISABETH WAR ZURÜCKGEKEHRT und alles schien, als wäre nichts gewesen. Sogar das Mohrle war noch da. Ilse hatte sich als Einzige zu ihrem plötzlichen Auftauchen geäußert: »Biste also wieder hier.«

Am nächsten Tag schickte Mathilde sie los, ein Medikament aus der Apotheke zu holen. Über der Stadt lag eine Totenstille, die ihr das Atmen schwermachte. Im Rathaus hatten die

Händler ihre Läden geschlossen, und sogar auf dem Marktplatz herrschte gähnende Leere.

»Sie sind gleich da«, flüsterte die Frau des Apothekers und drückte ihr ein Tütchen mit Pulver in die Hand. »Schau zu, dass du schnell heimkommst.«

Unschlüssig blieb Elisabeth in der Spitalgasse stehen, hörte, wie die Tür hinter ihr ins Schloss fiel. Vom Ketschentor her erklang ein Fanfarenstoß. Die Kaiserlichen hielten Einzug, standen bereits direkt vor dem Tor. Elisabeth hatte Wallensteins Horden gut in Erinnerung. Mochte der General versprochen haben, was er wollte, vielen Frauen war trotzdem Gewalt angetan worden.

Ein Brausen von Stimmen und Geräuschen brach in die Stadt herein. Die Kaiserlichen nahmen Coburg unter Trommelwirbeln in Besitz. Sie rannte zurück in die Herrngasse, wo Vater soeben das Haus verließ. Er war bleich wie der Tod, schritt aber mit einer Entschlossenheit vorwärts, die sie selten bei ihm gesehen hatte. Er warf ihr einen kurzen Blick zu und hastete weiter.

Prächtige Rösser und Reiter in glänzenden Rüstungen, Trompeter, Trommler und Fußknechte bogen, vom Marktplatz kommend, in die Herrngasse ein und zogen Richtung Stadtschloss. Elisabeth drückte sich in den Eingang ihres Zuhauses. Vereinzelte Schreie und sogar ein Schuss mischten sich in den Lärm. Eskortiert von zwei Männern seiner Bürgerwehr ging Felix Rauschert ihnen entgegen. Aus den Fenstern schoben sich Köpfe, starrten hinunter ins Gewühl, während Sonja vor ihrem Wirtshaus hinausposaunte, dass sie dieses Lumpenpack nicht beherbergen werde.

»Halt's Maul, Weib. Du nimmst die auf, die dir zugewiesen werden!«, rief ein Offizier, an der roten Seidenschärpe und den glänzenden Ärmeln erkennbar. »Und wenns dir nicht passt, jage ich dir eine Kugel in den Kopf.«

Sonja stürzte in ihre Schankstube zurück, die Landsknechte dicht auf den Fersen. Der von Elisabeth befürchtete Schuss blieb zum Glück aus. Jedes Wohnhaus der Herrngasse musste Soldaten aufnehmen, egal, ob die Bewohner dies guthießen oder nicht. Auch sie würden dazu gezwungen werden, dessen war sie sich sicher.

Elisabeth huschte in die Küche. Auf dem Ofen brodelte dampfend der große Waschbottich, während Ilse, aschfahl im Gesicht und mit vor der Brust gefalteten Händen, am Fenster stand. Von Lutz war nichts zu sehen.

»Gott sei Dank is dir nix passiert«, sagte Ilse. »Schau, was da draußen los is. Die hat der Teufel g'schickt.«

Elisabeth dachte an Karl und Hannes. Wo hielten sich die beiden auf? Wieder in ihrer Heimat oder gar unter den Besatzern? Trotz Ilses drohender Miene goss sie ein wenig Milch in ein Schälchen und verließ damit die Küche. Regenschwere Wolken hingen über dem Hinterhof. Die Echos der Trommeln und Trompeten hallten in ihrem Kleinod wider.

Mohrle schnurrte zufrieden in ihrem Schoß. Wenigstens eine, die sich keine Sorgen machte. Gedankenverloren strich Elisabeth über den flauschig warmen Körper. Das Böse konnte unmöglich so weich und anschmiegsam sein. Auf dem Speicher hatte sie ihre alte, von Mäusen angefressene Decke gefunden, die dem Tierchen Wärme spenden würde. Auch eine von Mutter angefertigte Puppe und Briefe von ihr waren in der Kiste gewesen; die einzigen Belege, dass sie einst in diesem Haus gelebt hatte.

Ihre Mutter hatte Lesen und Schreiben gekonnt, wie bei einer von Rosenau nicht anders zu erwarten stand. Ihr hingegen fiel beides schwer, denn mit dem Tod ihrer Lehrerin hatte auch ihre Ausbildung geendet. Sie vermochte einige Buchstaben zu kritzeln: das A, das M, das E und das N. Sie malte sie mit dem Finger in die Luft: A für Agnes, E für Elisabeth. Wie wohl ein H aussah?

Beim Verlassen des Schuppens bückte sie sich und schob ihre Hand vor den Türspalt, um zu verhindern, dass Mohrle entwischen konnte.

»Dumme Katz«, murmelte sie, drehte sich um und starrte in Kätes geschwollenes Gesicht.

»Was tust du da?«

Erstaunt musterte sie ihre Stiefschwester von oben bis unten: barfuß und im Nachthemd, die Haut blass, das Hemd weiß, fast wie eine Erscheinung aus dem Jenseits. Hatte sie die Katze bemerkt oder gar ihre Äußerung gehört? »Nichts weiter.«

»Du vertrödelst deine Zeit. Hilf mir lieber beim Ankleiden.«

»Um mir das zu sagen, bist du extra hier rausgekommen? Du steigst doch sonst immer erst beim Mittagsläuten aus dem Bett.«

Käte biss sich auf die Unterlippe, sodass ihre Zähne einen hellen Abdruck darauf hinterließen, ihre Augen verrieten Verzweiflung. »Ich wollte heute eben einmal früher aufstehen.«

»Lass uns schnell hinaufgehen, bevor dich das Fieber hinwegrafft.«

»Und wenn schon«, brach es aus Käte hervor. »Dann kann mich der Gauer wenigstens nicht heiraten.«

Das war es also. »So etwas darfst du nicht sagen – nicht einmal denken. Das ist eine Todsünde.«

Käte zitterte, starrte sie aus feucht schimmernden Augen an. »Hast du Ludwig gesehen?«

Die Frage kam so unvermittelt, dass Elisabeth stutzte. Dr. Gauer hieß Bonaventura mit Vornamen. »Welchen Ludwig?«

»Na, Ludwig von Seckendorff. Er soll in derselben Kutsche gewesen sein wie du.« In Kätes Stimme schwang etwas Schneidendes, aber auch Leidenschaft mit.

»Komm mit nach oben, dann erzähle ich dir alles über meinen Ausflug.«

»Nein!«, schrie Käte mit sich überschlagender Stimme. »Du lullst mich nicht ein mit deinem Unschuldsgesicht und deiner ewigen Bravheit. Du bist hinter ihm her, weil du nicht ertragen kannst, dass ich ihn kriege. Deshalb hast du dich an ihn rangemacht, gib's zu!«

»Unsinn, ich kenne ihn überhaupt nicht.«

»Du hast ihn doch vor Kurzem im Probstgrund getroffen!«

»Ich bin ihm dort nur zufällig begegnet.«

»Nachts? Lügnerin! Du umgarnst ihn, um ihn mir wegzuschnappen.«

»Nichts von alldem ist wahr! Dir erzähl ich nichts mehr. Los jetzt, oder ich lass dich hier draußen stehen.«

Kätes Kinn zitterte. »Du wolltest mit ihm heimlich davonlaufen«, schluchzte sie.

»Wie kommst du auf diesen abwegigen Gedanken? Er will nichts von mir und ich von ihm noch viel weniger. Ich hatte keine Ahnung, dass er mitfahren wollte. Woher auch?«

»Und bei wem war er vorgestern Nacht? Ganz leise ist er hereingeschlichen. Bei mir nicht, also muss er bei dir gewesen sein.«

Erstaunt konnte Elisabeth nur den Kopf schütteln. Von Seckendorff soll heimlich bei ihnen gewesen sein? Hatte er mit Vater gesprochen? Sie holte tief Luft. »Du fantasierst, Käte. Vielleicht hat dich das Fieber gepackt.«

Elisabeth streckte die Hand aus, um ihre Stirn zu befühlen, doch Käte wich starren Blicks zurück. »Du Hexe«, zischte sie. »Du hast meinen Ludwig verhext. Deswegen meidet er mich. Lass mich in Ruhe.«

Mit patschenden Schritten rannte Käte ins Haus zurück.

Ein dicker Regentropfen fiel vor Elisabeths Augen auf die Erde, dann ein weiterer, der nächste klatschte ihr auf den

Kopf. Die Gießkanne an der Einfassung des Beetes klang, als würde jemand darauf herumtrommeln, und das Dach antwortete. Elisabeth nahm die Geräusche lediglich am Rande wahr. Hexe. Ihr war, als stünde sie am Fenster und beobachtete sich selbst. Ihre Haare wurden nass, dann das Gesicht und die Schultern.

Hexe. Die Bedrohung war nun bis in ihr Heim vorgedrungen. Der inzwischen gleichmäßige Regen vermochte nicht, die Bestürzung darüber von ihr abzuwaschen und ihr den schmerzenden Druck von der Brust zu nehmen. Sie wollte nicht das gleiche Schicksal erleiden wie ihre Mutter.

»Biste narrisch?«, rief die Ilse aus dem hinteren Speisekammerfenster. »Du holst dir den Tod.«

Elisabeth war alles egal. Wenn sie nicht einmal mehr zu Hause vor den Hexenvorwürfen sicher war, wo dann?

Wie aus dem Nichts tauchte Lutz vor ihr auf und holte sie aus ihrer Erstarrung. »Was stehst 'n da rum, Lisbeth? Lass die Käte babbeln, was se will. Die hat eh nur Stroh im Kopf und glaubt, dass se sich ein' Adeligen schnappen könnt. In Wahrheit is der von Seckendorff nur hinterm Geld her wie der Deif'l hinter der arm' Seel. Und dabei nimmt er alle Weiber mit, die net bei drei aufm Baum sin'.«

»Hast du gehört, was die Käte gesagt hat?«, fragte sie leise.

»Freilich. Ich hab grad a Nickerle hinterm Schuppen g'macht. Aber verrat's der Ilse net. Die haut mir sonst wieder die Schaufel aufs Hirn.«

»War von Seckendorff wirklich vorgestern Nacht hier?«

Lutz verzog den Mund und rieb sich die Stelle, an der einst sein Ohr gewesen war. »Heut tut's wieder b'sonders weh, des Ohr, des nimmer da is. Mir is des wurscht, was der von Seckendorff treibt. Wecha dem bring ich mich net in Schwierigkeiten mit unserer Herrschaft. Vielleicht hat er mit der Hausfrau Karten g'spielt, weil ihr langweilig war.«

Mit Mathilde? Das wäre ungeheuerlich. Elisabeth schüttelte den Kopf so stark, dass die Tropfen flogen. »Bei mir war er jedenfalls nicht, und ich hätte ihn auch sofort aus meiner Kammer geworfen«, sagte sie fest und marschierte zum Haus zurück. Die Tür zum Hinterhof flog auf, und Ilse stand, mit einem Kochlöffel in der Hand, im Rahmen. Unwillkürlich duckte sich Elisabeth.

»Gott hilf! Sie haben alle Bürgermeister gefangen genommen!«, rief Ilse.

Dezember 1634

20 Andreas

ANDREAS HATTE DAS Leben als Gefangener in den Räumen des Stadtschlosses Ehrenburg allmählich satt, vor allem wegen des ewigen Gejammers seiner Mitgefangenen. Im Grunde ging es ihnen gar nicht so schlecht. Lamboy wollte sichergehen, dass sie ihren Zahlungsverpflichtungen nachkommen konnten. Es gab ordentlich zu essen, ebenso Bier und Wein, und zur Verrichtung der Notdurft durften sie ein Kämmerchen benutzen. Das war allerdings schon alles, was ihnen an Freiheiten zugebilligt wurde.

Die Sorgen drückten auf die Stimmung. Jeden Tag die bange Frage, ob ihre Besatzer die Forderungen höherschrauben und diesen mit heißen Foltereisen Nachdruck verleihen würden. Anfangs hatte Lamboy für sich persönlich eintausend Taler pro Woche gefordert, zuzüglich Viktualien und Vieh. Woher sie das nehmen sollten, blieb allen ein Rätsel.

Erleichtert stellte Andreas fest, dass sich seine Erkrankung von Tag zu Tag besserte. Nach vier Wochen in der Ehrenburg war er fast wieder genesen. Lediglich ein leichtes Magendrücken und Schmerzen im Hinterkopf erinnerten ihn daran, dass er sich zum Sterben niedergelegt hatte.

Als wollte Lamboy den Heilungsprozess beschleunigen, reduzierte er seine Forderung auf sechshundert Taler – trotzdem eine Summe, die sie auf Dauer nicht aufbringen konnten. Manch einer der Bürgermeister äußerte die Hoffnung, Oberst Zehm würde ein Einsehen haben und die Veste übergeben. Immerhin hockten dort oben ausgebildete Soldaten, während die Bürger hier unten nur in Notwehr zur Waffe griffen.

Die stickige Luft und Langeweile lullten Andreas ein, und er überlegte, ob er dem Beispiel seiner vier Mitgefangenen folgen und sich ein Nachmittagsschläfchen gönnen sollte, als unvermittelt die Tür aufflog und Felix Rauschert sein breites Gesicht hereinschob. »Holla, die Herren! Aufgemerkt. Ihr dürft raus.«

Andreas war überrascht, doch der Kommandant der Bürgerwehr scherzte selten. Um sich sein Erstaunen nicht anmerken zu lassen, erhob er sich schwerfällig aus dem Lehnstuhl und griff nach Umhang samt Hut. »Endlich mal gute Neuigkeiten, die Ihr bringt.«

Breithaupt schreckte aus seinem Nickerchen auf und blinzelte ungläubig in die Runde.

Rauschert zwinkerte Andreas zu und rüttelte den greisen Amling wach. »Heim geht's, Herr Amling. War sowieso falsch, Euch einzusperren.«

Der Angesprochene nickte, rappelte sich auf und schlurfte, so wie er war, hinaus. Rauschert machte Anstalten, ihm Hut und Umhang hinterherzutragen, hielt dann aber inne. »Ich lasse ihm seine Sachen nach Hause bringen«, sagte er.

»Dürfen wir wirklich gehen?«, fragte Langer.

»Sonst hätte ich's nicht gesagt.«

Breithaupt räusperte sich, besann sich auf seine Rolle als amtierender Bürgermeister. »Keine Nachforderungen oder neue Bedingungen? Sie verlangen sechshundert Taler pro Woche. Das können wir unmöglich über einen längeren Zeitraum durchhalten.«

»Soweit ich informiert bin, nein. Aber auf meine Fürsprache hin haben sie sich mit vierhundertfünfzig zufrieden erklärt. Damit ließe sich leben – zumindest für die nächsten Monate.«

Obwohl Andreas die erneute Minderung der Forderung begrüßte, ärgerte es ihn, dass ausgerechnet Rauschert dies ausgehandelt hatte. »Das sagt Ihr denen so einfach zu, ohne mit uns darüber gesprochen zu haben? Oder zahlt Ihr die Summe aus Eurer Privatschatulle?«

Bürgermeister Flemmer hob die Hände wie der Pfarrer auf der Kanzel. »Und was ist mit den Viktualien und dem Vieh? Was, wenn sie tatsächlich bis ins Frühjahr bleiben? Rechnet das einmal durch. So einen großen Viehbestand hat die gesamte Pflege Coburg nicht, um derart viele Mäuler zu stopfen.«

»Ist der Generalwachtmeister zu sprechen oder verhandelt er nur mit dem Herrn Rauschert?«, fragte Breithaupt in die Runde.

»He! Ich bin Coburger und stehe nicht im Lamboy'schen Soldbuch. Ich versuche nur, Euch bei dem zu helfen, was Ihr selbst nicht zustande bringt.«

»Warum hört er überhaupt auf Euch?«, fragte Langer mit schmalen Augen.

Rauschert machte eine unwirsche Geste. »Solange es zu Coburgs Vorteil gereicht, soll Euch das nicht weiter bekümmern. Mir liegt die Stadt am Herzen, und sie zu beschützen, ist meine Aufgabe.«

»Na denn, vom Herumsitzen geht nichts vorwärts. Dann gehen wir eben, ohne den Herrn Lamboy gesprochen zu haben«, sagte Breithaupt und setzte seinen Hut auf, der seit ihrer Festsetzung nutzlos auf dem Tisch gelegen hatte. »Die herzoglichen Räte sollten ebenfalls dazu befragt werden, denn letztlich hat uns deren Politik in diese missliche Lage gebracht.«

»Lamboy werdet Ihr nicht antreffen. Der ist nach Hildburghausen geritten, vielleicht sogar ins Hennebergische. Wir wissen es nicht genau. Viele seiner Regimenter sind zurzeit unterwegs, plündern und brandschatzen gerade im Thüringischen. Man soll zwar den Nachbarn nichts Schlechtes wünschen, aber das verschafft uns ein bisschen Luft. Freut euch nicht zu früh. Die Kroaten sollen erneut anrücken und ein ungarisches Regiment ist ebenfalls hierher unterwegs.«

Breithaupt rundete seine Schultern und Flemmer schlich gesenkten Hauptes aus dem Raum, der nun sonderlich leer wirkte.

Andreas blieb mit Rauschert zurück. »Lamboy ist fort? Und was hat es mit den Kroaten auf sich?«

»Die haben Thüringen heimgesucht. Suhl und Themar wurden niedergebrannt. Sie suchen ein Winterquartier, und das Herzogtum Sachsen-Coburg soll offenbar dafür herhalten. Lamboy kehrt zurück, verlasst Euch drauf. Nicht umsonst hat er fünfhundert Mann hiergelassen.« Felix Rauschert beugte sich vor und hauchte in Andreas' Ohr. »Oberst Zehm hat ein weiteres Hilfeersuchen nach Weimar geschickt. Angeblich wurde ihm Unterstützung zugesagt.«

»Was habt Ihr hinter meinem Rücken zu wispern?«, fragte Breithaupt aus dem Flur. Flemmers Schritte verhallten.

»Kommt wieder rein, damit Ihr's auch hört.«

»Ich war lange genug da drinnen. Erzählt es mir später. Ich will endlich heim zu meinem Weib.«

Breithaupt polterte auf der Wendeltreppe nach unten. Auch für Andreas gab es keinen Grund mehr, länger zu bleiben. Gefolgt von Rauschert trat er in den Flur, wo ihn kühle, frische Luft empfing. Durchs Treppenfenster sah er drei mit Spießen bewaffnete Soldaten. Der Feind war präsent.

»Wie hat Zehm es geschafft, einen Boten zu senden, obwohl die Veste belagert wird?«

»Der Ring um sie ist nicht vollständig geschlossen. Zudem finden ab und zu kleinere Geplänkel statt. Das hat er ausgenutzt und einen Bäckerjungen losgeschickt, der als Zeichen, dass er durchgekommen ist, ein Feuer auf dem Mühlberg entfachen sollte. Zwar wurde er angehalten, aber die Kaiserlichen haben keinen Verdacht geschöpft und ihn Gott sei Dank laufen lassen. Mir wäre er nicht durch die Lappen gegangen. Er ist sogar zurückgekehrt.«

»Es besteht also Hoffnung«, sagte Andreas, wenngleich auch Zweifel an ihm nagten. Wenn die Feinde so zahlreich in Thüringen einfielen, wie viel Verstärkung würde ihnen dann der Herzog von dort schicken können? Überdies könnte Widerstand größere Repressalien nach sich ziehen. Er seufzte und stieg die Wendeltreppe zum Ausgang hinab.

»Wir werden sehen. Mir sind zwei Sonneberger Schuster begegnet, und die haben berichtet, dass sie in der Veste festgenommen wurden, weil man sie für Spione hielt. Die waren heilfroh, als sie endlich bei uns eintrafen. Wegen der Ungarn wollen sie lieber hierbleiben. Eine Frau hatte leider nicht so viel Glück. Sie wurde beim Heuholen erstochen. Hängt halt immer davon ab, wo und wann man etwas macht.« Rauschert zwinkerte ihm erneut zu. Bestimmt hatte er die Lage auf dem Festungsberg ausgekundschaftet.

»Möchte wissen, wie die Gunde gestorben ist«, sagte Andreas, einer inneren Eingebung folgend.

»Hört mir mit der Alten auf. Die hat nur Unsinn verbreitet, soll sogar was über Eure Frau gewusst haben.«

Das überraschte ihn. »Mathilde? Was könnte das sein?«

»Das entzieht sich meiner Kenntnis. Dumme Gerüchte vermutlich.«

Rauscherts Worte stimmten Andreas nachdenklich. Vieles von dem Gerede hatte einen wahren Kern, außer es wurde aus Bosheit verbreitet. »Ihr seid mir jedenfalls für die Sicherheit der Bürger verantwortlich. Passt auf, dass keiner unberechtigt die Stadt verlässt.«

Zwei Wachen öffneten ihnen das Tor zur Steingasse.

»Ich bin doch kein Narr, Herr Bürgermeister. Sagt mir lieber, wen ich reinlassen soll. Die Leute fliehen haufenweise aus den umliegenden Dörfern zu uns. Nur leider können wir nicht alle aufnehmen.«

»Das wird Thema der nächsten Ratssitzung sein.« Andreas sah sich nach Breithaupt um, aber der war bereits verschwunden. Die Steingasse lag verlassen da, sogar Bechtold und Hahn hatten ihren Wachposten am Steintor aufgegeben.

»Soll ich die Räte und Bürgermeister zusammentrommeln?«, fragte Rauschert.

Die Vorstellung, etwas für Coburg erreichen zu können, klang verlockend, dachten doch nicht alle Bürgermeister so wie er. Auch war er Breithaupts Versuchen überdrüssig, die Stadt allein regieren zu wollen. »Heute besser nicht. Wir haben die letzten vier Wochen aufeinandergehockt, da würde heute nichts Vernünftiges herauskommen. Ich sollte ebenso wie die anderen nach Hause gehen und nach dem Rechten sehen. Gab es sonst irgendwelche … äh … besonderen Vorkommnisse?«

»Keine, die Euch sorgen sollten, Herr Bürgermeister. Eure Tochter ist nach wie vor hier.« Abermals zwinkerte Rauschert ihm zu, als wäre er wegen seines Wissens um Elisabeths Kutschfahrt ein Vertrauter der Familie.

»Gott befohlen, Herr Rauschert«, antwortete Andreas steif. »Wir sollten die Ratssitzung für morgen einberufen.«

Er schlenderte die Steingasse hinunter, das Gesicht dem schneegrauen Himmel zugewandt, wobei er jeden Schritt in Freiheit genoss. Im Grunde hatte die Gefangenschaft sogar etwas Gutes bewirkt: einen verbesserten Gesundheitszustand und Abstand von den häuslichen Sorgen. Bestand da ein Zusammenhang?

Schneeflocken taumelten herab, schmolzen kalt auf seiner Haut und blieben auf dem von unzähligen Füßen und Hufeisen glatt geschliffenen Pflaster liegen. Der Winter hielt Einzug, und die Adventszeit kündete von Weihnachten, dem Fest des Friedens. Doch der war nicht in Sicht. Der Schlossbrunnen lag verwaist und die Flocken ertranken in ihm wie die Wahrheit in einem See aus Lügen.

21 Elisabeth

»Wo willste denn hin?«, rief Ilse durchs offene Küchenfenster Elisabeth zu, als sie das Haus verließ. Der einohrige Lutz, dessen rußgeschwärzte Haare abstanden wie die Borsten einer Wurzelbürste, schob sein Gesicht neben Ilses Wuschelkopf.

»Zur Rosenauer Burg«, antwortete sie.

»Ins Fischhaus?«, fragte Ilse kopfschüttelnd. »Seit der Berthold von Rosenau g'storben is, gehört es dem Herzog, und der kümmert sich net drum.«

»Der Breithaupt wollt's kaufen, hat's aber net gekriegt«, fügte Lutz breit grinsend hinzu. »Vielleicht hat er gedacht, als Bürgermeista bräucht er nix dafür zahlen.«

Das Gerede interessierte Elisabeth nicht. »Die Frau Mutter hat mich losgeschickt. Ich soll Fische holen.«

»Fische? Die isst doch bei uns keiner. Schau zu, dass du schnell wieder heimkommst.«

»Da draußen sin' fei scho welche erstochen und erschossen worn. A Offizier soll a Magd umgebracht ham, bloß weil se net mit ihm trinken wollt. Soll ich für dich gehen?«, fragte Lutz. »Ich hab kei' Problem damit, mit 'nem Offizier zu saufen.«

»Red keinen Blödsinn, Lutz!«, rief Ilse. »Welcher Offizier will mit dir altem Zausel schon ein' heben.«

»Ist doch nur einen Katzensprung vom Stadttor entfernt. Mir wird schon nichts passieren. Den Kaiserlichen ist es verboten, einer Frau etwas zuleide zu tun.«

»Pass gut auf dich auf, Lisbeth.« Ilse zog sich ins Haus zurück. »Mach's Fenster zu, Lutz. Es wird kalt.«

Hinter den Glasscheiben im Elternstockwerk bewegte sich ein Schatten: Mathilde.

Die schneidend kalte Luft hatte alle Bürger Coburgs von den Straßen gefegt, und gottlob war von den Kaiserlichen nichts zu sehen. Sich immer wieder umblickend marschierte Elisabeth auf das im äußeren Stadtring gelegene Hahntor zu. Dieses Mal wurde ihr das schwere Holztor von den Wachsoldaten, ohne nachzufragen, geöffnet.

Vorsichtig wagte sie einige Schritte vor die Stadtmauer. Kahle Linden und Eichen säumten Alleen, die nach Norden führten, wo vereinzelt Ortschaften auf sanften Hügeln lagen. Von vielen Häusern war nur ein verkohltes Gerippe übrig geblieben. Ein stummes Zeugnis, dass hier einst Menschen gelebt hatten. Rechts neben Elisabeth wölbte sich der Rosenauer Herrenberg mit einem alten Baumgarten und Weinstöcken, dahinter erhob sich der Festungsberg.

Sie hastete an der Hahnmühle vorbei, deren Fundament aus grauen Sandsteinen gemauert war, während die Obergeschosse mit rotem Fachwerk protzten. Ein angenehmer

Geruch von gesägtem Holz hüllte das Gebäude ein, in dem auch Öl und Mehl hergestellt sowie Metalle geschlagen wurden. Heute jedoch ruhten die Mahl-, Hammer- und Sägewerke. Nur das vom Hahnfluss angetriebene Mühlrad ließ im monotonen Takt sein Platschen hören.

Ein Trupp geharnischter und behelmter Reiter, der von zwei Soldaten mit Hüten angeführt wurde, trabte auf sie zu. Um nicht umgeritten zu werden, drückte sie sich an das kalte Gemäuer der Hahnmühle. Der vorausreitende Fahnenträger schwenkte eine Standarte, darauf abgebildet ein gelbes Schild mit zwei geschwungenen schwarzen Linien, die durch einen Querbalken verbunden waren. Die im Gleichtakt trabenden Pferde schüttelten ihre Reiter ordentlich durch, wobei ihre Rüstungen laut schepperten. An den Sätteln hingen Lederfutterale, in denen Musketen steckten. Das mussten Kürassiere sein.

Elisabeth ließ sie passieren und wollte sich soeben von der Mauer lösen, als zwei Reiter sich näherten. Sie erkannte sie auf den ersten Blick: Hannes und Karl.

Beide trugen rote Schärpen über den Harnischen. Ein brauner Filzhut mit umgeschlagener Krempe saß keck auf Hannes' Blondschopf.

Also doch. Sie waren als Spione in Coburg gewesen, und sie hatte ihnen vertraut.

Hannes winkte ihr kurz zu und ritt an ihr vorbei, die Schwarze Allee hinauf und an der Stadtmauer entlang, Richtung Ehrenburg.

Wenige Schritte entfernt schlummerte die Burg Rosenau, umschlossen vom Burgteich, auf dem gelbe Blätter und grüne Entengrütze trieben. Eine steinerne Brücke, flankiert von zwei Türmchen mit Spitzdächern, führte zum Tor. Bevor man dort hingelangte, galt es, eine hölzerne Zugbrücke zu überqueren.

Aus dem von Efeu umrankten Wasserschlösschen drang kein Laut. Am Giebel des Forsthauses daneben hing das Rosenau-Wappen mit drei paarweise untereinander angeordneten Rosen. Als Kind war es etwas Besonderes für Elisabeth gewesen, an Mutters Hand daran vorbeizugehen. Die Mutter hatte ihr dann vom Geschlecht derer von Rosenau erzählt, die einst einflussreiche Münzmeister gewesen waren.

Beherzt erfasste sie die Kette des Türglöckchens und zog daran. Trotz des Geläuts blieb die kunstvoll geschnitzte Tür verschlossen; die gelb-schwarz gestreiften Fensterläden ebenfalls. Offenbar wurden heute keine Fische verkauft.

Sie fühlte sich beobachtet, und als sie hinter sich ein Geräusch vernahm, fuhr sie erschrocken herum. Zwei Soldaten versperrten ihr mit gekreuzten Piken den Rückweg. Gierige Blicke tasteten ihren Körper wie kalte Finger ab. Sie fror. Das hatte sie nun davon. Sie hätte Lutz' Angebot annehmen sollen.

»Wohin des Wegs, schöne Maid?«, fragte der eine mit einer Reibeisenstimme. »Was willst du im Schloss?«

»Fische kaufen, mein Herr.«

»Gib's zu, du wolltest welche stehlen.«

»Nein, gewiss nicht.«

Der Mann lachte rau. »Die wenigen, die da sind, sind für unseren Generalwachtmeister bestimmt, verstanden?«

»Wisst Ihr, wo der Fischmeister ist?«

Die beiden lachten meckernd wie zwei Ziegenböcke und versperrten ihr weiterhin den Weg. »Den kannst du lange suchen. Den hat unser Hauptmann aufgespießt, weil er ihn einen Narren genannt hat.«

»O Gott, wie furchtbar. Ich werde es Frau Mutter ausrichten. Und jetzt lasst mich bitte vorbei.« Sie setzte an, loszugehen.

»Nicht so schnell, Kleine. Du bist hübsch, zwar ein wenig mager, trotzdem nett anzusehen. Magst du uns nicht die Zeit ein wenig versüßen? Es ist verdammt kalt und einsam unten bei den Fischen.«

War das eine Einladung, mit ihnen unkeusch zu werden? Wehe ihr, wenn sie nur den geringsten Anschein erweckte, willig zu sein. Sie wusste, dass es den Kaiserlichen per Erlass untersagt war, einer Frau Gewalt anzutun, aber nicht alle hielten sich daran. »Das werde ich bestimmt nicht. Ihr müsst mit den Fischen vorliebnehmen. Lasst mich jetzt durch.«

»Es soll dein Schaden nicht sein«, sagte das Reibeisen.

»Dir wird auch schön warm werden«, meinte der andere.

Sie wich zurück, bis sie den kalten Mauerstein an ihrem Rücken spürte. Was hatte sich die Frau Mutter dabei gedacht, sie mit einem derart heiklen Auftrag zu betrauen?

Von der Straße näherte sich Hufgetrappel. Zwei Reiter trabten näher, würden gleich auf Höhe der Brücke sein. Vielleicht die Gelegenheit, den Landsknechten zu entkommen.

»Zier dich nicht so oder bist du gar noch Jungfer?«, fragte das Reibeisen.

Die Männer standen jetzt links und rechts vor ihr und stützten sich lässig auf ihren Piken ab. Zwischen ihnen klaffte eine Lücke in die Freiheit. Kraftvoll stieß Elisabeth sich von der Wand ab und rannte zwischen den Männern hindurch. Sofort setzte dicht hinter ihr das Hämmern der Stiefel ihrer Verfolger ein. Sie hetzte auf die zwei Reiter zu, die ebenfalls Soldaten waren. Zwar hatten sie keinen Harnisch angelegt, waren aber dennoch als solche zu erkennen. Allerdings hatte der eine anstatt einer Seidenschärpe eine Wollschärpe übers Wams gebunden – demnach war er kein Offizier.

»Herr, ich bitte Euch, helft mir!«, rief sie schon von Weitem.

»Was ist hier los? Und wer bist du?« Der Reiter hatte eine unangenehm harte Stimme und unter buschigen hellen Brauen blitzten kalte Augen hervor. Ihre Hoffnung, Hilfe zu finden, schlug in Angst um. Die beiden hielten an.

Sie legte ihre Hand auf den schweißnassen Hals seines Pferdes. »Ich bin Elisabeth Bachenschwanz, mein Herr.«

»Korporal, wenn ich bitten darf.«

»Verzeiht, Herr Korporal.«

Die zwei Wächter, die ihr gefolgt waren, blieben an der Straße stehen und sahen sich unschlüssig an. Der Korporal zeigte seine gelben Zähne. Bestimmt konnte er sich zusammenreimen, was die Verfolger vorhatten. Er straffte seine Schultern und richtete sich im Sattel auf. »Was geht hier vor?«

»Wir sollen das Wasserschloss bewachen, weil darin das Fischhaus untergebracht ist.«

»Dachtet Ihr, die Maid sei ein entlaufener Karpfen?«

Das Reibeisen errötete, der andere guckte betreten auf seine Stiefel.

»Wir dachten, sie will Fische stehlen.«

»Stimmt das?«, fragte der Korporal Elisabeth.

»Nein.«

»Zurück auf Euren Posten«, schnarrte der Korporal. Die Fischwächter grüßten kurz und stellten sich an der Brücke auf.

Damit schien die Sache erledigt zu sein. Elisabeth schaute zur Hahnmühle mit dem daneben liegenden Stadttor und machte den ersten Schritt darauf zu.

»Nicht so schnell, mein Kind. Du kommst mit uns«, bellte der Korporal. »Das Ganze bedarf einer genaueren Untersuchung. Für das Ergreifen von Spionen wurde eine Belohnung ausgesetzt.«

Sie war vom Regen in die Traufe geraten, denn der Kerl war kein Stück besser als die beiden anderen. »Wenn Ihr mich verdächtigt, Herr Korporal, fragt die Offiziere Köckh und Freymann. Die können Euch Auskunft über mich geben.«

Der Korporal fuhr im Sattel hoch. »Was habt Ihr mit denen zu schaffen?«

Sie hatte die richtigen Worte gewählt, wie sie der höflicheren Anredeform entnehmen konnte. Hoffentlich würde der Herrgott ihr die kleine Notlüge vergeben. »Der Herr Freymann ist mir zugetan und wird es nicht dulden, dass mir ein Leid zugefügt wird.«

»Wir werden sehen.« Der Korporal wandte sich seinem Begleiter zu: »Auf den Hauptmann Köckh bist du nicht gut zu sprechen, oder, Franz?«

»Der soll in der Höll schmoren«, erwiderte der Angesprochene. »Auspeitschen hat er mich lassen. Nur wegen dieser verdammten Hur', die ich jetzt heiraten muss.« Franz zog geräuschvoll Rotz von der Nase in den Rachen und spuckte vor ihr aus. Angeekelt drehte sie sich zur Seite.

»Selber Schuld«, entgegnete der Korporal. »Mensch, bin ich froh, wenn ich endlich aus den verflixten Stiefeln rauskomme.«

»Hättest sie halt von einer größeren Leich nehmen sollen«, knurrte Franz.

»Ach, halt's Maul. Schließlich hat der Sauhund mit seiner Hellebarde nicht nur meine Stiefel, sondern auch mein Bein aufgeschlitzt.«

»Und hättest du ihn nicht in Stücke gehackt, könntest du auch seine hirschlederne Jacke tragen. Schade um das schöne Stück. Jetzt fressen die Köter dran rum. Sollte dir was zustoßen, sind deine Stiefel mein.«

»Geh zum Trossschuster, der verkauft welche.«

»Ich kann's erwarten«, grunzte Franz und schielte auf das verwundete, mit einem stinkigen Lumpen umwickelte Bein seines Korporals. »Was is nu? Willste sie abliefern oder behalten?«

»Hm«, brummte der Korporal und forderte Elisabeth auf, ihnen voranzugehen.

An der Rosenauer Burg vorbei zogen sie hinaus auf die freie Flur. An einer alten Linde ließ der Korporal anhalten.

»Schöner Baum mit starkem Geäst. An dem wirst du vortrefflich baumeln.«

»Vorher darf ich mit ihr aber noch ein bisschen Spaß haben, oder?«, fragte Franz.

Der Korporal verzog sein Gesicht und strich über sein verletztes Bein. »Mach schnell. Ich hol mir inzwischen Wasser aus dem Fluss dort drüben, um die Wunde zu kühlen.«

Er ritt davon und überließ Elisabeth ihrem Schicksal.

Franz' Pferd wollte offenbar seinem Artgenossen folgen, denn es schlug nervös mit dem Schweif und tänzelte um sie herum. Sein Reiter zerrte so heftig an den Zügeln, dass es sein Maul aufriss, Speicheltropfen durch die Luft flogen und das Weiße in seinen Augen sichtbar wurde. Franz sprang ab und hielt dann die Zügel fest umklammert, wobei das Biest um ihn herumtobte.

Er war abgelenkt. Ihre Gelegenheit zu fliehen. Sie rannte los, doch das Pferd sprang zur Seite und erwischte sie so heftig an der Schulter, dass sie in den Matsch fiel. Wie das Schlagwerk der Hahnmühle patschten die Hufe neben ihr in den Dreck. Über ihr wölbte sich der Pferdebauch, ihr Schienbein bekam einen Tritt ab. Plötzlich war der Gaul weg.

Einen Moment lang sah sie nichts als das Grau des Himmels, bis sich endlich der Knoten in ihrer Brust löste und sie befreit aufatmete. Eine Schneeflocke schmolz kalt auf ihrem Gesicht – sie lebte.

»Elendes Mistvieh!«, schrie Franz dem davongaloppierenden Pferd hinterher. Sein Zorn entlud sich auf Elisabeth. Er warf sich auf sie, packte ihren Rock und zog daran. Alles, nur das nicht. Sie trat nach ihm. Versuchte, sich wegzudrehen, ihn von sich runterzustoßen, doch er war stärker. Seine Hand fuhr zwischen ihre Beine. Nein!

Der Kerl nestelte an seiner Hose herum. Sie hob ihr Knie an und stieß es in seinen Schritt. Mit einem Aufschrei fiel er nach hinten um und krümmte sich stöhnend am Boden. Gottlob hatte Ilse ihr einst verraten, wo ein Mann empfindlich war.

Nichts wie weg. Elisabeth rappelte sich auf, rannte los, verlor dabei einen Schuh.

»Bleib stehen, du Miststück!«, brüllte Franz.

Himmel hilf. Sie lief, so schnell sie konnte, wurde eingeholt und zu Boden gerissen.

Aus Richtung Coburg kamen zwei Pferde auf sie zugaloppiert, vorneweg ein Fuchs. Darauf Hannes, dahinter Karl.

Franz ließ sie los, zog seine Pistole und legte auf die beiden an. Elisabeth stieß die Waffe im selben Moment zur Seite, als der Schuss losbrach. Franz ließ sie fallen und griff nach seiner zweiten.

»Schieß, Franz!«, brüllte der Korporal vom Fluss zu ihm herüber.

Es knallte erneut.

Hannes riss die Arme hoch und fiel über die Pferdekruppe auf den Boden.

Kurz vor ihr parierte Karl seinen Vierbeiner so scharf durch, dass der sich auf die Hacken setzte, und schoss ebenfalls.

Am ganzen Körper zitternd rappelte sich Elisabeth vom nassen Boden auf. In ihren Ohren rauschte es, Pulverrauch lag in der Luft.

Neben ihr hauchte Franz sein Leben aus. Sein Gesicht erbleichte und erstarrte zu einer Maske. Entsetzt wandte sie sich ab. Alles war so schnell gegangen, ihre Gedanken wirbelten durcheinander. Für den Toten empfand sie weder Mitleid noch Hass, fühlte nur eine kalte Leere.

Ihr Blick fand Hannes, der regungslos auf dem Rücken lag. Das konnte, durfte nicht sein. Da! Er blinzelte, bewegte eine Hand. Gott sei Dank, er lebte.

Inzwischen hatte Karl den Korporal vom Pferd gezerrt. Bärengleich stand er über dem am Boden Liegenden, die Schwertspitze auf dessen Adamsapfel gerichtet.

»Du weißt, was auf Ungehorsam steht«, knurrte Karl.

»Gnade, Herr Hauptmann!«

»Mörderpack, verfluchtes!«

»Euer Begleiter wollte diese Spionin beschützen!«

»Hast du einen Beweis, dass sie eine ist?«

»Habt Ihr einen, dass sie keine ist?«

»Genug geredet.«

»Herr, nein! Bitte nicht!«, wimmerte der Korporal. »Lasst mir mein Leben. Es ist sowieso nichts wert.«

»Wohl wahr.« Mit versteinerter Miene hob Karl die Schwertspitze ein wenig an. Gleich würde er zustoßen.

Elisabeth stürmte los und fiel vor ihm auf die Knie. »Werdet nicht zum Mörder. Hannes lebt. Schaut.«

Karl presste die Lippen zusammen, bis sie blass wurden, während sich am Hosenlatz des Korporals ein nasser Fleck bildete.

»Mach dir an dem Halunken die Hände nicht schmutzig, überlass das dem Henker«, krächzte Hannes, der aus seiner Erstarrung erwacht war.

Karl fuhr herum. »Wie kannst du mir einen derartigen Schrecken einjagen? Verdammt, ich habe dich fallen sehen, ich dachte, du seist tot!«

Ächzend richtete sich Hannes auf. »Freiwillig habe ich mich nicht von meinem Pferd getrennt.«

»Bist du verletzt?«

»Keine Ahnung.«

»Offenbar war die Distanz zu groß, um deine Rüstung zu durchschlagen. Sei froh, dass es keine Muskete war.«

Hannes deutete auf den Toten. »Ein Meisterschuss.«

Karl winkte ab und sagte zu dem Korporal: »Hoch mit dir.

Du verdankst dein Leben einzig der Fürsprache dieser Frau, die du schänden wolltest.«

Der Kerl blieb flach wie ein Pfannkuchen auf der Erde liegen. »Das stimmt nicht, wir wollten sie nur vernehmen.«

»Das kannst du deiner Großmutter erzählen. Was ist wirklich passiert, Elisabeth?«

Zuerst stockend, dann immer flüssiger berichtete sie, was sich zugetragen hatte. Karl verengte die Augen kurz. »In diesen Zeiten sollte sich keine Frau aus der Stadt wagen. Habt Ihr keinen Knecht?«

»Doch.« Elisabeth sammelte ihre Gedanken. »Aber die Hausfrau wollte, dass ich die Besorgung erledige. Unser Knecht Lutz hatte zu tun, und das Fischhaus steht gleich hinter dem Stadttor.«

»Ich rate Euch, solchen Leichtsinn in Zukunft bleiben zu lassen.« Er wandte sich an den Korporal. »Steh auf.«

Stöhnend drehte sich der Mann auf die Knie und verharrte mit gesenktem Kopf. »Meine Strafe fürs Morden und Plündern kriege ich auch ohne Euch. Ich bin dem Tode geweiht. Die Wunde an meinem Bein ist brandig.«

»Dann wird es Zeit, dass du deine Sünden bereust. Hoch jetzt.«

Karl angelte nach den Zügeln seines Pferdes, das sich mit seinen Artgenossen am Gras gütlich tat. Schwerfällig, mit schweißnasser Stirn und fiebrigem Blick bestieg der Korporal sein Ross, während Hannes zu seinem Fuchs wankte.

»Danke, dass Ihr mir das Leben gerettet habt«, sagte Elisabeth.

»Euer Dank gebührt Hannes.« Karl nickte ihr zu, bedeutete dem Korporal, ihm vorauszureiten, und gab seinem Pferd die Sporen. »Als wir Euch und die beiden Soldaten gesehen haben, sind wir vom Schlimmsten ausgegangen und haben sofort kehrtgemacht. Wir waren auf dem Weg zu Oberstleutnant Krafft, den wir nicht länger warten lassen sollten.«

»Ich bleibe bei ihr und bringe sie zurück, wenn du nichts dagegen hast!«, rief Hannes.

»Und wenn doch, würdest du allemal machen, was du willst.« Karl schnalzte mit der Zunge und ritt mit seinem Gefangenen in Richtung des Ortes Dörfles davon. Das herrenlose Pferd des Gefallenen trottete brav hinter ihnen her.

22 Andreas

MIT JEDEM SCHRITT, der ihm seinem Zuhause näher brachte, freute sich Andreas mehr. Eine warme Stube, ein guter Schluck Wein, etwas Ordentliches zu essen und dann die Füße hochgelegt. Hoffentlich hatte in seiner Abwesenheit niemand die Speisekammer geplündert, und vielleicht würde Mathilde sogar ein wenig Wiedersehensfreude zeigen.

Aber da waren die Sorgen um Elisabeths und Kätes Zukunft. Eine Hochzeit war zu diesem Zeitpunkt völlig ausgeschlossen, was selbst der alte Gauer einsehen musste.

Als er die Hand auf die Türklinke legte, näherten sich Schritte vom Marktplatz.

»Sieh an, unsern Andreas ham se endlich aus der Ehrenburg rausgelassen!«, rief sein alter Freund Matthäus. Seine

Wangen leuchteten rot, sein trotz der Kälte offener Mantel blähte sich im Wind auf, und einige Schneeflocken blieben an der breiten Krempe seines Filzhuts haften. Er schien es eilig zu haben. »Zu dir wollte ich gerade. Auf dem Weg hierher bin ich dem Amling begegnet. Der ist ohne Jacke und Hut an mir vorbeigesaust. Der Alte wird sich bei dem Wetter das Fieber holen.«

»Er hat seine Sachen in der Ehrenburg vergessen. Rauschert lässt sie ihm nachtragen. Was treibt dich hierher?«

»Ich muss doch wissen, wie's meinem alten Freund geht. Wie viele Gulden haben sie euch abgeluchst? Welche Bedingungen wurden gestellt?« Matthäus entblößte seine krummen Zähne und fasste Andreas an der Schulter. »Bin wirklich froh, dass du noch unter den Lebenden weilst.«

»Wieso das denn?«

»Na, so krank, wie du warst.«

Das stimmte. Anstatt zu sterben, hatte Andreas die Gefangenschaft nicht nur überlebt, sondern sie hatte ihm sogar gutgetan. »Mir geht's deutlich besser. Danke der Nachfrage.«

»Wie haben sie euch behandelt?«

Andreas drückte die Tür auf. »Komm erst mal rein. Hier draußen ist es viel zu ungemütlich. Es schneit sich langsam ein.«

Drinnen schlug ihm ein feiner Geruch von Zitrusöl und Jasmin entgegen: Mathildes Lieblingsparfüm. Matthäus Sommer schnüffelte. »Ah, die Dame benutzt immer noch ihr Parfüm. Schade, dass ich ihr kein neues besorgen kann. Die Händler schlagen einen großen Bogen ums Coburger Land, was ich ihnen nicht verdenken kann. Du kannst dir nicht vorstellen, was ich mir wegen der Lieferengpässe alles anhören muss. Was die Leute dabei vergessen: Keine Waren bedeutet für mich keinen Umsatz.«

Als gäbe es keine wichtigeren Handelsobjekte als Parfüm. Andreas konnte sich das Gejammer der Weiber gut vorstellen, die ihr Wohlergehen an der Menge der zur Verfügung stehenden Luxusartikel festmachten. Er öffnete die Tür zur Wohnstube, in der es überraschenderweise nicht nach Parfüm roch, vielmehr hing ein leichter Tabakgeruch in der Luft. Hatte Mathilde in seiner Abwesenheit Männerbesuch gehabt? Das wäre ungeheuerlich.

Obwohl es in der Stube kalt war, setzte er den Hut ab, zog den Mantel aus und legte ihn über die Stuhllehne. »Lass die Kundschaft laufen, wohin sie will, oder meinst du, dem Krämer Klug geht es anders? Vom Lamentieren wird es nicht besser. Elisabeth soll uns einen Claret bringen.«

»Du hast einen Claret?«

»Aber ja. Und nun setz dich endlich.« Andreas winkte ihm, sich zu beeilen. Merkwürdig, dass ihn niemand empfangen hatte. Wo waren die Weiber abgeblieben? Siedend heiß fiel ihm ein, dass der versprochene Claret in seinem Felsenkeller an der Schwarzen Allee außerhalb der Stadtmauern lagerte. Von den Frauen konnte er keine damit beauftragen, dort hinzugehen – zu gefährlich. »Tut mir leid, ich fürchte, aus dem guten Tröpfchen wird nichts. Den Wein müsste erst jemand holen.«

»Faule Ausrede«, sagte Matthäus gutmütig grinsend. Endlich zog er ebenfalls seinen Mantel aus, legte den Hut auf den Tisch und rieb sich die Hände. »Kalt ist es bei euch.«

»Würdest du deine Tochter hinausschicken, wenn Hunderte geile Soldaten die Straßen unsicher machen?« Andreas stand auf, öffnete die Tür und rief ins Treppenhaus: »Elisabeth!«

»Du könntest den Lutz schicken.«

»Damit er mir meine letzten Reserven wegsäuft? Nein, mein Bester, du musst heute leider mit einem Buchberger Südhang vorliebnehmen.«

Matthäus verzog das Gesicht. »Der letzte Jahrgang von unserem Hausberg war noch viel jämmerlicher als der vorherige. Der reinste Sauerampfer. So viel Zucker kannste gar net reinschütten, damit er genießbar wird.«

»Der Apotheker hat gesagt, Bleiacetat sei ein guter Zuckerersatz.«

»Ich weiß net. Diese neumodischen Mittel sind mir alle suspekt. Ich verlass mich lieber auf Altbewährtes.«

Was für eine verquere Welt. Sonst war Matthäus einer der Ersten, der Neues aus aller Herren Länder in seinem Laden feilbot. »Wie du wissen solltest, ist Zucker gerade Mangelware.«

Matthäus seufzte theatralisch. »Was ist zurzeit nicht knapp? Gebe Gott, dass die Kaiserlichen mitsamt ihrem gefräßigen Tross bald verschwinden. Von mir wollen sie nichts, aber den Fleischern und Bäckern setzen sie arg zu.«

»Mögen die Kerle denn keinen Kaffee?«

»Was der Bauer net kennt, säuft er net«, sagte Matthäus trocken und ließ sich auf das Sofa plumpsen. »Die haben keine Ahnung, was gut ist.«

»Wie die meisten hier, gib's doch zu. Kaffee wird sich nie einbürgern. Mag doch kaum einer Tee, wenns das Bier doch billiger und zuhauf gibt.«

Matthäus zog ein Gesicht. »Dich scheinen sie jedoch gut verköstigt zu haben, siehst wohlgenährt aus.«

»Worauf willst du hinaus?« Ungehalten wiederholte Andreas seinen Ruf nach Elisabeth. Endlich öffnete Ilse die Stubentür. »Gott sei gepriesen, der Herr Bürgermeister is wieder da!«

»Es ist kalt hier. Außerdem habe ich einen Bärenhunger, und der Herr Sommer ist zu Gast. Schick mir gleich Elisabeth zum Anschüren und Essen-Auftragen.«

»Die Lisbeth is auf 'nem Botengang. Sie wird aber bald zurück sein. Ich wart scho die ganze Zeit auf sie. Der Lutz kann derweil Feuer machen, wenn es recht is.«

Den Lutz wollte Andreas jetzt nicht sehen. Wenn er verrußt war, sah er aus wie der Gehörnte persönlich. »Wer in drei Teufels Namen hat Elisabeth losgeschickt? Hoffentlich nur innerhalb der Stadtmauern, oder?«

»Keine Ahnung«, knurrte Ilse und schloss die Tür.

Verwundert schaute er in Matthäus' fragendes Gesicht. Der wich seinem Blick aus und stierte die Decke an.

»Da oben ist nichts Besonderes.« Langsam wurde Andreas ungeduldig. So hatte er sich seine Heimkehr nicht vorgestellt. »Ich kenne dich. Irgendetwas liegt dir auf dem Herzen.«

Matthäus legte die Fingerspitzen aneinander. »Mir kommt es eigenartig vor, um nicht zu sagen... äh ... verdächtig.«

»Lass dir die Würmer nicht aus der Nase ziehen.«

Sein Freund fasste sich an selbige. »Was wäre, wenn die Ursache deiner Krankheit mit dem hiesigen Essen zusammenhinge? Könnte doch sein.«

»Rede keinen Unsinn! Ilse kocht gut. Wenn es an unserem Essen läge, wären alle krank, allen voran der fette Archidiakonus, der fast täglich bei uns mitfrisst.«

»Richtig, außer ...«

»Außer was?« Andreas sprang auf seine Füße. »Willst du etwa andeuten, dass ...?« Die Ungeheuerlichkeit dieses Gedankens verschlug ihm die Sprache. »Aber warum? Und wer um Himmels willen könnte ein Interesse an meinem Tod haben?«

»Ich unterstelle niemandem was. Es kann auch Zufall sein. Dein Becher könnte zum Beispiel giftige Stoffe freisetzen. Erst neulich hat mir der Apotheker erklärt, dass gewisse Metalle ungesund für den Magen sein sollen. Auch manches Steingut soll net astrein sein. Der Pfarrer hält das allerdings für ketzerisches Gedankengut, ganz zu schweigen vom Geheimen Rat. Deshalb zieht es der Apotheker vor, in der Öffentlichkeit den Mund darüber zu halten.«

»Du weißt nicht, was du da redest. An meinem Becher ist nichts Giftiges. Der ist genauso giftig oder ungiftig wie die der andern. Wir trinken alle aus denselben Behältnissen.«

»Beruhige dich. Ich wollte nur ... Ach, vergiss es. Genieß einfach, dass du wieder zu Hause bist. Stell dir vor, von Seckendorff hat mich um Geld angegangen – angeblich wegen Spielschulden. Dann soll er eben mit der Spielerei aufhören, der Weiberheld. Ich sag dir, der ist hinterm Geld und den Röcken her wie der Hengst hinter der Stute.«

Andreas wollte sich nicht beruhigen, hörte nur mit halbem Ohr zu, denn tief in seinem Innern hatten Matthäus' Worte ein Ungeheuer namens Verdacht zum Leben erweckt.

Mit rußigen Stiefeln polterte Lutz herein, nickte ihm kurz zu und machte sich am Ofen zu schaffen. Andreas schenkte sich einen Schluck des Buchberger Südhangs ein, der in einer Ecke auf einem kleinen Tischchen bereitstand. Es war das erste Mal, dass er ihn dieses Jahr kostete. Quietschsauer. Der kalte Sommer war den Trauben schlecht bekommen.

23 Elisabeth

»Ist das wahr?«, fragte Hans mit Augen so groß wie der mit Kobaltblau verzierte Porzellanteller, den er in der Hand hielt. Ungeachtet des Schnees, der in dicken Flocken aus dem

Grau des Morgenhimmels fiel, hockte er auf der Einfassung des Brunnenbeckens.

Wie in jedem Winter waren auch in diesem seine Sommersprossen verblasst. »So wahr ich vor dir stehe.«

Hans schüttelte seinen Rotschopf. »Wozu das Ganze, wenn der Fischmeister scho tot is?«

»Kann sein, dass Frau Mutter nichts davon wusste.«

»Ein richtiges Mysterzium!«

»Ein was?«

»Hab ganz vergessen, dass du kei' Latein kannst.«

Elisabeth staunte. Im Gegensatz zu ihr hatte Hans zwei Jahre das Gymnasium Casimirianum besuchen dürfen. Sie schenkte ihm ein Lächeln, das bewundernd wirken sollte, und prompt lief er knallrot an.

Nachdenklich betrachtete sie ihn. Hans war ein guter Freund, genauso wie Hannes, und doch gab es da einen Unterschied. Hans brachte sie zum Lachen, Hannes indes machte sie glücklich.

»Ein Mysterzium ist ein Geheimnis. Gräm dich nicht«, sagte Hans gönnerhaft, »ihr Weiber braucht kein Latein zu können.«

»Werd bloß nicht frech. Ohne uns Weiber wäret ihr aufgeschmissen.« Elisabeth deutete auf den zerbrechlich wirkenden Porzellanteller, dessen Mitte eine zauberhaft gemalte Christrose zierte. »Was ist mit dem Teller?«

»Der is fürs Schloss bestimmt. Vater fürchtet, die Kaiserlichen könnten ihm den Laden plündern, da verschenkt er das Zeug lieber, bevor es ihm zerdeppert wird.«

»Das ist aber nur einer. Damit kann keiner was anfangen.«

»Der ist zum Herzeigen gedacht«, erwiderte Hans. »Wenn er denen gefällt, liefern wir mehr. Dafür sollen se unseren Laden in Ruh lassen. Vater hat immer so gute Einfälle.«

»Meine Familie misstraut ihnen. Immerhin sind sie unsere

Feinde, und von denen können wir keine gute Behandlung erwarten.« Sie lauschte dem Klang ihrer eigenen Worte nach. War sie ein vollwertiges Familienmitglied? Und wer war ihr Feind? Woher kamen bloß all diese Gedanken?

»Warum holst du dann euer Wasser und net der Lutz, wenn du denen net traust?«, fragte Hans.

Elisabeth stutzte verlegen. Eigentlich hätte Lutz diese Aufgabe übernehmen sollen, aber sie hatte gehofft, auf Hannes zu treffen, und war deshalb selbst zum Brunnen gegangen. Er hatte sie vorgestern vor ihrem Hause abgesetzt und gewartet, bis sie darin verschwunden war. Schweigend war sie zuvor mit ihm in die Stadt eingeritten, hatte ihre Hände fest um seinen Leib geschlungen und gegen Ende den Ritt sogar genossen. Er hatte männlich gerochen, auch nach Geborgenheit und Wärme.

Hans rutschte vom Brunnenrand und betrachtete sie mit zusammengezogenen Augenbrauen. »Wer hat dich zurückgebracht? Sag bloß, dieser Freymann von den Kaiserlichen?«

»Er hat mich vor Schlimmem bewahrt. Nicht alle Feinde sind schlecht.«

Hans' Lippen wurden weiß und schmal wie ein Kreidestrich. »Wer's glaubt, wird selig. Woher willste wissen, was er im Schilde führt?«

»Und woher weißt du, wie er heißt?«

»Man muss seine Feinde kennen«, sagte er. »Felix Rauschert hat rausgefunden, dass der Freiherr Freymann aus dem Altmühltal stammt. Er wohnt in Burg Randeck und herrscht über Essing.«

Ein Freiherr? Hatte er nicht gesagt, er sei Oberförster? Etwas stimmte hier nicht. Vielleicht hatte Rauschert den Vater oder Bruder von Hannes gemeint. Wie dem auch sei, Hannes war ein Wohlgeborener, dessen Familie eine Hofmark ihr Eigen nannte.

»Seinem Freund sei' Vater is sogar Kurfürstlicher Rat und sei' Mutter eine geborene Freymann. Deine zwei Helden sind miteinander verwandt.«

Elisabeth hob verwundert die Augenbrauen. »Und das alles hat dir der Rauschert erzählt?«

Hans' Gesichtsfarbe wechselte von Blass zu Rot.

»Du hast gelauscht«, sagte sie. »Pfui, schäm dich.«

Er knirschte mit den Zähnen. »Als ich die Bestände gezählt hab, waren Vater und Rauschert nebenan in der Stube und haben so laut g'sprochen, dass ich jedes Wort hören konnt.«

»Hoffentlich hast du dich vor lauter Lauschen nicht verzählt.« Allmählich wurden ihre Füße kalt. Trotzdem zog sie es nicht nach Hause, weil dort nur Arbeit auf sie wartete. Es war ein Stückchen Glück, sich mit Hans zu unterhalten und zu hoffen, dass Hannes erscheinen würde.

Hufgetrappel kündigte Reiter an.

»Des is Lamboys Leibgarde. Deine Freunde gehören zu einem andern Regiment.« Hans' Stimme klang zornig.

Leider behielt Hans recht, denn Elisabeth sah weder die ihr bekannte Standarte noch die Gesichter der beiden. Zwanzig Reiter trabten mit todernsten Mienen vorbei, in Richtung Steintor, das sich öffnete und sie aus der Stadt entließ.

»Die reiten bestimmt zur Veste hoch, um se anzuzünden.«

»Dort ist alles aus Stein, da brennt nichts«, sagte sie.

»Unsinn, Elisabeth. In der Festung gibt's Häuser, Stallungen und Wehrgänge. Das brennt alles wie Zunder. Die haben's schon mal versucht. Der Zehm hat 'ne Abteilung rausg'schickt, um das zu verhindern. Es kam dann zu einer ordentlichen Keilerei; so richtig Mann gegen Mann.«

»In der Veste sind zu wenige.«

»Eben. Deshalb war der Rauschert bei meinem Vater, aber der hat ihm g'sagt, dass er mich im Laden braucht und sich für sei' Bürgerwehr g'fälligst andere suchen soll. Der Rauschert hat fei sogar g'sagt, es wär besser, die Jungen würden alle hier unten in der Stadt bleiben. Er sei auf den neuen Herzog sauer, weil dem das Schicksal der Coburger egal sei. Beim ollen Casimir wär des anders g'wesen.«

»Wie nennst du unseren verstorbenen Herzog? Denk daran, was die alte Gunde erzählt hat, dass er kein Freund von Despektierlichkeit gewesen ist.«

»Meinste die G'schicht von seiner ersten Frau Anna oder die vom Nikolaus Zech? Die Anna hat ihn betrogen, das ist kei' Despektierlichkeit. Die war selber schuld, dass er se in Kerker gesteckt hat. Und der Zech – na ja. Der hat 'nen Herzoglichen Rat beleidigt, das zählt nur halb. Außerdem hab ich ihn niemandem außer dir gegenüber als ollen Casimir bezeichnet, und du wirst mich net anschwärzen, oder?«

Sie musste wegen seiner Bauernschläue lachen. »Mir kannst du vertrauen. Komm jetzt, ich will heim. In meinen Zehen sind schon tausend Ameisen unterwegs.«

»Leider kann ich dich net begleiten«, druckste er herum. »Du weißt, der Teller.«

»Oder ist es wegen deinem Vater, weil er mich nicht leiden kann?«

»O nein, deswegen net. Eher weil er denkt, ich vertrödle mei' Zeit«, erwiderte Hans. Das schlechte Gewissen deswegen war ihm anzusehen.

»Ich denke, du bist der Apothekertochter versprochen?«, sagte sie.

»Hm«, machte Hans nur und scharrte mit dem Fuß eine Rinne in den Schnee. »Ich bring dich noch bis zur Ecke, damit dir nichts geschieht.«

Dass Hans bei einem Angriff eine große Hilfe sein würde, bezweifelte sie. »Pass gut auf deinen Teller auf; Porzellan bricht leicht. Deswegen mag's die Ilse nicht.«

»Oder weil's zu teuer is.«
»Es geht nicht immer ums Geld.«
»Oh doch. Ohne Geld biste nix.«

Als sie in die Herrngasse einbog, trat soeben Käte gefolgt von Mathilde aus der Haustür. Kätes Gesicht war verschwollen und ihre Augen rot gerändert. Die Frau Mutter würdigte Elisabeth keines Blickes.

»Geh zu«, sagte Mathilde zu Käte scharf und zog sie am Ärmel an Elisabeth vorbei. »Wir müssen uns beeilen, bevor die ganze Stadt aufwacht.«

Verblüfft starrte Elisabeth den beiden hinterher. Käte benahm sich in letzter Zeit seltsam. Wohin strebten die zwei so eilig, und vor allem: Warum so früh?

24 Hannes

DREI TAGE SPÄTER trat Hannes frühmorgens vor das Bauernhaus in Dörfles und schaute über schneebedeckte Wiesen in Richtung Coburg, wo Rauch aus vielen Schloten aufstieg. Die Sonne spitzte durch graue Wolken, die mehr Schnee verhießen, und tauchte die Turmspitzen der Morizkirche in rotgoldenes Licht. Hannes verschränkte die Arme. Die feuchtwarme Luft roch nach Holzfeuer und Pferdemist, drüben im Stall hörte er jemanden hantieren.

Die Bauersleute hatten ihnen ihre Schlafkammern überlassen müssen und waren am nächsten Morgen verschwunden gewesen. Nur der Knecht wollte lieber auf dem Hof ausharren, als den Winter im Wald zu verbringen. Die anderen Soldaten des Regiments samt Tross hatten in den umliegenden Weilern Quartier bezogen.

Hannes plagte wegen der Bauersfamilie mit ihren neun dürren Kindern ein schlechtes Gewissen, trotzdem wollte er etwas essen. Er setzte sich auf einen Schemel und legte die Hände auf den Tisch.

Der tannengrüne Kachelofen, von dem lediglich eine Hälfte sichtbar war – die andere ragte in die benachbarte Wohnstube –, knackte und verströmte angenehme Wärme. Der Knecht, der ihnen das Frühstück bereitete, legte ihm ein Brot auf den Tisch, das nach Kleie schmeckte, dazu gab es etwas zerkochtes Gemüse sowie zwei Fleischstückchen.

»Vom Vortag«, knurrte er.

Hannes war es recht, das Essen wärmte seinen Bauch und vertrieb ihm die Zeit. Als er mit seinem Teller fast fertig war, schlurfte Karl mit grantigem, unrasiertem Gesicht aus der Schlafkammer herein, griff sich ebenfalls ein Stückchen Brot und biss herzhaft hinein.

»Mehr Kleie als Korn«, bemerkte er und langte nach einem Humpen mit Dünnbier.

»Wir ham nix besseres. Der Sommer war zu kalt für zwei Ernten«, erklärte der Knecht widerwillig. »Dabei ham mers fei noch gut, weil ma noch a weng Weizen und Roggen ham. Für uns hätt's g'reicht, aber wecha euch …«

»Schon gut. Aber vor einer Woche hat es besser geschmeckt.«

»Jaa, vor ana Woch …«

Karl legte die Stirn drohend in Falten, woraufhin sich der Knecht duckte, weil er offenbar aus Erfahrung wusste, welche Konsequenzen ein vorlautes Mundwerk nach sich ziehen konnte. Karl setzte sich auf den einzigen Armlehnstuhl im Haus, lehnte sich zurück und streckte seine langen Beine aus. Sein Putzer und Adjutant, der aus dem Bayerischen stammte, eilte herbei, um ihn zu rasieren.

Endlich beendete der Soldat sein Werk und trocknete Karls Wangen und Kinn mit einem fleckigen Tuch ab. Hannes setzte zum Reden an, als Karl dem verdutzten Kerl den Stofffetzen aus der Hand riss. »Wage es noch einmal, mir einen derartigen Schmutzlappen ins Gesicht zu drücken.«

»Ja mei, Herr Hauptmann, i hab halt g'meint ... Verzeihung«, stotterte der Putzer. »Es war kei' sauberes da.«

»Dann wasch es!«

Dunkelrot im Gesicht, packte der Mann den Lumpen und stopfte ihn in seine Jackentasche.

»Karl, äh ... Herr Hauptmann?«, korrigierte sich Hannes. »Ich hätte ein Anliegen.«

Sein Freund sah ihn mit teils belustigtem, teils verärgertem Blick an. »Nur zu, Herr Leutnant.«

»Ich ersuche um Freigang.«

Im Hintergrund fragte der Putzer den Knecht nach einem Topf, in dem er das Tuch auskochen könne. Karl flüsterte, damit die beiden ihn nicht verstehen konnten: »Lass mich raten: Du willst Elisabeth aufsuchen? Keine schlechte Idee. Bei der Gelegenheit kannst du versuchen herauszufinden, welcher Tölpel das Mädchen allein hinausgeschickt hat.«

Hannes öffnete den Mund, doch in diesem Moment flog die Haustür auf und mit einem Schwall eiskalter Luft drang ein Landsknecht in die Küche und ersparte ihm eine Erwiderung.

»Herr Hauptmann?«, fragte der Landsknecht und streckte Karl ein zusammengerolltes Papier entgegen. »Oberstleutnant Krafft befiehlt, dass Ihr mit Euren fünfundzwanzig Mann unverzüglich eine Burg schleift.«

Am Ofen fiel ein Topf scheppernd zu Boden. Leichenblass starrte sie der Knecht an.

Bedächtig nahm Karl das Papier, rollte es auf und glättete es. »Hm. Die Lauterburg also. Mit fünfundzwanzig Kürassieren?«

Der Bote schwieg.

Hannes' Puls beschleunigte sich, als er die Schwere dieses Befehls begriff. Seinen Freigang konnte er vergessen.

»Also gut. Richte Oberstleutnant Krafft aus, dass wir sofort losreiten«, sagte Karl.

Nachdem der Bote den Raum verlassen hatte, wandte sich Karl dem Putzer zu. »Mach dich fertig, du trommelst die Männer zusammen.«

Hannes seufzte innerlich, denn das hatte ihm noch gefehlt. Er sollte ohne ersichtlichen Grund und mit ungewissem Ausgang gegen eine unbekannte Burg reiten. Mit zitternden Fingern legte Hannes Brust- und Rückenharnisch an und zurrte beides mithilfe des Knechtes fest.

»Warum grad die Lauterburg?«, fragte der Knecht. »Da ham sich a paar von unsere Bauern versteckt. Mei' Weib und meine Kinder sin' a dort.«

Sprach er von diesen neun Hungergestalten, die Hannes gesehen hatte? Das würde das Verhalten des Mannes erklären. Hannes wurde das Herz schwer. Verflixt, auf was hatten sie sich eingelassen? »Ich weiß es nicht. Hoffen wir das Beste.«

Er schwang sich aufs Pferd und folgte Karl. Der hielt schnurstracks auf das Schlösschen Rosenau zu, in dem sich der kaiserliche Graf Hatzfeld eingenistet hatte.

Es erhob sich auf einem kleinen Hügel und besaß im Gegensatz zur Burg Rosenau in Coburg keine Wehranlagen, sondern war ein herrschaftliches Haus, an das sich ein dicker Rundturm schmiegte. Daneben befanden sich einige Wirtschaftsgebäude. Karl begab sich in das Innere des Schlösschens und befahl Hannes, mit den Kürassieren zu warten. Von der Brüstung einer Sandsteinmauer im Garten aus konnte er ein Tal überblicken, durch das sich das Flüsschen Itz schlängelte.

Nach geraumer Zeit kehrte Karl zurück und berichtete, dass zwanzig Musketiere als Verstärkung seinem Kommando unterstellt worden seien.

Gemeinsam mit ihnen ritten sie zur Lauterburg hoch, die nahe beim Schloss Rosenau auf einem Ausläufer des Thüringer Waldes thronte und durch ein weites Tal von der Veste Coburg getrennt war.

»Sollen wir sie umstellen?«, fragte ein Korporal.

»Nein«, antwortete Karl knapp.

»Dann könnten aber welche nach hinten entkommen.«

»Haben die Leute Euch was getan?«

»Nein.«

»Es geht um die Einnahme der Burg und nicht um Gefangennahme. Wir planen einen Überraschungsangriff. Seht zu, dass Ihr immer unter den Bäumen bleibt, damit sie uns nicht zu früh entdecken. Wenn wir in Schussweite sind, stellst du die Musketiere in einer Linie auf. Sie sollen drei Salven abfeuern und dem Sprengmeister Deckung geben, damit er seine Arbeit am Tor ungestört verrichten kann. Nach dem großen Knall wird die Burg gestürmt.«

Jede Deckung ausnutzend, stiegen sie den Berghang hoch. Ein Fanfarensignal ertönte über ihren Köpfen. Das Überraschungsmoment war dahin. Davon ungerührt, dirigierte Karl die Soldaten in ihre Positionen. Die Schützen waren inzwischen weit genug vorgerückt, um ihre Musketen in Anschlag zu bringen.

Von seinem Standpunkt aus konnte Hannes nicht in die Burg hineinsehen. Aus den Schießscharten schauten nur wenige Läufe heraus, und über der mit Zinnen bewehrten Mauer waren einige Spieße sowie die eine oder andere Heugabel und Sense zu sehen. Auf große Gegenwehr würden sie nicht stoßen.

»Wie vermutet, nicht mehr als dreißig Mann. Und ob das tatsächlich alles Männer und Soldaten sind, ist fraglich«, raunte Karl ihm zu und spuckte aus. »Hoffentlich rennen die um ihr Leben, sonst gibt es ein lustiges Schlachtfest.«

Aus den Schießscharten wurde geschossen, und die kaiserlichen Musketiere erwiderten mit einer Salve das Feuer.

Vereinzeltes Knallen als Antwort.

Die zweite Salve.

Wenige Schüsse aus der Burg.

Die dritte Salve.

Karl zögerte einen Moment und hob langsam die Hand.

Ein mächtiger Donnerschlag rollte über sie hinweg. Durch Pulverdampf und Feuerblitz flogen ihnen Steine und Holzsplitter entgegen.

»Angriff!«, schrie Karl aus vollem Hals und sprengte im Galopp davon.

Hannes' Fuchs folgte ihm ohne sein Zutun. Die Pferde drängten vorwärts, während die Reiter ihre Angriffswut oder ihre Angst herausbrüllten und auf jeden schossen, der sich an der Mauer zeigte. Hannes feuerte seine Pistole ab, ebenso die Arkebuse, ohne auf jemanden zu zielen. Hauptsache, wir machen viel Lärm, hatte Karl sie angewiesen. Nur wenige Galoppsprünge trennten ihn vom Burgtor, von dem kaum etwas übrig geblieben war. Ein kurzer Stich mit den Sporen in die Flanken des Fuchses – und er war hindurch.

Das Orchester des Todes spielte auf: Schüsse donnerten wie Paukenschläge, Schwerter klirrten wie Zimbeln, Schreie hallten wie Arien. Etwas Unerklärliches erfasste Hannes, und er wurde zum Spielball seines Selbsterhaltungstriebs.

Er sprang vom Pferd, ließ sich mitreißen vom Kampf Mann gegen Mann. Schlag folgte auf Schlag, Parade auf Parade, Stoß auf Finte, bis endlich die Klinge ins Fleisch fuhr.

Der erste Gegner fiel, ebenso der zweite, der sich Hannes in den Weg gestellt hatte. Er keuchte, schwitzte und verfluchte Rüstung und Helm, war letztlich aber heilfroh, beides zu haben. Bei seinem Anblick warf ein Bursche seine Heugabel zu Boden und rannte davon. Hannes senkte die Klinge und schrie ihm hinterher: »Lauf, Junge, lauf!«

Ein Schuss krachte und der Korporal grinste selbstgefällig zu ihm herüber. Mit Grauen wandte Hannes sich ab.

Karl kämpfte gegen einen jungen Mann, der tapfer seine Schläge parierte. Von den Verteidigern standen kaum mehr welche auf den Beinen, die meisten lagen in ihrem Blut.

Den Sieg vor Augen, brüllten die Soldaten ihren Kampfschrei.

Hinter Karls Rücken rappelte sich ein Getroffener auf und wankte mit erhobenem Schwert auf seinen Freund zu, der davon nichts zu bemerken schien. Ohne zu zögern, sprang Hannes vor, holte aus und schlug seine Klinge in den Nacken des Mannes. Blut spritzte. Der Todgeweihte sank auf die Knie und sackte in sich zusammen.

Entsetzt ließ Hannes das Schwert fallen. Er hörte nichts mehr und sah wie durch einen Nebelschleier den letzten Widerstand zusammenbrechen.

»Alles plündern und niederbrennen!«, befahl Karl schwer atmend. Mit blutverschmierter Hand wischte er sich über den Mund. Der vor ihm auf dem Boden liegende junge Mann versuchte mit zitternden Fingern, das um seinen Hals hängende Kreuz zu greifen, das seiner Hand entglitt.

»O Gott, welch Unglück! Ausgerechnet er«, klagte ein Grauhaariger, der ungeachtet der Gefahr herbeistürzte.

»Wer war das?«, fragte Hannes mit belegter Stimme.

»Der einzige Sohn des Grafen. Weil sein Besitz ein Mannlehen ist, kann seine Tochter nicht erben. Jetzt haben wir keinen Nachfolger mehr.«

»Den Herzog von Coburg wird es freuen, wenn er die Hofmark zurückbekommt«, sagte Karl trocken. »Wieso musstet Ihr auch diesen sinnlosen Kampf führen? Ihr hattet genug Gelegenheit zu flüchten. Wo ist deine Herrschaft abgeblieben?«

»Die sind in die Bergwälder geflohen.«

»Und haben den Jüngling zurückgelassen? Pfui Deibel! Beeil dich, sie einzuholen, um ihnen die Unglücksbotschaft zu überbringen. Mein Auftrag ist erledigt.«

Hannes legte seine Hand auf Karls Oberarm. »Dank dir, mein Freund.«

»Ich muss dir danken. Immerhin hast du mich vor dem sicheren Tod bewahrt. Ist wohl deine neueste Lieblingsbeschäftigung, anderen das Leben zu retten. Ich reite kurz dem Alten hinterher. Sorge dafür, dass alles niedergebrannt wird, damit keiner sagen kann, wir hätten nicht ganze Arbeit geleistet.«

Gott, wie Hannes diesen Krieg verabscheute. Die Burg war nur mit kampffähigen Männern besetzt gewesen. Jetzt verstand er Karls Verhalten in der Küche unten im Dorf. So hatte der Knecht, dem er durch den Besuch in der Rosenau genügend Zeit verschafft hatte, die Besatzung warnen können. Erfahren durfte davon niemand.

Der Korporal kam schwer atmend zu ihm. »Wo ist unser Hauptmann?«

»Bald wieder zurück. Was gibt es?«

»Was soll mit dem Gutshof dort drüben geschehen?«

»Plündern und abfackeln, was sonst?«

»Da sind viele Pferde drin. Sollen die mitverbrannt werden?«

»Wo denkst du hin? Die nehmen wir selbstverständlich mit«, sagte Hannes und gewann allmählich Freude am Kommandieren.

Auf der anderen Seite des weiten Tals erhob sich die Veste. Sie würde nicht so leicht einzunehmen sein.

25 Andreas

ANDREAS KONNTE DIE Geschichte mit Elisabeths Botengang zum Wasserschloss kaum fassen. Außer dem alten Fischmeister wohnte dort seit Jahren niemand mehr. Auf seine Frage, wozu das Ganze, hatte Mathilde mit den Schultern gezuckt und ihm erklärt, dass er vier Wochen fort gewesen sei und sie in der Zwischenzeit alle Geschäfte allein habe führen müssen. Das ärgerte Andreas gewaltig, da er erstens nicht freiwillig abwesend gewesen war und zweitens keine Geschäfte zu führen gewesen waren. Er solle sich beruhigen, hatte Mathilde gekeift, schließlich sei Elisabeth nach Erledigung ihres Auftrags unversehrt heimgekehrt.

Er setzte sich auf die Bettkante und drehte nachdenklich das Glas Milch mit Honig in der Hand, das ihm Mathilde abends auf das Nachttischchen gestellt hatte. Elisabeth sei auf dem Rücken eines Pferdes von einem feindlichen Offizier zurückgebracht worden, hatte ihm Matthäus erzählt. Seine

Tochter und ein Kaiserlicher …? Seither wartete er vergebens auf eine Erklärung von ihr. Er hätte sie gleich zur Rede stellen und mit der Faust auf den Tisch schlagen sollen. Es war schwer, in diesem Haus Ruhe zu finden, zumal die Stadt in Bedrängnis war. Unerhörte Dinge, die sich seiner Kontrolle entzogen, geschahen unter seinem Dach.

Der Frost hatte mit einer sternenklaren Nacht Einzug gehalten, ein kalter Luftzug drang vom Fenster zu ihm herüber und kündete von der Erstarrung der Außenwelt. Er sollte wieder unter die Bettdecke schlüpfen, obwohl ihn die Schlafkappe und das knöchellange Hemd wärmten. Der Inhalt des Glases roch normal. Er setzte zum Trinken an und hielt inne.

Eilige Füße trippelten die Treppe hinunter, die Haustür fiel ins Schloss, Elisabeth ging Wasser holen. Da die Stadtbrunnen bei Frost einfrieren würden, wurden sie abgedeckt. Alle eingefassten Quellen, die meist das ganze Jahr hindurch sprudelten, lagen außerhalb der Stadtmauern.

Die Versorgung mit sauberem Wasser war schon immer ein Problem der Städte gewesen.

Unten in der Herrngasse klapperten Hufe übers Pflaster. Wer war da unterwegs zu so früher Stunde? Andreas lauschte. Seit er sich dem Tode nahe geglaubt hatte, genoss er die Geräusche des Hauses und der Stadt. Nach seiner Freilassung hatte das Bauchgrimmen erneut eingesetzt; anfangs nur schwach, dann von Tag zu Tag zunehmend. Womöglich hatte Matthäus mit seinem Verdacht recht.

Allerdings aßen alle Familienmitglieder dasselbe, auch Ilse und Lutz. Ebenso der Archidiakonus, der zudem dafür sorgte, dass seine Weinbestände sich schnell verringerten. Und keiner von ihnen war erkrankt.

Vielleicht lag es an der Milch, die wegen permanenter Knappheit nur ihm vorbehalten war.

Was für ein absurder Gedanke. Er sollte sich schämen, seine Frau zu verdächtigen, obgleich sie ihm das Getränk aufdrängte. Nur welchen Vorteil hätte sie von seinem Ableben?

So weit war sein Misstrauen also schon gediehen. Ilse hatte ebenfalls Zugriff auf die Milch, ebenso Lutz und Elisabeth und nicht zu vergessen der Bauer, der sie lieferte. Wer trank sonst davon und könnte bestätigen, dass sie harmlos war?

Weihnachten, das Fest der Liebe und Versöhnung, stand vor der Tür. Er stöhnte auf. Die Kaiserlichen saßen wie die Ratten in der Stadt und fraßen den Bürgern Coburgs alles weg. Er konnte die Hiobsbotschaften und das Wehklagen aus den umliegenden Dörfern nicht länger hören. Und wie vorhergesagt, waren deren Schandtaten nicht einmal das Schlimmste, die Ruhr und vereinzelt die Pest rafften die Menschen dahin.

Was hatten sie verbrochen, um das zu verdienen? Waren sie nicht gottesfürchtig genug? Hatte er nicht sogar seine Agnes für den Stadtfrieden geopfert? Welches Opfer forderte der Herrgott noch von ihm?

Seine Elisabeth?

Es klopfte an der Haustür, Andreas fuhr zusammen. Für einen Besucher war es zu früh. Zu dieser Tageszeit wurden nur schlechte Nachrichten überbracht, und auf die konnte er verzichten.

Es klopfte erneut.

Elisabeth war fort, und so öffnete keiner die Tür.

Es half nichts, Andreas musste selbst nachsehen, wer der Störenfried war. Er blickte auf seine nackten Füße und stellte das volle Milchglas wieder aufs Nachttischchen.

Anschließend öffnete er das Fenster und streckte seinen Kopf in die Eiseskälte hinaus.

Unten stand Dr. Wolffrum und starrte hoch.

»Nanu, Herr Doktor? Um diese Morgenstunde schon unterwegs?«, rief Andreas.

»Redet keinen Unsinn. Wenn der Tag anbricht, steht ein rechtschaffener Bürger auf und betet. Schließlich gilt es, Satanas Einhalt zu gebieten.«

Hätte Andreas es nicht besser gewusst, hätte er Wolffrum des Trinkens bezichtigt. »Zu dieser Stunde ist nicht einmal der Herr Pfarrer auf den Beinen.«

»Habt Ihr getrunken?«

Andreas konnte sich das Lachen kaum verkneifen, hatte er doch vor einem Moment das Gleiche von Wolffrum gedacht. »Nur meine morgendliche Milch.«

»Die sollte Euch gut bekommen. Ich habe Eurer Frau empfohlen, Euch besonders gut zu pflegen.«

Nachdenklich blickte Andreas zu ihm hinunter. Nach Mathilde war er der Zweite, der ihm die tägliche Milch aufzuschwatzen versuchte. Das waren alles keine Beweise, aber man würde sehen. Laut sagte er: »Solange es welche gibt, gerne. Wir haben bloß zu wenig Heu für die Kühe. Zuerst hat der Zehm furagiert und dann der Feind.«

Wolffrum blinzelte. »Wie bedauerlich, Herr Bachenschwanz. Mein Genick schmerzt vom ständigen Hochschauen.«

Der Herr wollte ins Haus, wovon Andreas nicht begeistert war. Mit seiner schwarzen Kleidung und dem ewigen Gerede vom Teufel ging er ihm auf die Nerven. »Wenn dem so ist, sollten wir das Gespräch beenden. Leider kann ich Euch nicht hereinbitten. Meiner Frau käme das sicher ungelegen, Ihr versteht?«

Wolffrum schob sein Kinn vor und kniff die Augen zusammen. Gleich würde er zum Angriff übergehen.

»Wie steht's um Eure Tochter?«, fragte er prompt.

Da war es heraus. Herr im Himmel, gab dieser Mensch denn niemals Ruhe? Vermutlich hatte er von Elisabeths ungewöhnlicher Heimkehr erfahren.

»Welche von beiden meint Ihr?«, fragte Andreas, um Zeit zum Überlegen zu gewinnen.

»Eure Stieftochter. Ich hörte, sie sei ... Wie soll ich sagen?«

Käte. Andreas hasste diese vorwurfsvoll amüsierte Stimme. So hatte sich Wolffrum angehört, als er damals verkündet hatte, dass seine Agnes der Hexerei bezichtigt werde. Nun wollte er etwas über Käte wissen, und das war genauso katastrophal, als fiele er über Elisabeth her.

»Danke der Nachfrage. Sie ist schlimm gestürzt. Hat stark geblutet. Gott sei Dank fühlt sie sich schon besser. Sie wird gesunden und dem Gottesdienst wieder beiwohnen können.«

»Ich würde sie gerne einmal sehen.«

»Was – jetzt?«

»Ein gottesfürchtiges Haus kann jederzeit betreten werden.«

»Stellt Ihr die Frömmigkeit meiner Familie etwa infrage?«

»Ihr wohl nicht? Das solltet Ihr. In Eurem Haus wohnt das Böse. Verschließt die Augen nicht länger vor der Wahrheit. Öffnet sie und überlasst den Rest getrost der Inquisition. Ich stelle mich gerne zur Verfügung.«

Andreas' Knie wurden weich. Wenn das einer hörte. Diese Schande. Sollte es eine erneute Untersuchung in seinem Hause geben, wäre er als Bürgermeister und Ehrenmann nicht länger tragbar. »In meinen vier Wänden geschieht nichts, was eine gerichtliche Befragung rechtfertigen würde.«

»Wenn Ihr meint. Aber sorgt Euch nicht, ich muss ohnehin weiter. Die Ottilia ist erschlagen worden.«

Die Neuigkeit verschlug ihm die Sprache. Sie war wie ihre Cousine Gunde eine alte Hebamme gewesen, die seit Jahren zurückgezogen gelebt und schon lange keine Kinder mehr auf die Welt gebracht hatte. »Was ist los in unserer Stadt?«

»Die Feinde des rechten Glaubens kennen keine Hochachtung vor dem Leben. Gott befohlen, Herr Bachenschwanz«, sagte Wolffrum und machte sich in Richtung Marktplatz davon.

Verdattert starrte Andreas ihm hinterher, bis ihn die beißende Kälte in die Hände zwickte. Eilig verschloss er das Fenster, riss es jedoch gleich wieder auf. Oben am Festungsberg brach die Hölle los: Feuerblitze und Schüsse – und das am Tag vor Heiligabend.

26 Hannes

»Hannes!«, rief eine Männerstimme. Jemand packte ihn an der Schulter. »Wach auf, du schreist im Schlaf.«

Im Zwielicht der frühen Morgenstunde erkannte er Karls besorgte Miene. »Versuch, eine Mütze voll Schlaf zu finden. Wir sollen später zum Oberstleutnant, neue Befehle empfangen. Bete, dass sie friedlicherer Natur sind als die letzten, aber ich fürchte, das Gegenteil wird der Fall sein.«

Das waren keine guten Neuigkeiten. Hannes erschauderte bei der Erinnerung an das Gemetzel bei der Lauterburg. Er hatte getötet, und das war entsetzlich gewesen. Irgendwann hatte sein Verstand ausgesetzt und er hatte zugestochen, geschlagen und aufgeschlitzt. Was ihn jedoch am meisten bestürzte, war der Stolz, den er über den Sieg empfunden hatte. Seht alle her, der Oberforstmeister hat eine Burg eingenommen.

Jetzt schämte er sich dafür.

Möge der Herrgott ihm einen weiteren Auftrag dieser Art ersparen und den Frauen und Kindern ein warmes Heim geben. Das Gebet vermochte nicht, ihn zu trösten.

Sein Freund rollte sich auf die Seite. Hannes sank auf die Strohmatratze zurück und deckte sich mit Wolldecken und Schaffellen zu. Gleich darauf ertönte Karls gleichmäßiges Schnarchen. Im Schlafzimmer des Bauernehepaars herrschte Eiseskälte, da Wohnstube und Küche die einzigen beheizbaren Räume waren.

Auf den hell schimmernden Fensterscheiben waren über Nacht Eisblumen gewachsen; wundersame Gebilde, vergänglich schön.

Sein Traum ging ihm nicht aus dem Sinn, ebenso wie die Frage, was er zu bedeuten hatte. Er hatte von seiner Schwester geträumt, die er nicht erreichen konnte, um sie zu schützen. Doch ihre Stimme hatte älter und reifer geklungen und ihn an Elisabeth erinnert. Er mochte die Bürgermeistertochter, sehr sogar. Ihr unschuldiges Wesen berührte sein Herz. Sie zog ihn an wie die Baumrinde den Borkenkäfer.

Welch sonderbarer Vergleich. Sie zog ihn an wie die Blume eine Biene – das passte besser.

Das Schwarz der Nacht wich zu Hannes' Leidwesen langsam dem Grau des Morgens, waren doch die Aussichten auf einen guten Tag nach Karls Eröffnung verschwindend gering.

Aus einer Waschschüssel spritzte er sich Wasser ins Gesicht und schauderte, als es eiskalt an seinem Hals hinunterrann.

Wie spät mochte es sein? Er wusste, dass Elisabeth stets im Morgengrauen einen Eimer Wasser holte. Oberstleutnant Krafft pflegte erst zu fortgeschrittener Stunde aufzustehen, was er mit seinem Oberen, dem Grafen von Hatzfeld, gemein hatte.

Genügend Zeit, um schnell nach Coburg zu reiten. Wenn

er sich beeilte, konnte er zurück sein, bevor Karl sich aus dem Bett bequemte.

Er war schon halb zur Tür hinaus, als er Karls Stimme hörte. »Du könntest sie ein wenig über ihre Familie und ihre Vergangenheit aushorchen. Bei denen stimmt etwas nicht.«

Dem Freund entging offenbar nichts. »Ich hoffe, in zwei Stunden zurück zu sein.«

»In Ordnung, stell nur nichts an.«

Ein frostiger Windstoß empfing Hannes draußen. Noch konnte er die Sterne sehen, aber hinter dem Berg dämmerte es bereits. Er schlüpfte in seine Handschuhe und stapfte durch zolltiefen, knirschenden Schnee auf den Stall zu, in dem der Pferdeknecht eifrig ausmistete und die Pferde ihr Heu fraßen. Sein Atem gefror zu weißen Wölkchen.

Zuerst im Schritt und dann im Trab ritt er auf Coburg zu. Auf sein Rufen hin wurde das Tor geöffnet. Wozu es bewacht wurde, erschloss sich ihm nicht, da der Feind längst in der Stadt saß.

Er war fast an der Herrngasse vorbei, als er eine verhüllte Gestalt mit einem Eimer bemerkte, die aus der Gasse trat. Neue Hoffnung blühte auf, und er hielt sein Pferd an.

»Guten Morgen«, sagte er und lächelte. »Wohin des Wegs, Elisabeth? Wie ich sehe, ist der Schlossbrunnen abgedeckt.«

»Oh, der hochwohlgeborene Herr«, antwortete sie schelmisch. Wegen des Schals, den sie über ihren Mund gezogen hatte, sah er nur ihre Augen. »Zur Quelle am Pilgramsroth. Der Queckbrunnen fließt noch, aber der befindet sich nahe am Steintor und ich mag nicht, wenn die Wachen mich beobachten.«

»Liegt die Quelle außerhalb der Stadt?«

Ihr Schweigen sprach Bände. Zorn erfüllte ihn, Zorn auf ihre Familie, die derart leichtsinnig mit ihrem Leben spielte. »Los, steigt auf.«

»Warum seid Ihr hier?«

»Wegen Euch natürlich«, gab er unumwunden zu. »Und da ich nun weiß, welchen Gefahren Euch Eure Familie aussetzt, werde ich öfter vorbeischauen – sofern Ihr nichts dagegen habt.«

Kleine Fältchen umkränzten ihre Augen. Er streckte die Hand aus, nahm ihr den Eimer ab und zog sie hinter sich auf den Pferderücken. O Gott, wie ihm ihr Anschmiegen den Atem raubte und welches Verlangen es auslöste. Sein Vorsatz, keusch zu bleiben, wurde weich wie Wachs, während sein Sehnen eine Härte ihn seiner Hose bewirkte, von der er froh war, dass sie sie nicht sehen konnte.

Er ritt mit ihr durch das Steintor und ließ sich zur Quelle leiten. Dort stieg er ab und füllte den Eimer. Er würde er laufen müssen, denn damit zu reiten war unmöglich.

Oben an der Veste fielen Schüsse.

»Die machen einen Ausfall!«, rief Elisabeth aufgeregt und deutete bergauf. Eine große Anzahl Reiter, gefolgt von Fußknechten, sprengte den Festungsberg herunter. Nur vereinzelt stießen sie auf Widerstand. Sie hatten die wenigen Kaiserlichen überrascht, die Lamboy zur Belagerung oben gelassen hatte.

Hannes' Fuchs schnaubte nervös, und er fasste schleunigst die Zügel. Eine Abteilung Reiter preschte den Hohlweg herunter. Hannes ließ den Eimer fallen, schwang sich in den Sattel, gab dem Fuchs die Sporen und lenkte ihn Richtung Steintor.

Vor ihm schloss sich ächzend das Tor, während er hinter sich Elisabeth, die sich an ihm festklammerte, nach Luft schnappen hörte. Er parierte durch und wendete sein Pferd auf der Hinterhand.

Wer war Feind, wer Freund?

Es gab kaum Unterschiede. Nur vereinzelt sah er rote Armbinden. Die Festungskommandanten Zehm und Görtz brüllten ihre Abteilungen vorwärts. Ab und zu krachte ein Schuss. Ein Soldat fiel um, und sofort schloss der nachfolgende die Lücke.

Hatten sie alle Mann in diesen Angriff geworfen und damit die Burg schutzlos zurückgelassen? Wohl kaum. Und wenn doch, könnte er die Kämpfenden umreiten, nach oben stürmen und seinem Albtraum ein Ende bereiten.

Aber zuerst musste er sich um Elisabeth kümmern. Sie abzusetzen, kam nicht infrage.

»Das Tor ist zu!«, schrie er.

»Nach links, Hannes!«, rief sie. »Über die Galgengasse hinauf in die Hohe Straße.«

»Wohin führt die?«

»Zur Richtstätte.«

Kein gutes Omen. »Wir brauchen ein Versteck.«

»Wie wäre es mit Gundes Haus?«

»Wo steht das?«

»Gleich da vorne.« Er zwang den Fuchs in einen verkürzten Galopp.

Mehr Schüsse, Befehle und Schreie. Der Ausfall wälzte sich auf die Stadt zu. Mutig waren die Coburger, das musste er ihnen lassen. Würden sie sich gegen ihre Besatzer erheben, hätten die Kaiserlichen einen schweren Stand, denn die Hauptmacht Lamboys war weitergezogen und nur seine Leibgarde hauste in der Stadt, in der es an Pferdeställen mangelte.

Hannes und Elisabeth erreichten Gundes Hütte. In der Ferne erkannte er ein gemauertes Rund mit einem Galgengestell darauf, davor steckte ein Pfahl in der Erde. Elisabeth schmiegte ihren Kopf an seinen Rücken – er verstand.

»Schaut nicht hin.« Er hielt an, versicherte sich, dass ihnen niemand gefolgt war, und rutschte vom Pferd. Pulverdampf hüllte den Festungsberg und die Stadtmauern ein. Er forderte Elisabeth auf, abzusteigen, und fing sie auf.

Kaum auf dem Boden zerrte sie ihn hinter sich her.

»Wohin mit dem Pferd?«, fragte sie.

Hannes zögerte. Es würde sie verraten, trotzdem wollte er es nicht laufen lassen.

»Mit hinein«, sagte er.

Er zog am Zügel, und das Tier folgte ihm willig ins düstere Haus. Keine Sekunde zu früh, denn von der Stadt her näherte sich eine kleine Schar Reiter. Um wen sich dabei handelte, war ihm gleichgültig, denn mit einer Coburger Bürgerin erwischt zu werden, machte ihn für beide Seiten zum Feind.

Die Pferde donnerten näher, er hielt die Luft an. Hoffentlich begrüßte sein Ross die Artgenossen nicht durch lautes Wiehern.

Durch den halb geschlossenen Fensterladen sah er zehn Kürassiere ohne rote Armbinden an ihrem Versteck vorbeireiten.

Zum Glück verhielt sich sein Pferd still.

Erleichtert nahm er einen tiefen Atemzug und ließ den Griff der Pistole los.

Gundes Häuschen bestand lediglich aus einer ärmlichen Wohnkammer. An der Wand stand der Deckel einer Truhe offen, zwei Schubladen eines Schrankes waren herausgezogen. Jemand hatte die Hütte durchsucht. Das war nichts Ungewöhnliches, denn Plündern war der Sold des Soldaten und gehörte zum Handwerk. In der Mitte des Raumes rieb sich Elisabeth ihre Arme. Er folgte ihrem Blick, der auf das leere Bett gerichtet war.

»Wann ist sie gestorben?«

»Bevor die Lamboy'schen in Coburg eingefallen sind«, sagte sie tonlos. »Ich habe sie gefunden.«

»Berichtet mir darüber.«

»Ihr Mund stand offen, die Zunge war blau verfärbt. Die Leute sagten, sie sei im Schlaf erstickt.«

»Glaubt Ihr das?«

Langsam schüttelte sie den Kopf. »Ich ... Gunde ... Sie wollte mir etwas anvertrauen.«

»War sie alterswirr?«

»Könnte sein. Allerdings funktionierte ihr Gedächtnis noch hervorragend.«

»Wahrscheinlich nur dann, wenn es um längst vergangene Ereignisse ging.«

»Stimmt.«

Warm und weich lehnte sie sich an ihn. Das Verlangen nach ihr meldete sich erneut, wenngleich er es anders empfand als bei den Frauen, die ihn zuvor interessiert hatten. Etwas schwang in ihm wie die Saite eines Cellos. Er wollte Elisabeth beschützen, sie liebkosen, sie ihr früheres Leben vergessen lassen. Dieser Wunsch verlieh dem Ganzen eine Wertigkeit, die mehr beinhaltete als pure Lust. Erregung packte ihn.

»Es wird behauptet, Eure Soldaten hätten sie umgebracht«, sagte sie ohne Vorwurf in der Stimme.

»Das kann ich nicht ausschließen«, erwiderte er. »Obwohl es keinen Sinn ergibt, weil es bei ihr nichts zu holen gab.«

»Als ich sie fand, war nichts durchwühlt.«

»Ein offen stehendes Haus lädt zum Plündern ein. Mich wundert sowieso, dass sich in der Zwischenzeit keiner darin eingenistet hat. Wovon hat Gunde gelebt?«

»Sie war Hebamme, ebenso wie ihre Cousine, die erschlagen wurde. Gunde starb an dem Tag, als Lamboy vor unseren Toren erschien. Da wäre keiner auf den Gedanken gekommen, in ein Haus außerhalb der Stadtmauern zu ziehen.«

»Und sie wohnte immer hier draußen?«

»Zumindest so lange, wie ich mich erinnern kann.«

Nur ungern ließ er Elisabeth los, um aus dem Fenster zu spähen. Auf der Hohen Straße befand sich niemand, die Kampfhandlungen fanden bei der Ehrenburg statt. Dort fielen nach wie vor vereinzelt Schüsse. »Wenn wir bis zum Ende der Kämpfe warten wollen, könnte es Mittag werden.«

Elisabeth stand unbeweglich dort, wo er sie losgelassen hatte, einzig ihre Hände rieben erneut über die Arme. Unvermittelt hörte sie damit auf und sah ihn an. »Wir könnten versuchen, durch das Ketschentor oder durch das auf der anderen Seite der Stadt gelegene Judentor hineinzugelangen«, schlug Elisabeth vor. »Hierbleiben können wir keinesfalls, denn erstens ist es zu kalt und zweitens würden sie uns bei Entdeckung den Garaus machen.«

Dem stimmte er zu. »Wir probieren die anderen Tore. Erzählt mir inzwischen etwas über Eure Familie.«

27 Karl

ES WAR WEIHNACHTEN, und Karl verfluchte den Tag, an dem er sich zu diesem Abenteuer bereit erklärt hatte. Der Kurfürst fürchtete in Lamboy einen zweiten Wallenstein. Karl hatte den Auftrag, ihn im Auge zu behalten, zuerst ablehnen wollen, doch dann war Hannes mit der Bitte an ihn herangetreten, ihn nach Coburg zu begleiten. So hatte sich alles zu einem gefügt. Ein gläubigerer Mann als er würde das Werk des Teufels dahinter vermuten, denn nun befand er sich mitten in einem Krieg, in dem er nicht sein wollte.

Die Soldaten drängten sich auf dem Vorplatz des Schlosses Rosenau. Ihre blank geputzten Schwerter blitzten im Fackelschein, und der sternenklare Himmel diente ihnen als Kirchenschiff. Der Priester des Trosses hielt mit weißem Atem die Christmette. Graue Wölkchen quollen aus einem Weihrauchgefäß, Schellen und Glöckchen verhießen Gottes Segen. Christus war geboren, um die Menschheit zu erlösen.

Obwohl die Männer dicht an dicht standen, kroch Kälte in Karls Füße. Da in der Region keine der katholischen Kirchen die Reformation überlebt hatte, wurde der Gottesdienst im Freien abgehalten.

»Gott vergebe mir meine Sünden«, dachte er. »Ich habe gemordet und gelogen.« Er haderte oft mit dem Gottesglauben, aber das brauchte keiner zu wissen. Dennoch erfasste ihn die Stimmung der Weihnachtsmesse.

Selten hatte Karl das Wort Gottes als so falsch ausgelegt empfunden wie hier unter den Landsknechten. Morden und Stehlen, Lügen und Unsittlichkeiten konnten kaum als christlich bezeichnet werden.

Nach Hannes' Rückkehr hatte ein Wort das andere gegeben, bis Karl ihm den Mund verboten hatte. Den ganzen Weihnachtstag lang waren sie sich aus dem Weg gegangen, doch nun, nach der Messe, war es an der Zeit, sich auszusöhnen.

»Letztes Weihnachten war schon schlecht, dieses Jahr ist es allerdings noch schlimmer«, brummte Karl, als er an Hannes vorbeiging, die Hände tief in den Taschen vergraben.

»Seit gestern hast du kein einziges Wort mit mir gewechselt. Wieso ausgerechnet jetzt?«, rief Hannes ihm hinterher.

»Nimm es als Zeichen der Versöhnung.«

»Ich verstehe, dass dich mein Ritt nach Coburg missmutig stimmt, aber vergiss nicht, dass du ihn gebilligt hast.«

»Hast du dir schon einmal Gedanken darüber gemacht, welche Konsequenzen das nach haben könnte?«

»Tut mir leid, sie zieht mich an wie der Blütenduft die Bienen.«

Fast hätte Karl gelacht. »Riecht sie so gut?«

Hannes' Röte verstärkte sich. »Wann ist es deiner Meinung nach wieder sicher, in die Stadt zu reiten?«

»Für dich nie.«

»Na, komm schon. Du kannst mir nicht ewig gram sein.«

Karl blieb stehen. »Anscheinend hast du es nicht begriffen. Du bist Offizier, und als solcher hast du eine Vorbildfunktion. Wenn wir keine Disziplin zeigen, was soll dann der gemeine Soldat denken? Das ist kein Spaß, Hannes. Herumalbern kannst du in deinem Wald, weil deine Herrschaften sich einen Dreck darum scheren, wie du ihn bewirtschaftest. Hauptsache, es fließt genügend Geld in ihre Schatulle.«

Die Röte wich aus Hannes' Gesicht. »Sie wissen eben, dass sie sich auf mich verlassen können«, antwortete er steif. »Ich bin nicht zum Offizier geboren und will auch keiner sein. Im Gegensatz zu dir, der sich erstaunlich schnell in die Rolle des Hauptmanns hineingefunden hat, und das, obwohl du Kriege angeblich verabscheust. Heute betest du in der Kirche und morgen verletzt du das fünfte Gebot. Und das alles im Namen Gottes. Ich hingegen ehre den Schöpfer im Geschöpfe, und das nicht nach Gutdünken.«

»Du hättest Priester werden sollen«, schnauzte Karl zurück. »Die sind genauso verlogen wie du.«

»Es ist Weihnachten. Nur ein Barbar führt in dieser Zeit Krieg.«

»Das sagst gerade du. Was wäre denn, wenn sich das Burgtor der Veste heute öffnen würde? Würdest du auf deine Rache verzichten?«

»Das könnte ich nicht, denn ich habe geschworen.«

»Ein derartiger Schwur ist Gotteslästerung. Du kämpfst

weder für den wahren Glauben noch für den Kaiser, weder für das Vaterland noch für irgendwelche Ideale.« Karl tippte mit dem Finger auf Hannes' Brust, genau auf jene Stelle, wo der Schuss auf seine Rüstung getroffen war. Hannes zuckte zusammen.

Erschrocken, seinem Freund Schmerzen zugefügt zu haben, zog er den Finger zurück. »Du bist allein deshalb in den Krieg gezogen, um deine Rachsucht zu befriedigen.«

»Und du? Warum bist du mitgekommen? Einzig, um mir beizustehen?«

Ohne zu antworten, schwang Karl sich in den Sattel seines Braunen, den ein Soldat während der Mette gehalten hatte.

»Hauptmann Köckh!«, rief Oberstleutnant Krafft.

Karl stieg wieder ab und schritt zu seinem Oberen.

»Wir haben einen Weihnachtsfrieden geschlossen«, eröffnete ihm Krafft. »Keine kriegerischen Handlungen bis zum Dreikönigstag. Ihr steht mir dafür gerade, dass Eure Leute keinen Unfug treiben.«

Karl nickte, machte auf dem Absatz kehrt und marschierte erneut auf sein Pferd zu, neben dem Hannes ausgeharrt hatte.

»Darf ich jetzt los?«, fragte Hannes.

»Von mir aus. Ich reite ein Stück mit.«

Zuvor versammelte Karl noch seine Mannen um sich, um ihnen zu verkünden, dass über Weihnachten die Waffen schweigen würden. Keiner schien deswegen traurig zu sein. Dann folgte er Hannes nach, der schon vorausgeritten war.

Oben auf der Veste hatten sie Fackeln entzündet, sodass sich die Umrisse der Burg vom Nachthimmel abhoben. Unbesiegbar schien sie zwischen Himmel und Erde zu schweben. Hannes wirkte bedrückt.

»Was beschäftigt dich?«, wollte Karl wissen, obwohl er sich die Antwort denken konnte.

»Vielleicht hast du recht, und ich sollte die Taupadels in

Ruhe lassen und mir Elisabeth aus dem Kopf schlagen. Beides bringt sonst nichts als Verdruss.«

»Erzähl mir von ihr und ihrer Familie«, sagte Karl.

28 Elisabeth

DIE MORIZKIRCHE WAR brechend voll. Elisabeth drückte sich ganz hinten an die kalte Kirchenwand, von wo aus sie kaum über die Masse der nach ihrem Seelenheil Suchenden hinwegblicken konnte. Kerzen und Öllampen verliehen dem grauen Sandsteingewölbe ein düsteres Aussehen. Der Pfarrer rief die Gläubigen auf, in sich zu gehen, erinnerte sie an Christus und die Zehn Gebote.

Es herrschte Weihnachtsfrieden: Die Besatzung der Burg unterließ alle Ausfälle, die Kaiserlichen verhielten sich ruhig, und die Coburger wagten sich seit Langem wieder aus ihren Häusern.

Weit vorne konnte Elisabeth ihre Familie sehen, die auf den Ehrenbänken saß, einschließlich Käte, die sich aus ihrem Krankenbett gemüht hatte. Dahinter folgten weitere ehrbare Bürger der Stadt, unter ihnen die Sommers. Neben Hans hatte die Apothekertochter Platz genommen, die ihm verstohlene Blicke zuwarf. Wer nichts darstellte und keine Reichtümer besaß, musste stehen; manche sogar draußen.

Nachdem die Andacht vorüber war, erhoben sich traditionsgemäß zuerst die Ehrenbürger – als da waren die Bürgermeister, Kanzler und herzoglichen Geheimräte – und flanierten am gemeinen Volk vorbei. Einige Köpfe drehten sich nach Käte um, die den Blick fest auf den Rücken ihres vorausgehenden Stiefvaters gerichtet hielt. Mathilde hatte sich mit Samtumhang und Spitzenhaube herausgeputzt und folgte ihrer Tochter. Um ihren Mund hatten sich tiefe Furchen gebildet.

Auf Vaters Brust schimmerte silbern die Bürgermeisterkette, darüber sein Kinnbart, den graue Härchen durchzogen. Als seine Augen sie fanden, zeugte ein schmales Lächeln davon, dass er sie bemerkt hatte.

Elisabeth löste sich von der Wand, um nach Hause zu gehen.

Die nach Leder riechende Frau des Schusters, dessen Werkstatt beim Judenturm lag, schob sich an ihr vorbei. »Du hast dich mit einem Schergen des Satans eingelassen. Schande über dich«, zischelte sie.

Deren Cousine, die Frau des Baders, beugte sich vor und wisperte der Schusterin so laut ins Ohr, dass Elisabeth es hören musste: »Haste was anderes erwartet? Der Apfel fällt bekanntlich net weit vom Stamm. Die hätten se gleich mitverbrenn' sollen.«

»Passt auf, dass euch nicht dasselbe widerfährt«, entfuhr es Elisabeth, und sie bereute es augenblicklich.

Aus der Menge tauchte Hans auf. Sein sonniges Lächeln hatte einer ungewohnten Ernsthaftigkeit Platz gemacht. »Frohe Weihnachten«, sagte er ohne Freude. »Ich hab dich g'sehn. Du warst mit dem Edelmann aufm Pferd – zum zweiten Mal scho. Was is nur mit dir los, Elisabeth?«

In seinem Tonfall schwang ein Vorwurf mit. Der Kloß in ihrem Hals wich aufsteigendem Trotz. Was sollte das? Sie war ihm keinerlei Rechenschaft schuldig. Dennoch versuchte sie es mit einer Erklärung: »Er wollte mir beim Wasserholen helfen.«

Hans winkte ab. »Erzähl keine Geschichten. Du hattest kein' Eimer dabei.«

»Den mussten wir bei der Quelle im Pilgramsroth zurücklassen, weil die Ehrenburg angegriffen wurde. Der Herr von Randeck wollte mir bloß helfen und hat mich beschützt. Warum fragst du?«

»Weil er ein gottverdammter Feind ist«, stieß er hervor. »Einer, der sich bei uns durchfrisst und uns Unglück bringt.«

»Du kennst ihn doch gar nicht. Wie kannst du so etwas behaupten?«

»Und weil er ein verfluchter Katholik is, der unser Land verwüstet. Und so ei'm vertrauste?«

»Vertraust du mir denn, der Tochter einer Hexe?«

Hans schwieg einen Moment, dann brach es aus ihm heraus: »Du gehst zum Gottesdienst, also biste net bös.«

Dieser Logik vermochte Elisabeth nichts entgegenzusetzen. Ilses Äußerung über die Scheinheiligkeit kam ihr in den Sinn, doch auch dazu sollte sie besser schweigen. Allzu leicht konnte ein ehrliches Wort falsch ausgelegt werden. »Der Herr von Randeck behandelt mich gut. Er ist ein anständiger Kerl.«

»Kein Wunder, wenn du dich ihm derart an den Hals wirfst.«

Ärger stieg in ihr hoch. Wenn schon Hans so von ihr dachte, was tuschelten dann erst die anderen Coburger über sie? Das war allerdings nichts Neues. »Es geht dich zwar nichts an, aber es ist nichts geschehen, wofür ich mich schämen müsste.«

Er zog ein ungläubiges Gesicht.

»Siehst du«, sagte sie. »Du vertraust mir nicht. Und ich dachte, du wärst mein Freund.«

Kopfschüttelnd legte er die Hand auf ihren Arm. »Freilich vertrau ich dir. Es hat halt 'nen verdächtigen Eindruck g'macht.

Sei vorsichtig, in der Stadt wird scho offen gegen dich g'hetzt. Der Hunger geht um, und in diesem Jahr wird die Ernte noch geringer ausfallen als im letzten, weil die Bauern entweder geflüchtet oder tot sind. Die Leute werden ein' Schuldigen suchen, der dafür büßen muss. Dieser Freiherr, der scho mit dem Wallenstein hier war, geht überall rum und stellt dumme Fragen. Die Leut sagen, du hättest ihn gegen uns aufg'wiegelt.«

»Unsinn. Was für Fragen denn?«

»Na, wegen unserer toten Hebammen.«

Hatte Hannes etwas von dem, was sie ihm anvertraut hatte, an Karl weitererzählt? Und warum kümmerte sich der Freiherr um tote Wehfrauen? Bevor sie etwas erwidern konnte, fuhr Hans fort: »Lass von dem Kaiserlichen ab, sonst kommst du in Teufels Küch.«

»Soll das eine Drohung sein?«

Er zog die Hand zurück. »Nee, nee. Alles, was ich will, is dich beschützen – wenns sein muss, sogar vor dir selbst.«

»Los jetzt, wir gehen«, keifte Hans' Mutter, die nie ein Blatt vor den Mund nahm. Die Zipfel ihrer weißen Haube zitterten, und ihr Wollmantel schlackerte an ihrem einstmals fülligen Körper. Sie war selten auf der Straße zu sehen, denn sie kommandierte die Krämerei aus der Hinterstube, wie Ilse zu sagen pflegte. »Was gibst du dich mit der Tochter einer Hexe ab? Die spioniert für den Feind.«

Hans richtete seine Augen himmelwärts und folgte artig seiner Mutter.

Was hielt sie hier in Coburg? Eigentlich nichts. Draußen empfing Elisabeth eine sternenklare Nacht, sonst niemand. Was hielt sie hier in Coburg? Eigentlich nichts.

Gebeugten Hauptes, die Hände tief in den Taschen vergraben, eilte sie über schneeglattes Pflaster nach Hause. Der Schnee knirschte laut, und ihre Schritte hallten durch die engen Gassen.

Unheimliche Schatten begleiteten sie. In einer Nacht wie dieser suchte der Teufel nach verlorenen Seelen. Neun lange Jahre hatte Elisabeth mit der ständigen Angst gelebt, die Vergangenheit könnte sie einholen, und heute schien dies geschehen zu sein.

Da die Kirchgänger gern nach dem Gottesdienst auf dem Marktplatz den neuesten Tratsch austauschten, wählte sie den Weg an der Ehrenburg vorbei. Darin hatten zwar die Kaiserlichen Quartier bezogen, aber die waren ihr lieber als die Coburger mit ihrer Gehässigkeit.

Als zwei Landsknechte auf sie zumarschierten, setzte ihr Herz einen Schlag aus. Vielleicht wäre der Weg über den Marktplatz doch die bessere Wahl gewesen.

»Frohe Weihnachten!«, rief einer von ihnen.

»Frohe Weihnachten«, erwiderte sie und bog in die Herrngasse ein. Obgleich hinter den Fenstern einige Lichtlein brannten, kam es ihr vor, als tauchte sie in eine alles verschlingende Schwärze ein. Mit ausgestreckten Händen flüchtete sie in den stockdunklen Flur ihres Hauses. Oben waren gedämpfte Stimmen zu hören.

Eine Tür im zweiten Stock öffnete sich, und Licht flutete ins Treppenhaus. »Wo bleibt Elisabeth so lange?«, fragte Käte.

»Die wird sich irgendwo herumtreiben«, antwortete Mathilde.

Eigentlich müsste sie Käte und Mathilde beim Ausziehen helfen, stattdessen schlich Elisabeth zum Zugang des Hinterhofs, öffnete die Tür und schlüpfte hinaus in den Garten. Stille umfing sie. Ohne bemerkt zu werden, gelangte sie in den Schuppen, den sie sorgsam von innen verriegelte. Leises Maunzen verriet Mohrles Anwesenheit. Elisabeth setzte sich auf die Decke und schlug deren Enden um sich. Sanfte Pfoten kneteten ihren Schoß, begleitet von wonnevollem Schnurren.

Da in Coburg zu bleiben immer gefährlicher wurde, fasste sie einen Entschluss: Sie würde Karl und Hannes bitten, mit ihnen ziehen zu dürfen. Nur fort von hier, und das Mohrle würde mitkommen.

Januar 1635

29 Andreas

»Kein Wunder, dass sich Euer Zustand verschlimmert hat.« Mathilde stemmte die Hände in die Hüften. »Hättet Ihr Eure Milch getrunken, ginge es Euch besser.«

Ächzend richtete Andreas sich auf und schob seine Beine aus dem Bett. Nach einer ruhelosen Nacht hatte er länger als gewöhnlich geschlafen. Seit zwei Wochen hatte er keine Milch getrunken, trotzdem plagten ihn Übelkeit, Schwindel und Kopfschmerzen. Zusätzlich bohrte das Schuldgefühl, seiner Gattin misstraut zu haben. Mathilde mochte sein, wie sie wollte, aber eine Giftmischerin war sie nicht.

»In Gottes Namen, dann bringt mir eben ein Glas davon«, sagte er.

Mathilde zog die Augenbrauen nach oben, denn sie machte für nichts und niemanden Botengänge – nicht einmal für ihn. Sein schlechtes Gewissen verpuffte im Dampf des Ärgers.

»Da Ihr Euch sowieso außer Haus begeben wollt, könnt Ihr Euch auf dem Weg nach unten selbst welche holen«, sagte sie spitz. »Ich bin schließlich keine Magd. Bei der Gelegenheit könnt Ihr Euch vom Lutz den neuesten Stadttratsch berichten lassen.«

Ihre Weigerung fuhr ihm in die Nase wie frisch geriebener Meerrettich. »Von dem ist noch nie was Gescheites gekommen.«

»Es sollen weitere Truppen des Feindes im Anmarsch sein.«
»Was? Noch mehr?« Er schüttelte den Kopf. Ein scharfer Schmerz trieb ihm die Tränen in die Augen.

»Pickelini höchstpersönlich soll sie anführen«, plapperte Mathilde weiter.

Dieses dumme Weib. Hoffentlich behielt sie ihre Weisheiten für sich, nicht dass die Coburger glaubten, ihr Bürgermeister sei genauso einfältig wie sie. »Der Mann heißt Octavio Piccolomini und entstammt einer sehr einflussreichen italienischen Familie. Außerdem ist er Generalwachtmeister.«

»Was hat so einer in Coburg zu suchen?«, erwiderte sie giftig. Es war hinlänglich bekannt, dass sich auf beiden Seiten viele Ausländer bereicherten. Den aufkeimenden Verdacht, sie wollten von Coburgs misslicher Lage profitieren, verdrängte er.

Andreas blies die Backen auf, entließ langsam die Luft und fand gottlob eine plausible Antwort. »Vielleicht will er die Veste erobern, um besser dazustehen als Lamboy.«

»Was ist mit Dr. Gauer? Wann heiratet er endlich meine Käte?«

Dieses Thema könnte sich als tückischer erweisen, als über die Generäle des Kaisers zu sprechen. Er musste der Konversation ein Ende bereiten. Andreas stand auf und lupfte sein Nachthemd im vollen Bewusstsein, dass sie daran Anstoß nehmen würde. »Was weiß ich.«

Mathilde riss abwehrend die Hände hoch. »Das muss ich mir nicht ansehen.«

»Dann geht hinaus.« Mit einiger Mühe entledigte er sich seines Nachthemdes und schlüpfte in die frischen Sachen, die auf dem Stuhl lagen.

Er stimmte seiner Frau zu, Käte musste schleunigst unter die Haube. Und jetzt, nachdem sie Stadtgespräch geworden war, erst recht – sofern es sich der alte Gauer nicht anders überlegt hatte. Heute noch würde er ihn danach fragen, und somit hätte die liebe Seele Ruh.

Beim Hinabsteigen der Treppe tat ihm jeder Knochen weh. Wenn das so weiterginge, würde er bald in der Küche schlafen müssen. Ein unerfreulicher Gedanke, denn Ilses Geschnatter und Lutz' Gebrumm wären auf Dauer kaum zu ertragen.

Begleitet von einem Schwall kalter Luft trat Elisabeth vom Hinterhof herein, ein bezauberndes Lächeln im hübschen Gesicht. Schmal geworden war sie. Ihre einstmals seidigen, rot schimmernden Haare hingen matt auf ihre Schultern. Sie alterte zu schnell. Die Tochter seiner Agnes würde nie einen Mann abbekommen.

»Guten Morgen, Herr Vater. Wie geht es Euch heute?«, fragte sie in einem beschwingten Tonfall, der ihm wie Hohn erschien. Aber sie meinte es bestimmt gut.

»Ausgezeichnet, mein Kind. Ich trinke bloß noch einen Schluck Milch, bevor ich mich mit Bürgermeister Breithaupt treffe.«

»Ich dachte, die bekommt Euch nicht? Soll ich sie Euch nach oben tragen?«

Das Angebot klang verlockend, allerdings war er heilfroh, endlich unten angelangt zu sein. Andreas verneinte und tappte in die Küche, wo Ilse in der Speisekammer rumorte. Von draußen drangen Geräusche vom Holzhacken herein.

Die Milch, die Elisabeth ihm reichte, schmeckte kühl und rahmig, anders als sonst – frischer.

»Wer trinkt außer mir davon?«, fragte er in den Raum hinein. Elisabeth fuhr herum, als Ilse ihren Wuschelkopf aus der Speisekammer streckte.

»Niemand«, antworteten beide gleichzeitig.

»Ich brauch ein wenig zum Kochen«, fügte Ilse hinzu. »Küchle, Pfannkuchen, Haferschleim, da g'hört überall Milch 'nein. Es kann net immer Gerstensupp' geben. Warum fragt Ihr? Stimmt was net damit?«

Elisabeth starrte zu Boden. Er kannte seine Tochter zur Genüge, um zu sehen, dass sie ein schlechtes Gewissen plagte.

»Nimmst du von der Milch?«, fragte er streng, obwohl er im Grunde nichts dagegen hatte. Sie sollte getrost davon und von den Leckereien naschen, die Ilse aufgezählt hatte. Mehr Rundungen würden ihr gut zu Leibe stehen. Sie sähe dann nicht aus, als würde die Familie Bachenschwanz Hunger leiden.

»Nicht für mich«, antwortete Elisabeth so schnell, als hätte sie etwas zu verbergen.

»Die Elisabeth hat fei a gut's Herz, Herr Bürgermeister«, fuhr Ilse dazwischen. »Des dürft Ihr ihr net verübeln.«

»Ich entscheide selbst, wem ich was verüble, Ilse. Und du, meine Tochter, fragst gefälligst, bevor du an unsere Bestände gehst. Schließlich herrschen Notzeiten, in denen wir uns nur mit Mühe über Wasser halten können. Wir können es uns nicht leisten, all diejenigen durchzufüttern, die von außerhalb in die Stadt strömen.«

»Gewiss, Vater. Ich werde es mir merken.«

»Nimm wenigstens selbst ab und zu was, damit du ein bisschen Speck auf die Rippen kriegst.«

»Gewiss, Vater.«

»Wenn die Kaiserlichen abgezogen sind, kannst du von der Milch haben, so viel du willst«, sagte er.

Seit wann trug sie diese Traurigkeit in den Augen? Elisabeth erinnerte ihn so an Agnes, die er schmählich im Stich gelassen hatte.

»Ich muss jetzt gehen«, sagte sie leise, zwängte sich an ihm vorbei und verließ die Küche – leicht, zerbrechlich, fast feenhaft.

Auch Ilse starrte ihr mit kummervoller Miene hinterher. Die Küchenmagd sorgte sich offenbar mehr um seine Tochter als er selbst. Hätte Agnes ihm einen gesunden Sohn geschenkt, bräuchte er sich keine Sorgen zu machen. Aber alle Kinder, die sie zur Welt gebracht hatte, waren frühzeitig gestorben – außer Elisabeth.

Andreas straffte sich. Die Pflicht rief. Immerhin hatten die Kaiserlichen sogar bis nach dem Dreikönigsfest Ruhe gegeben. Die vom Herzog von Weimar, dem Führer des lutherischen Bunds, versprochene Hilfe war bislang jedoch ausgeblieben. Und nun sollten noch mehr Feinde in Coburg eintreffen. Es war schrecklich.

Lutz stürmte herein. »Die Kaiserlichen nehm' ölla Rät' und Kanzler fest!«

»Was? Woher hast du diese Neuigkeit?«

»Der Nachbar hat's erzählt. Schnell, versteckelt Euch!«

»Wo denn?«

»Im Schuppen«, rief Ilse.

»Mensch, Ilse!«, empörte sich Lutz.

»Was denn? Ach ja.«

Andreas hatte keine Zeit, sich mit deren albernen Streitigkeiten zu befassen. »Schuppen klingt gut.« Die nächsten Monate erneut in der Ehrenburg zu verbringen, war keine allzu verlockende Aussicht. Er folgte Lutz, der ihm durch den Flur vorauslief, wo ihnen Elisabeth mit großen Augen entgegenblickte. Schon wollte er losschimpfen, was sie im Hinterhof zu suchen hätte, als vor dem Haus Stiefel trampelten. Sie waren gekommen, ihn zu holen.

Der Schuppen, der sich an die Wand das Nachbarhauses lehnte, erinnerte ihn an die Zeit mit Agnes und daran, wie gerne sie sich darin aufgehalten hatte. In ihm soll sie der Hexerei nachgegangen sein. Seine Hand zitterte, als er sie nach der Klinke ausstreckte. Da drinnen war sie gekauert, als die Schergen sie geholt hatten, und er hatte tatenlos von oben aus dem Fenster zugesehen.

Seine Finger umschlossen die Klinke. Knarrend schwang die Tür ein Stück auf, Schweiß trat ihm auf die Stirn.

Er war ihm unmöglich, hineinzugehen. Lieber riskierte er, dass er den Feinden in die Hände fiel. Er wandte sich vom Schuppen ab. Von oben, hinter dem Fenster stehend, schaute Elisabeth zu ihm herunter, die Hand vor dem offenen Mund. Die Ärmste sorgte sich um ihn.

Die Hinterhoftür flog auf und gab den Blick auf zwei, nein vier Soldaten frei, die aus dem Hausflur quollen, gefolgt von einem Offizier mit roter Schärpe um den Bauch.

»Andreas Bachenschwanz?«, fragte er.

»Der bin ich.«

»Mitkommen.«

»Wohin?«

Der Offizier grinste. »Dorthin, wo Ihr scho amal gewesen seid. In die Ehrenburg. Kommissar Füß braucht Quartiere, Kost und Fuder.«

»Aber wir haben nichts mehr.«

»Immer das alte Lied, und am Ende geht doch was. Begleitet Ihr uns freiwillig, oder sollen wir Euch wie an Sack hinter uns herschleifen?«

»Das wäre meiner Position unwürdig.«

»Do schau her, mit a bisserl Vernunft geht's scho.«

»Wir haben eine Abmachung mit Generalwachtmeister Lamboy. Die solltet Ihr einhalten. Die Stadt Coburg ist all seinen Forderungen nachgekommen.«

»Des interessiert mi net.«

Das Stehen fiel Andreas zunehmend schwerer. Jetzt nachzugeben könnte ihm später bei den Verhandlungen zum Vorteile gereichen. Mit gesenktem Haupt folgte er dem Offizier.

»Schämt Ihr Euch nicht, einen kranken Mann festzunehmen?«, fragte er ihn in der Herrngasse.

»Ja mei, i muaß macha, wos ma mir sogt. Und wer woaß, vielleicht geht's Euch im Schloss besser als dahoam?«

Das schlug dem Fass den Boden aus. Worauf spielte der Rüpel an? »Wie könnt Ihr Euch erdreisten, über mein Haus zu urteilen?«

Der Offizier hob die Schultern. »Wer g'winnt, hat des Sagen. Des war scho immer so. Bitt schön, nach Euch, wenns recht is.« Er zeigte nach vorne, stieg auf seinen Apfelschimmel und ließ Andreas vorausgehen.

30 Hannes

Durch einen Boten wurde Karl ins Schloss Rosenau befohlen, wohin Hannes ihn begleiten sollte. Dort trafen sie den Kommissar des Generalwachtmeisters Piccolomini, der ebenfalls beim Grafen von Hatzfeld vorsprach. Füß bat um einen ortskundigen Offizier, und wie es der Teufel wollte, fiel die Wahl auf Karl, was der zu Hannes' Enttäuschung mit Gleichmut hinnahm. Hannes wollte mit der Belagerung Coburgs nichts mehr zu tun haben, und nur das Wissen, dass Elisabeth seiner Hilfe bedurfte, hielt ihn an Karls Seite.

In seinem Schädel schwirrten die Gedanken, und als die Besprechung endete, hatte er von deren Inhalt nichts mitbekommen.

Ohne ein Wort zu verlieren, ritten sie dem Kommissar und seinem Gefolge voran. Als Hannes das Schweigen nicht länger ertrug, fragte er unverblümt: »Was wird geschehen?«

»Hast du nicht zugehört?«, erwiderte Karl kopfschüttelnd. »Du bist und bleibst ein Tagträumer. Generalwachtmeister Piccolomini möchte sich einen Teil des Herzogtums Coburg einverleiben und das erreichen, was dem Generalissimus verwehrt geblieben ist.«

»Ich dachte, Lamboy ist darauf erpicht.«

»Eben deshalb.«

»Verstehe ich nicht.«

»Du bist zu gut für diese Welt, Hannes. Lamboy und Piccolomini buhlen um die Gunst des Kaisers. Wallensteins Versuch, einen Friedensvertrag auszuhandeln, missfiel den beiden Herren, weil sie hoffen, durch den Krieg ihre Besitztümer vergrößern zu können. Und das kommt nicht von ungefähr, denn der Kaiser verteilt Herzogtümer und Fürstentitel wie die Pfaffen den Segen. Welche Folgen die Missgunst der Herren Obersten für Wallenstein nach sich zog, ist hinlänglich bekannt.«

Hannes sah seinen Freund von der Seite an. Seit Karl in den Diensten des bayerischen Kurfürsten stand, hatte er sich verändert. »Ist es nicht gefährlich, wenn wir uns einmischen?«

»Endlich wird dir das klar.«

»Wir sind in der Hierarchie zu weit unten, als dass auf uns jemand Rücksicht nehmen würde.«

»Vielleicht gereicht uns das sogar zum Vorteil.«

Karl trieb sein Pferd in einen flotten Trab und ließ Hannes hinter sich zurück. Als sie durch das Hahntor in Coburg einritten, hielten sie auf die Ehrenburg zu. Dort ging es zu wie in einem Bienenstock im Sommer. Lamboy residierte im Stadtschloss, und jetzt musste Platz für den anrückenden Piccolomini mitsamt seinem Tross geschaffen werden.

»Wartet hier«, wies ein Offizier Karl an. »Wir werden Eure Dienste brauchen.«

Es dauerte nicht lange, bis ein in blaue Seide gekleideter Offizier auf sie zuschritt.

»Auf geht's«, sagte der zu Karl, »eing'sammelt wird.«

»Und was, wenn ich fragen darf?«, wollte Hannes wissen.

»Na, die Bürgermasta. Die sollen gefälligst zoi'n.«

»Die Herren werden kaum in Begeisterungsstürme ausbrechen«, bemerkte Karl trocken. »Mit Verlaub, Ihr seid nicht die Ersten, die Ranzion verlangen.«

»Des is mir wurscht. Wären s' halt net Bürgermasta wor'n. Mit d' Ehr kommt d' Pflicht.« Er zog ein Schriftstück aus der Tasche, entfaltete es und las laut: »Andreas Bachenschwanz, Herrngasse 6. Des is der Erschte. Woaß oana von Euch, wo des is?«

Hannes lief es eiskalt über den Rücken und er zuckte die Achseln, während Karl antwortete: »Um zwei Ecken rum.«

Wie würde Elisabeth die erneute Festsetzung ihres Vaters verkraften? In der Herrngasse rutschte Hannes auf dem Sattel seines Pferdes hin und her, wünschte sich, an einem anderen Ort zu sein. Soeben verließ die leicht gebeugte Gestalt des Andreas Bachenschwanz das Haus. Der Mann sah mitgenommen aus, ohne Zweifel. Graue Haut und tiefe Furchen um seinen Mund ließen auf eine Erkrankung schließen.

»Dem schadet es nicht, für eine gewisse Zeit dem heimischen Herd zu entsagen«, meinte Karl trocken.

»Was willst du damit sagen?«

»Mach deine Augen auf. Er kam krank ins Schloss und gesund wieder heraus. Ich wette, jetzt ist er wieder siech.«

Als Bachenschwanz, von vier Soldaten eskortiert, an ihnen vorbeigeführt wurde, wäre Hannes ihm am liebsten zur Seite gesprungen, so erbärmlich sah der Mann aus.

Mit stoischer Miene, die Karl immer dann aufsetzte, wenn

keiner seinen Gemütszustand erkennen sollte, verfolgte er das Geschehen.

Aus einem der oberen Fenster gaffte die Frau des Hauses zu ihnen herunter, wobei sich ihre herabgezogenen Mundwinkel hoben, als sie Karl gewahr wurde. Was der wohl zu seiner neuen Verehrerin sagen würde? Doch Karl blickte zu ihr hoch, ohne eine Miene zu verziehen.

Gesenkten Hauptes schwankte Bachenschwanz in Richtung Ehrenburg, schien von alledem kaum etwas mitzubekommen.

Hannes war nicht hier, um über den Zustand von dessen Ehe nachzusinnen, eher hoffte er, Elisabeth zu sehen. Er stieg vom Pferd, behielt die Zügel in der Hand und spähte hoffnungsvoll in den dunklen Hausflur.

In der offenen Küchentür wedelte eine Magd mit ihrem Kochlöffel, was kaum als freundliches Winken gedeutet werden konnte, und hinter ihr war ein Knecht mit buschigen Augenbrauen zu erkennen. Elisabeths Erzählungen nach waren das Lutz und Ilse.

Kein guter Tag für einen Besuch.

Am Ende des Flurs erschien Elisabeths zarte Gestalt. Sie verlangsamte zuerst die Schritte, dann eilte sie ihm entgegen. Ihr Gesichtsausdruck war ernst, die Lippen verkniffen. »Warum nehmt Ihr meinen Vater fest?«

»Unser Kommandeur hat den Befehl dazu erteilt.«

»Und den müsst ausgerechnet Ihr zwei ausführen?«

Ihr Zorn würde bald verraucht sein, wenn er nur die richtigen Worte fände. »Ja, leider. Befehl ist nun mal Befehl, und eine Verweigerung wird hart bestraft. Wer wäre Euch denn lieber gewesen? Die, die Euch für lutherische Ketzer halten, oder wir, die wir nichts Arges im Schilde führen?«

Ihr fein geschwungener Mund kräuselte sich. »Immerhin gehört Ihr den Kaiserlichen an.«

Er hörte die Provokation in ihren Worten. Sie wollte Klarheit über ihn, was er ihr nicht verübeln konnte. Innerlich jubelte er, bedeutete es doch, dass sie seine Gefühle erwiderte.

Wie gerne hätte er sie geküsst, ihren zarten Körper in die Arme genommen und mit ihm all das angestellt, wovon er nachts träumte.

An der Küchentür zog sich die resolute Magd zurück, dafür schob sich der einohrige Knecht ins Blickfeld – mit einem Beil in der Hand.

»Wenn du bis jetzt noch nicht herausgefunden hast, auf wessen Seite wir stehen ...«, flüsterte Hannes.

Elisabeths Augenlider flatterten.

»Ich gehe besser«, sagte er. »Karl wartet auf mich, und deinem Vater ist mit Herumstehen nicht geholfen.«

Sie neigte sich ein wenig nach vorne, schüttelte den Kopf. Mit Mühe unterdrückte er den Wunsch, sie an sich zu ziehen. Der Moment verflog, als sie einen kleinen Schritt zurückwich.

»Kommt wieder«, flüsterte sie.

Hinter ihr straffte sich der Knecht, dessen Ausdruck sich zusehends verfinsterte.

»Bestimmt«, versicherte Hannes, wobei er den Grobschlächtigen nicht aus den Augen ließ.

»Morgen früh am Brunnen?«

Er nickte leicht.

Alle Anspannung wich aus Elisabeths Körper, ihre grünen Augen strahlten vor Freude. Für eine Sekunde war der Winter vergessen, der Frühling hielt Einzug.

Frohen Mutes bewegte er sich auf sein Pferd zu und schwang sich in den Sattel. Das Lächeln, das sie ihm zum Abschied schenkte, tat ein Übriges, ihn schweben zu lassen.

31 Andreas

KAM ES IHM nur so vor oder beobachtete ihn der auf seinem Braunen sitzende Hauptmann? Was war dem an ihm gelegen? Nur dunkel erinnerte Andreas sich, dass dieser Leibgardist des bayerischen Kurfürsten unter Wallensteins Kommando in Coburg eingefallen war. Freiherr Köckh, wenn er sich recht entsann.

Der ernst dreinschauende Reiter daneben musste der Freiherr aus dem Oberpfälzischen sein. Von dem behaupteten die Leute, er habe ein Auge auf seine Elisabeth geworfen. Welch ungeheuerlicher Gedanke. Doch der noble Herr machte keine Anstalten, in sein Haus zu gehen, nutzte die Situation nicht aus. Dummes Waschweibergeschwätz – weiter nichts. Widerstandslos ließ er sich abführen.

Die neuerliche Gefangenschaft in der Ehrenburg fiel Andreas schwerer als die zuvor. Das Essen schmeckte fad und war eintönig, die Zimmer blieben ungeheizt und statt Wein gab es Wasser. Dementsprechend sank die Stimmung der Gefangenen in den Keller. Der Stadtsäckel litt an Schwindsucht, genauso wie die eigenen Taschen, und Andreas fragte sich, wie sie den Forderungen ihrer Besatzer nachkommen sollten.

Doch ein Gutes gab es: Das Schwindelgefühl und die Übelkeit ebbten ab, und er fühlte sich von Tag zu Tag besser. Sollte Matthäus mit seiner Vermutung am Ende recht haben?

Fünf Tage nach ihrer Festsetzung drängte Kommissar Füß auf eine Einigung und reduzierte die Forderungen auf ein erträgliches Maß.

Nachdem sie alle zugestimmt hatten, ihm monatlich zweihundert Taler zu zahlen, nebst Bereitstellung von Verpflegung und Futter, wurden sie auf freien Fuß gesetzt. Im Vergleich zu den achtzehnhundert Talern, die sie an Lamboy entrichtet hatten, nahm sich dieser Betrag geradezu bescheiden aus. Kaltes Schneegestöber begrüßte sie und ihn fröstelte, als er auf die Straße trat.

»Hoffentlich ist das der Letzte, der uns schröpft«, sagte Breithaupt mit zweifelnder Miene.

»Wenn sich erst einmal rumspricht, dass die Coburger zahlungsfähig sind, sehe ich schwarz«, erwiderte Flemmer.

Langer hob flehentlich die Arme, doch Andreas war des Gezeters überdrüssig. »Ich gehe heim. Guten Tag, die Herren.«

Wie nicht anders zu erwarten, hatte sich zu Hause niemand zu seiner Begrüßung eingefunden. Aus der Küche drangen scheppernde Geräusche. Wem konnte er trauen, wem nicht? Auf Zehenspitzen erklomm er die Treppe und schob leise die Tür zur Wohnstube auf. Wollte ihn jemand umbringen oder bildete er sich das ein? Wenn das so weiterginge, würde er wahnsinnig werden.

In der guten Stube drehte sich Mathilde mit einem edlen Gewand vor einem Spiegel, der vor fünf Tagen noch nicht dagestanden hatte. Aufwändige Goldbordüren säumten Rock und Mieder. Als Käte ihn gewahrte, floh sie hinauf in ihre Kammer, während Mathilde zu erstarren schien.

»Ihr hier?«

»Wie Ihr seht, verehrte Gemahlin. Überrascht, dass ich noch lebe?«

Sie blinzelte, schüttelte sich wie ein nasser Hund. »Wieso sollte ich? Wollte Euch jemand umbringen?«

»Ich meinte, wegen meiner Krankheit.«

»Dr. Messner vermutet eine Hypochondrie oder so ähnlich.«

»Was ist das?«

»Bin ich Arzt? Jedenfalls klingt es bedrohlich, obwohl er meinte, dass keine Lebensgefahr bestehe.«

»Dann bin ich ja beruhigt.« Einmal mehr kamen ihm seine Verdächtigungen wie blanker Unsinn vor. Wolffrums Satanas-Gerede fiel ihm ein: Das Böse wohnt in diesem Haus, sät Misstrauen und will Euch vom rechten Glauben abbringen. Schwindel befiel ihn, und er musste sich an der Stuhllehne festhalten.

»Schönes Kleid, das Ihr tragt«, murmelte er benommen.

»Das hat Elisabeth für mich angefertigt. Ich werde es zu Kätes Hochzeit tragen. Ihr solltet Euch bemüßigen, die Sache voranzutreiben.« Mit steinerner Miene drückte sie ihm einen trockenen Kuss auf die Wange, ließ ihn wie einen Tölpel stehen und entschwebte über die Stiege nach oben.

»Pass auf, du Trampel. Fast hättest du mich umgestoßen!«, hörte er sie auf dem Treppenabsatz schimpfen.

»Entschuldigt, Frau Mutter!« Elisabeth sprang über die Stufen hinunter, das Gesicht leuchtend, die Augen strahlend. »Vater? Ihr seid zurück?«

Wenigstens eine, die sich freute. »Sie haben mich gerade erst freigelassen.«

Anstatt anzuhalten und ihn gebührend willkommen zu heißen, hüpfte sie, ein Liedlein summend, an ihm vorbei. Enttäuscht starrte er ihr nach, bis sie in der Küche verschwunden war.

Da ihm keiner mehr Gesellschaft leistete, zog er sich in die beheizte Wohnstube zurück und schaute in den Wandspiegel. Seit wann hatte er so viele graue Haare auf dem Kopf und Falten am Hals? Er ließ sich auf dem Sofa nieder und streckte die Beine aus.

Spiegel seien Werkzeuge der Eitelkeit, wurde der Pfarrer nicht müde zu predigen.

Teufelswerk demnach.

Gott sei Dank streckte Matthäus Sommer sein Haupt zur Tür herein, bevor er vollends irrewurde.

»Wie geht's dir?«, fragte der Freund nach dem Austausch der üblichen Höflichkeiten.

»Mir geht es so, wie es einem geht, der ständig eingesperrt wird«, antwortete er ungehalten.

»Machst einen viel besseren Eindruck als zuvor.«

Wollte Matthäus ihn verhöhnen? Andreas brauchte nur in den Spiegel zu schauen, um zu sehen, wie es um ihn bestellt war. »Karge Kost scheint mir gut zu bekommen.«

Der Freund verneinte. »Du verschließt die Augen vor dem Offensichtlichen.«

»Und du nimmst Dinge wahr, die es nicht gibt.«

»Manchmal höre ich eben das Gras wachsen.« Matthäus grinste. »Man sagt, der Kommissar Füß sei abgereist.«

»Mag sein.«

»Er soll nur deshalb fort sein, weil der Oberkommissär im Anmarsch ist.«

»Oje.«

»Ruh dich erst einmal aus, denn der nächste Arrest ist dir sicher.« Matthäus verabschiedete sich eilig. Erschöpft lehnte er sich auf dem Sofa zurück und gab sich dem Schlaf des Vergessens hin.

Geklapper am Esstisch weckte ihn auf. Es dunkelte, und Elisabeth trug das Abendbrot auf. Anstatt der üblichen zwölf Scheiben Brot steckten acht in dem Körbchen, zudem gab es Käse, der vom Brett laufen wollte, ein Stückchen Butter sowie eine Kanne Dünnbier.

Mathilde fuhr Elisabeth an, sie möge für Vater den Ziegenmilchkäse und ein Stück Geräuchertes bringen, sie kam dem Auftrag aber erst nach der zweiten Aufforderung nach. Prompt platzierte sie nur den Käse auf der Tischmitte und verschwand noch einmal, um das Geräucherte zu holen.

»Was ist mit Elisabeth los? Sie wirkt irgendwie zerstreut«, fragte er seine zwei Damen, die mit säuerlichen Mienen auf ihren Bissen herumkauten.

»Verliebt ist sie, die dumme Gans«, platzte es aus Käte hervor.

»Sei still«, fuhr Mathilde ihre Tochter an, die deren giftigen Blick trotzig erwiderte.

»Verliebt? In wen?«, fragte Andreas. Vielleicht war an dem Gerede der Leute doch etwas dran.

»In diesen Freymann.«

Mathilde riss die Augen auf. »Wie kommst du denn auf den? Ich dachte, sie ist ...« Den Rest des Satzes verschluckte sie mit hochrotem Gesicht.

»Das dachte ich zuerst auch«, erwiderte Käte. »Nein, sie trifft sich mit dem Kaiserlichen und nicht mit Hans.«

Mathilde lehnte sich zurück, zog die Schultern hoch und sah fast ein wenig erleichtert aus, während Käte trotzig die Unterlippe vorschob.

Weiber. Andreas warf das Mundtuch auf den Tisch. »Wollt Ihr mir nicht erklären, von wem die Rede ist?«

»Von Hannes Freymann, einem Freiherr – angeblich«, sagte Käte.

Einen Adeligen in der Familie zu haben, könnte sich als nützlich erweisen, falls er es denn war. Wenn die Feinde erst einmal abgezogen waren und Friede im Lande herrschte, wäre das ein willkommener Aufstieg.

Dann traf ihn eine Erkenntnis wie ein Hammer. »Moment mal, der ist doch katholisch?«

»Genau«, sagte Käte. »Wird sie ihn trotzdem bekommen?«

»Wie meint Ihr das?«

Mathilde betrachtete ihn mit spitzem Mund. »Werdet Ihr einer Eheschließung zustimmen?«, fragte sie.

Andreas sprang so heftig auf, dass der Stuhl umkippte. War es schon so weit gediehen? Und das hinter seinem Rücken.

Eigentlich würde er bei einem Freiherrn seinen Segen ohne zu zögern geben, genau genommen bei jedem rechtschaffenen Mann, aber als katholischer Besatzer konnte Freymann unmöglich ernste Absichten verfolgen. »Ich allein bestimme, wer sie ehelichen darf. Und das wird garantiert keiner von denen sein, selbst wenn es der Kaiser persönlich wäre.«

»Regt Euch nicht auf«, sagte Mathilde beschwichtigend. »Solange er nicht um ihre Hand anhält, ist alles gut. Ein Freiherr freit keine Bürgerliche, und ein katholischer gleich gar nicht. Das solltet Ihr wissen.«

Klirrend zerbarst ein Teller auf dem Fußboden. Offenen Mundes stand Elisabeth im Türrahmen und starrte zu ihnen herein. Sie wirbelte herum und rannte die Treppe hinunter.

Am liebsten wäre er ihr hinterhergeeilt, aber das wäre unter seiner Würde gewesen. Sollte das Mädchen ruhig schmollen, seine Entscheidung stand fest. »Was will er dann von ihr?«

»Jedenfalls keine Ehe«, antwortete Mathilde spitz. »Ebenso wie Kätes Freier.«

»Das stimmt nicht«, heulte Käte los. »Er hält nur deshalb nicht um meine Hand an, weil Ihr etwas gegen ihn haben würdet.«

»Unsinn. Wir kennen nicht einmal seinen Namen, weil du ihn hartnäckig verschweigst.«

»Ihr wisst genau, um wen es sich handelt.« Käte sprang auf. »Er liebt mich!«

Unter lautem Schluchzen rannte sie aus der Stube. Mathilde saß da wie vom Donner gerührt, bleich und mit großen Augen, während Andreas nach Worten suchte. Fassungslos blickte er sie an, während sie sich langsam erhob.

»Alles Eure Schuld. Wären die beiden Mädchen verheiratet, müssten sich ihre Ehemänner mit ihnen herumärgern.« Hocherhobenen Hauptes schritt sie an ihm vorbei und ließ eine Wolke von Jasmin- und Zitronenduft zurück.

32 Elisabeth

VOLLER ZORN UND Verzweiflung rannte Elisabeth die Treppe hinunter. Was wussten Vater und Mathilde schon von Liebe? Unten lief sie Lutz in die Arme, den sie eine ganze Weile nicht gesehen hatte. »Was wolltest du mit dem Beil, als sie Vater abholten?«, fuhr sie ihn an.

»Dich verteidichen, was sonst?«, brummte er.

»Ich muss jeden Tag irgendwelche Besorgungen erledigen, und da ist keiner zu meiner Verteidigung dabei.«

»Des is was anders.«

»Nicht für mich.« Sie hielt inne, war selbst über ihren scharfen Tonfall erstaunt. Eine Frau hatte sanft und anmutig zu sein, doch in diesem Moment bahnte sich ihre Wut einen Weg nach außen, und da kam ihr Lutz gerade recht.

»Wennste meinst«, sagte der gedehnt und wollte sich an ihr vorbeizwängen.

»Nix da, du bleibst da. Was fällt dir ein, mit einem Beil auf den Einzigen loszugehen, der mir Gutes will? Und wie bist du bloß auf die hirnrissige Idee gekommen, meinen Vater zum Schuppen zu führen?«

»Der hat selber 'neig'wollt«, erwiderte Lutz kleinlaut.

»Nicht auszudenken, was passiert wäre, wenn er hineingegangen wäre.«

Lutz zog den Kopf ein und druckste herum. Aber sie war noch nicht fertig mit ihm. Die angestaute Wut musste heraus, sonst würde Elisabeth platzen wie die mit Wasser gefüllte Schweinsblase, die Hans einst von der Stadtmauer auf einen ahnungslosen Passanten hatte fallen lassen. Danach hatte der Lümmel nächtelang auf dem Bauch schlafen müssen.

Der Gedanke an diese lustige Geschichte milderte ihren Zorn. Lutz schaute wie ein Häufchen Elend aus seiner rußigen Wäsche, das Gesicht knallrot, die braunen Augen weit aufgerissen.

Damit verrauchte der letzte Rest ihres Ärgers. »Mach das nie wieder. Die Soldaten hätten Vater allemal gefunden. Die haben Mittel, selbst den Verstocktesten zum Reden zu bringen.«

»Die Ilse hat 'n zum Schuppen g'schickt. Ich wollt nur schnell hie, damit ich's Kätzle versteckeln kann«, sagte Lutz beleidigt. »Ich hätt' dich niemals verraten und dei' Katz a net.«

Kümmerte sich Lutz etwa ums Mohrle? Das würde den guten Zustand des Tierchens erklären, wenn es von zweien gefüttert wurde. »Das will ich dir mal glauben. Ich hab mich gewaltig erschrocken.«

»Ich ah. Möcht nur wissen, was in die Ilse 'neig'fahren is.«

»Jetzt war's ich wieder!«, rief sie aus den Tiefen ihrer Küche. »Unser Herr ist fei wichtiger als a schwarze Katz, die eh nur Unglück bringt. Von mir aus hätt er se ruhig sehen könn'! Ihr hättet euch bloß dumm stellen brauchen, was zumindest dem Lutz net schwerg'fallen wär.«

Das ergab Sinn. Die Katze hätte unbemerkt in den Schuppen geschlüpft sein können.

Nachdem Elisabeth und Lutz die Küche betreten hatten, wandte sich Ilse kopfschüttelnd wieder ihren Töpfen zu. »Jetzt, wo unser Herr wieder da is, wird mei gut's Essen wenigstens wieder g'lobt.«

»Dem Pfürschner schmeckt's a«, knurrte Lutz. »Der Pfaff' kricht von dir eh alles vorn und hinten 'neig'schoben, un' mir dürfen nur die Deller ablecken.«

Wie von einer Wespe gestochen fuhr Ilse herum, packte den nächstbesten Lumpen und warf ihn Lutz hinterher. »Du Fregga, du verreggata! Raus jetzt! Und du auch, Lisbeth. Ich will niemanden mehr sehen. In meiner Küch herrscht Ruh und Ordnung.«

Mit einem Grinsen drückte sich Lutz an ihr vorbei und verschwand Richtung Hinterhof.

Nach einer unruhigen Nacht machte sich Elisabeth auf den Weg, um Wasser zum Kochen zu holen. Obwohl Hannes ihr bei ihren Treffen am Brunnen versichert hatte, kein Freiherr zu sein, lag doch ein Körnchen Wahrheit in Mathildes Gehässigkeiten. Edle Herren heirateten nur edle Frauen. Selbst wenn er keinen Titel im Namen führte, war sein Vater doch ein Freiherr. Sollten seine Brüder vor ihm sterben, erbte er den Titel und die Rechte. Da biss die Maus keinen Faden ab.

Feuchtkalte Luft schlug ihr entgegen. Der Februar kündigte sich mit Schneewolken an. Weder in der Herrngasse noch am Schlossbrunnen wurde sie erwartet. Schweren Herzens schlug sie den Weg Richtung Pilgramsroth ein. Wenn sie Glück hatte, würde heute der Queckbrunnen fließen und ihr Weg wäre kürzer und weniger beschwerlich, als wenn sie zu einer anderen Quelle müsste.

Sie packte den Henkel des Eimers fester und marschierte weiter.

Hinter ihr klapperten Hufe auf dem von Schneematsch bedeckten Pflaster. In freudiger Erwartung wirbelte sie herum – kein Fuchs, kein Hannes, dafür ein Brauner und ein großer Mann mit schwarzem Schnurrbart, der seinen Hut, auf dem eine flauschige Feder wippte, tief ins Gesicht gezogen hatte.

Flucht war ihr erster Gedanke, aber wohin? Doch dann erkannte sie ihn, Karl. Als er bei ihr anlangte, nahm er die Zügel in eine Hand und streckte ihr die andere entgegen. »Wohin des Weges, Elisabeth? Darf ich Euch behilflich sein?«, sagte er in seinem angenehmen Bariton.

»Guten Morgen, der Herr. So früh schon auf den Beinen?«

»Auf dem Pferd«, verbesserte er sie, und ein Lächeln huschte über seine sonst so ernste Miene.

»Was ist mit Hannes?«

»Der Ärmste liegt im Fieberbett. Keine Angst, der Feldscher meint, es handle sich nur um eine Erkältung und nicht um die Pest. Das kommt davon, wenn man jeden Morgen in aller Herrgottsfrühe hierhereilt«, sagte Karl augenzwinkernd. »Er wird bald wieder auf den Beinen sein. So lange werdet Ihr mit mir vorliebnehmen müssen – wenn es Euch genehm ist.«

Karl war Hauptmann und ein Freiherr – Käte und Mathilde würden vor Neid erblassen, wenn sie wüssten, dass er ihr soeben seine Hilfe angeboten hatte. »Gerne. Euch vertraue ich.«

Er half ihr auf den Pferderücken, eine vertraute Prozedur, allerdings war der Braune etwas höher und breiter als Hannes' Fuchs.

»Ihr zwei seid gut Freund miteinander, nicht wahr?«, fragte sie.

»Zumindest versuche ich, ihm einer zu sein.« Er ließ sein Ross im Schritt antreten, und gemütlich schaukelte es sie die Steingasse hinauf, auf das Stadttor zu und hindurch.

»Wieso? Habt Ihr Zweifel daran?«

»Ich hätte ihm ausreden sollen, nach Coburg zu reiten. Hannes ist kein Krieger. Er wusste nicht, auf was er sich eingelassen hat. Hat er Euch erzählt, warum er nach Coburg gekommen ist?«

Elisabeth kramte in ihrem Gedächtnis. Hannes hatte kaum über sich, dafür viel vom Wald gesprochen.

Karl legte ihr Schweigen richtig aus. »Dachte ich es mir. Nun gut, ich will ihm nicht vorgreifen, wenngleich ich es lieber sähe, er würde sich Euch gegenüber offenbaren.«

»Muss ich Angst um ihn haben?«

»Weniger um ihn als um sein Seelenheil.«
»Ich verspreche, ihm nicht zu schaden.«
Karl lachte leise. »Ihr bewirkt bei ihm eher das Gegenteil, Elisabeth. Ich setze große Hoffnungen auf Euch. Übrigens bedauere ich den schlechten Gesundheitszustand Eures Vaters.«
»Er lebt, aber wir mussten das Schlimmste befürchten.«
»Was fehlt ihm?«
Elisabeth erzählte Karl, was sie wusste, kam auf Käte, Mathilde und Gunde zu sprechen und natürlich auch auf Hannes. Eingelullt vom gleichmäßigen Schritt des Braunen fiel es ihr leicht, sich alles von der Seele zu reden. »Das meiste habe ich Hannes bereits erzählt.«
Sie mussten bis zur Quelle am Pilgramsroth reiten. Dort angekommen, nahm Karl ihr den Eimer ab und füllte ihn.
»Setzt Euch in den Sattel«, sagte er. »Ist bequemer.«
Wie Hannes zuvor ging auch er nun zu Fuß und trug den gefüllten Eimer. Dieses Verhalten war so ganz anders als das von den Adligen und Offizieren, die sie beobachtet hatte. Sie wusste in der Tat nicht viel über ihn und Hannes.
»Seid Ihr verheiratet?«, fragte sie.
»Wie bitte?« Er blieb stehen und sah zu ihr hoch, als wollte er ihre Gedanken erraten. »Meine Frau verstarb zusammen mit unserem Sohn im Kindbett. Bislang konnte ich mich nicht aufraffen, mir eine neue zu suchen.«
»Das tut mir leid.«
»Sie war eine Seele von Mensch, meine Rose.«
»Von Eurem Vater ausgesucht?«
»Nein, aber er war mit meiner Wahl einverstanden. Der ihrige erst recht«, sagte er mit einem Augenzwinkern.
»War sie aus gutem Hause?«
»Ich verstehe, worauf Ihr hinauswollt. Sie war bürgerlich. Ihr wollt mich doch nicht verkuppeln, oder?«

»Gott bewahre, wo denkt Ihr hin? Es fiel mir ein, weil Ihr ein Freiherr seid und ob, ob ...«

»Meint Ihr, Freiherren haben nichts Besseres zu tun, als nach heiratsfähigen Frauen Ausschau zu halten? Sagt mir lieber, ob Eure Schwester bei dieser Ottilia war, die erschlagen wurde.«

»Warum hätte sie zu ihr gehen sollen? Sie ist nicht schwanger.«

»Seid Ihr Euch sicher?«

»Sie hat keinen Bauch.«

»Aber ihr war morgens übel, stimmt's?«

»Ja richtig«, antwortete Elisabeth. »Ihre monatliche Unpässlichkeit ist ausgeblieben.«

»Seht Ihr? Ich wette, die Hebamme brachte nicht nur Kinder zur Welt, sie beseitigte auch unliebsame.«

»Ihr meint, sie hat ...?«, stammelte Elisabeth.

»Die Hebammen wissen, wie verletzlich ein neugeborenes Leben ist und wie es bewahrt werden kann, viele wissen aber auch, wie man es auslöschen kann«, sagte er und fragte nach einer kleinen Pause: »Ist Euch an Käte einmal etwas Außergewöhnliches aufgefallen?«

»Ihre Kleidung war mal mit Blut besudelt und sie wirkte sehr schwach.«

Karl nickte. »Das dachte ich mir. Und nun ist die Hebamme tot. Wer könnte der Kindsvater gewesen sein? Habt Ihr eine Vermutung?«

»Wahrscheinlich einer der Besatzer. Schande über ihn.«

»Das glaube ich kaum, denn allem Anschein nach ist sie schon vor unserem Einmarsch unkeusch gewesen.«

»Dann war es der Ludwig von Seckendorff.« Elisabeth nickte, um ihrer Erkenntnis Nachdruck zu verleihen. »Sie redet ständig von ihm und hofft, dass er sie ehelicht.«

»Ist das der, der sowohl seine Burg als auch seine Familie im Stich gelassen hat?«

»Das wird so erzählt.«

Sie bogen in die Herrngasse ein.

»Wer hat Euch zur Welt gebracht?«, fragte er.

»Ganz sicher die Gunde.«

»Sie muss über einen großen Wissensschatz verfügt haben. Wir sind da.«

»Zuletzt war sie ein wenig verwirrt, aber ansonsten wusste sie viele Geschichten von unserem Herzog Casimir – Gott hab ihn selig – und anderen ehrbaren Bürgern zu berichten.« Elisabeth ließ sich vom Pferd gleiten. »Auch von meiner Mutter. Grüßt Hannes von mir und sagt ihm, ich ... Nun, ich wünsche ihm baldige Genesung.«

»Wird erledigt – versprochen.« Karl tippte an seinen Hut, anstatt ihn abzunehmen, wie es sich gehört hätte. Elisabeth packte den Henkel des Eimers und tauchte in die Dunkelheit des Flurs ein. Das Haus schlief, außer ihren Schritten war nichts zu hören. Das soeben Erfahrene musste sie erst einmal verdauen. Nicht nur, dass Adlige Bürgerliche heirateten, sondern auch dass Käte ihr Ungeborenes höchstwahrscheinlich hatte töten lassen. Diese Ungeheuerlichkeit nahm ihr die Luft, dass sie glaubte, ersticken zu müssen.

Die Bezwingung
Februar 1635

33 Hannes

Selten hatte Hannes sich so miserabel gefühlt wie an diesem Morgen auf dem Bauernhof in Dörfles. Zwei dicke Beulen waren über Nacht an seinem Hals gewachsen, bei deren Anblick Karl erschrocken die Augen aufgerissen hatte.

»Meinst du, ich habe die Pest?«, krächzte Hannes.

»Ich hoffe nicht.«

Panische Angst ergriff ihn, als er Karl davoneilen sah. Ihr Regiment hatte bereits einen Pesttoten zu beklagen, allerdings war der in einem anderen Dorf untergebracht gewesen. Nicht auszudenken, sollte es sich um die Pest handeln. Würden Karl und Elisabeth ihr dann ebenfalls anheimfallen? Ihm kam Karls Warnung vor Flöhen und Ratten in den Sinn.

In seiner Not bat er die Heilige Mutter Gottes, sie möge sich seiner erbarmen und bei ihrem Sohn Jesus ein gutes Wort für ihn einlegen sowie Elisabeth und Karl vor diesem Schicksal bewahren.

Karl kehrte zurück, gefolgt vom Feldscher, der mit seinem Helfer hereinstapfte und diesem befahl, eine Öllampe anzuzünden. Traniger Gestank verbreitete sich und Hannes wurde übel. Der Helfer rollte ein Tuch aus, in dem allerlei Folterwerkzeuge eingewickelt waren. Hannes musste den

Mund öffnen. Nach ausgiebiger Begutachtung, untermalt mit »Hm-hm« und »Soso«, durfte der Helfer die Messer, Sägen und Bohrer wieder einpacken.

»Mit so etwas ist nicht zu spaßen, Herr Hauptmann. Euer Leutnant hat einen entzündeten Hals. Ist zwar schlimm, aber nicht die Pest. Er soll sich warm halten, damit die Lungen nicht befallen werden, weil das zum Tode führen kann.«

»Und die Schwellung?«

»Blutwasser, wie bei vielen Krankheiten. Habt Ihr noch nie eine Pestbeule gesehen?«

Karl hob seine Schultern. »Leider schon zu viele. Dennoch würde ich mir eine Beurteilung nicht zutrauen. Deshalb habe ich Euch hergebracht.«

»Ich wünschte, es gäbe mehr, die so mitfühlend und besorgt sind wie Ihr.« Der Feldscher deutete mit seinem Kinn in Richtung Bett. »Wenn ich fragen darf ...?«

»Wie bitte? Was erlaubt Ihr Euch? Drüben in der Scheune schmiegen sich die Landsknechte zu zehnt aneinander, um sich gegenseitig zu wärmen, und das findet niemand anstößig.«

Der Feldscher wurde feuerrot. »Das meinte ich nicht.«

»Nein? Wie ist Eure Bemerkung sonst zu verstehen? Es ist mir unangenehm genug, mit einem Mann die Schlafstatt teilen zu müssen, da braucht Ihr nicht zusätzlich Eurer Fantasie freien Lauf zu lassen. Ich bin schließlich kein Bischof, der sich mit Messdienern vergnügt.«

Der Feldscher wand sich wie ein Aal in der Reuse. »Ich muss los. Euer Freund soll drei, vier Tage Bettruhe wahren, bis die Schwellungen abgeklungen sind und kein Eiter mehr auf seinen Mandeln sprießt. Gott befohlen.«

Hannes hätte gerne darüber gelacht, aber der Schmerz im Hals ließ nur ein Hüsteln zu.

»Du hast es selbst gehört«, sagte Karl, nachdem die beiden Knochenverdreher das Krankenlager verlassen hatten.

Hannes schlug die Bettdecke zurück. »Gewiss, mein Liebster. Da es nicht die Pest ist, werde ich schnell nach Coburg reiten und mich anschließend ausruhen.«

»Du bleibst im Bett. Das ist ein Befehl.«

»Und was ist mit Elisabeth?«

»Was soll mit ihr sein? Sie erledigt ihre Arbeiten wie immer.«

»Ich sorge mich um sie.« Hannes stutzte, ließ seinen Satz nachwirken und nickte zur Bekräftigung seiner Worte. »Etwas stimmt in dieser Familie nicht. Der Vater ist von einer ominösen Krankheit befallen, und die Tochter wird zu den unmöglichsten Dienst- und Botengängen gezwungen, während die anderen Bürger ihre Töchter verstecken.« Sein Hals schien sich mit jedem Wort mehr zu verengen, bis ihm schließlich die Stimme fast versagte.

»Gut, dass dir das auch aufgefallen ist.«

»Was willst du tun?«, krächzte Hannes. »Gehörte die Aufklärung derartiger Fälle nicht zu deinen Aufgaben während deiner Zeit beim Kurfürsten?«

»Mit dessen Rückendeckung waren Nachforschungen viel einfacher zu bewerkstelligen. Hier muss ich aufpassen, den Krieg führenden Herren nicht in die Quere zu kommen. Aber wenigstens hat Lamboy gefordert, den Tod der beiden Hebammen aufzuklären.«

»Von dir?«

Karls Augen verengten sich. »So ist es. Er hat jedoch klargemacht, dass ich nur sicherstellen soll, dass keiner der Unsrigen seine Finger im Spiel hatte.«

»Und wenns ein Coburger war?«

»Dann ist es Rauscherts Angelegenheit. Vergiss nicht, sie sind befreundet. Rauschert hat allerdings bestimmt Wichtigeres zu tun.«

»Was haben die zwei alten Wehfrauen mit Elisabeth zu tun?«

»Gute Frage.« Karl musterte seine Finger. »Darf ich deine holde Maid an deiner statt aufsuchen?«

»Das übernehme ich selbst.« Hannes setzte an, aufzustehen, aber sein Herz begann zu rasen, Schwindel erfasste ihn. Matt sank er in das kratzige Bett zurück und ergab sich in sein Schicksal. Dass Karl ihn zudeckte und aus dem Zimmer schlich, nahm er wie aus weiter Ferne wahr.

Er verschlief den Tag und ebenso den nächsten, nur unterbrochen von der Nutzung des Nachtgeschirrs sowie dem Schlürfen wässriger Suppe, die nach nichts schmeckte. Am dritten Tag verspürte er eine Besserung.

Karl kam herein, eine dampfende Schüssel in den Händen. »Mittagszeit.« Er stellte sie auf dem Nachttischchen ab und stopfte Hannes das Kissen in den Rücken.

»Geht schon«, sagte Hannes, dem diese Art von Fürsorge peinlich war. Umso mehr, wenn er an die Anspielung des Feldschers dachte.

»Kannst du wieder schlucken?«

»Einigermaßen.«

»Na, dann guten Appetit«, sagte Karl und schob ihm die Schüssel hin.

Hannes schnüffelte daran. In der Suppe schwammen sieben aufgequollene Gerstenkörner, ein Karottenstückchen und eine dünne Scheibe Sellerie. »Das sieht aus wie Waschwasser. Hast du nichts Kräftigeres auftreiben können?«

»Ich könnte noch drei Körner hinzufügen. Es ist fast nichts Essbares mehr vorhanden. Zeit, die Sache zu beenden. Iss, Hunger ist bekanntlich der beste Koch.«

»Welche Sache meinst du?«

»Die Eroberung der Burg, damit das Heer endlich abzieht. Ansonsten werden alle – und das schließt uns ein – nur noch Gras zu fressen haben und elendiglich verhungern.«

Heiß und schmerzhaft rann die Suppe durch Hannes'

Kehle. Er verstand Karls Sorgen allzu gut. Die knappen Vorräte konnten die Bevölkerung nicht ausreichend ernähren, geschweige denn die zusätzlichen Mäuler der Besatzer stopfen. Das kalte Wetter, Plünderungen und der Schwund der Landbevölkerung taten ein Übriges. Die Pflege Coburg würde lange brauchen, um sich von den Auswirkungen des Krieges zu erholen. »Gibt es etwas Neues von Elisabeth? Hast du sie gesehen?«

»Habe ich. In dieser Familie gehen wahrhaft merkwürdige Dinge vor sich. Die Frage ist lediglich, wie weit wir uns einmischen sollen.«

Karl brachte die Dinge stets auf den Punkt und zog die richtigen Schlüsse. Hannes wünschte sich, er besäße diese Fähigkeit ebenfalls, was ihm womöglich größeren Respekt des Bruders und mehr Vaterliebe eingebracht hätte. »So weit wie möglich, wenn es darum geht, sie zu beschützen«, sagte Hannes.

»Wusstest du, dass Elisabeths Stiefmutter schon zum dritten Mal verheiratet ist? Und mit jedem toten Ehemann ist sie reicher geworden.«

»Elisabeth hat mir einiges erzählt«, erklärte Karl. »Wenn du eins und eins zusammenzählst, kommst du zu diesem Ergebnis. Bürgermeister Bachenschwanz hat eine merkwürdige Krankheit, die jedes Mal abklingt, wenn er in Gefangenschaft sitzt. Ich an seiner Stelle würde mir mein Essen selbst zubereiten.«

»Woher weißt du das?«

»Vom geschwätzigen Krämer.«

»Und warum interessierst du dich dafür? Ich sorge mich um Elisabeth, nicht um ihren Vater.«

»Hör zu, und du wirst verstehen, wie wir uns dieses Wissen zunutze machen können. Ich habe einen Plan entwickelt.« Karl setzte sich auf den Stuhl aus Weidengeflecht, der aussah, als wollte er jeden Moment zusammenbrechen. Auch dieses Mal knarrte er verdächtig. »Oberkommissär Wolff hat vom Kaiser den Auftrag erhalten, die Zustände im Reich zu untersuchen. Schließlich sollen seine Untertanen ihn lieben und tüchtig Abgaben zahlen. Warum er dann aber einen Krieg gegen das eigene Volk führt, ist mir schleierhaft. Egal. Dieser Wolff hat von den Morden an den beiden Hebammen Wind bekommen und verlangt nun von Lamboy eine schnelle Aufklärung – egal, wer oder was dahintersteckt. Damit ist der Weg für mich frei, auch unter den Coburgern den Schuldigen zu suchen.«

Karl streifte seine Stulpenstiefel ab, zog die wollenen Strümpfe aus und massierte sich die Zehen. »Eine Saukälte ist das. Dazu dieser ständige Schneefall.«

»Spann mich nicht auf die Folter. Was hast du sonst noch herausgefunden?«

»Ottilia war nicht nur Hebamme, sondern hat auch Schwangeren in Not geholfen. Und alles unter dem Deckmantel des Schweigens, denn Mord an Kindern und Ungeborenen wird, wie du weißt, mit dem Tode bestraft. Zwei Tage vor ihrem Ableben bekam Ottilia Besuch von zwei Frauen. Es gab viel Aufregung deswegen. Eine Nachbarin vermutet, dass das Mädchen bei dem Eingriff beinahe gestorben wäre. Es hat mich zwei Taler gekostet, der guten Frau diese Information zu entlocken. Außerdem hat sie am Abend von Ottilias Tod beobachtet, wie eine kleinere, verhüllte Gestalt in deren Haus ging.«

Der Löffel kratzte über den Boden der Schüssel. Hannes hatte aufgegessen, ohne es zu bemerken. Er legte ihn weg. »Also ein kleiner Mann oder eine Frau. Was hat das mit Elisabeth und der Burg zu tun?«

Karl zog seine Augenbrauen nach oben. »Nach dem, was Elisabeth mir erzählt hat, hat sich meine Vermutung bestätigt, dass ihre Stiefschwester schwanger war.«

»Du denkst, Mutter und Tochter haben die Hebamme umgebracht?«

»Wer weiß? Die Nachbarin meinte jedoch, unter dem Umhang einen Mann erkannt zu haben.«

»Elisabeths Vater?«

»Nein. Ich denke, unser alter Freund von Seckendorff hat etwas damit zu tun. Er soll der Kindsvater sein und treibt sich zu oft in der Nähe der Herrngasse herum.«

»Ob er der Mörder ist?«

»Dazu erscheint er mir zu feige.«

Hannes schwirrte der Kopf. »Worauf willst du hinaus?«

»Von Seckendorff ist eine Memme. Der würde jemanden schicken, der sich für ihn die Hände schmutzig macht. Außerdem sitzt er auf der Burg fest, obwohl es noch Durchlässe gibt. Der Mann hat eindeutig Dreck am Stecken und ist somit erpressbar.«

Jetzt verstand Hannes, worauf Karl hinauswollte. »Du glaubst, er wird für uns das Burgtor öffnen?«

»Das nicht, ich habe eine andere Idee. Hör zu.«

34 Elisabeth

NUN WAR VATER also zum dritten Mal arretiert worden, nur mit dem Unterschied, dass dieses Mal der Oberkommissär des Kaisers alle herzoglichen Räte gleich mit inhaftiert hatte, was auch Dr. Wolffrum betraf. Die Herren wurden im Rathaus gefangen gehalten, und der Oberkommissär drohte, jeden Tag einen von ihnen exekutieren zu lassen, wenn er die geforderten sechstausend Gulden nicht bekäme. Sofort rätselten die Coburger, mit wem er beginnen würde.

Der fünfte Tag nach der Verschleppung der Räte und Bürgermeister versprach etwas wärmer zu werden. Ihr Atem erzeugte keine Wölkchen mehr und die Eisblumen auf den Fensterscheiben tauten. Dafür packte Nebel die Umgebung in seine Watte.

Voller Hoffnung, Hannes endlich wiederzusehen, trat Elisabeth in die Herrngasse hinaus, und tatsächlich ritt er ihr aus dem Nebel entgegen. Unter der umgeschlagenen Krempe seines Huts fielen seine blonden Locken bis auf die Schultern, und ein wollener Umhang reichte bis zu seinen Stulpenstiefeln.

»Gott zum Gruße!«, rief er, was sie mit einem Winken quittierte, wobei sie hörte, dass hinter ihr das Küchenfenster zugeschlagen wurde.

Mit einem Satz sprang er vom Pferd und schritt mit ausgebreiteten Armen und breit grinsend auf sie zu. Am liebsten wäre sie zu ihm hingesprungen, besann sich jedoch eines Besseren.

»Schön, Euch wiederzusehen«, sagte er höflich.

»Ganz meinerseits«, antwortete sie. »Wieder genesen?«

»Zumindest so weit, dass ich der Kälte trotzen und meinen Dienst aufnehmen kann.«

»Ich bin froh darum und Euer Freund Karl sicherlich auch.«

»Ganz bestimmt. Wollen wir?«, fragte er und lud sie mit einer Handbewegung ein, sich ihm anzuschließen. »Ich möchte lieber laufen, damit mir warm wird. Die Luft ist kälter, als ich dachte. Der Arzt hat mir eine Lungenkrankheit prophezeit, wenn ich mich nicht schone.«

»Dann reitet besser sofort zurück. Wie leichtsinnig, hierherzukommen, wenn Ihr nicht völlig genesen seid.«

»Bitte keine Strafpredigt, die hat mir Karl bereits gehalten. Angeblich sorgt er sich um mich, aber vermutlich wollte er nur selbst zu Euch reiten.«

Hannes hatte das leichthin gesagt, dennoch meinte Elisabeth, einen Hauch von Eifersucht in seinem Gesicht zu erkennen. Sofort versicherte sie ihm, dass es dafür keinen Grund gäbe. Am Ende fügte sie hinzu: »Karl ist Euch ein guter Freund und hat sich mir gegenüber wie ein Kavalier verhalten.«

»Wirklich?«, fragte Hannes. »Nun ja, er versteht es eben, mit der holden Weiblichkeit umzugehen.«

Sie wusste nicht, wie sie das bewerten sollte, aber Hannes lächelte. Sie hatten das Steintor erreicht und mussten warten, bis es geöffnet wurde. Dieses Mal übernahm dies Bechtold, der anzüglich grinste, als er Hannes gewahrte. »Sieh da, die Lisbeth find doch immer ein', der se begleiten tut.«

»Halte Er sein loses Mundwerk im Zaum oder wir sprechen uns später«, entgegnete Hannes scharf.

Bechtold senkte seinen Kopf. »Da hätt ich viel zu tun, wenn ich mir über jeden, der 'nei- oder 'nauswill, Gedanken machen würd.«

»Na also, warum nicht gleich so?«

»Wie geht's dem Herrn Hahn?«, fragte Elisabeth. »Ich habe ihn lange nicht mehr gesehen.«

»Der is an der Ruhr verreckt. Gott sei seiner armen Seel gnädig.«

Ein weiterer, den sie vermissen würde. Nachdem sie das Tor durchschritten hatten, empfand sie den Nebel feuchter und kälter als zuvor. Durchs Gehen wurde ihr etwas wärmer, trotzdem war sie froh, dass es bis zum Queckbrunnen nicht mehr weit war. Hannes folgte ihr schweigend, kämpfte sicher gegen die Schwächung durch seine Erkrankung an.

»Karl war mal verheiratet«, platzte es aus ihr heraus.

Hannes blieb stehen. »Ach, hat er Euch das erzählt?«

»Nur weil ich ihn danach gefragt habe.«

»Das hätte ich Euch auch beantworten können. Wer weiß, vielleicht war ich es auch schon mal.«

»Ihr seid ein Schelm, Hannes Freymann. Eine sittsame Jungfer so zu necken.«

Sein Lachen endete in einem bellenden Husten. »Entschuldigung«, krächzte er.

»Ihr gehört ins Bett. Das klingt nicht gut.«

»Besser als gestern allemal. Da habe ich kaum ein Wort herausgebracht.«

»Muss ich mir Sorgen machen?«

»Nicht nötig. Meine Mandeln sind nicht zum ersten Mal geschwollen. Das wird wieder.«

»Schaut, da ist der Brunnen. Der Weg ist viel kürzer als zu dem im Pilgramsroth.«

»Leider verkürzt sich dadurch auch die Zeit, die ich mit Euch verbringen kann.«

Wie gerne sie diese Worte hörte, erweckten sie doch neue Hoffnung. Fast hätte sie den Grund ihres Hierseins vergessen: Wasser holen. Aus einem steinernen Löwenmaul sprudelte frisches Nass in ein kleines Becken.

Sie stellte den Eimer darunter, und als sie aufblickte, schaute sie ihm direkt in die Augen. Er war so nah.

Etwas in ihr schob sich ihm unweigerlich entgegen. Sie beugte sich vor, spitzte ihre Lippen und schloss die Augen. Wie von selbst suchte ihr Mund den seinen.

Weiche Berührung, warme Zärtlichkeit – langsames Lösen, Herzrasen.

Sie hatte ihn geküsst, hatte sich getraut. Hoffentlich hielt er sie nicht für unanständig. Ihre Hand ruhte auf seiner Brust.

»Elisabeth.« Seine Stimme so weich, fast liebkosend. Diesmal küsste *er* sie – sanft und zärtlich.

Sie spürte weder die Kälte noch die Feuchte des Nebels, nur pulsierende Hitze in ihrem Bauch. Hand in Hand ging sie mit ihm Richtung Steintor; langsam, um den Augenblick der Trennung möglichst lange hinauszuzögern.

35 Karl

»WIE KOMMT IHR mit der Untersuchung der beiden Todesfälle voran?«, fragte Generalwachtmeister Lamboy scharf. Er saß in der Ehrenburg hinter einem Schreibtisch, darauf eine Karte, die den Grundriss der Veste darstellte.

Karl holte tief Luft. Es war gefährlich, ohne eindeutige Beweise irgendwelche Namen zu nennen. Fällten die

Gerichte schon in Friedenszeiten oftmals ungerechte Urteile, gab es in Kriegszeiten allzu schnell solche, die einzig dazu dienten, unbequeme Zeitgenossen zu beseitigen. Andererseits verriet Lamboys ungehaltener Tonfall, dass er sich nicht mehr lange hinhalten lassen würde. »Es ist schwierig. Über die Todesumstände der alten Gunde kann ich noch nichts Konkretes berichten.«

»Das war die Alte, die vor unserem Einmarsch gestorben ist?«

»Genau. Die Vermutung liegt nahe, dass sie von einer Schandtat wusste. Als sie Ross und Reiter beim Namen nennen wollte, fand ihr Leben ein plötzliches Ende.«

»Worum ging es?«

Karl zögerte kurz, um abzuwägen, wie weit er gehen konnte. Seit einiger Zeit formte sich eine Vermutung. War Elisabeths Mutter verleumdet worden, konnte Habgier als Motivation dahintergestanden haben, wie so oft. »Vermutlich um eine länger zurückliegende Erbangelegenheit.«

»Aha«, sagte Lamboy. »Wer war der Begünstigte?«

»Das habe ich bislang nicht herausgefunden.« Unsicher, ob er Lamboy reinen Wein einschenken sollte, zögerte er, seinen Verdacht zu äußern. »Es mag in Coburg einige geben, die vom Ableben wohlhabender Frauen profitiert haben.«

»Sprecht nicht in Rätseln.«

»Vor Jahren wurden gut situierte Frauen als Hexen auf dem Scheiterhaufen verbrannt. Ihr Erbe fiel an die Kirche. Den Ehemännern wurde zur Finanzierung der Prozesse ordentlich Geld abverlangt.«

»Das alte Spiel.«

Als Spiel hätte Karl dies nicht bezeichnet, denn der Spaß hielt sich bei den Betroffenen gewiss in Grenzen. »Eine der Frauen war eine von Rosenau, deren Geschlecht früher eines der reichsten im Herzogtum war.«

»Der Name ist mir geläufig. Graf Hatzfeld hat sein Quartier in einem ihrer Schlösser aufgeschlagen.«

»Die Rosenauer waren gezwungen, einen Teil ihres Besitzes vor dem Feuertod der Frau zu verkaufen. Der Herzog hat sich dann den Rest geholt.«

»Herzog Johann Casimir hat bereits das Zeitliche gesegnet. Es wird schwer werden, einen Toten dafür zur Rechenschaft zu ziehen«, sagte Lamboy mit einem seltenen Anflug von Spott.

»Vor allem, weil die Kirche sein Handeln abgesegnet hat.«

»Heiden.«

Dass die katholische Kirche nicht viel besser war, verkniff sich Karl zu sagen. »Richtig, Herr Generalwachtmeister. Dennoch scheint jemand ein Interesse daran zu haben, dass diese Geschichte ruht.«

»Könnt Ihr mir versichern, dass die alte Hebamme gewaltsam ums Leben kam?«

»Leider nein. Der Leichnam wurde auffällig schnell begraben. Allerdings ist sich der Feldscher sicher, dass die Hebamme Ottilia ermordet wurde.«

»Was kann das alte Weib gewusst haben? Vielleicht dasselbe wie die andere?«

»Gut möglich.« Karl versuchte, seine Schultern zu lockern. »Es könnte sich um ein unehelich gezeugtes Kind handeln, das dem Vater Unannehmlichkeiten bereitet hätte.«

Lamboy nickte bedächtig. »Mit diesem Wissen zu leben, ist das Schicksal jeder Hebamme, die eine unerwünschte Leibesfrucht beseitigt. Ich hoffe, der Kindsvater ist unter unseren Gegnern zu finden?«

Jetzt musste er auf der Hut sein. »Jawohl, Herr Generalwachtmeister. Er hat die Morde gewiss nicht persönlich begangen, verbirgt sich aber zurzeit in den Festungsmauern. Deshalb konnte ich ihn nicht befragen.«

»Ein Offizier? Ein gemeiner Soldat wäre unserer Mühe nicht wert, das wäre Sache seines Vorgesetzten.«

»So ist es.«

»Um wen handelt es sich?«

»Ludwig von Seckendorff. Er entstammt einem alten fränkischen Rittergeschlecht und hatte Befehl, die Heldburg zu halten, stattdessen ist er ohne Weib und Kinder geflohen.«

»Erbärmlicher Feigling. Was ist mit ihnen geschehen?«

»Sie sind in Sicherheit. Wir haben ihnen kein Leid zugefügt.«

Lamboy nickte bedächtig und klopfte auf den Tisch. »Ihr dürft Euch jetzt entfernen.«

Karl verbeugte sich, doch kaum hatte er den Türgriff erfasst, rief Lamboy ihn zurück. »Habt Ihr Euren Verdacht jemandem mitgeteilt?«

»Nein, Herr Generalwachtmeister.« Was nicht stimmte, denn er hatte Hannes eingeweiht.

»Ich werde Herrn Rauschert informieren, damit er weiß, was in seiner Stadt vor sich geht.«

»Wie Ihr meint.«

»Habt Ihr Einwände?«

»Es wäre mir lieb, wenn der Kreis der Mitwisser möglichst klein bliebe, damit von Seckendorff nicht Lunte riecht.«

»Ich denke, der sitzt oben in der Festung und Rauschert ist hier unten? Also kein Grund zur Sorge. Auch der Oberkommissär muss Bescheid wissen.« Lamboy beugte sich über die Grundrisszeichnung. »Ihr könnt gehen, Herr Hauptmann. Euer Obrist hat Befehle für Euch.«

36 Elisabeth

»Was willst du denn scho wieder beim Brunnen?«, fragte Ilse. »So viel Wasser brauchen wir im Winter net. Früher musst man dich fast hinprügeln, aber seit einem Monat biste wie ausgewechselt.«

»Stimmt, Ilse. Und deshalb gehe ich heute einfach aus Spaß an der Freud raus.« Elisabeth ließ den Eimer stehen.

Ilse schnappte nach Luft. »Werd mir fei bloß net frech, sonst zieh ich dir die Löffel lang.«

Heute wollte sie frech sein. Als Tochter eines Bürgermeisters war sie es überdrüssig, sich der Küchenmagd unterzuordnen, gleichwohl sie sie mochte.

»Wen triffst 'n dort?« Breitbeinig stellte sich Ilse vor den Ausgang und stemmte beide Hände in die ausladenden Hüften, einen Kochlöffel in der Faust, als würde sie Lutz eine Strafpredigt halten. »Den Freymann oder den andern, der rumschnüffelt und lauter Fragen stellt? Was gehen den die Coburger an? Der soll sich um seine eignen Leut kümmern.«

Elisabeth ahnte, wonach Karl geforscht hatte. »Meinst du den Freiherrn Köckh?«

Das zeigte Wirkung. Ilses Augen weiteten sich, ihr Kiefer klappte nach unten. »Der is a Freiherr?«

»Du weißt doch sonst immer alles.«

»Freilich hab ich des g'wusst.« Ilses Kochlöffel ging wieder in Angriffsstellung. »Die Mannsbilder sin' alle gleich. Kaum sehen se a hübsche Maid, fang' se an, wie die Auerhähne zu balzen, und wenns passiert is, muss es des arme Ding allein ausbaden, während die feinen Herrn scho nach 'ner andern Ausschau halten. Auf eine wie dich haben sie 's b'sonders abgesehen.«

»Auf Käte wohl nicht? Wer traut sich schon ans Hexenkind ran?«

»Schluss mit dem Blödsinn. In Zukunft holt der Lutz des Wasser. Zieh kei' Lätschen, ich mein's nur gut mit dir.«

Das bezweifelte Elisabeth. In diesem Haus schien es niemand wahrhaft gut mit ihr zu meinen. »Du hast mir nichts zu befehlen, Ilse. Wenn ich dir helfe, dann aus reiner Gutmütigkeit.«

Ilses Mund klappte auf und zu, als fehlten ihr die Worte. Schon bereute es Elisabeth, so harsch gewesen zu sein, trotzdem warf sie den Kopf in den Nacken und ließ die Küchenmagd stehen.

Gegen Abend kehrte Vater endlich heim. Er hielt sich aufrecht und zeigte ein entschlossenes Gesicht. Fragen beantwortete er keine, nur dass alle überlebt hätten und dieses Mal die herzoglichen Räte zur Kasse gebeten worden seien.

Als Elisabeth am nächsten Tag im Esszimmer das Geschirr abtrug, stutzte sie. Vaters Teller stand auf Mathildes Platz und Mathildes auf Kätes. Hatte sie sich beim Auftragen vertan? Zwar hatte keiner in der Familie einen eigenen Teller, aber Elisabeth konnte sie anhand von kleinen Fehlern im blauen Muster des gelblichen Steingutes auseinanderhalten und gab jedem Familienmitglied immer denselben Teller. Käte hatte den mit dem krummen Rand, Vater den mit den wenigsten Fehlern und der von Mathilde wies zwei auf. Dem Steingutmaler musste der Pinsel ausgerutscht sein.

Erneut studierte Elisabeth die Teller. Hatte die jemand vertauscht? Jedenfalls hatte Vater aufgegessen; ein Zeichen, dass es ihm besser ging. Lediglich in der Mitte klebten einige grüne Fasern des Gemüseauflaufs. Früher hatte sie gerne genascht, in den letzten Wochen war jedoch kaum etwas übrig geblieben. Selbst das Beiseiteschaffen von Essensresten fürs Mohrle wurde immer schwieriger.

Nebenan schimpfte Vater mit seiner Frau. Da Elisabeth das nicht hören wollte, stapelte sie schnell das Geschirr aufeinander und eilte damit die Stiege hinab. Über ihr knallte die Tür ins Schloss und Mathilde stapfte ein Stockwerk höher.

Elisabeth stellte die Teller neben dem Spülbottich ab, als Mathilde nach ihr rief. Einen Moment erwog sie, zu erwidern, dass sie zu tun habe, doch dann tönte es von oben: »Was trödelst du so lange herum? Komm sofort rauf!«

Sie warf den Spüllumpen beiseite und trat in den Flur.

Leichenblass stand Mathilde auf dem Treppenabsatz. »Du musst ein paar Besorgungen für mich erledigen.« Sie strich sich über den Bauch und stieß geräuschvoll auf, wobei ihr Gesicht eine grünliche Färbung annahm. »Ich habe einen bitteren Nachgeschmack im Mund.«

Vermutlich die Galle, die ihr das Leben versauerte. »Was soll ich Euch holen, Frau Mutter?«

»Zuerst sagst du mir, ob du auch der Meinung bist, dass das Essen verdorben war.«

»Das kann ich nicht, weil ich nichts davon abbekam.«

»Du kostest sofort davon, verstanden? Danach holst du mir vom Krämer die bestellten Goldknöpfe. Verplempere aber nicht die Zeit mit seinem Sohn, sondern schau anschließend bei Dr. Wolffrum vorbei. Er wird dir etwas für mich mitgeben. Ach ja, und vom Apotheker bringst du mir etwas gegen Magengrimmen mit.«

Mathilde klopfte sich auf den Bauch, rülpste laut und stutzte. Ihre Hand flog zum Mund. Ein Schwall Erbrochenes spritzte durch ihre Finger zu Boden.

»Sauber machen«, gurgelte sie und eilte in ihre Schlafkammer.

Beim Aufwischen konnte Elisabeth die aufsteigende Übelkeit nur mit Mühe unterdrücken. Der saure Geruch ekelte sie. Geschwind entleerte sie den Eimer in die Herrngasse und schrubbte sich ausgiebig die Hände im Spülbottich der Küche. Erst jetzt konnte sie wieder frei durchatmen. Was sollte sie zuerst tun? Ach ja, das Essen probieren.

Im Topf herrschte gähnende Leere. Bevor Ilse gegangen war, hatte sie die Reste vermutlich dem Archidiakonus gebracht. Elisabeth holte den Umhang aus ihrer Kammer und schlang ihn fest um sich. Der heutige Tag war ihr nicht geheuer, ohne sagen zu können, warum. Unheil lag in der Luft.

Hannes war heute Früh nicht am Brunnen erschienen. Dass er eines Tages in seine Heimat ziehen und sie in Coburg sitzen lassen würde, stand für sie fest.

Drei Aufträge hatte sie zu erledigen. Der eine würde sie in die Spitalgasse zur Krämerei Sommer führen, der andere zu Dr. Wolffrum in die Ketschengasse und der letzte in die Apotheke am Marktplatz. Kurz rang sie mit sich, wohin sie zuerst gehen sollte. Seit Weihnachten war sie Hans nicht mehr begegnet, hatte auch keine große Lust verspürt, ihn zu sehen, was wohl auf Gegenseitigkeit beruhte.

Jedenfalls hatte Mathilde ein sicheres Gespür dafür, welche Botengänge ihr unangenehm waren.

Sie öffnete die Tür zur Krämerei, in deren Duftwelten sie nur selten geschickt wurde. Heute war davon kaum etwas zu bemerken, der Laden wirkte leer geplündert. Hatte das Geschenk der Familie Sommer an Lamboy, der Teller, am Ende seine Wirkung verfehlt?

In der hinteren Tür, die ins Lager führte, tauchte die Krämerin auf. Ihre Lippen glichen zwei Strichen und ihr Blick war starr auf Elisabeth gerichtet.

»Was willst du? Wir haben schon genug Unglück.«

»Warum sagt Ihr das, Frau Sommer?«

»Mein Hans! Du hast ihn verhext!«

»Was ist mit ihm?«

»Er ist zur Veste hoch und kämpft jetzt beim Zehm mit.«

»Das ist doch nichts Schlechtes.«

»Dumme Gans! Hierbleiben hätte er sollen. Der Narr hat sich in den Kopf gesetzt, die Kaiserlichen aus der Stadt zu vertreiben. Und daran bist du schuld, du und dein Teufelswerk.«

Elisabeth verstand lediglich die Hälfte dessen, was Frau Sommer ihr vorwarf, eines blieb jedoch bei ihr hängen. Hans kämpfte gegen den Feind, und das konnte nur bedeuten, dass er ihren Hannes töten wollte.

»Ich habe seit Langem nicht mehr mit ihm gesprochen«, erwiderte sie. Sie deutete auf ein Schränkchen mit vielen kleinen Schubfächern, in denen die verschiedensten Knöpfe lagen. »Die Frau Mutter hätte gern ihre goldenen Knöpfe.«

»Von mir kriegst du nichts. Bring mir zuerst mein Hänschen zurück.«

»Was ist los, Weib?«, fragte Matthäus, der hinzugetreten war. »Gib Elisabeth die Knöpfe und rede keinen Unfug. Unser Hans ist aus freien Stücken weg, und ich kann's ihm nicht verdenken.«

Er griff in das entsprechende Schubfach und zählte zehn Knöpfe ab. »Zahl später, und schau zu, dass du heil heimkommst, Elisabeth. In dieser Stadt gibt es gehässige Bürger, die allzu gerne eine Unschuldige opfern würden.«

Hastig schnappte sie sich die Knöpfe und ließ sie in ihre Tasche gleiten. »Seid bedankt und bitte glaubt mir, dass ich mit dem Weggang von Eurem Hans nichts zu tun habe. Ich höre heute zum ersten Mal davon.«

»Schon gut. Mich brauchst du nicht zu überzeugen«, versicherte Matthäus. »Hans tut, was mehr von uns tun sollten, nämlich für das einzustehen, woran wir glauben.«

Sie rannte zu Wolffrums Haus, das ihr genauso finster erschien wie der Mann selbst. Außer Atem betätigte sie den Türklopfer. Ein Diener öffnete. »Was willst du?«

Er war ihr unbekannt. Seine Wangen und Augenlider hingen schlaff herab, verliehen seinem Gesicht einen schwermütigen Ausdruck, der sie an einen der langohrigen Leithunde des Herzogs erinnerte, den sie stets gefürchtet hatte. »Ich soll vom Herrn Doktor etwas für Frau Bachenschwanz abholen.«

»Der Herr Geheimrat hat sich zur Ruhe begeben.«

»Ich geh wieder, Ihr braucht ihn nicht zu wecken.«

»Nicht so schnell. Du bist doch Lisbeth, die Tochter der Agnes, nicht wahr?« Unvermittelt verwandelten sich seine Falten in ein freundliches Lächeln. »Warte einen Moment«, sagte er und verschwand im Haus.

Es dauerte nicht lange, dann hielt er ihr ein Holzkästchen entgegen. »Hier, Lisbeth. Du bist genauso schön wie deine Mutter.«

Oben an der Burg fielen Schüsse.

»Oje, Zehm macht einen Ausfall«, sagte der Diener.

Und Elisabeths Freunde waren mittendrin. Ohne in der Apotheke die Arznei zu besorgen, rannte sie nach Hause zurück.

37 Hannes

»Wir werden heute einen Kontrollritt um die Veste unternehmen«, sagte Karl am Morgen. Sie standen im Hof des Bauernhauses, in dem sie untergekommen waren. Zwanzig Kürassiere waren versammelt und erwarteten die Tagesbefehle, die Karl wie jeden Morgen von seinem Oberen empfangen hatte.

Der Wind blies kräftig von Norden, wobei er regenschwere Wolken vor sich hertrieb, vom Frühling mit wärmeren Temperaturen kündete und das Weiß der Landschaft in Braun verwandelte. Noch fehlte der Sonne die Kraft, um Wachstum zu fördern.

»Darf ich fragen, wozu, Herr Hauptmann?«, wollte Korporal Scherlein wissen.

Karl nickte. »Wir ziehen den Ring um die Burg enger. Generalwachtmeister Lamboy möchte Präsenz zeigen.«

»Geht's der Veste endlich an den Kragen?«

»Sieht so aus. Auf Befehl unseres Obersts hat jeder eine rote Armbinde zu tragen, damit wir uns von den anderen unterscheiden.« Mit einem Blick in die Runde vergewisserte er sich, dass dem alle nachkamen. »Aufsitzen! In Zweierreihen – Marsch!«

Mit einem mulmigen Gefühl im Magen nahm Hannes seine Position neben Karl und hinter dem Standartenträger ein.

»Der Ritt birgt gewisse Gefahren in sich«, sagte Karl leise. »Zehm wird uns nicht unbehelligt an seinen Mauern vorbeireiten lassen.«

»Macht Lamboy jetzt wirklich ernst?«

»Der Frühling steht vor der Tür, und mit ihm ein möglicher Friedensvertrag. Wer jetzt noch etwas erobern will, muss sich sputen. Würdest du an den Lagebesprechungen teilnehmen, wenn du wüsstest, dass er plant, die Veste gänzlich zu umzingeln? Unsere Minierer machen gute Fortschritte. Der am weitesten vorangetriebene Stollen soll bereits bis unter den Bärenzwinger reichen.«

»Die Veste hat einen Bärenzwinger?«

»Hm.«

Hannes mochte Meister Petz nicht besonders, verstand jedoch, dass in der Natur Raub- und Beutetiere zusammengehörten. »Was für eine Unsitte, einen Bären in einem Zwinger zu halten. Ich habe so eine erbärmliche Kreatur einmal gesehen. Sie hätten das Tier gleich töten und es nicht zu ihrer eigenen Belustigung missbrauchen sollen.«

»Es geht nicht um einen Bären, Hannes. Du magst recht haben, aber im Moment befinden wir uns im Krieg, und wem Menschen egal sind, dem sind es Tiere erst recht. Wer weiß, ob dort oben gerade ein Bär gefangen gehalten wird. Du wirst den Leuten das kaum austreiben können. Fängt ein Kurfürst damit an, tun es ihm alle Herzöge und Freiherren in kürzester Zeit nach.«

Das Jagdzimmer in der Ehrenburg hatte von der Jagdleidenschaft des Herzogs gezeugt. »Trotzdem ist es unrecht. Befindet sich der Bärenzwinger im äußeren oder im inneren Burgbereich?«

»Meines Erachtens hinter der inneren Mauer. Ich möchte jedenfalls nicht im Burghof sein, wenn die Minen zur Explosion gebracht werden.«

Hannes erinnerte sich an eine Sprengung in einem Steinbruch und das damit verbundene Getöse, den Staub und die Zerstörungskraft. »Wie viele Minen werden verwendet?«

»Drei oder vier. Hoffentlich bemerkt der Zehm etwas davon und gibt auf.«

»Solange die Taupadels dabei nicht ums Leben kommen, soll es mir recht sein.«

»Und mir wäre es recht, wenn du dich da heraushalten würdest. Lass *mich* die Sache zu Ende bringen. Nimm deine Elisabeth mit, gründe eine Familie und gedenke der Toten, aber lade keine Schuld auf dich.«

»So kurz vor dem Ziel soll ich aufgeben? Ich möchte unbedingt dabei sein.«

»Im Moment sind wir genauso weit wie vor vier Monaten. Nur dass du inzwischen gelernt hast, mit deinen Waffen umzugehen. Ob dich das zu einem besseren Menschen macht, wage ich zu bezweifeln.«

»Zumindest zu einem, der sein Ziel konsequent verfolgt.«

»Könntest du dein Schwert wirklich in diesen Knaben stoßen – oder gar in Taupadels schöne Schwester?«

Hannes schloss die Augen. Die Antwort auf diese Frage hatte er bislang verdrängt, weil er sich den Augenblick der Rache nie vorgestellt hatte. In seinen Träumen kam der Tötungsakt nicht vor. »Wärest du ein wahrer Freund, hättest du Verständnis dafür und würdest mir helfen.«

»Genau das tue ich.«

»Und was würdest *du* mit ihnen anstellen, wenn wir ihrer habhaft werden könnten?«

Karls Blick schweifte in die Ferne, bevor er sich wieder Hannes zuwandte. »Mit Hilfe der beiden würde ich versuchen, an Taupadel heranzukommen. Er hat Beweise, die belegen, warum Wallenstein sich wirklich mit den Schweden eingelassen hat.«

»Du würdest sie also nicht töten?«

»Warum sollte ich?«

»Wegen mir.«

»Das ginge zu weit, Hannes.«

»Mein Entschluss steht fest. Entweder du bist für mich oder gegen mich.«

»Wenn du meine Freundschaft daran misst, ob ich bereit bin, einen feigen Mord an Unschuldigen zu unterstützen oder gar selbst zu begehen, bin ich gegen dich.«

Ein Schlag mit dem Schmiedehammer in die Eingeweide wäre nicht schmerzvoller gewesen. Karl trabte an und setzte sich von ihm ab.

Durch entlaubten Wald führte der Weg steil bergauf, der Burg entgegen. Mit jedem Schritt wurden die Soldaten schweigsamer. Die nasskalte Luft lastete schwer auf Hannes' Brust, schlimmer wog jedoch, Karls Freundschaft verloren zu haben.

Er war zu weit gegangen. Was wollte er mit dem Tod der Schwester und dem Sohn Taupadels erreichen? Ging es ihm allein um die Befriedigung seiner Rachegelüste oder darum, dem Vater zu imponieren? War es das wert?

Laut schnaufend mühte sich sein Pferd die Steigung hoch.

Auf dem Bergkamm präsentierte sich die gewaltige Festungsanlage in ihrer ganzen Furcht einflößenden Pracht. Die Fläche vor ihnen war mit Baumstümpfen übersät, der Kahlschlag musste erst vor Kurzem erfolgt sein. Das Reiten erwies sich deshalb und auch wegen des aufgeweichten Bodens als schwierig, und die trutzige Festung tat ein Übriges, ihm den Schneid abzukaufen.

Wie Drachenaugen blickten die Schießscharten auf sie herunter, zudem qualmte und stank das Ungeheuer. Karl ließ durchparieren.

»Dort oben hocken sie hinter sicheren Mauern und warten darauf, uns vor ihre Büchsen zu bekommen. Wegen des Burggrabens können wir nicht näher heran. Allerdings sind wir keine starren Ziele, was ihnen das Treffen erschweren sollte. Unser Auftrag ist eine Umrundung. Sie sollen sehen, dass wir uns hier beliebig bewegen können. Dabei schießen wir gelegentlich zu ihnen hoch; quasi als Verhöhnung. Und dann nichts wie weg.«

»Und wenn sich eine Möglichkeit ergibt, hineinzugelangen?«, fragte Hannes.

»Bist du des Wahnsinns? Du bleibst bei uns. Das ist ein Befehl, Herr Leutnant.« Karl ließ die Büchsen fertig machen. »Wir reiten in gestrecktem Galopp. Helme auf.«

Hannes stülpte sich das Blech über den Kopf, die Soldaten taten es ihm gleich, während Karl sein Schwert zog und damit auf die Burg deutete. »Galopp – Marsch!«

Sie stürmten auf die hohen Mauern zu und bogen am Burggraben links ab. In vollem Galopp jagten sie am Haupttor vorbei, auf jene Bastei zu, wo Hannes die Taupadels zum ersten Mal gesehen hatte. Am Berghang unter ihnen hatten die Kaiserlichen hinter Palisaden und in Laufgräben Stellung bezogen. Aufmunternde Schreie wurden laut, als sie sie bemerkten.

Ein Schuss fiel. Hannes zuckte zusammen. Verdammt, es hatte vor ihnen gekracht! Wie war das möglich? Eigentlich hätte es über ihnen knallen müssen.

Karl richtete sich in den Steigbügeln auf. Ein weiterer Schuss donnerte – eindeutig von vorn. Karl riss seine Hand hoch, zerrte am Zügel, dass sich sein Pferd auf die Hacken setzte.

Vor ihnen kämpften Fußknechte miteinander, und dahinter hackten Berittene aufeinander ein. Zehm und Görtz machten einen Ausfall, und sie waren hineingeritten.

Erneut krachte ein Schuss, Dreck spritzte vor Hannes' Pferd auf. Oben schoben sie ihre Musketen aus den Schießscharten und nahmen sie ins Visier.

»Zum Angriff!«, brüllte Karl. »Breite Formation!«

Zehm, der soeben einem Fußknecht das Schwert durch die Kehle zog, wandte Hannes das Gesicht zu – der Blick eines Irrsinnigen. Mindestens hundert Mann rangen miteinander. Görtz schrie Befehle, während Zehm die ihnen zugewandte Flanke seines Stoßtrupps hielt.

Mitgerissen von Karls Ruf und den vorwärts stürmenden Pferden jagte Hannes hinter ihnen her. Karl feuerte seine Pistolen ab und langte nach der Büchse.

Auf der Bastei tauchte eine mit einer Muskete bewaffnete Gestalt auf – von Seckendorff. Der Feigling wollte sich aus sicherer Entfernung am Kampfgeschehen beteiligen und legte soeben auf sie an. Nein, auf Karl! Daneben tauchte ein weiterer Gewehrlauf auf. »Vorsicht, Karl! Da oben!«, schrie Hannes.

Der Schuss brach und gleich darauf ein zweiter.

In Erwartung des Einschlags krümmte sich Hannes zusammen. Nichts geschah. Daneben. Glück gehabt.

Über die Kruppe seines Pferdes stürzte Karl zu Boden. Mit aller Kraft bemühte sich Hannes, seinen durchgehenden Gaul unter Kontrolle zu bringen und zu wenden. Karl lag auf der Seite, rappelte sich auf, schwankte einen Moment. Eine tiefe Delle störte die glatte Oberfläche seines Harnischs.

Karl war getroffen worden. Um sie herum Schüsse, Gebrüll, Pulverdampf.

Maßloses Erstaunen sprach aus Karls Augen, Blut rann aus seinem Mund. Er sank auf die Knie.

38 Andreas

IM ESSZIMMER ÜBER Sommers Krämerei strich sich Andreas zufrieden über den Bauch. Matthäus und er saßen sich auf wuchtigen Armlehnstühlen an einem schweren Eichentisch gegenüber. Wegen seines Besuchs nahmen Frau Sommer und ihre drei Kinder das Mittagessen in der Küche ein. Wie es sich gehörte, bekamen nur Matthäus und Andreas den mit Hafer durchmengten Hackbraten serviert. Er konnte kaum Fleisch darin finden, und ob es sich tatsächlich um Hafer handelte, war fraglich, denn den fraßen die Pferde des Feindes.

Andreas schmeckte Frau Sommers Mahl nicht. Seiner Meinung nach kochte sie miserabel, doch eine Küchenmagd konnten die Sommers sich nicht leisten. Dessen ungeachtet bekam ihm ihre Kost vorzüglich. Seit seiner Entlassung aus den Klauen der Besatzer speiste er, sooft er konnte, außerhalb der eigenen vier Wände. Dabei ließ er Vorsicht walten, denn er wollte keinesfalls Mathildes Misstrauen oder das der Coburger erwecken und wechselte deswegen seine Gastgeber unter den verschiedensten Vorwänden. Und blieb einmal keine andere Wahl, als vom heimischen Herd zu essen, vertauschte er die Teller. Er war stolz, dem Teufel ein Schnippchen geschlagen zu haben, wenngleich er befürchtete, der Gehörnte könnte sein Spiel durchschauen und sich etwas anderes einfallen lassen, um ihn ins Jenseits zu befördern.

Matthäus grinste ihn an. Was in dem Freund vorging, konnte er sich lebhaft vorstellen. Als Dank für den Ratschlag, in Zukunft besser auf das zu achten, was er verzehrte, hatte ihn Andreas als Einzigen eingeweiht.

»Dir geht's besser«, stellte Matthäus fest.

»Gottlob. Wenngleich mir allein die Vorstellung, der Teufel könnte unter meinem Dach wohnen, Magengrimmen verursacht.«

Matthäus blinzelte. »Wie kommst du auf den?«

»Dr. Wolffrum hat mich wiederholt vor ihm gewarnt. Anders kann ich mir die Vorkommnisse in meinem Hause nicht erklären.«

Matthäus riss abwehrend die Hände hoch. »Gott bewahre uns und vor allem dich vor dem Gehörnten.«

Gottes Schutz würde Andreas brauchen, wenn er den loswerden wollte. Sollte der doch in ein anderes Haus fahren. Er nahm einen Schluck vom Dünnbier, das wässriger als sonst schmeckte. Die Brauereien der Stadt klagten über Mangel an Gerste. »Ich danke dir. Du bist ein wahrer Freund.«

»Ich tue, was in meinen Kräften steht. Bist du dir sicher, dass es der Teufel ist?«

»Dr. Wolffrum ist felsenfest davon überzeugt.«

Unverhohlener Zweifel lag im Blick des Freundes. Andreas hingegen hatte jegliches Misstrauen aus seinen Gedanken verbannt, da er sonst über einen Meuchelmörder in seinem Haus hätte nachdenken müssen. »Hast du etwas von deinem Buben gehört?«, fragte er, um das Thema zu wechseln.

Matthäus machte ein gramvolles Gesicht und knetete seine Hände. »Er ist am Leben, wofür ich Gott jeden Tag danke. Leider zieht der Feind seinen Belagerungsring immer enger, und bald kommt keiner mehr raus. Die letzte Nachricht, die ich erhielt, bezog sich auf einen Ausfall, den Zehm und Görtz unternahmen. Fünfundzwanzig Feinde wurden angeblich gefangen genommen, wie du sicherlich gehört hast. Sie sollen sogar einen Hauptmann vom Pferd geschossen haben. Von Seckendorff soll der Schütze gewesen sein.« Er hielt inne.

Hans hatte das Mindestalter für die Bürgerwehr erreicht. Ein eigener Sohn, auf den er hätte stolz sein können, war

Andreas versagt geblieben. Bis auf Elisabeth hatte der Teufel alle Säuglinge seiner Agnes geholt und Mathilde hatte keine bekommen. Wie auch? Wenn er bei ihr anklopfte, war sie meistens unpässlich, und sein einstmals stolzes Zepter glich dieser Tage eher einem verschrumpelten Würstchen. Kein erfreuliches Thema. Er nickte bedeutsam. »Natürlich habe ich davon gehört. Welch eine Heldentat von diesem von Seckendorff. Ich kann ihn trotzdem nicht leiden. Im Grunde sind das alles nur Nadelstiche, mehr nicht. Wen will Zehm damit beeindrucken? Oder bildet er sich wahrhaftig ein, die Kaiserlichen nähmen vor ihm Reißaus? Tröste dich, Hans wird kaum Pulverdampf in die Nase kriegen. Die schicken keine Novizen in eine Schlacht.«

Matthäus' Unterlippe zitterte, er rang sichtlich nach Fassung. »Freilich tun sie das. Mein Sohn hat einen der Feinde erschossen, worauf er auch noch besonders stolz ist. Wir fürchten um sein Seelenheil.«

»Ach was, Hans ist ein rechtschaffener Junge. Er wird einfach draufgehalten haben und zufällig ist einer umgefallen.«

»Er ist Krämer und kein Landsknecht«, stieß Matthäus hervor. »Mir wäre lieber, er würde auf unseren Laden stolz sein. Was ist nur in den Bengel gefahren? Wenn die Besatzer abgezogen sind, wird es einen Neuanfang geben. Ich glaube fest daran, dass Coburg eine Zukunft hat. Die Frage ist, wird mein Sohn dann mit uns sein oder zerfetzt auf einem Schlachtfeld liegen? Oder sich gar den Schweden anschließen und sich als Söldner in einem sinnlosen Krieg verdingen?«

»Was ist mit deinem Jüngsten? Will der auch Soldat werden?«

»Das Geschäft erbt Hans. Mein Jüngster kann gehen, wann immer er will. Alt genug ist er.«

Das Schicksal aller Nachgeborenen. Auch Andreas war der Zweitälteste gewesen, bis sein Bruder verstorben war und er dessen Erbe angetreten hatte. Er nahm einen weiteren Schluck. Wie er seinen selbst gekelterten Wein doch vermisste, den ihm der Archidiakonus wegsoff, ohne krank zu werden. »Hans wird sich besinnen und bei dir bleiben.«

»Das hoffe ich. Gebe Gott, dass diese vermaledeite Belagerung ein baldiges Ende findet.«

»Es ist wahrlich ein Kreuz.«

Matthäus lehnte sich in seinen Armlehnstuhl zurück und schlug ein Bein über. »Das kannst du laut sagen. Unser Herzog Ernst sitzt in seinem sicheren Eisenach und gibt eine Durchhalteparole nach der anderen heraus, während der mächtige Herzog von Weimar, dem wir das alles zu verdanken haben, keine Verstärkung entsenden will, weil sich die Kaiserlichen in seinem Herzogtum zurzeit friedlich verhalten. Er empfiehlt Zehm sogar, einen Unterhändler zu Lamboy zu schicken, um ihn auf die Möglichkeit eines Friedensvertrags hinzuweisen.«

»Woher weißt du das?«

»Hans hat mir das in einer Botschaft mitgeteilt, die sie aus der Burg schmuggeln konnten, bevor Lamboy die Schlinge zuzog.«

»Und wir Bürgermeister erfahren davon kein Wort? Unser Herzog Ernst hat mehr Angst um die Burg als um die Stadt. Eigentlich kein Wunder, denn die gehörte einst seinem Bruder Johann Casimir – Gott hab ihn selig. Na ja, vielleicht winkt ja ein baldiges Kriegsende.«

»Die herzoglichen Räte lassen euch mit Absicht im Dunkeln tappen, und es würde mich wundern, wenn Lamboy nichts davon wüsste. Falls Coburg und vor allem die Veste in die Friedensverhandlungen einbezogen werden, ist Schluss mit der Ausbeutung.«

Er hätte Krämer werden sollen, dann wüsste er, was in der Stadt und auf der Burg vor sich ging. Oder einen Sohn haben, der oben mitkämpfte. »Wenn wir den Ablauf nur beschleunigen könnten.«

»Einen Friedensvertrag können allein der Kaiser und die Fürsten beschließen.« Matthäus erhob sich und schlenderte zu einem der beschlagenen Fenster.

Für Andreas das Zeichen zum Aufbruch. »Ich werde einen Boten nach Eisenach schicken und mich vom Herzog über den neuesten Stand der Dinge informieren lassen. Herzlichen Dank für Speis und Trank und für deine angenehme Gesellschaft. Kompliment an die Frau Gemahlin. Das Mahl war vorzüglich. Leider muss ich weiter. Dringende Geschäfte, die keinen Aufschub dulden.« Manchmal hasste er die Lügen, mit denen er sich zu empfehlen pflegte. Er erhob sich und griff nach Mantel und Hut.

Matthäus begleitete ihn in den Flur. »Also ich hätte nichts gegen eine Ehe von meinem Hans mit deiner Elisabeth einzuwenden.«

»Aber?«

Matthäus drehte und wand sich, warf einen schnellen Blick zurück. »Meine Frau, du weißt ja.«

»Bläu es ihr mit dem Stock ein.«

»Damit käme ich bei ihr nicht weit«, erwiderte Matthäus. »Ist deine nach einer Tracht Prügel williger?«

Andreas hatte Mathilde nie gezüchtigt. Wozu auch, sie erledigte alles zu seiner Zufriedenheit – fast alles. »Selbstverständlich ist sie das. Gott befohlen, Matthäus.«

39 Elisabeth

UNTER LUTZ' UND Ilses scharfen Blicken drehte Elisabeth das Schriftstück hin und her. Mit den vielen Flecken und Falten sah es schäbig aus. Vergeblich versuchte sie, die einzelnen Buchstaben zu entziffern und zu Worten zusammenzufügen – ein hoffnungsloses Unterfangen. Mit dem Finger malte sie die Unterschrift nach. *Hans.* Leider nicht Hannes, der seit Tagen nichts von sich hören ließ. Seitdem oben an der Festung geschossen worden war, lebte sie in ständiger Angst, er könnte nie mehr wiederkehren. Nur die Gewissheit, dass Karl ihr längst Bescheid gegeben hätte, falls ihm etwas zugestoßen wäre, vermittelte ihr Zuversicht.

Immerhin wusste sie jetzt, wie ein H und ein S aussahen. Die Handschrift wirkte ungelenk, nicht so fein und elegant wie die des Vaters. Da sich Hans und Hannes ähnlich anhörten, musste der Unterschied im Schriftbild gering sein. Das E fehlte.

Lutz blickte sie erwartungsvoll an. »Der is vom Sommers Hans, gell? Der soll fei oben bei der Burch mitmischen.«

»Das hat mir Frau Sommer verraten. Sie sorgt sich.«

»Der is net allein da oben.«

»Ich habe ihn nie mit einer Waffe gesehen.«

Lutz winkte ab. »Der is alt genuch. Da sin' scho viel jüngere g'storben.«

»Hans is a Krämer, kei' Soldat. Da hat die Lisbeth vollkommen recht. Zeiten sin' des«, schimpfte Ilse. »Komm, lies vor.«

Hilflos deutete Elisabeth auf den Brief. »Ich... ich kann nicht lesen.«

»Schade. Wie sollen wir jetzt erfahren, was drinsteht?«

Lutz griff nach dem Schreiben. »Dann geb ma's eben der Käte. Die kann's.«

Auf keinen Fall. Käte würde den Inhalt überall herumerzählen und sich über sie lustig machen. Eher noch dem Vater. Doch der war heute in der Stadtkanzlei und würde auswärts essen. Eine gute Gelegenheit, nach Dörfles zu gehen. Entschlossen zog sie Lutz den Brief unter der Nase weg. »Das ist meiner. Da steht mein Name drauf.«

»Woher willst 'n des wiss'n, wennste net lesen kannst?«

»Weil du den Brief *mir* gebracht hast.«

Lutz feixte. »War nur a Späßle. Freilich is er für dich. Schau, da steht's.« Er deutete mit seinem schmutzigen Finger auf die Seite mit den wenigen Buchstaben darauf. »Elisabeth.«

»Seit wann kannst du Hornochs lesen?« Ilse riss Elisabeth den Brief aus der Hand und starrte mit gerunzelter Stirn darauf. Eine krause Locke baumelte vor ihren Augen, die sie unwirsch wegwischte. »Du kannst 'n ja dem Archidiakonus zum Vorlesen geben.«

»Ich werde jemanden finden.« Elisabeth langte nach dem Papier, faltete es sorgfältig und stand auf. »Ich gehe zum Mohrle. Hast du was übrig, Ilse?«

»Du und dei' Katz.« Ilse erhob sich mühsam, öffnete die Speisekammer und griff hinein. »Da, a klein's Stückle Wurscht kannste ham – ausnahmsweise.«

»Isst sowieso kaum einer was«, sagte Elisabeth im Versuch, das Abzweigen von Nahrungsmitteln zu rechtfertigen.

»Weil der Herr seit Neuestem auswärts speist.« Ilses Mundwinkel sanken ins Bodenlose.

»Wenigstens geht es ihm und der Frau Mutter wieder besser«, sagte Elisabeth tröstend. Es musste Ilse verletzen, dass ihre Kochkünste nicht gewürdigt wurden. »Sie hat sich schnell erholt. War wahrscheinlich nur eine Magenverstimmung.«

Ilse zerteilte mit einem langen Küchenmesser eine Blutwurst. »Von einer unserer letzten Säu'. Ich würd gern wissen, woran die Hausfrau erkrankt war. Hoffentlich nix Schlimmes.«

Lutz winkte ab. »Wenns was Ernstes g'wesen wär, wär se scho längst hie.«

»So darfste net reden«, rief Ilse. Ihre Augen schimmerten feucht und ihre Finger zitterten, als sie Elisabeth den Wurstzipfel in die Hand drückte.

»Was hast'n? Hat doch keiner g'sacht, dass du se mit dein'm Fraß vergiften wollst.«

»Pass auf, was aus dei'm dreckigen Maul kommt.«

»Vater vertauscht die Teller«, flüsterte Elisabeth.

Ilse sog die Luft scharf ein, ballte die Hand zur Faust. »Warum sollt' er das tun?«

»Weil er 'n Deif'l gesehen hat«, sagte Lutz geheimnisvoll.

»Was sagst du da?« Elisabeth erschrak.

»Hatta selber g'sacht. Ich hab's genau g'hört.« Lutz beugte sich vor. »Der wird langsam wahnsinnig, weil er die Suffillis hat.«

Genug. Gunde hatte die Krankheit als »Lues« bezeichnet. Gott soll sie geschickt haben, um die zu strafen, die unkeusch lebten. Elisabeth rannte in den Schuppen, wo sie von Mohrle maunzend begrüßt wurde. Der Kater stellte seinen Schwanz steil auf und rieb sich an ihren Beinen. Er war gewachsen, das eine Auge würde allerdings wohl für immer geschlossen bleiben. Die Pfote war verheilt und nur ein leichtes Hinken erinnerte an die einstige Verletzung. Eigentlich könnte sie die Katze bald in die Freiheit entlassen, doch die Gefahr war zu groß, dass Mohrle den Gräueltaten umherziehender Soldaten zum Opfer fallen könnte.

Fürs Erste legte sie den Brief in ihre Schatulle, zu denen ihrer Mutter. Nach kurzem Überlegen erschien es ihr zu gefährlich, nach Dörfles zu gehen. Das Erlebnis vor Coburgs Mauern reichte ihr, und außerdem hatte sie keine Ahnung, wo Hannes sich aufhielt.

Irgendwann würde sie lesen können – Hannes würde es ihr beibringen. Ilse und Lutz redeten zwar oft Unsinn, meist über belanglose Dinge, aber heute waren sie zu weit gegangen. Alles Lügen. Ihr Vater hatte kein Verhältnis mit anderen Frauen.

Auch Hannes schien ein rechtschaffener Mann zu sein und weckte in ihr einen Mischmasch an Gefühlen: Sehnsucht, Schmerz, Glückseligkeit. Sie seufzte. Was war geschehen? Warum ließ er sich nicht blicken?

Nach einer Weile verließ sie Mohrle und ging ins Haus zurück, wo die goldenen Knöpfe darauf warteten, angenäht zu werden. Aus der Küche drangen schrubbende Geräusche, und draußen auf der Herrngasse unterhielt sich Lutz angeregt mit einem Mann.

Auf Zehenspitzen stieg sie die Treppe hoch.

Auf dem Absatz des zweiten Stockwerks stutzte sie. Hinter Mathildes Schlafkammertür hörte sie verhaltene Stimmen, die sie dennoch sofort erkannte. Eine gehörte eindeutig dem Wolffrum. Was hatte der in Mathildes Kammer zu suchen? So eine Ungehörigkeit!

Was hatten die zwei miteinander zu mauscheln?

Der Drang zu lauschen wurde übermächtig. Obwohl sie weitergehen sollte, verharrte sie auf dem dunklen Treppenabsatz.

»Wage nicht, mir meinen Mann zu nehmen!«, schrie Mathilde plötzlich. »Das kannst du nicht machen!«

»Seit wann sträubst du dich, wenn es um deinen Vorteil geht? Gerade du, verehrte Mathilde, hast doch nie eine Gelegenheit ausgelassen, dich zu bereichern.«

Elisabeth erstarrte. Wolffrum redete Mathilde mit dem vertraulichen Du an.

»Du bist die Versuchung in Person«, sagte Wolffrum. Schritte näherten sich der Tür. »Ich sage nur: Schlange und Apfel.«

Der Mann redete irre. Die Schrittgeräusche erstarben.

»Was willst du von mir?«, fragte Mathilde.

»Das Gleiche, das du dem von Seckendorff gewährst.«

»Woher weißt du davon?«

»Es wird alles ans Licht kommen.« Ein Stuhl wurde verschoben. »Schämst du dich nicht? Der Mann beschläft auch deine Tochter.«

»Wie bitte?«

»Er hat sie geschwängert, und du einfältiges Weib glaubst, der geile Bock sähe in dir mehr als nur eine Geldquelle?«

»Hör auf, mich zu quälen, Peter«, sagte Mathilde so leise, dass Elisabeth ihre Worte kaum hörte. Ihre Gedanken wirbelten durcheinander. Wovon redete Wolffrum? Beschlafen? Was meinte sie damit? Doch nicht etwa …?

»Los, zier dich nicht so.«

»Ich kann nicht.«

»Dann wird es Zeit, dass dein argloser Ehemann die Wahrheit über dich erfährt.«

»Du hast ihm die Sache mit dem Teufel eingeredet, das reicht.«

Erneutes Stühlerücken. Hoffentlich fügte er Mathilde kein Leid zu. Elisabeth beugte sich vor, um besser lauschen zu können.

»Warum so abweisend?«, sagte Wolffrum. »Du willst es doch auch.«

Plötzlich herrschte Ruhe, und Elisabeth löste sich von ihrem Horchposten. Auf dem Weg nach oben hielt sie erneut inne.

In Mathildes Schlafkammer knarzte das Bett – erst langsam, dann immer schneller. Unterdrücktes Stöhnen, Keuchen, ein Quiekser, dann: »O Peter«.

Elisabeth hatte genug gehört. Sie flüchtete in ihre Kammer und schloss alles Böse der Welt aus.

40 Elisabeth

FÜNF TAGE NACH dem gescheiterten Ausfall der beiden Festungskommandanten hielt Elisabeth die Ungewissheit nicht länger aus. Weder Hannes noch Karl waren seither aufgetaucht.

Matsch bedeckte die Gassen, und der Frühling zögerte, in die besetzte Stadt Einzug zu halten und so die Leiden der Bevölkerung zu mildern. Brennholz wurde knapp, und nur wenige Mutige wie Lutz trauten sich hinaus, um welches zu sammeln.

Um einen Vorwand für ihren Ausflug zu haben, hatte Elisabeth Hans' Brief in ihre Jackentasche gesteckt. Sollte sie auf Kaiserliche stoßen, würde sie eine gebückte Haltung einnehmen, obwohl ein fortgeschrittenes Alter keinen Schutz bot, wie man an den ermordeten Hebammen Ottilia und Gunde gesehen hatte.

Mit Großvaters Gehstock bewaffnet und ihre Kapuze tief ins Gesicht gezogen, schritt sie auf das Hahntor zu. Von den Kaiserlichen zeigte sich kaum einer, denn die meisten waren oben an der Burg. Lamboy hatte zum finalen Akt geblasen und sie von allen Seiten eingeschlossen.

Ein Ochsenkarren holperte durch das Tor aus der Stadt – eine günstige Gelegenheit. Um den Eindruck zu erwecken, dass sie zu dem Fuhrwerk gehörte, folgte sie ihm so dicht wie möglich. Die Rechnung ging auf, ohne Aufhebens durfte sie passieren.

Das Wasserrad der Hahnmühle plätscherte unermüdlich, untermalt vom Schlagen des Schmiedehammers. Drei Soldaten lungerten davor herum, schenkten ihr aber keine Beachtung. Ermutigt schritt Elisabeth schneller aus, überholte den Ochsenkarren und winkte dem Führer des Gespanns zum Abschied zu.

Vor der Rosenauer Burg waren zwei Wachen ins Würfelspiel vertieft. Heute schien ihr das Glück hold zu sein. Oder die Kaiserlichen hielten sich an die Anweisung, die Mägde in Frieden zu lassen, nachdem genug Missetäter bestraft worden waren.

Nach Dörfles war es ein gutes Stück zu laufen. Da sie hier draußen für jeden Soldaten Freiwild war, wollte sie die Strecke so schnell wie möglich hinter sich bringen. Allmählich weichten ihre Schuhe im Matsch auf. Dessen ungeachtet marschierte sie zügig und hing dabei ihren Gedanken nach.

Sollte sie ihrem Vater die Ungeheuerlichkeit berichten, dass die Frau Mutter mit dem Geheimrat Dr. Wolffrum in seinem Haus die Schlafstatt geteilt hatte? Und was bezweckte er mit dem Vertauschen der Teller? Misstraute er den Speisen? Und warum besserte sich sein Gesundheitszustand immer dann, wenn er auswärts aß? Zu viele Fragen, die unbeantwortet blieben.

Oder gab es doch eine Antwort?

War Mathilde krank geworden, weil Vater die Teller vertauscht hatte?

Endlich ragten vor ihr die sieben Höfe von Dörfles auf. In welchem der Häuser hatte Hannes Quartier bezogen?

Sicherlich im größten und schönsten, wie es sich für Offiziere ziemte. Unzählige Pferdehufe hatten den Vorhof in einen Schlammacker verwandelt. Im Stall schnaubte ein Pferd, ein zweites scharrte mit den Hufen, aber keine Menschenseele weit und breit.

Hinter einem Fenster im oberen Stockwerk eines Bauernhauses tauchte Hannes auf. Als er sie erblickte, huschte ein ungläubiges Lächeln über sein Gesicht.

Er verschwand und öffnete gleich darauf die Tür: »Elisabeth!«

Strahlend und mit ausgebreiteten Armen lief er auf sie zu. Da sie nun wusste, dass sie willkommen war, wollte sie für immer bei ihm bleiben, nie mehr zurück – höchstens, um das Mohrle zu holen. Sie sprang ihm entgegen und er zog sie ins Haus, wo er sie innig umarmte.

»Ich bin so froh, dass du am Leben bist«, sagte sie, wobei ihr das vertrauliche Du wie von selbst über die Lippen glitt.

»Hast du daran gezweifelt?«, erwiderte er, ohne zu zögern. »Was machst du allein hier in Dörfles?« Er löste seine Umarmung und sah sie mit ernster Miene an.

»Ich wollte wissen, wie es dir geht. Du hast lange nichts von dir hören lassen.«

»Stimmt, ich hatte zu tun. Tut mir leid. Es ist schwer, dir eine Nachricht zukommen zu lassen, ohne dass dein Vater etwas davon erfährt.« Er fasste sie an der Hand und führte sie die Stiege hoch. Vor einer Kammertür hielt er an. »Erschrecke nicht.«

Sie ahnte, dass etwas nicht stimmte. »Ist was mit Karl?«
»Er liegt im Sterben.«
»Im Sterben? Um Gottes willen! Was ist geschehen?«
»Beim Umrunden der Veste hat ihn eine Kugel erwischt.«
Um Gottes willen. Vorsichtig trat sie ein. Stickige Luft schlug ihr entgegen, eine Diele knarrte unangenehm laut. In

dem einfachen Zimmer lag Karl bewegungslos in einem Kastenbett. Rötliche Bartstoppeln hoben sich von seiner weißen Haut ab, verliehen seinem eingefallenen Gesicht ein gespenstisches Aussehen. Sie setzte sich auf die Bettkante.

»Es ist alles meine Schuld, weil ich so ein sturer Esel war«, wisperte Hannes.

»Ist er wegen dir um die Burg geritten?«

»Nein, wir hatten Befehl dazu. Nichts wäre passiert, hätte der Zehm nicht gerade zum selben Zeitpunkt einen Ausfall gemacht.«

»Wieso ist es dann deine Schuld?«

»Weil ... weil ...« Hannes wedelte mit den Händen. Es fiel ihm sichtlich schwer, darüber zu sprechen. »Weil er wegen mir nach Coburg ist. Ursprünglich wollte er nicht, entschied sich aber anders, um mich zu beschützen.«

Karls Worte fielen ihr ein, wonach ein wahrer Freund eine Bitte abschlagen sollte, wenn es nötig war. Dass Hannes etwas zu quälen schien, äußerte sich in seinem Tonfall, seiner Mimik und dem Händeringen. Er setzte sich auf einen Scherenstuhl und ließ den Kopf hängen.

Sollte sie ihm seine Selbstvorwürfe ausreden? Er fühlte sich für das Geschehene verantwortlich, obwohl sie keine Mitschuld erkennen konnte.

»Vertraue auf Gott«, sagte sie mit fester Stimme. »Schließlich betet ihr Katholiken zu demselben wie wir.«

»Richtig. Es gibt nur einen, bloß verschiedene Gebetsbücher.« Er lachte trocken. »Das sind Karls Worte. Er beschäftigt sich mit solchen Weisheiten, während ich Bäume zähle und Eicheln verkaufe.«

Karls blutleere Lippen bewegten sich. Sofort beugte sie sich vor, hoffte, er würde sie erkennen und zu ihr sprechen. Sie fasste seine Hand, hielt sie fest umschlossen und betete im Stillen.

»Ich bin hergekommen, um meine Familie zu rächen. Auge um Auge, Zahn um Zahn«, sagte Hannes tonlos.

Sie erschrak. »Rache? An wem um Himmels willen, und warum?«

»Oberst Taupadel ist mit seinen Söldnern in meine Heimat eingefallen. Sie brandschatzten, plünderten und mordeten, haben wie Bestien unter uns gewütet.« Seine Stimme wurde mit jedem Wort kräftiger.

»Und die Kaiserlichen tun das nicht?«

Er schien ihren Einwand nicht zu hören. »Sie haben meine Schwester bestialisch ermordet und uns das Dach über dem Kopf angezündet. Alle Frauen wurden vergewaltigt, die Kinder grausam zu Tode gequält. Und das alles im Namen des Herrn. Und nun haben sie meinen besten Freund erschossen. Ich frage dich: Ist das gerecht?«

»Ist es gerecht, dass *wir* leiden müssen? Ich habe dir nichts getan, und die Ilse und der Lutz auch nicht.«

»Du? Nein, du hast damit nichts zu tun.« Er machte eine Geste der Hilflosigkeit.

»Was passiert ist, ist schlimm, aber predigt Christus nicht, dass man seinen Feinden vergeben soll? Schlägt dich einer auf die Wange, halte ihm die andere hin. Nur so kann man heutzutage überleben.«

Hannes Blick wanderte hin und her. Offenbar kämpfte er mit diesem Widerspruch, was ihr Hoffnung gab, dass seine Seele noch zu retten war. »Ich kann dir nicht helfen, Hannes. Du musst selbst den Weg des Vergebens finden. Ich wünschte, dich hätte ein anderer Grund nach Coburg geführt.«

»Ich auch.«

Traurig strich sie mit ihrem Daumen über Karls heißen Handrücken. Hannes' Seelenheil war wichtig, doch Karl bedurfte dringender ihrer Hilfe.

»Wo ist er verwundet?«

»In der Brust. Die Kugel ist an einer Rippe stecken geblieben. Sie ist gebrochen und könnte die Lunge verletzen, sagt der Feldscher. Zudem hat ihn das Fieber gepackt. Das ist im Augenblick meine größte Sorge.«

Sie legte die Hand auf Karls Stirn – ebenfalls heiß. »Wir müssen ihn kühlen, um das Fieber zu senken, verstehst du?«

»Ich bin kein Medikus.«

»Ich auch nicht, aber früher habe ich die Gunde oft begleitet. Meine Mutter kannte sich ebenfalls in der Kunst des Heilens aus«, erwiderte sie stockend.

»Wahrscheinlich war es deshalb so leicht, sie als Hexe zu verunglimpfen«, ergänzte Hannes.

»Schade, dass Gunde tot ist. Sie hätte bestimmt Rat gewusst. Mein kleiner Bruder ist am Fieber gestorben, trotz aller Versuche, ihn zu retten. Er hatte eine böse Entzündung im Bauch. Gunde sagte, seine Eingeweide wären geplatzt, da hätte nichts mehr geholfen. Der Medikus hat ihn noch zur Ader gelassen, doch alle Mühe war vergebens. Einen unfähigen Quacksalber nannte Gunde ihn. Zumindest hatte sie bei Hans mehr Glück, als der sich einen Hufnagel in den Fuß getreten hatte.«

Hannes blinzelte sie verzweifelt an. Sie sollte ihren Worten Taten folgen lassen. »Bring kaltes Wasser und einen Lappen. Damit musst du ihn abreiben. Wir brauchen außerdem Minze, die belebt die Lebensgeister.« Sie schlug die Decke zurück. Auf Karls Brust lag ein mit Blut und Eiter durchtränkter Stofffetzen, den sie herunterzog. »Und Kamille und Schafgarbe. Du meine Güte, dein Feldscher hat ihn wohl bereits aufgegeben?«

»Wo soll ich all die Kräuter um diese Jahreszeit auftreiben?«

»Gunde hatte jede Menge davon, auch Pilze und andere Heilmittel. Fragt nach einem Kräuterweib.«

»Ich werde eines finden. Bin ich froh, dass du gekommen bist. Ich hole gleich Karls Adjutanten, damit er dir hilft.«

Eine lang vermisste Kraft durchströmte ihren Körper. Sie war nicht nur willkommen, sie wurde gebraucht. Hannes war hinausgeeilt, seine Stimme dröhnte durchs Haus. Als sie die eitrige Wunde untersuchte, bewegte sich Karl, ohne zu erwachen.

Seit dem Tode ihrer Mutter hatte sie keine Gelegenheit gehabt, ihr Wissen über die Heilkunst zu mehren, doch jetzt sickerten deren Lehren in ihr Bewusstsein zurück. Zu wenig, um Krankheiten erfolgreich behandeln zu können, aber hoffentlich genug, um Karl dem Tod zu entreißen.

Der stöhnte, warf seinen Kopf hin und her, seine Lippen zitterten. Ein Soldat brachte eine Schüssel mit kaltem Wasser, dazu Tücher, die sie genau auf Schmutz untersuchte. Nur eines entsprach ihrer Vorstellung von Sauberkeit. Sie behielt es in der Hand, die anderen gab sie zurück.

»Lass die Lappen und die Laken abkochen. Er braucht ein frisches Bett und muss mit kalten Wickeln gekühlt werden. Gib acht, dass nichts davon an die Wunde gelangt.«

Hannes kehrte zurück, in den Händen einen Korb mit den gewünschten Sachen. Nachdem sie Karl kalt abgewaschen hatten, schlief er ruhig, die leichenhafte Blässe wich allmählich aus seinem Gesicht.

Hannes warf einen benutzten Lappen in einen Holzeimer und beauftragte einen Knecht, ihn sofort zu waschen und abzukochen. »Gut, wir werden Karl weiterhin kühlen und mehr auf Reinlichkeit achten. Ich schäme mich, dass mir das nicht selbst eingefallen ist. Ich hatte ihn im Geiste schon aufgegeben. Kannst du morgen wieder herkommen? Ich bringe dich heim und hole dich ab, falls du einverstanden bist.«

»Gerne.«

»Musst du deine Leute um Erlaubnis fragen?«
»Nein. Eventuell werde ich Lutz und Ilse Bescheid geben, sonst niemandem.«
»Sie werden sich bestimmt schon um dich sorgen.«

41 Andreas

MIT HALB GESCHLOSSENEN Augen hörte Andreas den Ausführungen Breithaupts zu, der einen Bericht kommentierte, wie viele verstorben seien und wie viele in ihrer Not versucht hätten, in die Stadt zu gelangen. Das ging so weit, dass einige Dörfer nur von Feinden bewohnt wurden. Der Zuzug von Pfarrern hatte aufgehört. Wer es bis jetzt nicht geschafft hatte, galt als tot.

»Hunger und Verwüstung herrschen in der Pflege. Die Teiche sind abgefischt, die Kornspeicher geplündert, die Viehställe leer.«

Als ob das etwas Neues wäre. Der Rathaussaal war prall gefüllt mit Räten, Kanzlern und Bürgermeistern. In schweren Zeiten wie diesen gierten sie nach Neuigkeiten wie Motten nach dem Licht. Es gab sogar verdünntes Dünnbier. Mangels Tabaks blieb die Luft klar – wenigstens etwas Gutes.

»Wir müssen die Stadttore geschlossen halten, damit die Hungerleider nicht über uns herfallen und uns die letzten

Haare vom Kopf fressen«, sagte Langer wie immer schneidig, wenn es nicht ans eigene Leder ging.

»Bei dir ham se damit wohl scho ang'fang'?«, knurrte der Tuchmeister und fuhr sich mit den Fingern durch den dichten Schopf.

»Wenigstens bleibe ich dadurch von Läusen verschont – im Gegensatz zu manch anderen Herren«, gab Langer erbost zurück.

»Es geht um die Lage Coburgs, meine Herren, und nicht um den Zustand eurer Kopfbehaarung«, sagte Breithaupt spitz. Zustimmendes Gemurmel regte sich.

»Die, die da kommen, sind keine gemeinen Bettler, sondern zumeist Kinder, deren Eltern verstorben sind oder sie zurücklassen mussten, aus welchen Gründen auch immer«, sagte der Pfarrer, der uneingeladen hinzugekommen war und den sich niemand traute wegzuschicken. Es fehlte nur noch der Archidiakonus, dachte Andreas, der bei ihm zu Hause bestimmt wieder die Reste wegfraß.

»Sie dürfen unter keinen Umständen hereingelassen werden. Wir haben selbst nichts zu essen«, bekräftigte Flemmer.

»Das ist wahr. Die können woanders hin, während wir verdammt sind, hinter unseren Stadtmauern zu bleiben.«

Andreas hasste Entscheidungen dieser Art. Er wollte nicht in der Haut der Wächter stecken, die den dürren Kindern mit ihren großen Kulleraugen den Einlass in die Stadt verwehren mussten. »Sollten wir uns nicht barmherzig zeigen?«, fragte er. Einer musste schließlich Gott ins Spiel bringen, wenn es sogar der Pfarrer versäumte.

»Es wäre angebrachter, gottesfürchtig zu sein«, sagte Dr. Wolffrum streng, der als Vertreter des herzoglichen Rats anwesend war. Seine lodernden Kohleaugen ruhten auf Andreas' Brust.

Irritiert wischte sich Andreas über die Stelle. Er richtete sich auf, verschränkte die Arme. »Ist etwas mit meiner Brust?«, fragte er gereizt.

»Wie ich sehe, geht es Euch besser, sehr erfreulich«, sagte Dr. Wolffrum und kratzte sich unter dem Auge.«

Andreas glaubte ihm kein Wort. Dieser scheinheilige Eiferer suchte den Teufel an der falschen Stelle. Am Ende wohnte Satanas gar nicht unter Andreas' Dach, sondern saß ihm direkt gegenüber.

Seit er sich besser fühlte, hatte er sich verändert. Er sah heute manche Dinge deutlicher, die er zuvor nicht erkannt oder als unwichtig abgetan hatte. Ein Gedanke nahm Gestalt an. »Das Beste wäre, wir könnten den Belagerungszustand so schnell wie möglich beenden.«

»Herr Bachenschwanz, so dürft Ihr nicht reden. Es ist Eure Pflicht, den Herzog zu unterstützen und dem Feind die Stirn zu bieten«, sagte Wolffrum mit sanfter Stimme.

»Natürlich bin ich unserem Herzog treu ergeben«, rief Andreas geschwind. »Während er in Eisenach in Sicherheit ist, unterstützen wir ihn, indem wir die Veste verteidigen. Dafür lassen wir sogar unsere Stadt vor die Hunde gehen.«

Erwartungsgemäß schlug die Stimmung um. Jeder hatte etwas dazu zu sagen, brachte neue Argumente vor und suchte seinen Vorredner zu übertrumpfen. Einzig Andreas blieb gelassen sitzen, ließ sie debattieren und starrte in Wolffrums Fratze.

»Gib mir Elisabeth, dann lasse ich dich in Ruhe«, hatte Wolffrum gesagt – oder war es der Teufel gewesen? Vielleicht hatte Andreas es sich nur eingebildet. Er sprang auf, und als er zu Wolffrum blickte, war dessen Stuhl leer.

Zurück in der sicheren Wohnstube studierte Andreas die Lutherbibel. Auf dem Tisch dampfte ein Kräutersud, den Ilse für ihn zubereitet hatte. Trotz des bitteren Geschmacks mochte er ihn, fühlte sich danach gestärkt und entspannt. Lustlos blätterte er durch die Seiten, suchte nach Zeichnungen, die den Teufel darstellten.

Mathilde kam mit einem Trunk herein. »Mögt Ihr Euer Glas Milch? Es ist kaum welche übrig. Wo soll das alles hinführen?«

»In Hunger und Tod. Trinkt sie selbst, ich halte mich lieber an dieses Gebräu hier.«

Unschlüssig blieb sie stehen. »Eigentlich hätte Elisabeth Milch holen sollen, aber die ist außer Haus.«

»So? Wo ist sie denn hin?«

Mathilde hob und senkte ihre knochigen Schultern. »Keine Ahnung. Bringt sie endlich unter die Haube – und meine unglückselige Käte gleich mit. Sie liegt den ganzen Tag herum und redet vom Sterben.«

»Der Wolffrum kriegt meine Elisabeth nicht, und der Gauer hätte Käte sofort haben können, aber der will das Ende der Besatzung abwarten.«

Sie winkte ab. »Oder bis er tot umfällt. Dann freut sich sein Sohn über das Erbe, und Käte geht leer aus.«

»Sie kann ja den Freier nehmen, der sie entehrt hat.«

Mathilde schwankte leicht und ergriff die Stuhllehne. »Er ist droben in der Veste. Deshalb kann er sie nicht heiraten«, sagte sie tonlos.

»Wie bitte?« Ein Blitz der Erkenntnis durchfuhr ihn: Sie meinte von Seckendorff.

»Der Hurenbock hat feige den Schwanz eingezogen und sich aus dem Staub gemacht.«

»Mäßigt Euch, Frau.«

Eine Träne rollte über ihre Wange. »Ich wünschte, er würde verrecken.«

»Weil er Eure Tochter entehrt hat?«

Sie wandte sich ab. Keine Antwort war auch eine. Da

musste noch mehr dahinterstecken. »Raus mit der Sprache, Weib!«, forderte er.

»Schreit mich nicht an, ich bin nicht taub.« Sie ging Richtung Tür.

»Ihr werdet doch nicht das Ehegelübde gebrochen haben?« Das Blut rauschte in seinem Kopf, ansonsten fühlte er nichts, sah ihren verängstigten Gesichtsausdruck. Er schlug zu.

Mathilde heulte auf, hielt sich die Wange, die knallrot anlief. »Wo denkt Ihr hin? Niemals würde ich so etwas tun. Nie! Ich weine, weil er meine Tochter ins Unglück gestürzt hat.«

Er schüttelte sie. »Seit wann seid Ihr daran interessiert, was Eure Tochter treibt? Sagt endlich die Wahrheit!«

Mathilde schrie auf, versuchte, sich loszureißen. »Ihr tut mir weh! Wie konnte ich nur in diese Ehe einwilligen?«

»Ist das der Dank, eine Witwe geehelicht zu haben? Wenn man bedenkt, welche Vorteile Ihr durch meinen Tod hättet!«

»Wie … wie kommt Ihr denn darauf? Ich habe keinerlei Interesse an Eurem Ableben«, stotterte sie atemlos.

»Wirklich? Seid Ihr eine Giftmischerin? Ja oder Nein?«

»Ich? Eine Giftmischerin?«, schrie sie. »Lasst mich los, Ihr seid vollkommen wahnsinnig geworden! Aber wenn Ihr es genau wissen wollt: Ja, ich liebe diesen Mann. Ludwig ist ein Kavalier, nicht so ein Tölpel wie ihr. Keine Angst, es ist nichts geschehen, das Euch beunruhigen könnte. Ich wünschte mir fast, es wäre so gewesen, um Euch zu zeigen, dass Ihr nicht der Mittelpunkt der Welt seid.«

Sie riss sich los, stürmte heulend aus dem Raum. Schwer schnaufend ließ sich Andreas auf seinen Lieblingsstuhl fallen. Schwindel erfasste ihn. Das Mobiliar fing an zu tanzen, und er sackte in sich zusammen.

Als er erwachte, lag er in seinem Bett. Die Sonne schien durchs Fenster. Mathilde lächelte ihn an, als wäre nichts geschehen. Hatte er das alles geträumt?

»Dr. Messner ist da, mein Liebster. Ich ziehe mich jetzt zurück.«

Schweiß brach ihm aus. Wurde er irre?

Dr. Messner blickte ihn prüfend an. »Eure Magenbeschwerden haben erfreulicherweise nachgelassen.«

Die Nase zerklüftet wie ein Blumenkohl, die Augen lodernd, den Finger drohend erhoben, näherte er sich Andreas.

Andreas wollte aufschreien.

»Eure Pupillen sind stark vergrößert«, sagte der Arzt mit hohler Stimme. »Merkwürdig.«

»Meine Pupillen sind in Ordnung. Schmiert Euch lieber eine Paste auf Euren pickeligen Riechkolben. Das Ding sieht ekelhaft aus.«

Dr. Messners Hand strich sich über das besagte Organ. »Kein Grund, gleich beleidigend zu werden.«

»Schaut es Euch im Spiegel an.« Zufrieden lehnte sich Andreas zurück. »Warum seid Ihr hier? Ich habe Euch nicht rufen lassen.«

»Ihr nicht, aber Eure besorgte Frau Gemahlin. Ihr fallt dem Wahnsinn anheim. Zieht Euch aus, ich möchte Euren Genitalbereich begutachten.«

»Da gibt es nichts zu begutachten. Unverschämtheit.«

»Die Lues führt bekanntlich dazu.«

»Wollt Ihr mir unterstellen, ich hätte rumgehurt? Nein, da unten stimmt alles!«, schrie Andreas völlig außer sich. Zuerst diese ominöse Magenerkrankung und nun sollte er Syphilis haben. Absoluter Schwachsinn!

»Es könnte auch die Leber sein. Wenn sie schrumpft, stellen sich ebenfalls Wahnvorstellungen ein.«

Andreas fasste sich an die Stelle seines Körpers, wo er das Organ vermutete, während sein Puls in den Ohren pochte. »Und wieso die Leber?«

»Zu viel Wein oder gar Branntwein. Die Leber verhärtet sich, erinnert optisch an einen Streuselkuchen, und der Betroffene sieht Gespenster und stirbt in geistiger Umnachtung.«

»Habt Ihr jemals eine geschrumpelte Leber gesehen?«

Messner errötete bis unter die Haarwurzeln. »Nein«, sagte er steif. »Nur gezeichnet. Die Kirche verbietet diesbezügliche Forschungen.«

»Die werden wissen, warum. Meiner Leber geht es bestens, merkt Euch das.«

»Ich könnte Euch aufschneiden und es überprüfen. Ihr würdet in den Diensten der Wissenschaft sterben.«

Andreas stutzte, starrte Dr. Messner an. Sprießten dort nicht Hörnchen aus dem schütteren Haaransatz? Satan konnte in vielerlei Gestalt auftreten.

»Hinaus! Hinaus mit Euch!«, rief er, sprang auf, packte den verdutzten Arzt an der Jacke und stieß ihn in den Flur.

Schwer atmend blieb er an der Tür stehen. Das war noch einmal gut gegangen. Schweiß trat ihm auf die Stirn, es wurde unerträglich heiß im Raum. Brannte irgendwo ein Feuer? Verzweifelt drehte er sich um die eigene Achse: keine Flammen, kein Rauch. Er floh aus der Schlafkammer, musste unbedingt mit Wolffrum über den Teufel in seinem Haus sprechen.

Auf dem Treppenabsatz rannte er in Ilse.

»Oh, der Herr. Geht's Euch besser?«, fragte sie.

Ilse sah aus wie immer: wuscheliges Haar, Pausbacken trotz Hungersnot. Ob sie heimlich etwas von seinem Essen stahl? Er straffte sich, wischte sich über den Mund. »Ich gehe aus. Sag Elisabeth, sie soll mir ein Bad anrichten, wenn ich zurückkomme.«

»Die is net da«, erwiderte Ilse bedeutsam.

Andreas erinnerte sich, dass seine Gattin dies erwähnt hatte. »Wo ist sie?«

»Bei dem Kaiserlichen in Dörfles – wie jeden Tag. Also der wär wirklich a guter Freier.«

»Was sagst du da? Ich habe ihr ausdrücklich verboten, die Stadt zu verlassen. Bin ich eigentlich noch Herr in meinem Haus, oder macht hier seit Neuestem jeder, was er will?«

»Ich ... ich dacht, Ihr wüsstet davon? Des Kind is so glücklich, lasst se doch.«

Zu viel, zu viel. Er stolperte die Treppen hinunter. Hatten ihn alle gute Geister verlassen?

42 Hannes

ES GRENZTE AN ein Wunder. Karl saß blass im Bett, gestützt von mehreren Kissen, war völlig ausgelaugt, aber am Leben. Mit schweißnassen Haaren und eingefallenen Wangen verfolgte er jede Bewegung von Elisabeth, die Lappen und eine Schüssel mit Kräutersud wegräumte. Sie hatten ihn gewaschen, Stroh und Decken gewechselt und dabei unzählige Gebete gen Himmel geschickt.

Erschöpft und mit schmerzendem Kreuz saß Hannes auf einem Scherenstuhl. Die schlaflose Nacht hatte ihn Kraft gekostet. Elisabeth war bei ihm geblieben, und gemeinsam hatten sie um Karls Leben gekämpft, bis endlich das Fieber gesunken war und er beim ersten Morgenlicht die Augen aufgeschlagen hatte.

Mühsam erhob Hannes sich und schlurfte auf Karl zu, während Elisabeth die restlichen Kräuter in ein Tuch einschlug. Schwarze Schatten um ihre Augen zeugten von ihrer Entkräftung, und eine Welle unendlicher Dankbarkeit durchflutete ihn. Welch bewundernswerte Frau.

»Er ist über den Berg«, sagte sie matt. »Da bin ich mir sicher.«

»Du bist eine gute Heilerin.«

»Ich wünschte, ich hätte mir mehr von Gundes Wissen und dem meiner Mutter angeeignet.«

Er setzte sich zu Karl ans Bett und legte ihm die Hand auf die Schulter, die sich kühl anfühlte. Der Geruch von Schafgarbe und Kamille umgab den Freund. Von draußen fiel ein Sonnenstrahl herein und mit ihm keimte neue Hoffnung auf. Karl stand erst am Anfang einer langen Genesung und ein Rückfall könnte all ihre Bemühungen zunichtemachen. Zu oft hatte Hannes dies erlebt, um sich falschen Vorstellungen hinzugeben. Im Moment bevorzugte er jedoch, an einen Erfolg zu glauben.

Karls Mundwinkel deuteten ein Lächeln an. »Du hast mir ... das Leben gerettet«, krächzte er mit schwerer Zunge.

»Nein, ihr beide.«

»Sprich nicht. Schone deine Kräfte.« Elisabeth legte ihre Finger auf seinen Mund. »Verzeiht. Schont Eure Kräfte, Hochwohlgeboren.«

»Mein Name ist – Karl. Bitte ... Wie lange ...?«

»Sieben Tage«, antwortete Hannes.

Karl schloss die Augen, seine Lippen zuckten.

»Lass ihm eine Brühe zubereiten«, sagte Elisabeth. »Man soll ein Huhn kochen und möglichst ein Ei reinschlagen. Meinst du, es gibt noch welche?«

»Gute Frage.« Es war schon eine Weile her, dass Hannes Federvieh gesehen hatte.

»Wir haben eines, aber das hütet Ilse wie ihren Augapfel. Sie würde mich eher umbringen, als es herzugeben.«

»Wir könnten es requirieren.«

»Welche Art von Zubereitung ist das?«

Hannes unterdrückte ein Lächeln, da er Elisabeth nicht verletzen wollte. »Ich meinte, beschlagnahmen.«

Ihr ablehnender Gesichtsausdruck war unmissverständlich. Er straffte seine Schultern. Wenn Karl eine Hühnersuppe zur Stärkung brauchte, würde er eine bekommen. »Warum nicht? Ist doch egal, wem ich es wegnehme. Für deinen Vater bin ich allemal nur ein böser Feind und danach eben ein feindlicher Hühnerdieb.«

»Ach, Hannes, mein Vater ist geistig verwirrt. Mit ihm kann derzeit niemand vernünftig reden.«

»Gift«, presste Karl mühsam hervor.

»Sprich nicht, du sollst dich ausruhen«, sagte Hannes, und zu Elisabeth: »Verzeih, Karl vermutet gern das Schlechte in einem Menschen.«

Eine tiefe Falte teilte ihre Augenbrauen. »Er könnte recht haben. Es sieht aus, als versuchte jemand, ihn zu vergiften. Womöglich dieselbe Person, die meine Mutter auf dem Gewissen hat.« Ungewohnter Zorn vibrierte in ihrer Stimme, die schärfer und heller klang als sonst. »Jahrelang ließen sie mich in dem Glauben, dass ihre Seele durchs Feuer gereinigt worden sei und dass der, der sie anschwärzte, es gut mit ihr gemeint habe. Doch jetzt kann ich mich des Verdachts nicht erwehren, dass sie keine Hexe war und jemand sie loswerden wollte. Ilse verdächtigt Mathilde. Wie soll ich ihr in Zukunft gegenübertreten?«

Hannes konnte sich kaum an die Frau des Hauses erinnern und versuchte, sich ihr Aussehen zu vergegenwärtigen. »Was hätte sie davon gehabt?«

»Meinen Vater.«

»Sinnst du auf Rache?«

Sie überlegte lange, rieb dabei Karls Hände, dessen Augen unter halb geschlossenen Lidern glänzten. »Nein. Für ihre Gier und ihren Hass ist sie eher zu bedauern. Ich möchte ruhig schlafen können und mein Gewissen nicht mit einer Toten belasten.«

»Mehr ...«, stammelte Karl. »Sie hat mehr ... als nur einen Toten auf dem Gewissen.«

»Wie meinst du das?«, fragte Hannes.

»Suche nach einem Motiv ... und du hast den Täter.«

Seine Lider schlossen sich.

»Lass ihn schlafen«, sagte Elisabeth. »Mathilde hat bekommen, was sie wollte.«

»Anscheinend nicht genug«, murmelte Karl. »Erst ihr Ehemann ... und dann du.«

Je mehr Hannes darüber nachdachte, umso stärker wuchs seine Angst um Elisabeth. »Was für ein heimtückischer Plan. Sie vergiftet ihren Gatten, um an das Erbe zu gelangen. Würde dir ein Anteil zustehen?«

»Von meiner Mutter habe ich jedenfalls nichts geerbt.«

»Und was haben die Morde an den Hebammen mit alldem zu tun?«

Elisabeth streichelte Karls Hand. »Wir reden später darüber. Ich werde Ilse fragen. Die weiß bestimmt mehr.«

»Willst du wirklich in dieses Haus zurück?«

»Wohin sonst?«

Er sollte sie fragen, ob sie für immer bei ihm bleiben würde, doch dazu fehlte ihm der Schneid. Durfte er bei sich zu Hause mit einer Lutherischen auftauchen – quasi als Kriegsbeute? Er nahm sich vor, um ihre Hand anzuhalten, wenn bessere Zeiten anstanden. Warum in ihr Hoffnungen wecken, wenn er am Ende womöglich bei der Durchführung seines Vorhabens das Zeitliche segnete?

»Zu mir nach Amberg – wenn alles vorbei ist«, antwortete er laut und erschrak. Zu spät. Sein Mund hatte sich verselbstständigt und seinen Herzenswunsch ausgesprochen. »Als meine Ehefrau«, fügte er schnell hinzu. »Falls du mich willst. Wie du weißt, bin ich nur ein Förster.«

Ihre Augen weiteten sich. Sie flog auf ihn zu und umarmte ihn. »Ja, von Herzen gern.«

Gesagt war gesagt. Außerdem war es nötig, sie möglichst schnell aus diesem Mörderhaus zu holen. Lamboy hatte verkünden lassen, die Veste würde in zwei Wochen fallen. Ein guter Zeitpunkt, um reinen Tisch zu machen.

Sein Mund suchte den ihren. Warm und weich besiegelten seine Lippen den Pakt. Seine Männlichkeit rührte sich, was sie bemerkt haben musste, denn sie stutzte kurz.

»Tut mir leid, das ist nun mal so, wenn man verliebt ist.«

Sie schmunzelte. »Ich bin zwar noch Jungfrau, aber nicht in einem Kloster aufgewachsen. Bring mich nach Hause und versuche danach, ein Huhn aufzutreiben.«

43 Andreas

W OLFFRUMS H AUS IN der Ketschengasse wirkte dunkel und abweisend. Andreas erreichte es völlig außer Atem und tropfnass. Feine Regenfäden fielen dicht wie ein Vorhang vom

Himmel. Er war die nasskalte Jahreszeit leid und sehnte sich nach dem Grün der Sommermonate. Pferdemist weichte in Pfützen auf, die Gasse stank nach Kot und Abfällen, aber der Regen würde den Unrat in die dafür vorgesehenen Rinnen spülen und über die Itz zu den flussabwärts liegenden Dörfern schicken. Heute konnte Andreas beim besten Willen nichts Schönes in Coburg entdecken. Es war, als hätte sich sogar der Himmel von der belagerten Stadt abgewandt.

Die schwarze Tür von Wolffrums Haus verlieh dem Türklopfer einen bedrohlichen Glanz. Ein Bronzelöwe mit schwerem Ring im Maul starrte Andreas feindselig an. Seine Hand stockte.

Tu's nicht. Sie ist ein unschuldiges Kind. Das war Agnes' Stimme. Verwirrt blickte er sich um – niemand da. »Nein!«, rief er laut. »Zeit, dem Spuk ein Ende zu bereiten.« Die Stimme schwieg, und außer dem aufgeregten Pochen seines Herzens war nichts zu hören.

Laut dröhnte sein Klopfen durch die Gasse. Unwillkürlich zog er den Kopf ein, ganz Coburg musste es gehört haben.

Wolffrums Diener öffnete einen Spalt. Ohne eine Miene zu verziehen, musterte er den Besucher mit einer Gleichgültigkeit, die ihn erschreckte. »Ihr wünscht?«

Andreas suchte im Gedächtnis vergebens nach dem Namen des Mannes, den er aufsuchen wollte. Nichts. In seinem Oberstübchen herrschte gähnende Leere. Endlich lösten sich die Worte aus den Nebeln seiner Hirnwindungen. »Den Herrn Geheimrat wünsche ich zu sprechen – dringendst.«

»Wen darf ich melden?«

Der Mann musste ein Auswärtiger sein, vermutlich der Hölle entfahren, sonst hätte er ihn erkannt. »Andreas Bachenschwanz, ich bin Bürgermeister der Stadt.«

Unbeeindruckt schloss der Diener die Tür und ließ Andreas im Regen stehen, der seinen Umhang an den Schultern allmählich durchweichte, vom Rand seines Huts tropfte und den Weg in seine Schuhe fand. Er blickte an sich hinab. Schwarze Flecken breiteten sich auf dem Schuhleder aus. Aus einer mit Pferdeäpfeln gefüllten Pfütze wand sich eine Kreuzotter auf ihn zu. Er sah genauer hin. Sie hob ihren Kopf, züngelte ihn an.

»Kommt bitte herein«, sagte der Diener unvermittelt neben ihm.

Andreas sprang zur Seite, rang nach Fassung. Die Schlange war fort, nur der aufgelöste Pferdemist suchte sich seinen Zickzackweg durch das nasse Kopfsteinpflaster.

Ein muffiger, dunkler Flur empfing ihn.

»Bitte.« Der Diener wies ihn in die Wohnstube: schwarzer Dielenboden, schwarze Decke, ebensolche Stützbalken, das Mobiliar schnörkellos und dunkel. Es gab nicht ein Stückchen Schmuck in diesem trostlosen Raum, und durch die grünlichen Butzenscheiben fiel nur spärlich Licht. Es schien, als mied selbst der Tag diesen Ort der Tristesse. Andreas' Kehle wurde eng, stocksteif verharrte er in der Mitte des Zimmers.

Gib sie ihm nicht – nicht ihm, flüsterte die Stimme seiner verstorbenen Frau. Stand er bereits an der Schwelle des Todes? Ihn fröstelte.

»Agnes, sei still. Du bist tot. Was geschehen ist, ist geschehen«, flüsterte er. »Wir hätten uns niemals auf einen Handel mit ihm einlassen sollen.«

»Wie meinen?« Wolffrums spöttisches Grinsen schob sich in sein Blickfeld. Woher war der Mann so überraschend gekommen?

»N… nichts, nichts«, stammelte er.

»Ihr wolltet mich sprechen? Bitte setzt Euch.« Wolffrum ließ sich auf einem Lehnstuhl nieder und bot ihm den gegenüberstehenden an.

Das Monstrum war genauso unbequem, wie es aussah. Sitzfläche und Lehne waren nach vorne geneigt. Es war unmöglich, eine bequeme Sitzposition einzunehmen. Wolffrum beobachtete ihn durch halb geschlossene Lider. Mit verspanntem Rücken ergab sich Andreas der Folter des Stuhls.

Dr. Wolffrum lehnte sich genüsslich ins Lederpolster zurück, schlug ein Bein über das andere und faltete die Hände, wobei die Zeigefinger auf Andreas deuteten. »Ich höre.«

Selten fehlten Andreas die Worte. Einem zähen Fleischstück gleich lagen sie auf seiner Zunge, krallten sich mit jeder Faser an seinen Zähnen fest. »Ich möchte ... Gibt es ihn wirklich – den Teufel?« Die Stimme versagte ihm. »In meinem Haus?«, hauchte er.

Wolffrums Augenbrauen nahmen die Form von Teufelshörnern an.

»Ich meine ...«, äffte der Geheime Rat seine stockende Sprechweise nach, »dass er sich ... in Eurem Hause ausgesprochen wohlfühlt.«

Der Kragen wurde Andreas eng. »Gibt es eine Möglichkeit, ihn ... von dort ... zu vertreiben?«

»Aber ja. Als frommer Christenmensch solltet Ihr die Antwort wissen.«

»Ich kann mir denken, was Ihr meint«, erwiderte Andreas.

»Ihr kennt den Preis.«

Wolffrum war erbarmungslos. Das Feuer des Glaubens brannte in seinen Kohleaugen. Andreas wand sich auf seinem Stuhl, wünschte, die Tortur würde aufhören. »Was habt Ihr mit Elisabeth vor?«

Die dünnen Lippen des Geheimrats kräuselten sich. »Heiraten, was sonst? Sie ist jung und soll mir Kinder gebären.«

Alle hatten es angedeutet und nun bewahrheitete sich, was er selbst kaum zu glauben gewagt hatte: Elisabeth sollte die Frau dieses Menschen werden. Wenigstens nicht so schlimm, als würde man sie an den Brandpfahl stellen. Elisabeth würde unter Wolffrums Obhut wohl am sichersten sein. »Sonst nichts?«

»Wo denkt Ihr hin? Sie hat sich nichts zu Schulden kommen lassen, oder? Sie wurde weder mit dem Teufel gesehen noch frönt sie der Hexerei. Ich möchte mit ihr die Ehe eingehen, und Ihr behandelt mich, als wollte ich sie auf den Scheiterhaufen schicken.«

»Hattet Ihr das nicht im Sinn, damals, zusammen mit meiner ... mit Agnes?«

Wolffrum lachte trocken. »Das war nur eine leere Drohung, um ihre Mutter gefügig zu machen. Beruhigt Euch, ich möchte Elisabeth heiraten.«

»Warum gerade sie? Es gibt andere heiratsfähige Jungfern, eine sogar unter meinem Dach.«

Wieder dieses intensive Starren. »Habe ich Euren Segen oder nicht?«

»Bleibt mir eine Wahl?«

»Ich fürchte nein, Herr Bachenschwanz. Andernfalls wird Euch der Teufel holen, falls er nicht schon von Euch Besitz ergriffen hat.«

Wolffrum hatte ihn fest in der Hand. Andreas spürte Tränen des Selbstmitleids aufsteigen. Er hätte auf den Rat des Pfarrers hören und Elisabeth längst fortschicken, es nicht bei einem Versuch belassen sollen. Er dachte an ihr zartes Gesicht, ihre Sanftmut und Gutherzigkeit. Sie würde ihn hassen, mehr denn je. »Ich brauche Bedenkzeit«, presste er mit dem letzten Rest von Widerstand hervor.

»Wie Ihr wünscht.« Wolffrums Schuhspitze deutete wippend auf ihn. »Wird Zeit, dass die Kaiserlichen abziehen. Zu viel Elend im Lande, nicht wahr?«

»Ganz meiner Meinung«, brummte Andreas, froh, dass Wolffrum nicht weiterbohrte. Er zog ein Tuch aus der Tasche und wischte sich damit den Schweiß von der Stirn.

»Die Leute reden«, fuhr Wolffrum in jovialem Tonfall fort. »Sie reden, weil sie meinen, Euer Haus sei verdammt, und geben Euch die Schuld an ihrem Unglück.«

Andreas zuckte auf dem unbequemen Stuhl zusammen. Hatten die Coburger Wind davon bekommen, dass das Böse in seinem Haus wohnte? »Das ist ... Das ist dumm von ihnen.«

»Mit Sicherheit. Bislang wusste nur *ich* von dem Übel, doch jetzt ...« Wolffrum beugte sich vor. »Die Gemeinde will ein Opfer. Glaubt Ihr, Ihr könntet Euch im Amt halten, wenn es erneut zu einer Verurteilung eines Eurer Familienmitglieder käme? Was werden die armen Bürger sagen, die wegen Euch Hunger leiden müssen? Sie werden Euren Kopf fordern. Der Pranger und das Rad sind das Mindeste, was wir ihnen bieten müssten. Aber Ihr habt eine Überlebenschance. Eine kleine zwar, aber immerhin.«

Andreas sah sein Haus bereits vom Pöbel geplündert und sich übers Rad gespannt, hörte seine Knochen brechen und spürte seine Gliedmaßen aus ihren Gelenken springen. Er rieb sich die Schulter. »Könntet Ihr unseren Bürgern denn ein Ersatzopfer bieten?«

»Gewiss, einen Sündenbock sozusagen. Das Volk ist leichtgläubig.« Wolffrum machte eine wegwerfende Geste. »Es ist hirnlos und einfach zu täuschen.«

»Das würdet Ihr für mich tun?«

»Als zukünftiger Gemahl Eurer Tochter läge es mir am Herzen, sie und ihren Vater vor jedweder Unbill zu bewahren. Den Teufel werden wir mit Gottesfurcht und dem Verzicht auf weltliche Güter aus Eurem Haus vertreiben. Fastet, und Ihr werdet Euch bester Gesundheit erfreuen.«

Der Stuhl zwang Andreas in eine Büßerhaltung. Er zitterte am ganzen Leib, wusste weder ein noch aus, verkaufte er doch soeben dem Teufel seine Seele. »Ich stimme zu und gebe Euch Elisabeth zur Frau.«

»Ausgezeichnet, warum nicht gleich so?«, sagte Wolffrum und griff nach einem Glöckchen, das er aus dem Nichts geholt zu haben schien. Oder war es schon vorher dagestanden und Andreas hatte es nur übersehen? Augenblicklich trat der Diener ein, Pergament, Tintenfass und Schreibfeder in der Hand.

»Wir besiegeln unser Übereinkommen am besten schriftlich, für den Fall, dass Euer Gedächtnis gelitten haben sollte«, sagte Dr. Wolffrum, wobei seine Mundwinkel diabolisch zuckten.

44 Hannes

Jetzt, wo es ausgesprochen war, fühlte sich Hannes wie von einer schweren Last befreit. Er würde Elisabeth ehelichen und heimführen. Nachdem er sie abgesetzt hatte, ritt er beschwingt nach Dörfles zurück. Zum Teufel mit den Taupadels. Kurz vor dem Bauernhof, in dem sie hausten, fiel ihm das versprochene Huhn ein. Verärgert über seine Vergesslichkeit parierte er sein Ross durch und blickte sich in der öden Landschaft um. Es gab weder Hühner noch Schweine, auch keine Rinder und Schafe mehr. Die Bauern waren entweder tot oder in die Wälder geflohen, und was auf den Höfen verblieben war, hatten die Landsknechte weggefressen.

Vor ihm eilte ein Mann den Weg entlang, dem ein grobes Leinentuch – einem Sack nicht unähnlich – als Umhang diente. Fast hoffte Hannes, er trüge ein Huhn darunter, aber es war nur ein Bündel Reisig. Zumindest war er ein Einheimischer, der wissen könnte, wo es noch etwas zu holen gab. Freiwillig würde der sein Wissen jedoch nicht herausrücken, doch Hannes hatte gelernt, wie leicht ein gezogenes Schwert die Zunge lösen konnte. Er presste seinem Pferd die Sporen in die Flanken und ritt zu ihm hin.

»He, Mann!«, sprach er ihn an.

Als der sich umdrehte, erkannte Hannes in ihm den Knecht, dem er den bevorstehenden Angriff auf die Lauterburg verraten hatte.

»Sieh da, der Herr Leutnant«, begrüßte ihn der Mann.

Mitleid überkam Hannes, als sein Blick auf dessen hohlwangiges Gesicht, die zerschlissenen Lumpen und die löchrigen Schuhe fiel. »Nanu, ich dachte, du bist mit deiner Familie ins Thüringische geflohen?«

Der Knecht zeigte seine vier verbliebenen Zähne. »Einer muss schließlich rausfinden, ob ihr was übrig gelassen habt und wann ihr endlich abhaut.«

»Auch ich würde lieber im eigenen Bett schlafen als in einem fremden, das kannst du mir glauben. Solange die Veste gehalten wird, müssen wir hierbleiben.«

»Is scho recht, der Herr. Lang wird's hoffentlich nimmer dauern, bis ihr's g'schafft habt. Wir beten jeden Tag darum.«

Der Knecht nickte ihm zu und setzte an, weiterzugehen.

»Halt, nicht so schnell«, sagte Hannes. »Weißt du, wo noch

Hühner zu finden sind? Mein Hauptmann wurde verwundet und braucht eines zur Stärkung.«

»Hm«, machte der Knecht. »Is des der Schwarzhaariche, der die Lauterburch niedergebrannt hat?«

»Der, der euch Zeit gegeben hat, damit ihr euren Arsch retten konntet«, verbesserte Hannes.

»Das Leben is b'schissen, wenn ma' kei' Dach überm Kopf hat.«

»Ich bräuchte bloß ein Huhn.«

Der Knecht schaute ihn lange an und sagte dann: »Kann scho sein. Mir ham erscht neulich welche für an Boten hergeben müssen, aber eins könnt ma' noch entbehren – weil Ihr Herren uns habt ziehen lassen.«

Hannes' Interesse war geweckt. »Welchem Boten?«

»Na, dem von unnerm Herzoch in Eisenach. Der schickt andauernd welche rum. Warum, weiß ich net. Ändern tut sich jedenfalls nix.«

»So ein Bote ist doch leicht abzufangen, oder?«

Der Mann lachte verschmitzt. »Des hätt' ihr längst gekonnt, wenn ihr aufgepasst hätt'.«

»Soll das heißen, die Boten schlüpfen bei uns durch, ohne dass wir etwas davon bemerken?«

»Na ja, so a Bote schaut halt net immer aus wie einer. Manchmal komm' se als fahrender Händler, a andermal vielleicht als Bäcker.«

Hannes erinnerte sich an einen Bäckerjungen, den er vor ein paar Tagen laufen lassen hatte, und klatschte sich gegen die Stirn. Aber was hätte er tun sollen, ihn ermorden?

»Seid Ihr ei'm begegnet?«

»Kann sein. Danke für den Hinweis.«

Trotzdem würde ihm dies wenig helfen, da er nicht wusste, in welcher Aufmachung der nächste Bote auftauchen würde. Reisende bedurften eines Passes, nicht so Bäckerjungen.

Außerdem machte es keinen Unterschied, denn bislang hatte der Eisenacher Herzog nichts für seine Coburger getan, und das würde sich auch in Zukunft nicht ändern.

»Was ist mit dem Huhn?«

»Kommt am besten zum Nachmittagsläuten zur Lauterburch.«

»Und schwups, sitz ich in der Falle. Nein, nein, mein Lieber. Dir trau ich nicht über den Weg.«

Der Knecht blinzelte ihn an. »Wenns so is, dann halt net. Ich lauf doch net mit dem Viech unterm Arm bis nach Dörfles. Da sin' an'ere scho wecha wenicher abgemurkst worden.«

Leider hatte der Mann recht. »Dann begleite ich dich gleich.«

»Nee, lieber net. Ihr braucht net zu wissen, wo wir sin'. In zwei Stunden wartet der Göker droben an der Burch auf Euch. Nehmt ihn oder lasst's bleiben. Und passt auf, dass er Euch net gemaust wird.«

»Also gut, in zwei Stunden.«

Als Hannes wieder in Dörfles eintraf, schlief Karl. Hannes nutzte die Gelegenheit, sich ebenfalls aufs Ohr zu legen. Als er aufwachte, erschrak er. Hatte er verschlafen?

Die Nachmittagssonne stand tief, er musste sich sputen. Der Pferdeknecht brachte ihm Karls Braunen, dessen Zuverlässigkeit Hannes schätzte. Gutmütig trug ihn das Ross über den lang gezogenen Berg der Lauterburg entgegen.

Obwohl die Brände dort längst erloschen waren, lag ein beißender Geruch in der Luft. Ein beklemmendes Gefühl befiel Hannes, als er durch das Tor ritt und sich an all das Blut, den Lärm und die Mordgier erinnerte. Hier, zwischen den Ruinen, spürte er, wie seine seelischen Wunden, die durch Elisabeths Liebe fast verheilt waren, wieder aufgerissen wurden. Die Ähnlichkeit des Anblicks von brandschwarzen Balken und zerborstenen Mauern mit dem des zerstörten Randeck löste eine Flut von Bildern in ihm aus. Erneut stand er inmitten der Verwüstung, hielt seine tote Schwester im Arm und brüllte sich Angst, Wut und Verzweiflung aus dem Leib.

Ein Gackern holte ihn aus der Seelenpein. Hinter einem schwarzen Mauerrest fand er einen Holzkäfig, darin eine braune Henne. Der Bursche hatte Wort gehalten.

45 Elisabeth

MIT ZITTERNDEN HÄNDEN stellte Elisabeth am darauffolgenden Tag die Mittagsteller ab. Sie wollte nach Dörfles, um Karl zu pflegen, doch das musste heimlich geschehen. Nicht auszudenken, wenn Mathilde oder gar Vater davon erführen; die Strafe würde fürchterlich ausfallen. Heute Morgen hatte sie es geschafft, unbemerkt ins Haus zu schleichen, aber sie konnte nicht darauf hoffen, immer Glück zu haben. Deshalb hatte sie sich einen Plan zurechtgelegt, den sie in die Tat umzusetzen gedachte.

Sie rieb sich die Nase und hustete laut beim Eintreten.

»Bist du krank? Bleib mir bloß vom Leib!«, keifte Mathilde. »Deine Nase ist ganz rot.«

»Nichts Schlimmes«, erwiderte sie.

Mathilde zog die Augenbrauen hoch. Elisabeth nieste und schnäuzte sich ausgiebig. Augenblicklich verfinsterte sich Mathildes Miene. »Wo hast du dich rumgetrieben? Willst dich wohl vor der Hausarbeit drücken?«

»Lass sie in Ruhe, wenn sie krank ist«, sagte Käte, wobei sie eine Haarsträhne zwischen ihren Fingern zwirbelte.

»Liegt sie im Sterben? Nein. Also keine faulen Ausreden. Wehe, du vernachlässigst deine Pflichten.«

»Gewiss nicht.«

»Du bekommst kein Abendessen, wenn du nicht parierst.«

Die Drohung prallte an Elisabeth ab. Ilse hatte bislang immer etwas für sie übrig gehabt, ganz gleich, was Mathilde angeordnet hatte. Sie schniefte nochmals laut.

»Raus jetzt. Sag Ilse, sie soll heute das Abendessen auftragen.«

In der Küche rührte Ilse in ihren Kochtöpfen herum, während Lutz eine Scheibe Brot in sich hineinschob. Beide standen von ihr abgewandt, vertieft in ihre ewigen Streitereien, bei denen es weder einen Sieger noch einen Verlierer gab. Manchmal vermutete Elisabeth, sie brauchten einander wie die Blumen das Licht.

»Alter Gierschlund!«, zeterte Ilse.

»Wenn ich's net ess, frisst's der Pfürschner.«

»Ich wünscht, a bissele von seiner Heiligkeit würd auf dich abfärben.«

»Da bleibt für ihn selber nix mehr übrich, so wenich wie der davon hat. Aber a weng Heilichkeit tät un'erm Haus net schaden.«

»Ja gibt's denn so was? Unser Lutz hat amal recht.«

»Des hab ich immer, bloß merkt's keiner.«

»Des Haus braucht kei' Heilichkeit, das Einzichste, was ihm fehlt, is Ehrlichkeit; und dass se endlich ihre sieben Sachen packt und abhaut.«

Elisabeth wusste sofort, wen Ilse meinte. Lutz blinzelte. »Die Mathilde geht net freiwillig, das weeßte genau.«

Ilse drehte Lutz ihren breiten Rücken zu, rührte in dem großen Topf, aus dem es nach Gemüseallerlei roch, und brummelte etwas Unverständliches vor sich hin.

»Den Hausdrachen hat der Deif'l g'sehen«, war alles, was Lutz dazu sagte.

Ilse wirbelte herum, den Kochlöffel schwingend, von dem eine grüne Flüssigkeit tropfte. »Sie is a falsche Schlange. Schlimmer noch, a Hur' is se. Ich halt jetzt nimmer still, mir reicht's. Die will die Lisbeth mit diesem Oberscheinheiligen verkuppeln. Andauernd drängt sie un'ern Hausherrn, endlich Nägel mit Köpf'n zu machen. Erst gestern hat se wieder auf ihn eing'red wie auf a kranke Kuh, und der is tatsächlich schnurstracks zum Wolffrum g'rannt.«

»Obacht«, sagte Lutz. »Sei vorsichtich, was de sachst. Wo willst 'n hie, wenn se dich 'nausschmeißt?«

»Zu meiner alten Herrschaft.«

»Zu denna von Rosenau? Des is fei a saubere G'sellschaft. Meinste im Ernst, die nehmen dich wieder auf?« Lutz schüttelte den Kopf. »Seit se die Agnes verbrannt ham, sin' mir Luft für die.«

Ilse biss sich auf die Unterlippe. »Des Teufelsweib hat se aufm G'wissen. Sie und unser feiner Herr, der nichts g'macht hat, um se zu retten, nur weil er sei' Amt net verliern wollt.«

»Woher willst 'n des wissen?«

»Des is doch offensichtlich!«, rief Ilse.

»Na ja, so a Bürchermeista is halt a gute Partie. Aber ob er's bleibt, is fraglich. Der plaudert in letzter Zeit so wirres Zeuch.«

»Richtig. Wer weiß, was 'm die Hex ins Essen 'neimischt – oder in sein' Trunk.«

Lutz wand sich. »Ilse, Ilse.«

»Jetzt, wo die Lisbeth ein' Freier hat, hält mich hier nix mehr. Hoffentlich nimmt er se«, sagte Ilse und rührte weiter in ihrem Topf.

»Die Lisbeth is fei was besser's als des Gschwerl, von dem die Mathilde abstammt.«

»Wenn se geht, geh ich auch. Und du mit.«

»Wennste meinst.«

Bevor sie entdeckt werden konnte, öffnete Elisabeth die Küchentür und tat, als wäre sie soeben erst gekommen. »Ilse, die Hausfrau wünscht, dass du heute das Abendessen aufträgst.«

»Wieso ich?«, brauste Ilse auf.

»Keine Ahnung«, log Elisabeth.

Oben schimpfte Mathilde mit Käte. Welch ein verrücktes Haus. Nur langsam sickerte das Gehörte in Elisabeths Gedächtnis, aber es bestätigte, was sie sich selbst zusammengereimt hatte.

In der Herrngasse erklangen Huftritte. Bestimmt Hannes, der – wie abgesprochen – an ihrem Haus vorbeireiten und in der Schlossgasse auf sie warten würde.

Sie rannte in den Hinterhof, streichelte Mohrle und schnappte sich das Bündel mit Heilkräutern, das sie am Morgen zusammengestellt hatte. Gundes Vorrat war leider geplündert worden, wie sie zu ihrem Leidwesen hatte feststellen müssen.

Sie stürzte aus dem Haus, auf Hannes zu, der sie mit einem Lächeln begrüßte. Es erstarb und wich einer sorgenvollen Miene. »Nanu, warum so aufgeregt? Machst du dir Sorgen um deinen Hans?«

Hannes hatte ihr dessen Brief vorgelesen, in dem er ihr seine Entscheidung, tapfer gegen den Feind kämpfen zu wollen, mitgeteilt hatte. »Er ist nicht *mein* Hans. Und ja, ich sorge mich – um dich und um Hans.«

Er half ihr aufs Pferd. »Muss ich Angst haben, dich an ihn zu verlieren?«

Sie schmiegte sich an ihn, spürte seine Wärme. »Nein, natürlich nicht.«

Hannes lachte verhalten. »Ist das Ehegelübde erst besiegelt, gibt es kein Entrinnen mehr. Können wir einen Trab wagen?«

Sie verspannte sich. »Das wackelt immer so sehr.«

»Im Schritt dauert es zu lange. Versuchen wir es. Du darfst dich nicht verkrampfen, musst in der Hüfte locker bleiben und dich dem Takt anpassen.«

Als er antrabte, hob und senkte sich der Pferderücken heftig. Sie konzentrierte sich auf den Rhythmus, versuchte, sich dem Schwung anzugleichen, und siehe da, es klappte. Hannes drückte sie an sich. »Geht doch. Mit der Zeit wirst du dich daran gewöhnen. Draußen, vor der Stadt, wagen wir ein Galöppchen.«

»Wäre es im Herrensitz nicht einfacher?«

»Bestimmt.«

Hannes musste durchparieren, damit sie ihr Bein über den Pferdehals schwingen konnte. Sie saß jetzt unmittelbar vor ihm, die Beine ungewohnt gespreizt. Er legte seine Wange an ihren Kopf. Als er ihr Haar küsste, schloss sie vor Glück die Augen.

Er trabte erneut an, und dieses Mal fiel es ihr wesentlich leichter. Im Galopp war das Sitzen bequemer als im Trab, und sie gewann sogar ein bisschen Freude daran. Am Ende war sie dennoch erleichtert, als er das Ross wieder im Schritt gehen ließ.

»Wie geht's Karl?«

»Meiner Meinung nach besser als gestern. Warum hast du bei unserer Begrüßung so finster dreingeblickt?«

»Ilse hat erneut behauptet, Mathilde hätte meine Mutter der Hexerei bezichtigt.«

Hannes pfiff durch die Zähne. »Die Frage wäre dann, warum sie es getan hat. Gut möglich, dass sie wirklich an Hexen glaubt.«

Mathilde war nicht abergläubisch und erst recht nicht gottesfürchtig. »Denkst du genauso?«

»Das kann ich nicht beurteilen. Mich würde Karls Meinung dazu interessieren. Wenn es ihm besser geht, solltest du ihn fragen.«

Doch Karl schlief den ganzen Tag, erwachte nur, um etwas zu essen. Elisabeth gönnte ihm die Ruhe und wollte ihn nicht mit ihren Fragen belästigen. Erst als die Morgendämmerung einsetzte und sie sich sicher sein konnte, dass Karl über den Berg war, erklärte sie sich bereit, von Hannes nach Hause gebracht zu werden. Vor dem Hahntor gab er ihr einen Abschiedskuss, der heiße Glückswellen durch ihren Körper branden ließ.

Am Schlossbrunnen half er ihr vom Pferd, und sie huschte geschwind ins väterliche Haus.

Die Küchentür flog auf und Ilse starrte sie an. Ihre Wuschelhaare standen in alle Richtungen ab. »Wo kommst 'n du her?«

»Von einem Botengang.«

»Lüg net. Du warst die ganze Nacht fort. Wie kannste nur?«

In dem Vorwurf schwang Sorge mit. »Schimpf nicht mit mir, ich hatte einen guten Grund.«

»Des gehört sich net. Wenn in dem Haus keiner auf dich aufpasst, muss ich's eben tun.«

»Nicht mehr lange. Stell dir vor, er will mich heiraten.«

»Wer, der Freiherr?«

Elisabeth musste lächeln. »Der andere. Sein Freund, Hannes Freymann. Ich bin so glücklich, aber leider auch unheimlich müde. Der Freiherr wurde angeschossen und wäre am Fieber gestorben, hätte ich ihm nicht geholfen.«

Ilses Kiefer mahlte. »Solang de beim Pflegen net dei' Unschuld verlierst ... Ich sorg mich halt.«

»Brauchst du nicht. Hannes ist ein anständiger Kerl, und sein Freund erst recht.«

»Net jeder Adlige is edel. Ich hab bei unserm Herrn scho was angedeutet, aber seit er dem Wahnsinn verfallen is ...«, flüsterte Ilse.

Elisabeth erschrak. Hatte sie am Ende dem Vater von ihr und Hannes erzählt? Auch eine andere Sorge lag ihr auf dem Herzen. »Könnte es sein, dass eine Vergiftung die Ursache seines Unwohlseins ist?«

Ilse riss ihre Kulleraugen auf. »Was sagste da? Des is doch der Gipfel. Mei' Essen is in Ordnung. Ich koch alles besonders lang, um ja nix falsch zu machen.«

»Karl hat diese Vermutung geäußert.« Nachdenklich betrachtete sie die Küchenmagd. Etwas in Ilses Blick warnte sie davor, ihr alles zu erzählen. »Anscheinend hat ihn das hohe Fieber verwirrt. Hat Vater auch welches?«

Ilse schaute argwöhnisch. »Du weißt genau, dass ihn keins plagt.«

»Ich muss jetzt nach meiner Katze sehen. Hast du etwas für sie?«

»Du und die Katz. Die bringt net nur dir, sondern uns all'n Unglück.«

»Solange du und Lutz sie nicht verratet, ist alles gut. Wenn die Soldaten im Frühjahr abziehen, entlasse ich sie in die Freiheit.« Und gehe mit Hannes nach Amberg, fügte sie in Gedanken hinzu.

»Na, hoffentlich. Komm mit, ich geb dir was.«

März 1635

46 Elisabeth

ELISABETH WAR EIN wenig mulmig zumute, als sie die Hand hob, um an Kätes Tür zu klopfen. War sie dabei, das Richtige zu tun? Jahrelang war sie ihr wie eine Schwester gewesen, obwohl Mathilde Elisabeth abweisend gegenüberstand. Aber seit dem unseligen Tag der Feier im letzten September war Käte anders geworden. Sie schien der Strenge der Mutter nachzugeben.

Karl hatte sie gebeten, sich über die Vorgänge in ihrem Umfeld Informationen zu beschaffen, wobei ihn vor allem Kätes Beobachtungen interessierten. Allerdings war fraglich, ob ihr die Stiefschwester davon erzählen würde. Es war eindeutig, dass er Mathilde als Urheberin allen Übels verdächtigte. Auch hatte er angedeutet, dass der Schuss auf ihn kein Zufall gewesen sei.

Elisabeth holte tief Luft. Es musste sein. Zuerst zaghaft, dann entschlossen pochte sie gegen die schwere Eichenholztür.

»Herein!«, rief Käte.

Geisterhaft bleich saß sie auf einem Stuhl im Eck. Für gewöhnlich verlieh das helle Tannenholz dem Raum eine gewisse Leichtigkeit, die sich heute in der Düsternis zugezogener Vorhänge verlor.

»Ach, du bist es. Was willst du?«, fragte Käte tonlos.
»Nichts weiter, dich nur fragen, ob du etwas brauchst.«
»Das sind ja ganz neue Töne. Seit dich dieser katholische Taugenichts umgarnt, bist du zu nichts mehr nutze.«

Mathildes Saat schien bei Käte auf fruchtbaren Boden gefallen zu sein. »Glaubst du mir jetzt wenigstens, dass ich keinen anderen im Sinn habe?«

Käte zog eine Schnute. »Wer weiß, ob du die Wahrheit sprichst? Vielleicht bist du genauso durchtrieben wie Mutter?«

Diese Bemerkung überraschte Elisabeth, war es doch das erste Anzeichen, dass sie sich aus den Fängen ihrer Mutter zu befreien suchte. »Glaub mir, ich will deinen Freier nicht.«

»Natürlich«, sagte Käte bitter, »wer will schon den alten Gauer?«

»Den meinte ich nicht. Ich meinte den, der dich schändlich sitzen lassen hat.«

Tränen rollten über Kätes hohle Wangen. »Er hat mir die Ehe versprochen.«

»Wie konnte er das, wenn er bereits verheiratet ist?«, fragte Elisabeth aufs Geratewohl.

Käte heulte auf. »Ludwig hat mir erzählt, seine Frau habe ihn verlassen. Bei mir hat er Trost und Liebe gefunden. Aber als ich schwanger wurde, da ... da ... wollte er nichts mehr von mir wissen und hat mich behandelt wie eine Hure!«

Sanft nahm Elisabeth sie in die Arme. »Ach, Käte, du hast ihm vertraut, nicht wahr?«

»Schlimmer noch, er hat auch Mutter beigeschlafen.«

»O Gott. Vermutlich macht er sich gerade an Taupadels Schwester heran. Von Seckendorff ist ein ganz erbärmlicher Feigling und treibt es mit jeder, die willig ist. Wusstest du das nicht?«

»Nein.«

»Du Arme. Was ist aus dem Kind geworden?«

Kätes Schultern bebten unter leisem Weinen. Das war echter Schmerz, kein gespielter. »Es ist tot«, sagte sie dumpf und nahm ein Tuch vom Tisch.

»Eine Totgeburt?«, fragte sie beklommen. »Das muss schrecklich gewesen sein.«

Langsam schüttelte Käte den Kopf. Ihre Finger zwirbelten einen Zipfel des Stoffs.

Karl hatte richtig vermutet. »Du ... du hast es wegmachen lassen? Du hast es ...?« Die Stimme erstarb ihr. Das war eine Sünde, doch sie sprach es nicht aus.

»Was hätte ich denn tun sollen?«

»Es gebären und mit der Schande leben.«

»Mutter hätte das nie zugelassen. Sie hat alles Nötige veranlasst.«

»Demnach kannte sie jemanden, der so etwas kann.«

»Ich hasse sie! Sie tut immer so fromm, dabei ist sie in solchen Dingen sehr bewandert. *Ich* habe jedenfalls nichts mit dem Tod der Hebamme zu schaffen.«

»Mit dem von Ottilia?« Dieser Gedankenwechsel überraschte Elisabeth. »Wieso? Hat das jemand behauptet?«

»Felix Rauschert hat mich befragt, und danach hat dieser kaiserliche Offizier Nachforschungen in der Stadt angestellt. Rauschert meinte, der Hauptmann würde im Auftrag des kaiserlichen Oberkommissärs handeln. Bei mir war er jedenfalls nicht. Ludwig sagte, er würde mich vor ihm beschützen.«

Karl war noch bettlägerig, und wenn das stimmte, was Käte soeben gesagt hatte, wäre der Schuss auf ihn wahrhaft kein Zufall gewesen. Elisabeth ließ sich auf den Stuhl fallen. »Wie will der von Seckendorff deinen Schutz bewerkstelligen, wenn er in der Veste festsitzt?«

»Ludwig konnte bis vor Kurzem raus und rein, sooft es ihm beliebte. Wie er es jedoch angestellt hat, dass ich jetzt vor dem Hauptmann meine Ruhe habe, hat er Mutter verschwiegen. Auf jeden Fall war sie sehr erleichtert.«

»Sie sollte sich nicht zu früh freuen, Käte. Von Seckendorff hat auf den Hauptmann geschossen, aber er hat überlebt und wird nun erst recht hinter euch her sein.«

Kätes Augen wurden groß. »O weh, Elisabeth. Wenn das alles herauskommt, werden sie mich an den Pranger stellen oder noch Schlimmeres machen – allen voran der Gauer und der Wolffrum.«

»Musste Ottilia deswegen sterben?«

»Ich weiß nichts!« Kätes Stimme überschlug sich. »Ich wäre bei der Prozedur beinahe gestorben, habe Höllenqualen durchlitten. Ottilia tut mir kein bisschen leid. Sie hat mir mein Kind genommen! Zumindest kann sie mich jetzt nicht mehr verraten.«

»Und was ist mit Gunde passiert?«

Käte schüttelte den Kopf. »Die haben die Lamboy'schen auf dem Gewissen. Die war doch wirr im Hirn.«

»An die Geschichten von früher konnte sie sich recht gut erinnern.«

»Warum musste mir das passieren? Ludwig wird bestimmt erpresst und hat sich deshalb von mir abgewandt. Da steckt bestimmt seine Frau dahinter, dieses Biest.«

Oder Mathilde, dieser Verdacht drängte sich Elisabeth auf. Allmählich wurde sie es leid, Käte zuzuhören, die an Ludwigs Lügen glaubte, anstatt die Augen aufzumachen. »Wie kommst du darauf, dass ihn jemand davon abhält?«, fragte sie gereizt.

»Weil er mich sonst schon längst zu sich geholt hätte. Nun muss ich diesen Greis heiraten.«

»Du wirst es gut bei ihm haben. Er wird bald das Zeitliche segnen, dann bist du reich.«

»Schön wär's. Wenn ich daran denke, wie seine Spinnenfinger über meinen ... Davon verstehst du nichts, Elisabeth. Geh zu deinem Freiherr und lass mich in meinem Elend allein.«

»Er ist kein Freiherr.«

»Nein? Ich dachte.«

»Sein Freund ist einer.«

»Ich gönn dir weder den einen noch den anderen.«

»Er will mich heiraten.«

Kätes schrilles Lachen klang gekünstelt. »Jetzt brauchst du wohl auch eine Ottilia? Wird sich nur schwerlich eine finden lassen.«

Zeit, zu gehen. Sie hatte die Bestätigung, dass von Seckendorff der Kindsvater war und dass er auf Karl geschossen hatte, um den Nachforschungen ein Ende zu bereiten. Mehr hatte sie nicht herausfinden wollen. Doch das Gehörte beschäftigte sie noch. Sollte sie Käte bedauern oder ächten? Ihre Dummheit bestrafte sie genug, fand Elisabeth. »Arme Käte. Die Zeit heilt alle Wunden.«

»Du hast gut reden, dir wurde ja nichts genommen.«

»Bis auf meine Mutter.« Als sie zur Tür schritt, blickte sie kurz zu Käte zurück. Dunkle Schatten umgaben die Stiefschwester, und ein kalter Luftzug ließ Elisabeth frösteln.

47 Karl

Karl sass mit den Oberen der Besatzungstruppen in der Geheimratsstube der Ehrenburg beisammen. Was er hier zu hören bekam, bestärkte ihn in der Hoffnung, seinen Plan in die Tat umsetzen zu können.

Es ging ihm deutlich besser, dennoch trug er keine Rüstung, da ihm die auf die Wunde drücken würde. Oberstleutnant Krafft hatte nichts dagegen, und Lamboy hatte nur gegrinst.

Soeben gab ein Hauptmann eine Geschichte zum Besten, in der es darum ging, wie es die Belagerten der Veste schafften, sie auf Trab zu halten, indem sie Ausfallversuche unternahmen und dabei sogar Gefangene machten. Lamboy lachte darüber. »Sollen sie ruhig. Dann sehen sie wenigstens die Fortschritte unserer Minierer. Die Sappen können sie von ihren Mauern aus erspähen, die Minen nicht.«

Gehorsames Gelächter erfüllte den Raum.

»General Piccolomini drängt auf eine rasche Lösung«, sagte Lamboy gewichtig.

»Was schlägt der werte General vor? Bis wir die Mauern zum Einsturz bringen, wird noch ein Weilchen vergehen«, warf Oberstleutnant Krafft ein. »Inzwischen werden wir hier mitsamt den Bürgern verhungern.«

Lamboy ließ sich mit der Antwort Zeit. »Herr von Zehm schlägt Verhandlungen vor. Ob er dies von sich aus entschieden hat oder auf Befehl handelt, entzieht sich meiner Kenntnis. In den nächsten Tagen will er einen Unterhändler schicken, der durchzulassen ist. Offenbar hat er uns etwas Wichtiges mitzuteilen.«

Ein Raunen ging durch den Raum.

»Dennoch dürfen die Sappeure und Minierer in ihren Anstrengungen nicht nachlassen«, sagte Lamboy streng. »Wer einen feindlichen Bergknappen aufgabelt, hat ihn herbeizubringen. Und sollte er sich weigern, schneidet ihm die Ohren ab.«

Es folgten weitere Befehle sowie Schelte für einen misslungenen und unnötigen Angriff, aber auch wohlwollende Kommentare und am Schluss Lamboys Erklärung, dass bis Ende März die Veste sein Eigen wäre. »Das war's, meine Herren. Hauptmann Köckh, Ihr bleibt.«

Stühle wurden gerückt, Füße scharrten, der Raum leerte sich. Karl blieb sitzen, während Lamboy ein Dokument unterzeichnete und es dann dem Schreiber in die Hand drückte. »Sorge Er dafür, dass es unverzüglich dem General Piccolomini überbracht wird.«

Als der Schreiber draußen war, klopfte Lamboy mit seinen Fingern auf den Tisch. »Wieder genesen?«

»So halbwegs.«

»Der Kurfürst wird erfreut sein, seinen Leibgardisten lebendig zurückzubekommen.«

»Wie Ihr wisst, stehe ich nicht mehr in seinen Diensten.«

Lamboy winkte ab. »Macht mir nichts vor. Ihr seid sein Spion und habt den Auftrag, mich kaltzustellen, falls nötig – genau wie Wallenstein damals.«

Der erste Teil stimmte, der zweite nicht. Karl war kein Attentäter, und der Kurfürst würde das nicht von ihm verlangen. Es wäre politisch zu gefährlich. »Mit Sicherheit nicht«, sagte Karl und ließ dabei offen, was er damit meinte. »Mit seiner Ermordung habe ich nichts zu tun. Ihr wisst sehr wohl, warum Wallenstein sich in Misskredit gebracht hat, denn ihr wart lange genug in seinem Heer.«

Lamboy nickte bedächtig. »Es ist gefährlich, sich gegen den Kurfürsten von Bayern zu stellen.«

»Ist es das nicht immer? Wessen Brot ich esse, dessen Lied ich singe.«

»Ihr scheint mir nicht der Mann zu sein, der sich danach richtet. Wie ist der Stand Eurer Untersuchungen?«

»Ich stehe kurz vor der Aufklärung.«

»Das wird den Oberkommissär freuen. Allerdings ist er bereits abgereist.«

»Die Aufklärung könnte uns zum Vorteil gereichen.«

»Wie darf ich das verstehen?«

»Mit einer List könnte die Veste unversehrt in unsere Hände fallen.«

»Und die wäre?«

»Was, wenn Zehm einen Brief von Herzog Johann Ernst bekäme, in dem der ihm die Aufgabe befiehlt?«

Lamboy starrte ihn an. »Warum sollte der Herzog das tun? Er sitzt in Eisenach und wartet ab, bis Frieden herrscht.«

»Er braucht ihn nicht tatsächlich geschrieben haben.«

»Ihr denkt an ein Falsifikat?« Lamboy deutete zu dem verwaisten Schreibtisch an der Wand. »Fürstliche Siegel hätten wir, und die Unterschrift sollte leicht nachzumachen sein. Trotzdem ist die Idee zum Scheitern verurteilt.«

»Und warum, wenn ich fragen darf?«

»Weil dem Herrn von Zehm die Schrift seines Herzogs vertraut ist. Er würde die Fälschung erkennen.«

Daran hatte Karl auch schon gedacht, und fürwahr stellte dies das größte Hindernis zur Durchführung seines Plans dar. Lamboys trommelnde Finger zeugten von Ungeduld. Der alte Fuchs hatte zu viel Erfahrung, als dass Karl ihn mit Nichtigkeiten und Halbgegorenem beeindrucken könnte.

»Das ist richtig«, antwortete Karl. »Wenn wir jemanden in der Festung hätten, dem an einer schnellen Übergabe gelegen wäre und der die Echtheit bestätigen würde, könnte es dennoch gelingen.«

»Wer sollte das sein? Die Lutherischen halten zusammen wie Pech und Schwefel.«

»Mit Verlaub, das bezweifele ich. Mir wurde berichtet, dass sich in der Burg drei Kommandanten aufhalten, von denen zwei um die Vorherrschaft streiten.« Er hatte Lamboys Interesse wiedererweckt, wie er an dessen aufmerksamem Blick erkannte. Der Generalwachtmeister stützte sein Kinn auf dem Daumen ab und legte den Zeigefinger an die Wange.

»Gut«, sagte er. »Gehen wir davon aus, dass sich Görtz und Zehm in der Wolle haben, weil sich der eine dem Herzog von Weimar und der andere dem Herzog von Eisenach-Coburg verbunden fühlt. Beide Herzöge gehören demselben Bund an und sollten sich zumindest in dem Bestreben, die Veste zu halten, einig sein.«

»Genau hier muss der Hebel angesetzt werden. Was der eine Herzog befiehlt und was der andere, kann nicht schnell nachgeprüft werden. Vor allem dann nicht, wenn der Ring um die Burg vollständig geschlossen ist.«

Lamboys Oberlippe kräuselte sich. »Fahrt fort.«

»Herzog Ernst von Eisenach-Coburg wirft Zehm vor, grundlos zu jammern, da er genügend Reserven auf der Burg habe. Der Herzog soll verlangt haben, so lange durchzuhalten, bis Veste und Stadt in die Friedensverhandlungen mit einbezogen sind, was vermutlich bald geschehen wird.«

»Woher wisst Ihr das?«

»Von einem Boten.« Karl zog ein Schreiben aus der Brusttasche hervor, das Hannes einem Bäckerjungen abgenommen hatte. Es war ihm ein Leichtes gewesen, dem einzigen Wanderer, der in aller Herrgottsfrüh Richtung Bausenberg marschiert war, aufzulauern und die Botschaft abzunehmen.

Lamboy warf einen langen Blick darauf. »Davon weiß Zehm offenbar nichts, sonst würde er nicht an Aufgabe denken. Gut, dass Ihr den Brief abfangen konntet.«

»Wir brauchen auf der Veste einen«, spann Karl den Faden weiter, »der zu unseren Gunsten spricht und die Herren Zehm und Görtz gegeneinander ausspielt. Dieses Individuum sollte treulos und bestechlich sein.«

»Habt Ihr jemand Bestimmten im Auge?«

»Major Ludwig von Seckendorff. Er wird mit uns zusammenarbeiten.«

»Ein ehrloser Charakter.«

»Allerdings. Er scheint in die beiden Todesfälle verwickelt zu sein. Immerhin hat er, kaum dass seine Gattin abgereist war, die Stieftochter eines Bürgermeisters geschwängert. Das zeugt nicht gerade von Charakter und Ehre.«

»War er es, der auf Euch geschossen hat?«

»Vermutlich. Von Seckendorff schuldet mir etwas, sonst schleife ich ihn vor Gericht.«

»Gute Arbeit, Herr Hauptmann. Das gefällt mir. Kein Wunder, dass Ihr das Vertrauen des Kurfürsten habt. Ich wollte die Veste im Handstreich erobern, um Wallenstein noch im Grabe zu demütigen, aber der Zweck heiligt bekanntlich die Mittel. Wenn Zehm seinen Unterhändler schickt, sollten wir von Seckendorff ebenfalls zu den Verhandlungen einladen?«

»Ein ausgezeichneter Gedanke. Ich würde gern dabei sein, wenn Ihr erlaubt.«

»Hm. Ihr scheint großes Interesse an der Verwirklichung Eures Plans zu haben. Gibt es sonst noch etwas?«

»Nichts, außer dass ich darum bitte, Taupadels Schwester und dessen Sohn festzuhalten.«

»Und was gedenkt Ihr, mit ihnen zu tun?«

»Sie als Pfand zu benutzen.«

Lamboy verengte die Augen und räusperte sich. »An den beiden liegt mir nichts, dafür umso mehr an der Niederlage der Schweden und deren Verbündeten. Sie sollen Euer sein, wenn die Übergabe der Veste gelingt.«

48 Elisabeth

In der am Hinterhof gelegenen Waschküche holte Elisabeth mit einem übergroßen Holzlöffel ein Wäschestück nach dem andern aus dem kochenden Holzaschenlauge-Sud. Dicke Dampfwolken quollen aus dem Bottich, trübten die Sicht und brachten Elisabeth ins Schwitzen. Seit Hannes ihr Leben umgekrempelt hatte, verging die Zeit unheimlich schnell.

Der März neigte sich dem Ende zu, und die Festung gehörte nach wie vor dem Herzog von Sachsen-Eisenach-Coburg. Sie hätte sich lieber um ihr Gärtchen gekümmert, in dem die ersten Narzissen ihre gelben Köpfchen zeigten und die letzten Schneeglöckchen verblühten, anstatt hinter beschlagenen Fensterscheiben Wäsche zu waschen.

Ein Hemd rutschte vom Löffel und fiel klatschend auf den Boden. Seufzend hob sie es auf. Sie sollte sich mehr auf ihre Arbeit konzentrieren, als ständig an Hannes zu denken.

»Mach kei' Sauerei«, schimpfte Ilse aus dem Hintergrund. »Biste bald fertig? Ich muss an den Herd.«

»Ja gleich.« Sie legte die tropfnasse Wäsche in einen Weidenkorb und zerrte ihn zur Tür. »Ist der Lutz da? Er könnte mir helfen, das Waschwasser auszuschütten.«

»Bin ich der Hüter von dem Tagedieb? Lass des Wasser, wo's is, ich brauch's noch.«

Wenn Ilse in dieser Stimmung war, musste man vorsichtig sein. Ihre Wuschelhaare standen wie die Stacheln eines Igels bedrohlich in alle Richtung.

Elisabeth kannte diesen Zustand zur Genüge. Sie steckte ihren Kopf zur Tür hinaus und rief nach Lutz. Erstaunlicherweise antwortete er aus dem Hinterhof. Er wird beim Mohrle gewesen sein, vermutete Elisabeth, denn der Schuppen eignete sich hervorragend für ein Nickerchen, wie sie aus eigener Erfahrung wusste.

»Haste scho g'hört?«, fragte Lutz, der heranschlurfte und genüsslich in seinem verbliebenen Ohr herumpulte. »Der Zehm hat 'nen Kanonenschuss 'nausg'lassen, und der is dem Lamboy fast auf'n Schoß g'fallen.«

»Ach geh, du Sprüchbeutel«, sagte Ilse. »Wie soll das denn gehen?«

»Ganz einfach: Der hat von der Bastei mit 'ner Kanone in die Ehrenburch 'neigelunnert. Die Kuchel soll auf der andern Seiten durch a Fenster wieder 'naus sei.«

Ilse tippte sich an die Stirn. »Dir haben's net nur des Ohr abg'schnitten, sondern auch a Stückle von dei'm Hirn. A Kugel fliegt nur gradaus, des weiß sogar ich.«

»Was haste denn scho widder mit mir? Ich sach doch a nix über dei' Oberstübla. Sperr deine Löff'l auf, denn des is viel wichticher als die alberne Kuchel. Denna ihr Waffenstillstand war für die Katz. Der Zehm hat die Oarschbacken z'ammgekniffen und net aufgegeben.«

»Weil er a richtiger Held is, obwohl ich glaub, dass der Görtz der größere Sturschädel is.«

»Die ham ölla zwee an Furz im Hirn.«

Die beiden Streithansl würden sich nicht ändern. Elisabeth schüttelte den Kopf, trug den vollen Korb vors Haus und wrang die Wäsche über dem Abflussgraben aus. Vor der Schankstube Zum Herrenbeck hatten sich drei Reiter eingefunden, aus einem offenen Fenster der fürstlichen Kemenate drang Gekicher und vor dem Goldenen Kreuz schalt Sonja einen Lausejungen. Fast schien es, als hätten sich die Coburger an ihre ungeliebten Gäste gewöhnt.

Nachdenklich zog Elisabeth eines von Kätes Hemden

auseinander. Hübsche Rüschen schmückten den Halsausschnitt und die Ärmel. Sie sorgte sich um die Stiefschwester, die still geworden war, während sie selbst frischen Lebensmut geschöpft hatte. Umgekehrte Verhältnisse. Sie rief sich Hannes' zärtliche Umarmung ins Gedächtnis und das wiederholte Versprechen, sie mitzunehmen. Gesehen hatte sie ihn zuletzt vor sechs Tagen, als sie ihm über von Seckendorff und Käte berichtet hatte.

Vom Grübeln würde die Arbeit nicht erledigen werden. Zum Aufhängen der Wäsche musste Elisabeth auf den Dachboden, der über eine Leiter zu erreichen war. Normalerweise wurden dort Lebensmittel bevorratet, zurzeit herrschte dort jedoch gähnende Leere. Sie hängte die Wäsche über eine Hanfleine und hielt erneut eines von Kätes Hemden in den Händen, das kalt wie die Gunde war. Wie kam dieser Gedanke zustande? Bestürzt ließ sie das Hemd sinken. Unsinn, schalt sie sich und hängte es auf.

Doch eine unbestimmte Angst hatte sie erfasst. Sie musste mit Käte reden.

Als sie die Treppen hinabstieg, stand ihre Stiefschwester bleich wie das Hemd vor Elisabeths Kammertür. »Ich wollte gerade zu dir.«

Sie wirkte fast durchsichtig, ähnlich dem Wasserdampf in der Waschküche, der sich nicht erhalten konnte. Elisabeth klammerte sich am Wäschekorb fest. »Brauchst du etwas?«

Käte blickte ängstlich die Treppe hinab. »Nicht hier.«

»Komm, wir gehen zu mir rein.«

Mit zwei Personen war die Kammer annähernd ausgefüllt. Elisabeth setzte sich auf ihr Bett, während Käte sich umsah. Ihr Blick wanderte über das Kleid, das Elisabeth genäht hatte, und blieb an der kahlen Wand neben dem Fenster haften. »Er war im Schloss.«

»Wer?«

»Der Ludwig.«

Um ihn schien sich in letzter Zeit alles zu drehen. »Woher weißt du das?«

»Ilse hat es mir erzählt.«

Elisabeth war froh, zu sitzen. »Die Ilse, du hast mit ihr gesprochen?« Käte verachtete das Gesinde, gab ihm höchstens Anweisungen, genauso wie ihre Mutter.

»Warum nicht?« Käte ließ sich auf einem Stuhl nieder und faltete die Hände im Schoß. »Ich bin zu ihm hin.«

»Du traust dich was – als Frau ganz allein zum Schloss.«

»Pah. Er hat mich abgewiesen.«

»Das tut mir leid«, sagte Elisabeth.

»Hör auf zu lügen. Du bist wie Mutter. Ihr hasst mich beide.«

»Wie kommst du darauf?«

»Na ja, weil ich alles habe und du nichts.«

»Du meinst, ich neide dir deine Sachen? Mitnichten.« Nie zuvor hatte Käte bemerkt, dass sie selbst bevorzugt wurde. Sie hatte das als selbstverständlich angenommen, so wie Elisabeth es hingenommen hatte, dass ihr als Hexentochter nichts zustand. Groll wallte auf, dass ihr Missgunst unterstellt wurde. »Ich habe nichts gegen dich«, wiederholte sie mit Nachdruck. »Im Gegenteil, ich bin euch dankbar, dass ihr mich nicht verstoßen habt. Und wieso sollte deine Mutter dich hassen?«

»Weil sie den von Seckendorff für sich selbst haben will.«

»Ihr zwei benehmt euch wie Narren.«

»Richtig, vernarrt in denselben Mann.« In Kätes Worten schwang Verbitterung mit. »Dabei hat sie alles, was man sich wünschen kann. Sie nimmt mir den Mann und das Kind und gibt mir stattdessen einen Greis.«

»Du wirst den Eltern gehorchen müssen.«

»Genau wie du.«

»Hm.«

»Du sollst den Wolffrum heiraten. Vater hat es mit ihm schriftlich vereinbart.«

Ihre Widerworte blieben Elisabeth im Halse stecken. Sie musste sich verhört haben. »Das kann nicht sein. Er war stets gegen diese Verbindung.«

»Wer weiß, was in ihn gefahren ist? Mutter hat's gefallen. Glaub mir, sie hasst uns beide abgrundtief.«

Nie hätte Elisabeth dies für möglich gehalten. Mathilde war weder zu Käte noch zu ihr eine liebevolle Mutter gewesen, und die Kälte, die sie ihr entgegenbrachte, rührte daher, weil sie ein Hexenkind war. »Hoffentlich nicht wegen dem von Seckendorff. *Ich* will nichts von ihm.«

Käte ließ ein helles Lachen erklingen, das Glas hätte zerbersten können. »Nein, nicht wegen Ludwig, sondern weil du das Kind von Andreas' erster Frau bist und im Falle seines Todes alles erben wirst. Ich hasse sie. Wirst sehen, was passiert.«

»Was hast du vor?«

Käte betrachtete ihre Finger, verwob sie ineinander, löste sie und ballte die Hände einen Moment lang zur Faust. »Ich gehe jetzt lieber. Es schickt sich nicht, in der Kammer einer Magd zu sein.«

Elisabeth verkniff sich eine entsprechende Antwort. Sie würde nach Amberg reiten und den Oberforstmeister Freymann heiraten. Wolffrums Weib würde sie niemals werden, und Mathildes sowie Kätes Vorstellungen von ihrer Zukunft konnten ihr gestohlen bleiben. »Ich bin keine Magd. Ich bin die Tochter des Bürgermeisters.«

»Deine Mutter war eine Hexe.«

»Und deine ist eine Hure«, rief Elisabeth aus, was sie dachte. Zuerst erschrak sie über sich selbst, aber die Worte wirkten wie Öl auf das in ihr brennende Feuer. Oh ja, es brannte nicht nur, es loderte. Die Zeit des Duckens war vorbei. Sie wusste jetzt, wer sie war und was sie wollte.

Zu ihrer Überraschung nickte Käte. »Gewiss, das ist sie. Also sind wir beide mit den Makeln unserer Mütter behaftet.«

Elisabeth hielt es nicht länger auf dem Bett, sie sprang auf, stellte sich vor Käte hin. »Meine Mutter war makellos und wurde verleumdet. Sie zu verbrennen war Unrecht und kein Gnadenakt für ihre Seele, wie man mir jahrelang weisgemacht hat. Du bist die Tochter einer Mörderin und Hure. Und jetzt raus aus meiner Kammer. Sofort.«

Aus Kätes Gesicht wich das letzte bisschen Farbe, ihre Lippen schimmerten bläulich. »Das wird dir noch leidtun.«

Wutentbrannt stapfte Käte nach draußen.

Elisabeth starrte lange auf die offene Tür. Kätes Schritte verhalten, aber die Wunden brannten noch in Elisabeths Seele. Sie hätte den Mund halten und sich diese Worte für den Tag aufheben sollen, an dem sie Coburg für immer Lebewohl sagen würde.

49 Hannes

GESPANNT SAH HANNES dem Zusammentreffen mit Major von Seckendorff entgegen, der im unteren Stockwerk der Ehrenburg vor den Verhandlungen mit Lamboy zu ihnen stoßen sollte. In dem schlicht eingerichteten Raum roch es nach Tabak und Wein. Er war mit dem edlen Jagdzimmer über ihnen nicht vergleichbar, ähnelte mehr einer Wach- als einer Wohnstube. Karl schwieg, aber Hauptsache, er war bei ihm und würde bald vollends genesen. Zudem bot Karls Erfahrung in solch delikaten Verhandlungen eine Sicherheit, die er nicht missen mochte. Ihr alter Streit ruhte, und Hannes wünschte sich, er wäre mit dem Fieber für immer vergangen.

Seine Gedanken flogen zu Elisabeth. Was würde ihr Vater sagen, wenn er erführe, dass Hannes an der Verschwörung zur Einnahme der Veste beteiligt war? Hinzu kam, dass er ein Feind war, der die lutherische Elisabeth ins erzkatholische Bayern entführen wollte. Er sollte abwarten, bis alles vorbei war, bevor er bei ihrem Vater vorsprach. Hannes seufzte, worauf Karl ihm freundschaftlich auf die Schulter klopfte.

»Vergiss nicht, als Sieger kannst du dir deine Beute aussuchen.«

»Du meinst die Taupadels?«

»Unsinn. Nimm die Bürgermeistertochter und überlasse die Taupadels mir.«

Hannes schwieg dazu, aber in seinem Inneren tobte ein Krieg zwischen Verstand und Gefühl.

Endlich stapfte Major von Seckendorff sporenklirrend in die Stube. Schmuck sah er aus, der feine Herr: seidene Pluderhosen, eine Jacke gleichen Stoffs, beides in Rot gehalten, dazu einen weißen Casaque, den er lässig über die Schulter geworfen trug und auf dem ein rot-weißes Wappen prangte. Als er Karl erblickte, stutzte er und erblasste. Für einen Augenblick sah es aus, als wollte er kehrtmachen, doch dann legte er seine Hand auf den Goldgriff seines Degens, blinzelte sie überheblich an und blies die Backen auf. »Was wollt Ihr von mir? Wieso werde ich nicht zum

Generalwachtmeister vorgelassen, sondern muss mit Euch vorliebnehmen?« Seine Stimme hatte einen harten, unangenehmen Klang.

Wut kochte in Hannes hoch, denn dieser Mann hatte auf Karl geschossen. Doch der machte eine Handbewegung, die ihm signalisierte, zu schweigen.

»Weil wir mit Euch zu reden haben«, sagte Karl in der ihm eigenen besonnenen Art.

»Was könnten mir ein paar dahergelaufene Landsknechte Wichtiges mitzuteilen haben?«

Diese Provokation war sicher beabsichtigt, denn von Seckendorff musste sehen, dass sie Offiziere waren. »Ihr wisst genau, wer wir sind«, rief Hannes.

»Nicht wer, sondern was Ihr seid, und das reicht mir.« Von Seckendorff wandte sich zum Gehen und sagte dabei: »Ihr seid gemeine Plünderer und Mörder, die die Zehn Gebote missachten und sich nehmen, was sie kriegen können. Teilt dem Herrn Lamboy mit, dass ich es nicht gewohnt bin, von Fußvolk empfangen zu werden.«

»Beruhigt Euch. Ihr befindet Euch in angemessener Gesellschaft«, sagte Karl. »Wenn ich mich vorstellen darf: Freiherr Karl Köckh zu Prunn. Aber das wisst Ihr bestimmt.«

Von Seckendorff kniff die Lippen zusammen, starrte kurz auf seine Füße und setzte sich ihm gegenüber auf den Stuhl. »Und warum seid Ihr nur ein Hauptmann?«

Karls Mundwinkel zuckten spöttisch. »Jeder muss einmal klein anfangen. Ich diene lieber unter einem erfahrenen Führer, der sich durch Leistung auszeichnet, als unter einem, der seinen Rang durch Herkunft erworben hat.«

Von Seckendorff fuhr auf. »Wollt Ihr mir meine Erfahrung als Offizier absprechen?«

»Dort, wo ich herkomme, ist Euer Name unbekannt. Offenbar zählt Ihr nicht zu den Kriegsherren, die man kennen muss. Aber lassen wir das. Ihr habt die Heldburg überraschend schnell an den Grafen Hatzfeld übergeben.«

»Was wollt Ihr damit andeuten? Ich bin Euch keine Rechenschaft schuldig.«

Karl hob seine Schultern. »Nichts. Eure Taten sprechen für sich.«

»Ich bin ein Mann von Treu und Glauben«, ereiferte sich von Seckendorff.

Der Zeitpunkt erschien Hannes günstig, einzugreifen. »Das bezweifele ich. Zumindest bei Eurem Ehegelübde nehmt Ihr es mit der Ehre nicht so genau.«

»Das geht Euch einen feuchten Kehricht an«, zischte von Seckendorff.

»Das sehe ich anders«, sagte Karl. »Schließlich führte die – sagen wir mal – freie Auslegung Eures Eheversprechens zu einem Todesfall.«

»Und was habt Ihr damit zu schaffen?«

»Meine Aufgabe ist es, die Umstände aufzuklären.«

»Aber Ihr steht in den Diensten des Kurfürsten.«

Karl beugte sich leise lachend vor. »Das ist ohne Bedeutung und geht Euch nichts an. Verbrechen ist Verbrechen – egal, welchem Herrn man dient.«

»Wer wurde eigentlich ermordet? Jemand auf der Burg? Selbst wenn dem so wäre, unterliegt die Veste nicht Eurem Zuständigkeitsbereich.«

Hannes erschrak, denn von Seckendorff schien zu wissen, dass Karl die Hände gebunden waren. Für die beiden Morde waren die Coburger zuständig, also Rauschert, und ob der den von Seckendorff belangen würde, war fraglich.

»Wer spricht von Mord?«, fragte Karl.

Von Seckendorffs Augen weiteten sich. »Ihr. Ich nehme an, diese Unterredung findet nicht wegen einer Lappalie statt.«

»Ihr habt recht, was die Vorgänge innerhalb der Stadtmauern betrifft. Deshalb werdet Ihr Euch vor einem Coburger Gericht verantworten müssen.«

Hannes dauerte das alles zu lange. »Es geht ebenso um Eure Ehre!«

Von Seckendorff schnappte nach Luft. »Lasst meine Ehre aus dem Spiel.«

»Ihr habt eine Bürgerin geschwängert, obwohl Ihr verheiratet seid!«

»Wer sagt das?«

»Die Betroffene selbst – Käte Bachenschwanz«, erwiderte Karl. »Ihr habt sie entehrt. Die Ärmste hat sich das ungeborene Kind von einer Hebamme wegmachen lassen. Danach wurde die Alte ermordet, damit sie nichts verraten konnte.«

»Davon weiß ich nichts! Ich war die ganze Zeit auf der Burg.«

»Wir haben Zeugen, die das Gegenteil behaupten. Zum Zeitpunkt des Mordes seid Ihr in der Stadt gesehen worden.«

Schweißperlen bildeten sich auf von Seckendorffs Stirn. »Und warum sollte ich so etwas tun?«

»Der Ehre wegen«, sagte Karl. »Eine öffentliche Anhörung vor dem hiesigen Schöppengericht könnte sehr unangenehme Folgen haben. Dabei ist es unerheblich, wer Euch anklagt – ich oder der Herr Rauschert. Immerhin wollte der Oberkommissär des Kaisers die Aufklärung des Falls, und dem Kaiser sind wir alle verpflichtet, nicht wahr?«

Endlich schien von Seckendorff zu dämmern, was ihm drohte. »Meine Frau, meine Kinder ...! Veit, mein Ältester, darf davon nichts erfahren. Er ist ein aufgeweckter Junge und hat eine große Zukunft vor sich.«

»Wovon darf er nichts erfahren? Von den Morden oder vom Ehebruch?«

»O Gott, diese dumme Gans.« Von Seckendorff schlug

die Hände vors Gesicht. »Ich war weintrunken, als sie mir nachstellte – sie und ihre schreckliche Mutter. Getötet habe ich allerdings niemanden – noch nie.«

Karl ließ seine Worte unkommentiert im Raum stehen und fuhr in einem freundlichen Tonfall fort: »Wir wären unter Umständen bereit, über diese Angelegenheit Stillschweigen zu wahren, wenn Ihr uns eine kleine Gefälligkeit erweisen würdet. Uns ist daran gelegen, die Belagerung der Veste zu beenden.«

»Ganz meiner Meinung. Besser heute als morgen.«

»Gut, dann verstehen wir uns. Wir konnten einen Brief von Herzog Ernst an den Herrn von Zehm abfangen, und es wäre in unserem Interesse, dass dem Inhalt umgehend Folge geleistet wird. Es bedarf eventuell ein wenig Überzeugungsarbeit bei den Herren Zehm und Görtz. Wenn Ihr Euch dazu bereit erklären würdet, könnten wir auf eine weitergehende Untersuchung gegen Euch verzichten.«

Von Seckendorff sagte lange nichts, schließlich lehnte er sich langsam mit geballter Faust zurück. »An mir soll's nicht liegen.«

»Ausgezeichnet. Mein Leutnant wird Euch jetzt zu Generalwachtmeister Lamboy geleiten. Er wird erfreut sein, Euch zu sehen.«

Der Major folgte Hannes die Wendeltreppe hinauf in die fürstlichen Gemächer, in die Lamboy eingezogen war, nachdem die Kanonenkugel das Fenster der Geheimratsstube vollständig demoliert hatte. In das Hochgefühl, sein Ziel bald erreicht zu haben, mischte sich Scham. Waren sie besser als von Seckendorff, der für den Erhalt seiner Ehre Menschen ins Unglück stürzte? War es ehrenvoller, eine Festung durch Kampf oder durch eine List einzunehmen? Heiligte der Zweck die Mittel? Fast wünschte Hannes sich, er könnte die Mühlräder, die er in Gang gesetzt hatte, anhalten, doch mit jeder Umdrehung gewannen sie mehr an Schwung, und ein Zurückdrehen gegen den Strom der Zeit war unmöglich.

50 Andreas

ANDREAS' KNIE ZITTERTEN vom Aufstieg auf den Turm der Morizkirche. Einhundertachtundachtzig Stufen lagen hinter ihm, für jeden Tag der Lamboy'schen Belagerung eine. Er rechnete nach. Die Anzahl der Tage reichte nicht ganz, und wer konnte schon sagen, ob sie es sich nicht anders überlegten und länger blieben.

Das Zimmer des Türmers war tagsüber unbesetzt, da jener nur nachts nach dem roten Hahn Ausschau hielt und die schlafenden Bewohner der Stadt im Falle eines Brandes warnte. Es bot einen einmaligen Blick über Coburg, und als Bürgermeister hatte Andreas das Recht, es jederzeit zu betreten.

Hinter ihm hing schweigend das mächtige Geläut der Kirche. Flügel flatterten, ein Täuberich umwarb gurrend seine Angebetete. Weißer Taubenschiss verunzierte das Grau der Sandsteine. Ringeltauben waren eine Plage, einzig gebraten taugten sie zu etwas. Andreas genoss die Aussicht über seine Stadt. Ein Kind rannte über den Kirchenvorplatz, gefolgt von einem lustig hüpfenden Hund – einer der wenigen, die überlebt hatten. Die Unbedarftheit der beiden rührte sein Herz an, denn wenn er an Coburgs Zukunft dachte, erfüllte ihn eine innere Unruhe, weil vor den Toren das Land verödete. Die Geräusche der Stadt brachen sich wie eine Meeresbrandung an der Kirche. Er war nie an der Küste gewesen, hatte lediglich Gemälde von ihr gesehen und den Erzählungen fahrender Händler gelauscht.

Zögerlich sah er zur Veste hoch.

Die Unbesiegbare war bezwungen, Luthers einstiges Refugium den Papisten übergeben worden.

Seine Fingernägel krallten sich um die steinerne Brüstung. Herzog Johann Ernst hatte die Aufgabe der Burg angeordnet. Im Zeichen eines nahen Friedens wäre ihre Zerstörung unsinnig gewesen, und Coburg war es ebenso wert, erhalten zu werden. Die monatelange Versorgung von mehr als zweitausend Feinden hatte dem Herzogtum zugesetzt, es all seiner Vorräte beraubt.

Generalwachtmeister Wilhelm von Lamboy, der letztes Jahr in den Freiherrenstand erhoben worden war, hatte ihren Herzog mittels eines Briefes besiegt. Ein Acht-Punkte-Vertrag sagte den Kommandierenden freies Geleit und den Schutz des Inventars zu.

Teufelswerk, hatte das Volk geschrien, Täuschung und Betrug, die Räte und Kanzler.

Die Festungskommandanten indes hatten geschwiegen.

Ein raffinierter Schachzug. Dem Herrn von Zehm war etwas vorgegaukelt worden, und schwupp, hatte er aufgegeben, trotz des ungebrochenen Kampfeswillens seiner Besatzung und der Vorräte, die sich jetzt die Kaiserlichen gesichert hatten. Jemand hatte die Uneinigkeit der Kommandierenden raffiniert auszunutzen gewusst. Und dieser Jemand musste einen Unterstützer innerhalb der Festungsmauern gehabt haben, einen, der die Echtheit des Briefes bestätigte, gleichwohl er wissen musste, dass das Schreiben eine Fälschung war.

Dem geistigen Vater des Plans zollte er Anerkennung, denn Andreas hatte schon von jeher etwas für die schlauen Füchse unter den Betrügern übriggehabt. Für den Verräter jedoch empfand er nichts als Verachtung.

Lamboy hatte seine Veste und die Kaiserlichen ihren Sieg, obwohl mancher die Nase rümpfte, weil die Veste lediglich durch eine List gefallen war, anstatt durch einen Kampf glorreich erobert zu werden. Ein schwacher Trost für die Lutherischen und vor allem für die Bürger der Stadt, die die Last der Belagerungszeit trugen.

Von seiner hohen Warte aus konnte Andreas die ersten Truppen abziehen sehen; eine lange Reihe von Dragonern und Fußknechten. Am Festungsberg wimmelte es von Menschen.

Tränen wollten ihm aufsteigen. Die Veste, der Coburger ganzer Stolz, das Symbol der Unbezwingbarkeit des reformierten Glaubens, war wegen Fehlbarkeit und Leichtgläubigkeit in Feindeshand gefallen.

Doch mit der Niederlage war auch etwas Gutes verbunden: Endlich, endlich würden die verhassten Besetzer weiterziehen und einen anderen Landstrich verwüsten. Der Spruch »Heiliger Sankt Florian, verschon mein Haus, zünd andere an«, galt heute mehr denn je.

Aus der Tiefe seines Herzens stieg ein Gedanke auf und setzte sich in seinem Kopf fest: Er hatte genug für die Stadt getan. Zeit, sein Amt abzugeben und sich um seine Familie zu kümmern. Elisabeth würde Dr. Wolffrum heiraten. Andreas schloss die Augen. Er hatte sie verraten, genauso wie Zehm die Burg. Himmel noch mal, warum ausgerechnet Wolffrum? Er hätte sie besser diesem Kaiserlichen mitgeben sollen.

Zu spät. Oder konnte er noch etwas daran ändern? Was, wenn der Kaiserliche sie entführen würde? Auch das wäre ein schlauer Schachzug.

Erfüllt von diesem Gedanken löste sich Andreas vom Anblick der Stadt. Er musste so schnell wie möglich nach dem Leutnant suchen lassen.

51 Hannes

HANNES KONNTE SICH eines gewissen Triumphgefühls nicht erwehren. Hoch zu Ross saß er vor dem Fürstenbau im ersten Innenhof der Veste und verfolgte die Übergabezeremonie an die Kaiserlichen. Trotz anfänglicher Bedenken erfüllte ihn nun Stolz. Die Burg war kampflos gefallen. Nichts war zerstört worden, keiner hatte sein Leben lassen müssen, die alte Besatzung wurde einfach durch eine neue ersetzt. So gesehen war die Täuschung für beide Seiten die beste Lösung gewesen.

Nur ein Makel trübte den Erfolg. Taupadels Schwester und dessen Sohn war freies Geleit zugesichert worden. Doch darauf angesprochen, hatte Lamboy Hannes zugezwinkert und gemeint, er habe auch zugesagt, das Mobiliar und andere Kostbarkeiten unangetastet zu lassen, und ob Hannes im Ernst glaube, dass er dies tun würde.

Lamboy war ein gewiefter Fuchs, das musste er ihm zugestehen.

Karl hielt sich im Hintergrund. Eine tiefe Falte zeigte sich zwischen seinen Augenbrauen, während Hannes auf seine

Beute wartete. Wenige Augenblicke trennten ihn noch von der Erfüllung seines Traums.

Beute – welchen absonderlichen Klang dieses Wort hatte. Was würde er mit Taupadels Schwester machen? Sie töten, wie geplant? Sie nach Randeck verschleppen, um dann was mit ihr zu tun? Wiederholt drehte er sich nach Karl um, aber der rührte sich nicht vom Fleck.

»Die Taupadels bleiben vorerst in Gewahrsam«, sagte Krafft mitten in seine Gedanken hinein. »Anordnung des Generalwachtmeisters. Ihr könnt erst in vier Tagen über sie verfügen.«

Hannes war fast ein wenig erleichtert, bekam er dadurch doch Zeit, sich seine Vorgehensweise zu überlegen.

Karl ritt zu ihm herüber. »Jetzt hast du, was du wolltest. Ich bitte dich, lass sie ziehen«, sagte er leise. »Du hast Mut bewiesen, und wir haben den Schweden eine schmerzliche Niederlage beigebracht. Taupadel muss Blut und Wasser schwitzen. Was willst du mehr?«

»Den Moment auskosten, wenn ich ihnen gegenübertrete, sie mit dessen Gräueltaten konfrontieren und sie fragen, ob sie verdient haben, weiterzuleben. Wenigstens das möchte ich.«

Karl klopfte ihm auf die Schulter. »Das würde ich sogar unterstützen. Es ist allemal gottgefälliger, eine Jungfer und einen Knaben ziehen zu lassen, als sie zu ermorden.«

»Das war von Anbeginn deine Absicht, oder?«

»Ich würde sie gern bei Generalmajor Taupadel abliefern.«

»Und warum?«

»Weil ich wissen möchte, ob Wallenstein ihn bei Neumarkt nur deshalb laufen ließ, um die Gespräche mit dem Schwedenkönig in die Wege zu leiten.«

»Um so herauszufinden, ob Wallenstein ein Verräter war?«

»Aus der Sicht des Kurfürsten war er einer.« Karl tätschelte den Hals seines Braunen. »Den Kaiser würde das bestimmt auch interessieren, denn er hat ihn deswegen ermorden lassen.«

»Dann hast du endlich erreicht, was du wolltest: für den toten Wallenstein die Veste einnehmen und somit Lamboy um den Triumph bringen, nicht wahr?«

Karl sah an ihm vorbei. »Gut, wir warten, bis wir mit der Jungfer sprechen können, und danach geht es Richtung Heimat, raus aus diesem scheinheiligen Ort.«

Genau genommen war Coburg nicht scheinheiliger als andere Orte, und wenn Hannes darüber nachdachte, fand er kaum Unterschiede im Gebaren der Menschen hier oder andernorts – seien es lutherische oder katholische. Dem einen war die Fröhlichkeit beim Bibellesen abhandengekommen und dem anderen täte weniger Weltlichkeit gut, aber im Großen und Ganzen müßten sie sich alle, ihr Leben zu meistern.

»Was dein Dienstherr wohl dazu sagen wird?«

»Solange er das Herzogtum Coburg nicht nach Bayern holen kann, wird es ihm gleichgültig sein, auf welche Weise die Veste gefallen ist.«

»Werden die Coburger jetzt konvertieren müssen?«

Karl lachte lauthals. »Hast du es immer noch nicht durchschaut? Es geht um Reichtum und Macht, nicht um die Konfession. Lamboy wird sich Coburg nicht einverleiben können, weil dessen Herzog nicht besiegt wurde. Dem war die Stadt nicht einmal wert, Verstärkung zu entsenden. Das Ziel des Kaisers ist es, die protestantischen Herzöge und Fürsten für sich zu gewinnen und so sein Reich einen zu können. Deshalb wird er ihnen nichts wegnehmen, verstehst du?«

»Es gibt keine Ehre mehr. Von Seckendorff und Lamboy sind die besten Beispiele dafür. Es werden Versprechungen gemacht, die keiner einhält.«

»Du brauchst dich, falls du dein Gelübde aufgibst, deswegen nicht zu grämen. Dieser Krieg hat seinen Sinn längst verloren, Hannes. Die Schweden sind unter dem Kommando von Taupadel über uns hergefallen, haben Kötzting mitsamt seinen Einwohnern niedergebrannt, und dafür wird er als Kriegsheld gefeiert. Im Gegenzug bringen wir seine Verwandtschaft um, und er wird sich wiederum an unseren Familien rächen. Ergibt das Sinn? Nein, wir müssen diesen Teufelskreis unterbrechen, wenn wir jemals in Frieden leben wollen.«

Zehm ritt mit einer Schwadron an ihnen vorbei, den Blick stur geradeaus gerichtet. Gebeugt, besiegt, zerstört – ein Schatten seiner selbst.

»Er geht nach Eisenach. Ich möchte nicht in seiner Haut stecken, wenn er seinem Herzog Bericht erstatten muss«, sagte Karl.

»Er hätte nicht aufzugeben brauchen.«

»So wie von Seckendorff ihm zugesetzt und die Schrift des Herzogs als Original bestätigt hat, muss es keine leichte Entscheidung gewesen sein.«

Hannes war froh über den Themenwechsel. »Von Seckendorff ist leicht zu durchschauen. Mich wundert, dass der Schwindel nicht aufgeflogen ist. Wie mag er sich jetzt fühlen?«

»Gut, denn er verlässt sich auf unsere Verschwiegenheit. Irgendwann wird ihm seine Ehrlosigkeit das Genick brechen, wirst sehen.«

»Hoffentlich. Was denkst du über den Mord an Ottilia? War er es?«

»Nein, das glaube ich nicht. Von meiner Seite aus wird nichts geschehen, das muss den Coburgern überlassen bleiben. Meine Aufgabe war, herauszufinden, ob einer unserer Soldaten als Täter in Betracht kommt. Beweisen kann ich nichts, und außerdem fragt heute keiner mehr danach. Die Kommissare sind abgereist, und die Armeen werden sich neue Schlachtfelder suchen.«

»Aber mich interessiert es; allein schon wegen Elisabeth. Was wohl unser Kurfürst sagen wird, wenn er erfährt, dass ich eine Lutherische zur Frau nehmen will?«, fragte Hannes mit belegter Stimme.

»Nein wird er sagen. Maximilian hasst alle Protestanten. Das sollte für dich allerdings kein Hinderungsgrund sein, oder?«

Zweifellos war das einer. Es bedeutete das Ende seiner forstlichen Tätigkeiten. Hannes biss sich auf die Unterlippe. Verflixt, auf was hatte er sich da nur eingelassen, und vor allem, wie sollte er sich aus dieser Zwickmühle wieder herauswinden?

»Es wird sich eine Lösung finden, meinst du nicht?« Karl sprach weiter, wobei er im Schritt anritt: »Ich bin mir nicht sicher, meine jedoch, Mathilde ist der Schlüssel zur Lösung des Rätsels. Sie ist der Angelpunkt, um den sich alles dreht.«

»Willst du etwa, dass sie unbehelligt davonkommt?«

Karl nahm die Zügel auf. »Ich werde mit Rauschert sprechen. Ansonsten lass die Toten ruhen, Hannes. Kümmere dich lieber um die Lebenden. Du musst Elisabeth aus diesem Sumpf herausholen, bevor es zu spät ist.«

»Du meinst, dass …?« Auf Hannes' Unterarmen bildete sich eine Gänsehaut.

»Mathilde will ihren Vater beerben. Was mit Elisabeth ist, habe ich bislang nicht herausgefunden. Sie ist die Tochter einer von Rosenau. Vielleicht gibt es da was zu holen.« Karl wischte sich mit der Hand übers Gesicht. »Der Geheime Rat Wolffrum möchte deine Braut ehelichen?«

»Das habe ich auch gehört.«

»Was will er mit der Tochter einer Hexe, die am Brandpfahl endete? Mir scheint, der Teufel verbirgt sich in der Gestalt dieses Geheimrats. Wenn dir etwas an ihr liegt, hol sie dort raus, und zwar so schnell wie möglich.«

52 Elisabeth

Von überall strömten Kürassiere und Arkebusiere auf ihren Rössern zur Veste hoch. Dank Hannes konnte Elisabeth sie inzwischen auseinanderhalten. Hufgetrappel und Rufe hallten in den Gassen wider, als sie im Triumphzug durchs Steintor hinausritten.

Als das Mohrle sich unter ihrem Umhang sträubte, sprach sie beruhigend auf das Kätzchen ein. Dass sie es aufgeben musste, brach ihr das Herz, aber es ging nicht anders. Zu viele wussten von dem Tierchen, und die Gefahr, dass man sie zusammen erwischte, wurde immer größer. Wenn Hannes käme, um sie abzuholen, wohin dann mit der Katze? Sie auf die Reise mitzunehmen, verbot sich von selbst. Sie zur Zeidlerei zurückzubringen, wäre eine Möglichkeit. Vergeblich hielt Elisabeth nach Hannes Ausschau, er wusste bestimmt Rat.

Auch Lutz, der immer für eine Idee gut war, ließ sich nicht blicken.

Hatten sie alle verlassen?

Standarten sämtlicher Farben ritten vorbei, doch unter ihnen keine gelb-schwarze der Hatzfeld'schen Kürassiere, zu denen Hannes gehörte. Möglich, dass er oben in der Burg war, um sich der Taupadels zu bemächtigen. Ein eiskalter Schauer lief ihr über den Rücken, wenn sie daran dachte. Möge Gott verhindern, dass er zum Mörder wurde.

»Des Hexenkind!«, rief eine Frau im Vorübergehen. »Die is an unser'm ganzen Elend schuld.«

Das hatte sie in letzter Zeit öfter zu hören bekommen. Früher hatte es ihr nichts ausgemacht, war an ihr abgeglitten wie Öl auf der Haut. Doch heute traf es sie, weil sie spürte, dass die Coburger einen Sündenbock suchten.

Nicht auszudenken, wenn man sie mit der schwarzen Katze sehen würde. Elisabeth drückte Mohrle fest an sich. Spitze Krallen bohrten sich in ihre Haut. Sie biss die Zähne zusammen – nur nicht loslassen. Sollte sie umkehren und das Kätzchen wieder im Schuppen verstecken oder gar in ihrer Kammer? Nein, besser doch zur Zeidlerei. Hatte sie es bis hierhergeschafft, würde sie auch den Rest bewältigen.

Sie mischte sich unter die Soldaten und drückte sich von ihnen unbeachtet durchs Steintor. Allmählich entspannte sie sich, auch Mohrle beruhigte sich.

Im Probstgrund, dessen Bäume abgeholzt worden waren, kamen ihr einzelne Landsknechte mit hängenden Schultern entgegen. Die Niederlage und die Enttäuschung waren ihnen deutlich anzusehen.

Unter ihnen entdeckte sie ein bekanntes Gesicht – Hans. Sein vorwitziger Gesichtsausdruck war verschwunden, selbst den Sommersprossen fehlte die Farbe. Erst als sie kurz vor ihm stand, zuckten seine Augenbrauen hoch.

»Elisabeth«, begrüßte er sie in einem Tonfall, als würde er über das Wetter sprechen.

Am liebsten hätte sie ihn geohrfeigt, wenn sie Mohrle nicht hätte halten müssen.

»Was ist? Du schaust so komisch?«, fragte er.

»Du Narr!«, entfuhr es ihr. »Wieso musstest du unbedingt Soldat spielen? Wir haben uns Sorgen um dich gemacht. Und was hat dir das alles gebracht?«

»Nichts.« Hans presste die Lippen aufeinander. »Hab ich dir alles in mei'm Brief erklärt.«

»Den ich nicht lesen konnte. Geschieht dir recht, dass du zu den Verlierern gehörst.«

Er trat einen Schritt zurück und kniff die Augen zusammen. »Was trägst du unter dei'm Umhang?«

»Das geht dich nichts an.«

Sie nickte Hans zu und wollte an ihm vorbei, doch er verstellte ihr den Weg. »Zeig her.«

»Lass mich durch.«

Seine Hand schoss vor und riss den Umhang auf. Mohrle fauchte, zappelte sich frei und sauste davon. Verdutzt starrte Hans dem Tierchen hinterher. »'ne schwarze Katz?«

Elisabeth war jetzt alles egal. Mit bangem Herzen sah sie Mohrle in einer Hecke verschwinden. Ihr Mohrle, ihr Kätzchen war fort.

Als Hans vor ihr zurückwich, wurde sie sich der Gefahr bewusst, in der sie schwebte.

»Was wolltest du mit dem Viech?«, fragte er mit hoher Stimme.

»Sie zurückbringen.«

»Ausgerechnet du? Du solltest vorsichtiger sein. Oder biste doch mit 'm Teufel im Bunde? Es stimmt also, was die Leute reden, dass du am Fall der Veste schuld bist und unsere Kommandanten verhext hast?«

»Rede keinen Unsinn, du kennst mich. Die Katze ist mir zugelaufen, und ich wollte sie in Sicherheit bringen. Sie kann genauso wenig etwas für ihr schwarzes Fell wie ich für die falschen Anschuldigungen gegen mich. Meine Mutter war keine Hexe, folglich kann ich auch kein Hexenkind sein.«

Er starrte sie an. »Nee, nee, die war eine. Sonst hätt' ma' se net verbrannt.«

»Wenn du das denkst, was willst du dann noch von mir?«

»Nix mehr. Des is vorbei. Man sagt, du seist dem Wolffrum versprochen.«

»Diesen scheinheiligen Eiferer werde ich auf keinen Fall heiraten.«

»Was sagst du da?«

»Du hast mich richtig verstanden. Eines sollst du wissen: Ich will weder den noch dich. Eigentlich will ich keinen aus der Stadt. Lieber gehe ich ins Wasser.«

Hans' Kiefer mahlten, eine Spur von Traurigkeit war in seinen Augen zu erkennen. »Verstehe«, sagte er kleinlaut. »Dann ... Alles Gute.«

Er ließ sie stehen und setzte seinen Weg in Richtung Stadt fort.

Einer weniger, auf den sie Rücksicht nehmen musste. Irgendwie fühlte sie sich erleichtert. Hans würde mit der Tochter des Apothekers glücklich werden.

Hannes. Sie musste ihn unbedingt finden und ihm alles berichten. Ihre Beine zitterten vor Anstrengung, als sie das letzte steile Stück hinter sich gebracht hatte und vor der heruntergelassenen Zugbrücke des Burgtors stand.

»Was willst du?«, fragte einer der Wächter. Ob er den Siegern oder den Besiegten zuzurechnen war, konnte sie nicht erkennen.

»Ich suche Hannes Freymann. Er ist Leutnant bei den Hatzfeld'schen.«

»Den findest du im Innenhof«, erwiderte er und ließ sie passieren.

Über ihr drohte das gewaltige Fallgitter, als sie klopfenden Herzens durch das Tor schritt. Der dunkle Gewölbeaufgang unter den massiven Mauern endete im lichten ersten Innenhof, wo sie Hannes und Karl hoch zu Ross sofort entdeckte. In ihren Uniformen sahen die zwei schmuck aus, und eine wohlige Wärme stellte sich in ihrem Bauch ein. Endlich bemerkte Hannes sie und glitt vom Pferd. Kein Lächeln, lediglich ein ernster Blick. »Elisabeth, was treibst du hier oben? Dies ist kein Ort für ein junges Mädchen – viel zu gefährlich.«

»Ich brauche nur einige Augenblicke deiner Aufmerksamkeit. Es gibt einige Dinge, die ich dir berichten muss.«

»Jetzt nicht. Ich hätte dich nach dem Abzug allemal aufgesucht. Nach wie vor gilt Kriegsrecht, was bedeutet, dass wir Feinde sind, verstehst du?«

»Wir sind keine Feinde.«

»Für die anderen schon, und wenn dir wegen mir etwas zustößt, würde ich mir das nie verzeihen.«

Sie spürte, dass mehr zwischen ihnen stand, als er zugeben mochte, und verlegte sich aufs Flehen. »Schau, außer Karl beachtet uns keiner.«

»Elisabeth, mach es mir nicht schwerer, als es ist. Wie soll aus uns etwas werden – ich katholisch, du lutherisch?«

Sie zuckte zusammen, als sie die ernüchternde Erkenntnis traf: Der Herr hegte offenbar Zweifel an einer gemeinsamen Zukunft. »Und außerdem bin ich das Kind einer Hexe, stimmt's?«

Ein dunkler Schatten verfinsterte sein Gesicht. »Versteck dich nicht hinter dem Unglück deiner Mutter. Es gibt keine Hexen. Du weißt, dass meine Familie Hexenverfolgungen ablehnt. Das ist nicht der Grund meiner Vorbehalte.«

Sie hatte richtig vermutet, Hannes hatte es sich anders überlegt. »Warum willst du mich nicht mehr? Nur wegen des Glaubens?«

»Meinst du, ich stehe nicht zu meinem Wort?«

»Genau das. Warum sonst meldest du plötzlich Bedenken an, jetzt, nachdem du die Jungfer Taupadel und den Knaben hast.« Ihr kam der Verdacht, er könnte von Anfang an einzig hinter den beiden her gewesen sein und sie selbst als kleines Abenteuer benutzt haben. Ernüchtert sagte sie: »Du willst diese Frau, nicht wahr? Ich war bloß Mittel zum Zweck, damit ich dir alles über von Seckendorff erzähle.«

Verlegenheit sprach aus seinen Augen, und er wandte den

Blick ab. »Das ist alles nicht einfach, Elisabeth«, setzte er an, doch sie wollte nichts mehr hören. Seine Rufe ignorierend, rannte sie durch den schwarzen Schlund des Tores aus der Burg. Am steilsten Stück des Hangs stolperte sie, rollte ihn hinunter und blieb weinend liegen.

Alle hatten ihr den Rücken zugekehrt, sogar das Mohrle war weg. Sie war allein auf der Welt, schon immer gewesen. Langsam richtete sie sich auf. Sie sollte ihr Schicksal annehmen und das Kämpfen aufgeben, hatte es ihr bislang doch nichts als Verdruss gebracht. Vielleicht war der einzige Ausweg, endlich Frieden zu finden, der Tod.

Nach einer Weile rappelte sie sich auf. Welch unsinnige Gedanken. Sie würde zum Vater gehen und ihn bitten, sie wegzuschicken. Lieber in ein Stift als das.

Das Haus lag still. Lediglich in der Küche bewegte sich jemand. Nicht Ilse, die war mit Lutz losgezogen, um die Essensvorräte aufzustocken. Langsam drückte Elisabeth die Tür auf.

Mit dem Rücken zu ihr stand Mathilde und schüttete ein Pülverchen in ein Glas Milch. Das Glas, das dem Vater vorbehalten war. Elisabeth blieb schier das Herz stehen. War es das, was Karl vermutet hatte, dass der Vater nicht an einer Krankheit litt, sondern vergiftet wurde? Sie musste ihm das sagen.

Schnell die Tür zu, bevor Mathilde sie bemerkte.

»Schon zurück?«, fragte da Ilse hinter ihr. »Warum bleibst du in der Tür stehen, wennste in die Küch willst?«

53 Andreas

DREI TAGE NACH dem Fall der Veste pochten zwei Coburger Wachsoldaten an Andreas' Haustür. Nicht schon wieder, schoss es ihm durch den Kopf, als er zu ihnen hintersah. Die Erinnerung an seine Gefangenschaften machte sich unangenehm in seinem Gedärm bemerkbar. Selbst die Frühlingssonne, die sich auf den Helmen der beiden spiegelte, vermochte daran nichts zu ändern. Dieses Mal waren es Soldaten der Stadtwache, ein Zeichen dafür, dass die Zeit der Kämpfe vorüber war, obwohl noch nicht alle Besatzer abgezogen waren.

Er kniff die Augen zusammen und maß die Herren der Wache mit scharfem Blick. »Was wollt ihr? Für Coburg ist der Krieg vorbei.«

»Verzeiht die Störung«, sagte Bechtold, der das Wachestehen am Steintor aufgegeben hatte. »Es geht net um Euch, Herr Bürchamasta.«

Bechtold trat von einem Fuß auf den anderen, während sein Begleiter steif wie ein Stock auf die Haustür starrte. Der Schreck fuhr Andreas in die Glieder. Schon einmal hatten die Wachen eine Person aus seinem Haus geholt und es war nicht gut ausgegangen – Agnes. War es dieses Mal Mathilde, weil sie versucht hatte, ihn zu vergiften? Oder gab es Geheimnisse in diesem Haus, von denen er nichts wusste? Ottilias Tod zum Beispiel. Felix Rauschert hatte ihn gestern Abend darauf angesprochen. Dieser Hauptmann der Kaiserlichen habe ungeheuerliche Verdächtigungen geäußert, nun liege es in seinen Händen, die Sache weiterzuverfolgen oder auf sich beruhen zu lassen.

Es durchlief ihn heiß und kalt, wenn er daran dachte. Einen neuerlichen Skandal würde sein Amt nicht verkraften.

»Dürf' ma 'nei oder net?«, bohrte Bechtold nach, und Andreas fragte sich, was der Kerl im Falle einer Ablehnung machen würde.

»Nein.«

Bechtolds Augen wurden zuerst groß, dann klein. »Ihr müsst uns 'neilassen. Wir haben Befehl.«

»Von wem?«

»Vom Schöppengericht.«

Der Boden schien sich unter Andreas aufzutun und drohte, ihn zu verschlingen. Sie waren gekommen, um seine Tochter zu holen.

Aber wieso? Er hatte doch mit Wolffrum einen Vertrag abgeschlossen. Es half nichts, er musste ihnen Rede und Antwort stehen. »Wenn dem so ist, sollen die Herren des Schöppengerichts persönlich erscheinen und mir ihre Anordnung kundtun. Immerhin bin ich Bürgermeister.«

»Des wiss ma«, stöhnte Bechtold. »Wir könn' nix dafür. Jetzt macht scho auf, sonst müss ma mit Gewalt 'nei.«

An der schweren Eichentür würden sie sich die Fäuste blutig schlagen. »Um was geht's eigentlich?«

»Des möcht ma hier draußen lieber net sagen.«

Verständlich. Bloß, wenn die Kerle erst einmal im Haus wären, wäre alles zu spät und Widerstand zwecklos, weil sie sofort Verstärkung holen würden.

Er raffte sich auf. »Ich komme runter.«

Wie auf Bestellung schlurfte Lutz aus dem Hinterhof herbei. Andreas wies ihn an, die Tür sofort zu verriegeln, sobald er das Haus verlassen hätte, und keinen ohne seine Erlaubnis reinzulassen. Er atmete tief durch und trat hinaus in die sonnenbeschienene Gasse, in der es heute besonders streng nach Exkrementen stank. Schwer schlug die Tür hinter ihm ins Schloss.

»Macht schnell, als Bürgermeister möchte ich nicht im Hausgewand auf der Straße gesehen werden.«

»Des Ganze is uns selber peinlich«, sagte Bechtold. »Es is wechen den Beschuldichungen – die sin' nämlich ziemlich schwerwiechend.«

»Spannt mich nicht auf die Folter. Diese Vorgehensweise ist ungewöhnlich und im höchsten Maße respektlos.«

»Es geht um Hexerei«, sagte der andere Wächter, ohne seine steife Körperhaltung zu verändern. Schweiß rann ihm von der Stirn. »Wir sollen die Person zwecks einer peinlichen Befragung abholen.«

»O nein! Das werdet ihr nicht. Ich gehe unverzüglich zu Dr. Wolffrum. Diese ewigen Verleumdungen müssen ein Ende haben.«

Der Wächter senkte seinen Spieß, die Spitze verharrte vor Andreas' Adamsapfel. War das das Ende – aufgespießt von einem grobschlächtigen Stadtwächter?

»Um wen geht es?«, krächzte er und wusste die Antwort im Voraus.

Der mit dem Spieß antwortete: »Eure Tochter hat eine schwarze Katze. Das Schöppengericht möchte wissen, warum.«

»Tut ma leid«, fügte Bechtold hinzu. Er zog ein Dokument aus seiner Hosentasche. »Da steht's.«

Ein Blick auf Wolffrums Unterschrift genügte ihm. Dieser Mensch hatte ihn betrogen. Etwas sammelte sich in seiner Körpermitte, kroch heiß die Speiseröhre hinauf, ließ sein Herz schneller schlagen und ihn hastiger atmen. Der Wunsch, zuzuschlagen, wurde übermächtig. Wahrscheinlich war ihm seine Wut anzusehen, denn Bechtold trat mit zitterndem Spieß einen Schritt zurück.

»Verfluchtes Pack! Schert Euch zu dem Teufel, von dem ihr gekommen seid. Wenn Wolffrum meine Tochter will, muss er sie persönlich abholen. Das ist mein letztes Wort!«

Seine Stimme überschlug sich, brach sich an den Häusern und hallte in der Gasse wider. Nein, er würde sich dieses Mal nicht beugen, sondern gegen das Unvermeidliche ankämpfen.

Die Wachen duckten sich, als würde Satanas jeden Moment aus der Erde fahren, um sie zu holen. Die kurze Ablenkung nutzend rannte Andreas zur Tür. Er hob die Hand, um dagegenzupochen, und erstarrte mitten in der Bewegung.

Elisabeth, sein Kind, kam ihm von der Schlossgasse entgegen.

»Lauf weg!«, schrie er. Sie stockte, Verwunderung huschte über ihr verweintes Gesicht.

»Vater?«

»Lauf!«

Sie drehte sich um, doch zu spät. Die Wachsoldaten rannten auf sie zu, packten sie an den Armen und zerrten sie mit sich.

»Was ist los, Vater?«

»Haltet ein, lasst es mich ihr erklären.«

»Aber beeilt Euch«, brummte Bechtold, der sich nervös umblickte.

»Du wirst der Hexerei verdächtigt. Angeblich sollst du eine schwarze Katze haben.«

Sie schaute, als wüsste sie, worum es ging.

»Hör zu, ich kann dich nicht verteidigen, wenn du mir nicht alles erzählst.«

»Mohrle ist eine kleine, misshandelte Katze, nicht einmal ganz schwarz. Eine ihrer Pfoten ist weiß«, stammelte sie.

»Also doch«, ächzte er.

»Nicht, was du denkst.«

»Was dann?«

»Ich bin keine Hexe. Wie sollte ich eine sein, wenn ich nur putzen und nähen kann?«

Bewusst hatte Andreas sie nichts anderes lernen lassen, sie von allen fremden Einflüssen ferngehalten, damit nicht einmal der Hauch eines Verdachts aufkommen konnte. Frauen, die zu viel wussten, waren in Gefahr, ebenso wie jene, die zu viel besaßen. Ilse hatte ihm damals schwören müssen, auf Elisabeth achtzugeben.

Sie hatte ... Nein, er hatte versagt.

»Mir müssen jetzt«, drängte Bechtold.

Wieso hatte er es so eilig? Die Kaiserlichen könnten hinzukommen und sich einmischen wollen. Das musste es sein.

»Einen Augenblick noch«, sagte Andreas, um Zeit zu gewinnen. »Dr. Wolffrum hat einen Eheschließungsvertrag unterschrieben. Darauf werde ich mich berufen. So einfach, wie er sich das vorstellt, geht das nicht.«

»Ach, Vater, ich habe ihm gesagt, dass ich niemals seine Frau werde.« Tränen quollen aus ihren Augen. »Ich wollte Hannes heiraten, wäre für ihn sogar katholisch geworden.«

»Und das hast du Wolffrum ins Gesicht gesagt?«

»Ihm nicht, aber dem Sommer Hans.«

»Wann war das?«, fragte Andreas beklommen.

»Heute Früh ...«, sie schluckte. »Vater, ich hab solche Angst.« Elisabeth sank in sich zusammen. All ihre Entschlossenheit und Stärke schienen in der Erkenntnis zu verpuffen, dass sie verraten worden war.

Bevor er sie in die Arme schließen konnte und ohne ein weiteres Wort zu verlieren, schleppten die beiden Uniformierten sie davon. Das alles konnte nur ein böser Traum sein.

Die Tür flog auf und Lutz stürmte mit einem Beil in der Hand aus dem Haus. Hoffentlich benutzte er es nicht, denn die Wächter würden sich zu wehren wissen.

»Ihr kricht un'ere Lisbeth net!«, schrie Lutz, rannte hinter den Soldaten her und riss das Werkzeug hoch. »Lasst se los oder ich hack' euch z'amm!«

Ein Schuss krachte durch die Herrngasse. Lutz fiel das Beil aus der Hand. Er ruderte mit den Armen und schlug der Länge nach hin. Elisabeth schrie.

Blut drang aus dem Loch in seinem Hemd, breitete sich schnell auf seiner Brust aus und bildete eine Lache auf dem dreckigen Pflaster.

Mit verschwommenem Blick bemerkte Andreas, dass die zwei Wachsoldaten nicht allein gekommen waren. Wolffrum und vier weitere traten aus dem Schatten der abzweigenden Johannisgasse. Einer steckte soeben seine rauchende Pistole weg.

»Danke für das Geständnis, das uns Elisabeth so freimütig geliefert hat, Bachenschwanz. Wir sprechen uns später – vor Gericht«, sagte Wolffrum wie aus weiter Ferne.

Mit leeren Augen starrte Lutz gen Himmel. Hinter ihm ertönte ein Schrei. Ilse rannte laut heulend zu dem Leblosen.

54 Elisabeth

EIN SCHLAG MUSSTE Elisabeth getroffen haben, denn jede Bewegung erstarb, und bis auf das Pochen ihres Herzens verstummten alle Geräusche. Panische Angst griff mit glühender Zange nach ihren Eingeweiden, um sie herauszureißen. Sie schrie.

»Lutz!«

Wie ein gefällter Baum stürzte er zu Boden. Hinter ihm stand Wolffrum, daneben ein Soldat mit rauchender Pistole.

Jede Faser ihres Körpers verkrampfte sich in dem Versuch, sich dem Unabwendbaren entgegenzustemmen. Sie versuchte, um sich zu schlagen, doch eiserne Hände hielten sie fest.

Vater: totenblass, mit Augen so groß wie Teller.

Ilse: die Hände vor dem Mund.

All das konnte nicht wahr sein, Lutz würde gleich aufstehen und Vater den Wolffrum zur Rede stellen. Doch sie ahnte, was kommen würde, und auch, dass ihr nichts und niemand helfen konnte.

Die Wächter schleiften sie durch die Herrngasse und über den Marktplatz zur Rosengasse. Frauen gafften, Männer schüttelten die Köpfe, Kinder johlten. Sie liefen zusammen und untermalten den Spießrutenlauf mit Verwünschungen und Flüchen. Keine Stimme, die zu ihr hielt – keine einzige.

Am liebsten hätte sie sich die Ohren zugehalten, doch ihre Arme gehörten den Soldaten. Unbarmherzig wurde sie zum Hexenturm gezerrt.

»Verbrennt se, die Hex!«

Dieser Ruf nahm ihr schier den Atem. Sofort erschien das Bild ihrer brennenden Mutter vor ihrem geistigen Auge. Ihr wurde schwindelig. Das Getöse der Menge drang gedämpft an ihre Ohren, und der Tag verfinsterte sich. Endlich hielten sie an. Der mit Zinnen bewehrte Hexenturm war Teil der Stadtmauer und zwei Stockwerke hoch. In ihm wohnte das Grauen. Soviel sie wusste, gab es aus ihm kein Entrinnen, außer der Kerkermeister ließe sich bestechen.

Dr. Wolffrum trat mit teuflisch funkelnden Augen vor sie hin, wartete, bis sich genügend Bürger um sie versammelt hatten, und hob dann an: »Elisabeth Bachenschwanz, du bist die Ausgeburt einer Hexe und hast schwere Schuld auf dich geladen. Zum einen wirst du des versuchten Giftmordes am eigenen Vater bezichtigt.«

Ein Raunen ging durch die Menge. »Was? Am eignen Vater? An unser'm Bürchermasta?«

»Zum anderen sollst du dich mit den Papisten verbündet und ihnen die Veste Coburg in die Hände gespielt haben.«

Mehr Rufe wurden laut. Verwunderung vermischte sich mit Wut.

»Des Weiteren wirst du der Hexerei angeklagt.«

»Hexe! Hexe!«

»Ruhe!«, gebot Wolffrum. »Wir werden herausfinden, ob dir der Teufel geholfen und durch eine schwarze Katze zu dir gesprochen hat. Du bleibst so lange eingekerkert, bis die Befragung abgeschlossen ist und das Gerichtsurteil vorliegt. So lautet der Beschluss.«

Ihre Knie gaben nach, und hätten die Wächter sie nicht untergehakt, wäre sie zusammengebrochen. Alle hatten sie verlassen – sogar Gott. Was immer sie antworten würde, es wäre ohne Bedeutung. Das Urteil war längst gefällt.

»Hinfort mit ihr!«, rief Wolffrum.

Sie zerrten sie in den Rundturm, in dessen Kühle sie Düsternis sowie der Geruch von Fäulnis empfingen. Durch eine kleine, eisenbeschlagene Tür wurde sie in den unterirdisch gelegenen Kerker geschleppt, wo man sie fallen ließ. Ihr Magen entleerte sich auf den Erdboden. Mit letzter Kraft schob sie sich zur feuchten Wand, rollte sich auf einem Strohlager ein und bedeckte ihren Kopf mit den Händen.

»Mutter, hilf mir«, wimmerte sie und ergab sich in haltloses Weinen.

55 Hannes

»Im Grunde ist es ganz einfach«, sagte Karl. »Entweder Elisabeth oder die Rache.«

»Warum kann ich nicht mit dir nach Weimar reiten?«

»Willst du die Taupadels immer noch töten?«

»Nein.« Er hatte sich endgültig entschieden. Karl würde für ihn nicht den Henker spielen, und ihm selbst graute davor. Er sah auf seine Handflächen. Das Blut Unschuldiger klebte bereits an seinen Händen. Warum sie noch mehr besudeln?

Karl nickte, als könnte er Hannes' Gedanken lesen. »Gut, dann bringe ich sie allein nach Weimar.«

»Du verzichtest also darauf, den Generalwachtmeister Taupadel zu verfolgen?«

»Ich bin kein Selbstmörder. Es wäre töricht zu glauben, dass unsereins ungeschoren mitten durchs schwedische Heer reiten kann. Nein, so wichtig ist mir Wallensteins Ehre nicht. Das Leben ist mir einmal geschenkt worden, und ich möchte das Schicksal kein zweites Mal herausfordern. Ich konnte die Besatzung der Veste überlisten, das reicht mir.«

Erstaunt musterte Hannes den Freund. Karl sollte einen höheren Rang als den eines Hauptmanns bekleiden. Das dachte wohl auch Lamboy, denn man munkelte hinter vorgehaltener Hand etwas von einer baldigen Beförderung.

»Was soll ich in der Zwischenzeit tun?«

»Auf deine Elisabeth aufpassen. Sprich mit ihrem Vater, aber sei ehrlich. Der verkraftet das. Reite notfalls mit ihr nach Amberg, ich komme nach.«

»Warum diese Eile? Willst du vorher nicht noch die Lorbeeren einheimsen, die dir zustehen?«

»Bin ich erst einmal Oberst, wird ein Quittieren des Dienstes immer schwieriger, da sich dann unser Kurfürst oder gar der Kaiser vor den Kopf gestoßen fühlen könnte. Und was Elisabeth anbelangt: Vertraue auf mein Gespür und sorge für ihre Sicherheit.«

»Versprochen«, erwiderte Hannes. Er ließ sich seinen Fuchs bringen und schwang sich in den Sattel.

Einen schmerzvollen Augenblick lang hatte er Elisabeths Davonlaufen als die beste Lösung für sie beide erachtet, bis ihn das schlechte Gewissen geplagt hatte und die Sehnsucht nach ihr übermächtig geworden war. Da er keine unerledigten Sachen mochte, musste reiner Tisch gemacht werden. Saatkrähen fielen über ein brachliegendes Feld her und taten mit ihrem Gekrächze ein Übriges, sein mulmiges Gefühl zu verstärken.

Die meisten Soldaten hatten das Herzogtum Coburg verlassen. Das frühlingswarme Licht spiegelte eine Leichtigkeit vor, welche die trostlose Öde, die die Stadt umgab, nur schwerlich zu überdecken vermochte.

Dem Sieger gehörte alles, dem Unterlegenen nichts.

Das Hahntor stand offen. Es gab nichts mehr zu beschützen und niemanden, der um Einlass bettelte. Mit pochendem Herzen lenkte er den Fuchs in die Herrngasse und erwartete, Elisabeth zutiefst verletzt in ihrem Haus anzutreffen. Er vertraute darauf, sie und ihren Vater von der Ernsthaftigkeit seiner Absichten überzeugen zu können. Stöße er auf Widerstand, würde er sie entführen, hatte er sich vorgenommen.

In der Herrngasse gab es kaum ein Durchkommen. Menschen standen dicht gedrängt vor Elisabeths Haus. Widerwillig machten sie ihm Platz. Vor der Haustür hatten sie einen Kreis gebildet, in dessen Mitte soeben zwei Tagelöhner einen Leinensack auf eine Handkarre warfen. Deutlich war zu erkennen, dass er einen menschlichen Körper enthielt. Wer war das? Was war hier geschehen?

Er sprang vom Pferd und verlangte zu wissen, um wen es sich bei dem Leichnam handelte.

»Des is der Lutz. Den hat's voll derwischt«, gab einer der Gaffer bereitwillig Auskunft.

Hannes erinnerte sich an den einohrigen Knecht im Hause Bachenschwanz. »Was ist passiert? Vor Kurzem sah er noch recht gesund aus.«

»Derschossen hamms 'n«, rief eine alte Zahnlose.

»Und wieso? Weiß jemand Genaueres?«

»Ich erzähle Euch alles«, sagte eine brüchige Stimme aus einem Fenster über ihm. »Kommt rein. Bindet das Pferd irgendwo an.«

Elisabeths Vater. Hannes rang um Fassung. Er stieg ab, fand nichts zum Anbinden, bis ein kleiner Junge anbot, den Fuchs für einen Heller zu halten.

»Ich gebe dir zwei«, versprach er ihm.

Drinnen legte er zögernd die Hand auf das Treppengeländer. In der Küche schluchzte eine Frau, vermutlich die Küchenmagd. Oben war alles still. Vergebens hoffte er, einen Blick auf Elisabeth zu erhaschen.

»Nach oben, bitte!«, rief es über ihm.

Die Stufen knarrten abweisend, als Hannes hinaufstieg, wobei ein Gefühl der Hoffnungslosigkeit schwer auf seinen Schultern lastete.

Andreas hielt ihm die Tür zur Wohnstube auf. Edles Mobiliar zeugte vom Wohlstand des Bürgermeisters, eine Lutherbibel lag aufgeschlagen auf dem Tisch.

»Nehmt Platz, Herr Freymann«, sagte Andreas.

Hannes wählte den Armlehnstuhl direkt neben der Tür.

»Verzeiht, dass ich Euch nicht mit Eurem militärischen Rang anspreche. Es handelt sich um eine rein private Angelegenheit.«

In Erwartung einer verbalen Attacke spannte Hannes die Muskeln an.

»Herr Bürgermeister ...«, hob er an.

»Bitte ... sagt Herr Bachenschwanz zu mir, das klingt familiärer«, unterbrach ihn Andreas.

Das hörte sich gut an. »Herr Bachenschwanz, ich wollte sowieso mit Euch reden. Wie trefflich, dass Ihr offensichtlich dasselbe vorhattet.«

»Hm.« In einer hilflosen Geste schlug sich sein Gegenüber mit beiden Händen an die Hüften. »Ich will nicht um den heißen Brei herumreden. Mir wurde mitgeteilt, dass Ihr Interesse an meiner Tochter Elisabeth habt.«

Der Mann ging direkt zum Angriff über. »Deshalb wollte ich mit Euch reden.« Hannes musste schlucken, bevor sich die Worte aus seinem trockenen Mund lösten. »Ich wollte Euch um ... um Elisabeths ...«

Der Bürgermeister hielt abwehrend die Hand hoch. »Sie haben sie in den Hexenturm gesteckt.«

Hannes klappte der Unterkiefer herunter. Das bedeutete Anklage wegen Hexerei. Jetzt verstand er, warum Elisabeth Schutz bei ihm gesucht hatte. Und er hatte sie ins Verderben geschickt.

Auf Bachenschwanz' Gesicht zeichnete sich ein Hoffnungsschimmer ab. Er würde alles in seiner Macht Stehende tun, um ihm und seiner Tochter zu helfen, obwohl er keine Ahnung hatte, wie.

»Bitte, erzählt mir alles«, sagte Hannes.

Andreas berichtete zuerst stockend, dann immer flüssiger. Hannes hörte angespannt zu, wobei er sich an den Armlehnen festhielt. Die Anklage hätte schlimmer nicht ausfallen können. Elisabeth zu befreien, war nahezu unmöglich.

»Ich hoffe auf Eure Unterstützung«, beendete Andreas die Geschichte und fiel in sich zusammen. »Es mag sich sonderbar anhören, aber solltet Ihr weiterhin an einer Verbindung interessiert sein ...«

»Natürlich bin ich das, zumal ich jetzt Euren Segen habe.«
»Um Gottes Willen – ja! Bitte rettet mein Kind!«
»Ich werde zu dem Versprechen stehen, das ich ihr gegeben habe.« Die eigene Unsicherheit schlug sich im Zittern seiner Stimme nieder, was er nicht zu beherrschen vermochte. »Mir ist kein Fall bekannt, bei dem eine derartige Anklage entkräftet werden konnte.«

Bachenschwanz sah ihn mit Tränen in den Augen an. »Mir auch nicht.«

Hannes' Schädel brummte, als hätte er einen über den Durst getrunken, während Elisabeths Vater den Oberkörper vor und zurück wiegte. Er sollte etwas Aufmunterndes sagen, was ihnen beiden neue Hoffnung geben würde – bloß was?

Hannes wischte seine schweißnassen Hände an der Hose ab. Folterwerkzeuge erschienen vor seinem geistigen Auge und verhinderten ein klares Denken. Elisabeth im Turm, auf der Folterbank, am Brandpfahl. Ihm wurde übel. Wie betrunken taumelte er aus dem Zimmer, die Treppe hinunter und vor das Haus.

Einige Bürger hatten dort ausgeharrt, um ihre Neugier zu befriedigen. Er drückte dem Knaben irgendeine Münze in die Hand, woraufhin dieser jauchzend davonhüpfte.

Karl – er brauchte unbedingt dessen Ratschlag. Wenn einer helfen konnte, dann er. Außerdem wog das Wort eines Freiherrn und Hauptmanns mehr als das eines Forstmanns und Leutnants.

Ängstlich wichen die Schaulustigen vor ihm zurück, und das war gut so, denn Hannes trieb den Fuchs rücksichtslos vorwärts.

April 1635

56 Elisabeth

SPÄRLICHES LICHT FIEL durch eine schmale, vergitterte Aussparung in der Wand des Hexenturms. Elisabeth kauerte auf dem Boden der runden Kerkerzelle, in der es trotz des Durchzugs stickig roch. Exkremente, Blut und Angst schienen aus jeder Pore der Wand zu dringen. Zwei Stockwerke über ihr warteten die Folterinstrumente auf ihren Einsatz. Das Erdgeschoss wurde von einer bescheiden eingerichteten Wachstube eingenommen, aber hier unten gab es weder Tisch noch Bett; nicht einmal einen Stuhl. Nur ein Nachtgeschirr hatte man ihr bereitgestellt, das niemand leerte. Durch eine Klappe in der Tür wurde ihr zweimal am Tag eine Schale mit dünner Gerstensuppe sowie ein Becher Wasser gereicht.

Sie ließ sie stehen. Das alles konnte doch nicht wahr sein, es würde sich als Irrtum herausstellen. Am nächsten Tag beherrschte sie die Frage nach dem Warum und die Hoffnung, die Tür möge sich öffnen und ihr würde die Freiheit geschenkt werden. Sie öffnete sich nicht. Am vierten Tag drückte der leere Magen schmerzhaft und holte sie aus ihrer Erstarrung. Dieses Mal verschlang sie die Wassersuppe und horchte auf ein neues Gefühl, das in ihren Adern pochte: Hass. Auf alle, die sie verlassen hatten.

Wer hatte von der Katze gewusst? Hans, Lutz und Ilse. Weder der Knecht noch die Küchenmagd hätten ihr das angetan – Hans schon eher. Verschmähte Liebe war von jeher ein Nährboden für Rache.

Dann suchte sich ihr Hass ein neues Opfer und fand es in Wolffrum, diesem scheinheiligen Heiratsschwindler, und in sich selbst. Dumme Gans, einfältige Kuh.

Die Ungerechtigkeit, die ihr widerfuhr, ließ sie schier verzweifeln. Sie empfand glühende Eifersucht auf Käte, für deren Dummheit sich kein Ankläger finden würde, ebenso wie für Mathildes Machenschaften. Alle konnten sie lügen und betrügen und kamen ungestraft davon, nur sie nicht, weil sie die Tochter einer Hexe war.

Dabei war ihre Mutter ebenso wenig eine gewesen, wie sie selbst eine war.

Inzwischen war sie die fünfte Nacht in diesem Verlies. Ihre Fantasie spielte ihr Streiche, ließ Schatten entstehen, wo keine sein konnten. Das kleinste Geräusch vervielfachte sich zu einem Getöse. Sie kauerte an der Wand, betete, dass endlich der Morgen grauen möge.

Ein dumpfes Klacken von Pferdehufen ließ sie aufhorchen. Gleich darauf kullerte etwas vor ihr über den Boden. Nachdem sie den ersten Schreck überwunden hatte, ertastete sie ein Steinchen. Das Geräusch wiederholte sich. Sie blickte hoch zu der Wandöffnung, deren Fläche sich kaum vom Schwarz abhob.

»Ist da wer?«, rief sie zaghaft hinauf.

»Elisabeth?«, ertönte Hannes' Stimme.

Die freudige Überraschung trieb sie auf die Beine, zur Wand hin, wo sie versuchte, sich so weit wie möglich nach oben zu strecken. »Ja! O Gott, Hannes, hilf mir!«

»Das werde ich. Ich habe nur wenig Zeit. Das Konsistorium hat eine Untersuchung verfügt und den Zentgrafen des Herzogs von Eisenach mit der Durchführung beauftragt.«

»Warum haben sie nicht den von hier genommen?«

»Weil der tot ist, genauso wie der in Unterlauter. Daher wurde nach dem in Eisenach geschickt. Drei Anklagen liegen gegen dich vor: Buhlen mit dem Teufel, Versuch des Vatermords und Verzaubern der Festungskommandanten. Als Beweis gilt dein Mohrle. Als Zeugen werden Mathilde, ein Arzt und einige Leute, die mir unbekannt sind, genannt.«

Sie hatte alles gehört, doch nichts verstanden. »Wann holst du mich raus?«

»Geduld, Liebste. Als Erstes wird eine gütliche Befragung vor einer Kommission stattfinden. Du streitest alles ab, verstanden? Der Scharfrichter wird dir bei der Territion die Folterinstrumente zeigen, um dich einzuschüchtern. Auch hier gibst du nichts zu. Wenn es so läuft, wie geplant, werden sie nicht bei der folgenden peinlichen Befragung zum Einsatz kommen. Gestehe bloß nichts, sonst kann dir keiner mehr helfen.«

»Ich habe solche Angst.«

»Wir versuchen alles, was möglich ist.«

»Hannes?« Sie schluckte. »Ich dachte, du magst mich nicht mehr?«

»Wäre ich sonst hier und würde meinen Hals riskieren?« Kurze Pause. »Es war nicht richtig, was ich da oben an der Veste getan habe. Es tut mir leid.«

Eine Träne der Erleichterung rollte über ihre Wange. »Ach, Hannes.«

»Verlier deinen Glauben nicht. Ich muss weg, der Nachtwächter kommt.«

Ein Rufen zerriss die Stille der Nacht: »Hört ihr Leut und lasst euch sagen, unsre Glock hat vier geschlagen! Bewahrt des Feuer und des Licht, damit der Stadt kei' Leid geschiecht!«

Das Klacken der Pferdehufe und der Tanz des Laternenlichts entfernten sich. Dennoch blieben Freude und ein Funken Hoffnung in ihrem Herzen erhalten und spendeten Trost und Wärme. Sie betete zum ersten Mal seit ihrer Gefangenschaft, dass der Herr ihr die Kraft geben möge, die nächsten Tage durchzustehen, aber auch um die Willensstärke, während der Folter bei der Wahrheit zu bleiben. Zum Schluss bat sie darum, dass es dem Mohrle gut gehen würde und es nicht zu leiden hätte.

In der folgenden Nacht besuchte Hannes sie erneut, um ihr Mut zuzusprechen, bis Rufe erschallten und er eilig verschwinden musste. Die nächsten Nächte blieb er fern.

Eine weitere Woche war zäh dahingeschlichen, ohne dass sich einer ihrer Häscher hätte blicken lassen.

Vor dem Turm wurden Geräusche laut, jemand näherte sich. Kurz flackerte Hoffnung auf, die von der Erkenntnis gelöscht wurde, dass es so weit war. O Gott, sie holten sie zur Befragung ab.

Quietschend öffnete sich die Tür, und Dr. Wolffrum schob sich hindurch bis in die Mitte des Raumes. Elisabeth flüchtete sich ans äußerste Ende des Mauerrunds.

Der Teufel selbst hätte nicht bedrohlicher aussehen können.

»Steh auf, wenn ich mit dir spreche«, fuhr Wolffrum sie an.

Sie schüttelte den Kopf, unfähig, ein Wort zu sagen.

Auf sein Winken hin traten zwei Männer ein. Sie kannte beide: Scharfrichter Otto Wahl und der Wächter Bechtold, der es vermied, sie anzublicken.

»Die gütliche Befragung findet morgen statt. Zuvor müssen allerdings einige Untersuchungen vorgenommen werden«, sagte der Scharfrichter.

»Was für Untersuchungen?«, fragte sie mit bebender Stimme.

»Wirst schon sehen.«

Sie wurde in den ersten Stock hinaufgeführt, wo einer der Gehilfen des Baders sie lüstern musterte.

»Was habt ihr mit mir vor?«

»Ausziehen«, gebot Bechtold scharf.

»Nein, bitte nicht.«

»Mach's freiwillich oder wir müssen nachhelfen.« Zur Bekräftigung seiner Worte zog er ein langes Messer.

Am ganzen Körper zitternd legte sie das Hemd und den Rock ab. Verzweifelt versuchte sie, Brüste und Scham mit den Händen zu bedecken. Den verschwitzten Gesichtern der Männer war deutlich anzusehen, wie sie sich an ihrem Anblick ergötzten.

Bechtold deutete auf eine Bank. »Drauflegen!«

Was geschah mit ihr? Diese Schande!

Mit ausgebeultem Hosenlatz trat der Bader an sie heran. »Musst deine Fingala wegnehm', sonst schneid' ich dich.« Zuerst schor er ihr den Kopf kahl, rasierte anschließend die Achselhaare und zum Schluss die Schamhaare ab. Wie im Traum ließ sie alles geschehen, klammerte sich in Gedanken an Hannes fest.

Als der Bader sein Werk unter dem Keuchen der Wächter vollendet und Wolffrum sie für nackt genug befunden hatte, wurde sie einen Stock tiefer geführt, wo der Zentgraf und ein Beisitzer des Schöppengerichts auf sie warteten. Die Untersuchung begann. Sie wurde überall betastet und mit Nadeln gestochen. Immer wieder beugten sich die drei Herren vor, um sie genau in Augenschein zu nehmen. Enttäuschung zeigte sich in ihren Mienen, wenn ein Blutstropfen aus den wenigen Leberflecken und Warzen trat – andernfalls wäre sie als Hexe entlarvt gewesen. Wolffrum zwickte sie sogar in ihre Brustwarzen. Als sie ihre Hand schützend davorhalten wollte, schlug er sie weg. Wut und Verzweiflung wallten auf, aber ihr Wille, die Gaffer nicht dadurch zu erfreuen, sie weinen zu sehen, war stärker.

»Keine Hexenmale«, befand der Scharfrichter, was der Zentgraf mit einem Grunzen bestätigte.

Wolffrums Kohleaugen loderten. »Wenn die gütliche Befragung nichts erbringt, dann eben die hochnotpeinliche.«

57 *Andreas*

»Ich brauche dringend eine neue Magd – als Ersatz für Elisabeth«, keifte Mathilde auf dem Weg zur Morgenandacht in der Morizkirche.

Andreas seufzte innerlich und schlang den Schal fester um sich. Ein Schneeschauer überzog alles mit weißen Tupfen. Der Gang zur Kirche fiel ihm schwer genug, da brauchte er keinen Ärger. Das anzügliche Starren der Leute störte ihn weniger als die Aussicht, gleich Wolffrum zu begegnen.

Seit Tagen versuchte er, einen Ersatz für Lutz aufzutreiben, aber niemand wollte bei ihm arbeiten. Das lag daran, dass es kaum Männer gab und sein Haus als verflucht galt. Aus demselben Grund würde es genauso schwer sein, eine Magd zu finden. Das Ansinnen seiner Frau war lächerlich. »Sucht Euch eine aus. Die Maiden drängen sich geradezu darum, in unsere Dienste treten zu dürfen.«

»Dann sollte es kein Problem sein, eine zu finden«, schnarrte sie. »Schließlich ist es Eure Schuld, dass ich ohne dastehe. Hättet Ihr Elisabeth gleich mit Doktor Wolffrum verheiratet, wie ich es wollte, wäre das alles nie geschehen.«

Nach wie vor verstand sie es, die Tatsachen zu ihren Gunsten zu verdrehen. »Dummes Gerede. Die Situation für Euch wäre dennoch dieselbe. Außerdem ist meine Tochter keine Magd. Ihr habt sie dazu gemacht.«

»Unverschämtheit. Ich habe ihr lediglich die Pflichten einer guten Ehefrau beigebracht.«

»Das wäre genauso, als würde ein Blinder versuchen, die Farben zu erklären.«

Sie blieb stehen. »Ihr seid unmöglich.«

Er zuckte mit den Achseln. »Geht zu, oder wollt Ihr noch mehr Aufsehen erregen?«

Hoch erhobenen Kopfes stapfte sie an ihm vorbei.

Von der Seite lief einer der Bürger auf sie zu und bekreuzigte sich. Kurz vor dem Kirchgässlein trafen sie auf Breithaupt, der ein schnelles »Tut mir leid« murmelte und auf eine Gruppe Honoratioren zueilte. Andreas hätte sich gerne vorbeigedrückt, besann sich aber eines Besseren. Diese verlogene Brut kam ihm gerade recht. Er schob das Kinn vor und stellte sich mitten unter sie. »Guten Morgen, die Herren.«

»So ein Sauwetter«, schimpfte Bürgermeister Flemmer.

Bürgermeister Langer streckte seine Nase nach oben. Eine Schneeflocke fiel ihm auf den Schnurrbart und schmolz augenblicklich. »Bestimmt ein Zeichen des Himmels.«

»Wir haben April«, sagte Andreas, »und außerdem herrscht Frieden.«

Verbissenes Schweigen schlug ihm entgegen. Die sieben Herren traten von einem Bein aufs andere, wobei sich der Abstand zu ihm vergrößerte. »Was würdet Ihr sagen, wenn ich mein Amt niederlegte?«, fragte er angriffslustig.

»O nein.«

»Auf keinen Fall!«

»Warum das denn?«

Die Rufe verstummten. Natürlich wollten sie das nicht. Wer würde schon freiwillig die Lücke füllen wollen? Eine Bö packte Langers Hut und wehte ihn davon. Sofort beteiligten sich die sieben ehrenwerten Herren an der Jagd und ließen Andreas wie einen alten Gaul stehen.

Er grunzte eine Verabschiedung und eilte Mathilde nach, die auf das Hauptportal der Kirche zustolzierte. Auf den Stufen wartete Matthäus. »Guten Morgen, die Dame«, grüßte er Mathilde, die ihn jedoch ignorierte. Hinter ihrem Rücken zog er eine Grimasse, doch als er Andreas sah, hellte sich seine Miene auf. »Guten Morgen, Andreas. Was für eine Last muss das alles für dich sein.«

»Danke dir. Zum Glück ist Hans unversehrt wieder bei dir daheim.« Andreas wurde angerempelt. Erschrocken starrte ihn der Flegel an und zwängte sich in den Strom der Kirchgänger zurück. Trotzig blieb Andreas mitten im Portal stehen, sodass die Coburger gezwungen waren, sich an ihm vorbeizuschieben. Schließlich stellte er sich an die Seite des Eingangs, genau unter die nackten, lebensgroßen Steinfiguren von Adam und Eva.

Matthäus gesellte sich zu ihm. »Hans hat sich stark verändert.«

»Zumindest lebt er und darf es auch weiterhin.«

Matthäus' Lippen wurden schmal. »Hm. Kann ich dir irgendwie helfen?«

Mitleid konnte er am allerwenigsten gebrauchen. Andreas fühlte seine Augen brennen. Er atmete tief durch und straffte seinen Rücken. »Ja, das kannst du. Entkräfte die Anklage. Sie werden Elisabeth foltern, bis sie alles gesteht, was ihr vorgeworfen wird. Bis jetzt hat noch jeder Gepeinigte sein Heil in der Lüge gesucht.«

»Verlange die Katze als Beweis. Der Geheime Rat hat nach ihr suchen lassen, aber die ist bestimmt längst über alle Berge – falls sie überhaupt existiert.«

Es gab sie. Ilse hatte es ihm gebeichtet. Wie die Mutter, so die Tochter – ihr gutes Herz wurde ihnen zum Verhängnis. »Sie werden sagen, Elisabeth habe sie weggezaubert oder die Katz sei zu ihrem Herrn, dem Teufel, geflüchtet. Die Befragung dient lediglich dazu, die Anklage zu bestätigen, und wenn kein Wunder geschieht, ist Elisabeth verloren.« Andreas musste abbrechen, seine Stimme versagte ihm.

Der Krämer zog den Kopf ein und drückte verstohlen seinen Arm. »Vielleicht hat der Herzog Erbarmen?«

»Welcher? Unser Johann Ernst sitzt in Eisenach und lässt den lieben Gott einen frommen Mann sein. Der hat sich das Herzogtum Coburg einverleibt und kümmert sich nicht.«

»Er ist alt und kinderlos. Ich denke, der Herzog von Weimar wird in Zukunft unser Schicksal bestimmen. Schicke ihm einen Boten.«

»Habe ich bereits.« Wenn einer helfen konnte, dann er. Andreas traute in Coburg niemandem mehr; nicht einmal seinem Freund, da dessen Sohn Elisabeth verraten haben könnte. Aber ihm dies ins Gesicht zu schleudern, verbot die alte Freundschaft, die sie verband. »Hoffentlich hilft er uns.«

»Wieso sollte er? Es wäre besser, wenn wir reingingen, bevor wir uns hier draußen den Tod holen. Es schneit immer heftiger.«

Widerwillig folgte Andreas ihm ins kalte Dämmerlicht der Kirche. Von allen feindselig angestarrt zu werden verursachte ein Prickeln auf seiner Haut, das ihm die Nackenhaare aufstellte. Den Blick stur geradeaus gerichtet, marschierte er auf den Altar zu. Er musste durchhalten.

Wozu eigentlich und für wen? Für dieses falsche Pack? Wenn sie einen Vorteil witterten, küssten sie ihm die Füße, aber wenn er selbst Hilfe brauchte, zogen alle feige den Schwanz ein.

Die unbequeme Holzbank löste Rückenschmerzen aus

und verschlimmerte seine Misere. Steif drehte er sich um, suchte Käte, die hatte nachkommen wollen. Mathilde folgte seinem Blick und fragte flüsternd: »Wo bleibt Käte?«

»Keine Ahnung«, antwortete er.

Worte von Sühne, gefolgt von der Warnung vor der Allgegenwart des Bösen prasselten auf ihn nieder. Geschickt verknüpfte der Pfarrer den Abzug der Feinde mit der Gefangennahme einer Hexe. Erst wenn die Coburger bereit seien, die Wurzel allen Übels zu packen und den Teufel aus seinem Versteck zu reißen, habe Gott sie von der Geisel der Kaiserlichen befreit.

Andreas konnte das Ende der Predigt kaum erwarten. Die Luft wurde immer stickiger und erschwerte ihm das Atmen. In seiner Brust rumorte ein stechender Schmerz, der sich bis in seine Schultern ausbreitete. Er musste dringend hinaus an die frische Luft; egal, ob der Pfaffe mit seiner Predigt fertig war oder nicht. Er erhob sich, während Mathilde unbeirrt geradeaus blickte.

Mit letzter Kraft schaffte er die Flucht ins Freie. Die Hände in die Hüften gestützt, schnappte er nach Luft und sehnte das Nachlassen des Stechens herbei.

Er taumelte nach Hause, wollte niemandem begegnen, empfand jeden Schritt als Qual. Bewusst hatte er den Weg über die Schlossgasse gewählt, um den Marktplatz zu umgehen, obwohl sich Sonntagfrüh und vor allem zur Kirchzeit dort kaum jemand aufhielt. Endlich ließ der Druck in der Brust nach und er konnte freier atmen.

Vor seinem Haus blieb er stehen und studierte die Balken des Fachwerks. Er erinnerte sich daran, wie stolz er einst gewesen war, hier einzuziehen. Jetzt hasste er das verdammte Gebäude. Er sollte zurück in die Judengasse. Dort ging es weniger vornehm zu, und außerdem besaß er da das Gasthaus Zur Weintrauben, an dem viele gute Erinnerungen hingen.

Lediglich die Wohnstube vermittelte ihm ein bisschen Geborgenheit. Er zog Mantel und Jacke aus, nahm den Hut ab und genoss es, ohne Beklemmung atmen zu können.

Auf der Treppe stapften Schritte. Wahrscheinlich Ilse, die Wäsche aufhängen ging. Nachdem Elisabeth und Lutz nicht mehr da waren, blieb jetzt die meiste Arbeit an der Küchenmagd hängen. Zeit, endlich Ersatz zu finden – zumindest für Lutz.

Er schenkte sich ein Glas Wein ein und sog dessen Duft nach Gras und Beeren genüsslich ein. Mathilde sollte Käte mehr zur Hausarbeit heranziehen, damit sie auf keine dummen Gedanken kam. Dann würde auch das Gejammer wegen der fehlenden Magd aufhören.

Ein Schrei im Treppenhaus riss ihn aus seinen Überlegungen. Andreas fuhr herum, fegte dabei den Weinkrug vom Tisch, der krachend auf dem Boden zerbarst. Was war jetzt wieder los?

Er lauschte in die Stille, die von einem erneuten Kreischen unterbrochen wurde. Er rannte los, stieß dabei gegen den Stuhl und stolperte hinaus auf den Treppenabsatz.

Über ihm schrie Ilse in den höchsten Tönen. Er fasste sich ein Herz und eilte die Stufen hinauf. »Was ist los? Hast du eine Ratte gesehen?«

Runde Augen, runder Mund, die Hände an den Wangen, schüttelte Ilse ihren Krauskopf. Sie musste sich sehr erschrocken haben und schnappte nach Luft: »Herr, erbarm dich unser. Des Haus is verhext.«

Er riss die Tür zum Speicher auf.

Im Dämmerlicht hing Käte in einem schlohweißen Nachthemd von einem der Dachbalken, unter ihr ein umgefallener Stuhl. Sie hatte sich mit der Wäscheleine erhängt.

Unfähig, sich zu rühren, blieb Andreas stehen. Das pulsierende Stechen in der Brust setzte erneute ein – Atemnot – Todesangst.

Hart schlug er auf dem Boden auf.

58 Karl

KARL RITT DER Kutsche voran, die die Schwester und den Sohn des Generalmajors Taupadel nach Weimar zum dortigen Herzog bringen sollte, denn einer der Brüder des Herzogs kämpfte mit Taupadel für die Schweden und den protestantischen Bund. Lamboy persönlich hatte Karl dazu den Befehl erteilt und erfüllte so sein Versprechen, den Taupadels sicheres Geleit zu gewähren.

Anders verhielt es sich mit den Effekten inklusive des Tafelsilbers. Der eilends angereiste kaiserliche Feldmarschall Piccolomini hatte kurzerhand allen beweglichen Besitz beschlagnahmt. Die Besatzung der Veste hatte man zum Herzog in Eisenach geschickt, die herzoglichen Festungskommandanten Zehm und Görtz indes hatten sich freiwillig in Lamboys Gefangenschaft begeben.

Hannes hatte von seinem Rachevorhaben abgelassen, da er völlig mit Elisabeths Schicksal beschäftigt war. Karl war froh darum und erwog selbst, davon abzusehen, die Verwandten des Generals Taupadel zu benutzen, um von selbigem zu erfahren, ob Wallenstein damals tatsächlich zu den Schweden hatte überlaufen wollen.

Die Kutsche und der Wagen mit dem Gepäck der Familie kamen nur langsam vom Fleck. Die Dienerschaft trottete zu Fuß hinterher, und heftige Regenfälle weichten die Wege auf. Auf den Höhen des Thüringer Waldes lag sogar Schnee. Karl wechselte kaum ein Wort mit der Jungfer, deren Namen er nicht einmal kannte. Die etwas ältliche Dame, die sich noch in der Kutsche befand, war die Erzieherin des Jungen.

»Mir ist unwohl. Ich würde lieber reiten«, forderte der Knabe mit Namen Johann Georg.

Karl wäre in der ruckelnden Kutsche auch übel geworden. Ein richtiger Mann ritt. Karl wies seinen Adjutanten an, dem Jungen eines der Wechselpferde satteln zu lassen.

Kaum an seiner Seite, stellte Johann Georg unentwegt Fragen, die Karl bemüht war, wahrheitsgemäß zu beantworten. Der Bursche war in den Wirren des Krieges aufgewachsen und hatte anstatt Barmherzigkeit nichts als Hass und Grausamkeiten kennengelernt. Die Auswirkungen waren ihm anzumerken, denn er traktierte sein Ross unermüdlich.

»Unterlasse das gefälligst«, sagte Karl streng.

»Der Gaul soll schneller laufen.«

»Was hast du davon, wenn der Rest von uns nicht mithalten kann?«

»Ich will aber.« Und schon klopfte er dem Pferd erneut seine Hacken in die Flanken, dass es aufstöhnte und davonstieben wollte.

Karl griff ihm in die Zügel. »Schluss damit! Sonst läufst du.«

»Du hast mir nichts zu befehlen. Mein Vater ist General und du bist ein einfacher Hauptmann.«

»Oha«, rief Karl mehr amüsiert als verärgert. »Ich bin der Kommandant dieses Trosses und bestimme, was hier geschieht. Bringe es selbst erst einmal zu etwas, bevor du dein Maul aufreißt.«

Der Junge warf ihm zornige Blicke zu. »Ich mache, was ich will, und du hast mir zu gehorchen.«

»Zuerst wirst du lernen, mich mit Euer Hochwohlgeboren anzureden, Bürschchen, oder ich ziehe dir den Hosenboden stramm. Außerdem hast du nur zu sprechen, wenn ich dich etwas frage, verstanden? Ich bin ein Freiherr, dein Vater hat lediglich einen Von-Titel, und du bist noch gar nichts. Ich erwarte deshalb nichts anderes als ›Jawohl, Euer Hochwohlgeboren‹ oder ›Sehr gern, Euer Hochwohlgeboren‹ von dir zu hören. Merk dir das. Du hast jetzt die Wahl, entweder damit aufzuhören, dein Pferd zu malträtieren, oder zu Fuß zu gehen. Das ist mein voller Ernst.«

Der Junge blieb stumm.

»Deine Antwort?«

»Ich höre auf damit.«

»Wie bitte?«

»Ich werde gehorchen, Euer Hochwohlgeboren.«

Damit war die Sache erledigt, und Karl wies seinen grinsenden Adjutanten an, mit dem Jungen voranzureiten.

Was wäre wohl aus dem eigenen Sohn geworden, falls seine Rose und sein Kind überlebt hätten? Doch für Traurigkeit war kein Platz in einem Krieg, selbst wenn momentan Frieden herrschte.

Endlich kam Weimar in Sicht. Als Oberpfälzer und somit seit einigen Jahren dem Bayernfürsten verpflichtet, hatte Karl kaum etwas mit den sächsischen Fürsten zu tun. Der Herzog von Sachsen besaß die Kurwürde, aber durch Erbteilung war das Land in viele kleinere Herzogtümer zersplittert. Sie alle hatten den Kaiser zuerst unterstützt und später gegen ihn und für die Schweden gekämpft. Nun war der Schwedenkönig tot und dessen regierender Kanzler ihnen feindlich gesinnt. Kein Wunder, dass jetzt gemunkelt wurde, die Sachsen suchten ihr Heil in einem Friedensschluss mit dem Kaiser.

Karl war sich bewusst, dass er sich trotz dieser Friedensgerüchte in Feindesland bewegte. Die Depesche des Piccolomini, die er überbringen sollte, würde ihm da nur wenig helfen, höchstens der Friedenswunsch der Herzöge. Die kleine Eskorte, die ihm mitgegeben worden war, würde einen Angriff kaum abwehren können. Doch sie blieben unbehelligt.

In der Abenddämmerung erreichten sie die Stadttore Weimars. Die Wächter ließen sie nach kurzer Befragung passieren. Das Stadtschloss war teilweise zerstört, doch die Stadt selbst zeigte sich in schmuckem Zustand.

Ein Hauptmann ritt ihnen entgegen, um Geleit anzubieten. Vor einem noblen Haus nahe dem Schloss forderte er die Jungfer und den Jungen auf, ihm zu folgen. Wie schon während der gesamten Reise würdigte Taupadels Schwester Karl keines Blickes. Nur der Junge winkte ihm zum Abschied kurz zu. Damit waren die beiden aus Karls Obhut entlassen.

Herzog Wilhelm IV. von Weimar war Mitte dreißig und trug über einem Kinnbart einen Schnurrbart mit gezwirbelten Enden. Er begrüßte Karl mit einem schmalen Lächeln in seinem Schreibzimmer und wies ihm einen Stuhl an. Kerzen erleuchteten den mit Holz verkleideten Raum, den unzählige Porträtgemälde von Männern säumten, die sich alle ähnlich sahen.

»Freiherr Köckh zu Prunn«, sagte Herzog Wilhelm, nachdem er die Depesche gelesen hatte. »Was verschafft mir die Ehre des Besuchs eines Abgesandten des bayerischen Kurfürsten?«

»Eure Hoheit, ich bin nicht als Abgesandter hier, sondern habe den Auftrag, Euch Generalmajor Taupadels Familie zu treuen Händen zu übergeben.«

»Als Kriegsbeute?«

»Wenn Ihr es so nennen wollt. Die Veste Coburg ist gefallen.«

»Und warum bringt Ihr sie hierher?«

»Es war ihr Wunsch, bei Euch so lange Unterschlupf zu finden, bis sich der Generalmajor selbst um sie kümmern kann.«

Wilhelms Augen wurden dunkel. »Taupadel ist noch mit den Schweden und meinem Bruder Bernhard unterwegs. Was geschah mit den herzoglichen Truppen?«

»Die wurden nach Eisenach geschickt.«

»Hm. Herzog Johann Ernst ist nicht bei bester Gesundheit. Er hat mich gebeten, alle Kriegsangelegenheiten für ihn zu erledigen.«

Das stand zu erwarten, denn sollte der kinderlose Johann Ernst das Zeitliche segnen, würde sein Herzogtum, das schon Eisenach und Coburg vereinte, verwaisen. Mit Sicherheit gab es aber andere Verwandte, die sich um das Erbe streiten würden. Doch das war nicht Karls Problem. Er wies auf die Depesche. »Es soll bald einen Friedensvertrag geben.«

»Wir sind nach Prag eingeladen, um den Friedensverhandlungen beizuwohnen.«

»Es wäre wünschenswert und notwendig, dass sich die Stände hinter dem Kaiser vereinigen.«

»Warum sagt Ihr das?«

»Weil es einen neuen Feind gibt. Richelieu wird den Schweden gegen den Kaiser beistehen.«

»Um den Habsburgern zu schaden und damit ganz Deutschland zu schwächen.« Wilhelm nickte. »Das ist uns ebenfalls zu Ohren gekommen. Aus den Freiheitsgedanken der deutschen Herzöge ist ein Krieg gegen die habsburgische Macht geworden.«

»Ein Krieg um die Freiheit der Stände und der Religion«, sagte Karl und fügte in Gedanken »und der Wissenschaft« hinzu. »Ich fürchte, wir haben noch einen langen Weg vor uns, bis wir das erreicht haben.«

Dafür erntete er ein Lächeln. »Ihr würdet gut zu uns passen, obwohl Ihr dem bayerischen Kurfürsten dient, der freiheitliche Ansichten bekanntlich nicht teilt.«

»Ihr seid nicht der Erste, dem das auffällt.« Karl schmunzelte. »Kurfürst Maximilian ist ebenfalls Habsburger. Ich bin Oberpfälzer, und wir waren bis vor Kurzem noch unabhängig.«

»Bis der Kaiser dem Herzog von Bayern die Oberpfalz und mit ihr die Kurwürde übergab.« Der Sachse lächelte erneut. »Was kann ich also für Euch tun?«

»Nichts weiter als mir eine Frage zu beantworten, die mich schon lange umtreibt.«

»Wenn ich kann.«

»Wallenstein hat Generalmajor Taupadel in Neumarkt gefangen genommen, ihn dann aber laufen lassen. Das hat Wallenstein das Genick gebrochen, denn dadurch entstand das Gerücht, er wolle mit den Schweden verhandeln, und das zu einer Zeit, als der kaiserliche Bund die Oberhand gewann.«

»Wallenstein unterbreitete den Schweden ein Friedensangebot, weil er wusste, dass sich die Kriegsziele bald ändern würden. Davon wollten die Habsburger allerdings nichts wissen, für sie zählte nur ein Sieg. Wir, die wir unsere Unabhängigkeit suchten, spielten in deren Überlegungen keine Rolle mehr.«

Der letzte Satz hing mit einem Anflug von Bedauern schwer im Raum, denn der Wankelmut der sächsischen Herzöge hatte zur Niederlage der Schweden beigetragen. Jeder strebte nach Macht, doch wurde gern vergessen, dass die ihren Preis hatte. Karl nickte. »Darüber, dass Wallensteins Ermordung zur Unzeit kam, steht mir kein Urteil zu, Eure Hoheit.«

Nun war es an dem Herzog zu nicken. »Der Kaiser hat Wallensteins Handeln als Hochverrat empfunden, und ich rate Euch, es dabei bewenden zu lassen.«

»Den Ratschlag nehme ich gerne an«, sagte Karl. Es klopfte an der Tür. Wilhelm gab seinem Diener ein Handzeichen, woraufhin der sie öffnete. Herein trat ein völlig durchnässter Mann, den Karl zu kennen glaubte.

»Mit Verlaub«, sagte der Störenfried, »ich soll dem Freiherrn zu Prunn eine Botschaft überbringen. Mir wurde gesagt, dass ich ihn hier antreffe.«

»Da ist er«, sagte Herzog Wilhelm und deutete auf ihn.

Eine böse Vorahnung bemächtigte sich Karl. Ein Bote konnte nur Schlimmes bedeuten. Er nahm die Nachricht entgegen, las die eilig geschriebenen Zeilen und ließ das Blatt sinken. Nun war das eingetreten, was er befürchtet hatte. Er hätte schneller sein müssen.

59 Hannes

SEIT DEM ÜBERFALL auf seine Heimat hatte Hannes nicht mehr so klar gesehen wie jetzt. Endlich hatte er wieder ein Ziel vor Augen, das sinnvoll war. Elisabeth musste befreit werden, koste es, was es wolle. Er verstand die Regeln der Inquisition zu gut, um nicht zu wissen, dass sie es aus eigener Kraft nicht schaffen konnte. Was immer die Beschuldigten von sich gaben, die Worte wurden ihnen im Munde verdreht, gegen sie verwandt oder dem Machwerk des Teufels zugeschrieben. Es war vertane Zeit, ihre Unschuld beweisen zu wollen. Im Gegenteil, er würde damit sich selbst in Gefahr bringen.

Weil es keine gerechte Verurteilung gab, lehnten sowohl sein Onkel als auch sein Vater die Hexenverfolgungen ab, die ihrer Ansicht nach nur dazu dienten, unliebsame Nachbarn loszuwerden oder die Kassen irgendwelcher Räte oder des jeweiligen Fürsten zu füllen.

Sein erster Gang führte ihn zu Lamboy, der nach wie vor in der Ehrenburg residierte, obwohl seine Hauptstreitmacht weitergezogen war.

Der Generalwachtmeister hörte ihm mit der ihm eigenen Arroganz zu. »Schon wieder eine Bitte, Herr Leutnant? Wie steht es um Eure Pläne? Die Taupadels haben überlebt und Euer Freund bringt sie gerade zum Herzog von Weimar, wo sie gewiss gut aufgehoben sind.«

»Ich habe sie ziehen lassen.«

»Ihr oder der Freiherr zu Prunn?«

»Der Freiherr, aber ich habe dem zugestimmt. Das in meiner Heimat geschehene Unrecht kann nicht durch ein weiteres rückgängig gemacht werden. Hinzu kommt, dass ich die Denkungsweise der Obristen inzwischen gut nachvollziehen kann.« Er stockte, denn er war nicht hier, um sein Innerstes nach außen zu kehren.

»Wie meinen?«

»Im Krieg gelten andere Regeln als im Frieden. Wir sind alle zum Töten bereit, wenn es ums eigene Leben geht.«

Lamboy faltete die Hände vor seinem Bauch und nickte bedächtig. »Und der Zweck heiligt die Mittel.«

Nicht jedes Mittel, dachte Hannes.

»Ich habe gehört, dass Ihr Euren Dienst quittieren wollt«, sagte Lamboy.

»Das stimmt. Mein Kurfürst hat mich lediglich für eine befristete Zeit freigestellt. Meine Aufgabe ist die Waldwirtschaft im Rentamt Amberg.«

»Weswegen seid Ihr gekommen?«

»Wegen Elisabeth Bachenschwanz. Man will sie als Hexe hinrichten lassen.«

»Ihr wisst, dass ich das nicht verhindern kann?«

»Seid Ihr nicht der Herrscher über die Stadt?«

»Nur solange ich hier bin. Wir ziehen bald Richtung Hessen weiter. Auch dort gibt es Herzöge, die ihre Pflichten dem Kaiser gegenüber vernachlässigen.«

»Dann gebietet wenigstens bis zu Eurem Abzug Einhalt.«

»Ich mische mich ungern in Kirchenangelegenheiten ein.«

»Das sind Lutherische.«

»Und die zählen nichts?« Lamboy patschte sich auf seine dürren Beine, die im Kontrast zu dem wohlgenährten Wanst standen. »Ihr gefallt mir. Ich kann allenfalls die Hexenverbrennung für die Dauer meiner Anwesenheit hier verbieten. Bedenkt aber, dass das ihr Leiden nur verlängern wird. Hat sie erst einmal gestanden, wird man Mittel und Wege finden, ihr das Leben zu nehmen. Ihre Freilassung zu erreichen, erscheint mir unter den gegebenen Umständen unmöglich.«

Die Enttäuschung stach. Hannes hatte sich schon mit einer Hundertschaft Kürassiere zum Hexenturm reiten sehen. Er bedankte sich und verließ mit gemischten Gefühlen die Ehrenburg.

Als Nächstes versuchte er es bei Dr. Wolffrums Haus, das wie nicht anders zu erwarten düster und abweisend wirkte. Auch der missmutig dreinschauende Diener überraschte ihn nicht. In einem derart stickigen und finsteren Gemäuer musste man jede Lebensfreude verlieren. Keine Ornamente, keine Farben – fast wie in einem Mausoleum.

Dr. Wolffrum weigerte sich, ihn zu empfangen. Erst als Hannes seine Pistole zog, kam Bewegung in den Diener, und er führte ihn eiligst in die Wohnstube.

»Respektiert die Lutherische Kirche und das Urteil, was ich jedoch von einem katholischen Jungspund wie Euch kaum erwarte«, sagte Wolffrum nach Anhörung seiner Bitte. »Auch die Katholische Kirche verfolgt die Ausmerzung von Hexen. Mir ist unverständlich, warum Euch Euer Kurfürst die Eigenmächtigkeit, die Umsetzung des Hexenerlasses zu verweigern, hat durchgehen lassen.«

Hannes hörte den geschliffenen Worten des Geheimrats mit wachsendem Unmut zu. Dieser Fratze den herablassenden Ausdruck zu nehmen, wäre ihm eine Genugtuung gewesen. Einmal mehr vermisste er seinen Freund, der Wolffrum das Messer an die Kehle setzen würde. Aber erst wenn jede Möglichkeit ausgeschöpft wäre, würde er zu solch rabiaten Mitteln greifen.

»Generalwachtmeister Lamboy wird das Verbrennen von Hexen verbieten.«

»Dann werden wir den Teufel eben auf eine andere Weise aus ihrem Körper treiben. Bedenkt auch, dass dann ihre ungereinigte Seele für immer in der Hölle schmoren wird. Wollt Ihr das?«

Hannes Hand schnellte zur Pistole, Wolffrum zuckte mit keiner Wimper. »Wenn ich durch Eure Kugel sterbe, werden meine Beisitzer das Verfahren weiterführen. Zudem werdet Ihr Euch vor einem weltlichen Gericht verantworten müssen.«

»Ich werde Elisabeth aus Euren Klauen befreien, so oder so. Sollte sie sterben, werde ich Euch zur Rechenschaft ziehen.«

»Wollt Ihr mir drohen?«

»Für Euer Alter hört Ihr noch recht gut. Ich empfehle mich.« Hannes stapfte hinaus. Erst auf der Straße überfielen ihn Zweifel, ob seine Drohung klug gewesen war.

60 Andreas

Als Andreas die Augen aufschlug, umgab ihn Helligkeit. Eine wohlige Wärme umhüllte ihn, kein Schmerz störte sein Befinden. Das Paradies empfing ihn mit den altbekannten Gerüchen von Lavendel und einem Hauch von Urin sowie einer Druckstelle am Hintern, die von seiner halb sitzenden Position im Bett herrührte. Die Erinnerung kehrte flutartig zurück: Käte – Lutz – Elisabeth. Sofort sehnte er sich nach der Geborgenheit des Schlafs, der ihn vor der Wahrheit schützen würde. Obwohl ihm die Lider schwer wurden, bewegte er zuerst seine Finger, dann die Arme.

Gott sei Dank war dieser Albtraum vorüber. Gleich würde Elisabeth das Frühstück bringen, Ilse mit Lutz zetern und Mathilde sich über Käte beschweren. Er lauschte angestrengt.

Jemand atmete in seiner Nähe. Andreas riss die Augen auf.

Ilse – nicht Elisabeth oder Mathilde – schlief offenen Mundes in seinem Armlehnstuhl, die Beine ausgestreckt, die Hände im Schoß gefaltet. Er hatte überlebt und die Erkenntnis, dass nichts mehr wie früher war, ließ ihn aufstöhnen.

Wie von einer Nadel gestochen schreckte Ilse hoch. »Herr Bachenschwanz, Ihr seid wach?«

»In der Tat, das bin ich. Wo ist Elisabeth?«

»Im Hexenturm.«

Andreas versuchte, sich auf zitternden Armen hochzustemmen, um von der halb sitzenden in eine aufrechte Position zu gelangen. Sofort sprang Ilse herbei und stopfte ihm ein drittes Kissen hinter den Rücken.

»Was fehlt mir?«, fragte er.

»Der Doktor meint, des Herz macht nimmer mit.«

Die Endgültigkeit dieser Aussage erschreckte ihn. Es hatte jahrelang Blut durch seine Adern gepumpt und sollte jetzt mit einem Mal nicht mehr wollen?

»Ihr müsst Euch ausruhen und beruhigen, sagt der Medikus. Er verbietet Euch jede Aufregung.«

»Wie soll ich mich beruhigen, wenn um mich herum alles auseinanderfällt? Was um Himmels willen ist mit Käte?«

»Des dumme Ding – Gott verzeih mir – hat sich aufg'hängt, weil der von Seckendorff abg'reist is und se den Gauer heiraten sollt'. Der von Seckendorff hat fei noch net amal bei ihr vorbeig'schaut. An Abschiedsbrief hat se g'schrieben.«

Niemand hatte sich um Käte gekümmert, dessen wurde sich Andreas jetzt bewusst. Sie hätte Hilfe gebraucht und keiner hatte sich ihrer erbarmt. Er hatte ihr Schicksal seiner Frau überlassen. Wo war Mathilde eigentlich?

Ilses stilles Weinen erreichte sein Herz. Er sollte weniger grantig zu der Küchenmagd sein. »Danke, dass du dich meiner angenommen hast. Wo ist meine Gemahlin?«

»Beim Wolffrum.« Ilse spuckte den Namen geradezu aus. »Weiß der Teufel, was se von dem will. Bevor ich des verfluchte Haus verlass, hätt ich noch gern g'wusst, was die zwei ständig miteinander zu tuscheln haben.«

»Du willst fort?«

»Ja. Ich halt's einfach nimmer aus. Der Lutz hat recht g'habt. Wir zwei sin' eigentlich nur wegen der Lisbeth dageblieben.«

»Danke für deine Aufrichtigkeit«, erwiderte Andreas mit einem Anflug von Spott.

»Eine Frage hätt ich noch: Wolltet Ihr Eure Agnes loswerden, um die Mathilde heiraten zu könn'? Wenn ma mit einem Fuß scho vor seinem himmlischen Richter steht, sollt ma' die Wahrheit sagen.«

»Was redest du für einen Schwachsinn? Ich und die Agnes loswerden wollen … Sie war meine Frau!« Ihre feindseligen Blicke prickelten nahezu auf seiner Haut. Hier saß jemand, der ihn abgrundtief hasste. Warum hatte er das früher nie bemerkt?

»Ich dacht halt, weil Ihr damals rein gar nix g'macht habt, um ihr des Leben zu retten.«

»Wie hätte ich das tun sollen? Mir waren die Hände gebunden«, erwiderte er und spürte sein Herz flattern. Die Wahrheit drängte heraus, wollte ans Licht. »Ich war zu feige – genau wie jetzt.«

Auf ihrer Unterlippe kauend setzte sich Ilse wieder auf den Stuhl. »Ihr habt Eure erste Ehe kaputtg'macht und die zweite a. Alles im Eimer, nur weil Euch die Stadt wichtiger war als die eigenen Leut. Hauptsach, Ihr wart immer der feine Herr Bürgermeister. Mich hält hier nix mehr. Aber eins sollt Ihr noch wissen: Die Mathilde war's, die damals die Agnes angeschwärzt hat. Und des sag ich jetzt auch dem jungen Herrn Leutnant, der die Elisabeth so mag. Der kämpft wenigstens um se und sogar a weng schlauer als mei' Lutz. Möge der arme Kerl in Frieden ruhen.«

Andreas schloss die Augen. Zurechtgestutzt von einer Küchenmagd. Musste er sich das bieten lassen?

Das Gehörte bohrte sich in sein Gehirn und sank dort in die Tiefe wie Blei in einem Weiher. Die Wahrheit um den Tod seiner Frau, die er irgendwo erahnt hatte, war dabei, ans Licht zu kommen. Sollte er Ilse ein Schweigegeld anbieten, um die Ehre seiner Familie zu schützen? Nein, das ginge zu weit.

Mathilde, seine schöne, verbissene, kalte Frau. Also doch. Und sie hatte bestimmt auch versucht, ihn zu vergiften. Matthäus hatte recht gehabt. Was sie und Wolffrum wohl soeben ausheckten?

Ilse beugte sich vor und tätschelte seinen Arm. »Net aufregen, Ihr sollt Euer Herz schonen.«

»Wie soll ich das, bei diesen Neuigkeiten? Schließlich muss ich fürchten, vom eigenen Eheweib gemeuchelt zu werden, wenn du mein Haus verlässt.«

»Hättet Ihr halt eher was dagegen g'macht.« Ilse stellte sich mit einem Ruck auf ihre dicken Beine. »Ich geh jedenfalls. Gott mit Euch, denn den werdet Ihr jetzt brauchen.«

Vielleicht suchte er den Schuldigen für die Vergiftung doch in der falschen Ecke; nun, da Ilses Abneigung gegen ihn so offenkundig war. Als Herrin der Küche hätte sie genügend Gelegenheit gehabt.

Aber warum hätte sie das tun sollen? Aus Hass? Er erinnerte sich an das Gerücht, eine gewisse Ilse Beck habe Agnes verraten, allerdings gab es in Coburg niemanden dieses Namens. Nein, das traute er seiner Magd nicht zu. »Sag dem Herrn Leutnant, dass Elisabeth im Falle einer Eheschließung von ihrer Großmutter ein ansehnliches Erbe erhält. Sollte sie schuldig gesprochen werden – und davon gehe ich aus –, wird der Geheime Rat alles konfiszieren. Der Freymann muss das wissen, damit er die Zusammenhänge versteht. Noch etwas: Wenn er sie retten will, muss er das vor der Gerichtsverhandlung schaffen.«

Verachtung blitzte in Ilses Gesicht auf. »Des is mir alles zu verwirrend, aber ich werd's ihm trotzdem sagen.«

»Und Matthäus Sommer soll herkommen – bitte.«

Sie hob abwehrend ihre Hände. »Also gut, den Krämer auch noch.«

»Danke!«, rief er ihr hinterher. Das Gehörte musste er jetzt erst einmal verarbeiten.

61 Hannes

Hannes war mit seinem Latein am Ende, denn Lamboy war im Begriff abzuziehen und damit würde er Elisabeth seine schützende Hand entziehen. Alle weiteren Versuche, sie freizubekommen, waren gescheitert. Selbst sein Argument, die Stadt sei nunmehr frei und somit bestehe kein Grund mehr, sie hinzurichten, hatte nichts bewirkt. Auch auf seinen Vorschlag, dass er sie mitnehmen würde und die Gefahr dann für immer gebannt wäre, war keiner der Räte und Kanzler eingegangen. Dem Teufel müsse Einhalt geboten werden, hatten sie gemeint, wofür er Verständnis haben müsse.

Zur Hölle mit deren Geschwätz. Wenn Karl zurückkäme, würden sie sie zur Not mit Gewalt aus dem Hexenturm befreien.

In der Schlafkammer des Bauernhofs in Dörfles packte er eilig seine Sachen zusammen. Oberstleutnant Krafft hatte seinen Abschied akzeptiert, ihm seine Entlassungsurkunde ausgestellt und ihm freundschaftlich auf die Schulter geklopft. Es war ihm etwas wehmütig zumute, als das Hatzfeld'sche Kürassier-Regiment, begleitet von seinen Segenswünschen, ohne ihn davonritt. Sie waren zu Kameraden geworden und die Männer hatten ihn eine Menge gelehrt.

Er ergriff die Zügel seines Fuchses, der auch einiges dazugelernt hatte. Sanft stupste der ihn mit seinen Nüstern an, und Hannes tätschelte ihm dafür den Hals. »Leider geht's noch nicht heim, mein Alter. Erst müssen wir Elisabeth befreien.«

Er stellte den Fuchs in den herzoglichen Stallungen der Ehrenburg ein und fragte im Goldenen Kreuz nach, ob ein sauberes Zimmer für ihn frei sei. Sonja, die Wirtin, versicherte, dass es weder Pest noch Ruhr bei ihr gegeben habe, dass alle ihre Gäste auf ihren eigenen Füßen ausgezogen seien, und fragte, ob denn der fesche Freiherr nachkomme.

Trotz seines Kummers musste Hannes schmunzeln. Innerlich hatte er sich auf versteckte oder gar offene Feindseligkeiten eingestellt. »Eigentlich müsste er schon hier sein.«

»Dann lass ich ihm ein besseres Zimmer herrichten. Ein' Freiherrn kann man doch net auf 'nem Strohsack schlafen lassen.«

Sie verlöre wahrscheinlich jeden Respekt vor Karl, wenn sie wüsste, dass der sich nichts daraus machte, notfalls auf dem blanken Erdboden zu nächtigen. Hannes stellte seinen Kleidersack im Zimmer ab, als sein Name von einer weiblichen Stimme gerufen wurde.

Ilse winkte ihm aufgeregt von der Eingangstür zu. »Herr Leutnant, darf ich Euch sprechen?«

»Natürlich, Ilse. Übrigens bin ich kein Leutnant mehr, sondern nur noch Hannes Freymann zu Randeck.« Seinen vollständigen Namen nannte er, weil ihm das einerseits zustand, und andererseits, weil Sonja vor Begeisterung auf ihren Fußballen auf und nieder wippte und sich jetzt bestimmt überlegte, ob sie ihn ebenfalls besser unterbringen sollte. »Ich möchte Elisabeth mitnehmen. Das ist der einzige Grund, warum ich noch hier bin.«

Sonja klappte der Mund auf. Die Frage, wie er das anzustellen gedachte, und vor allem, warum, stand ihr ins Gesicht geschrieben.

Ilses Knopfaugen funkelten. »Der gnädige Herr wird sich beeilen müssen, weil das Konsistorium a schnelles Urteil will. Bald is die gütliche Befragung. Ich mag mir des gar net vorstellen.«

Das überraschte ihn, denn selbst ohne Kochlöffel und Schürze machte Ilse einen resoluten Eindruck. Gegen sie würde eine ganze Armee erfolglos anrennen.

Sie winkte ihn näher zu sich heran und flüsterte ihm ins Ohr: »Es geht ums Erbe von der Lisbeth. Des hat mir ihr Vater verraten. Und ich hab ihm erzählt, dass es die Mathilde war, die die Agnes ang'schwärzt hat. Ich wett, die hat auch die Lisbeth ans Messer g'liefert und versucht, unsern Hausherrn zu vergiften. Des is a ganz Durchtriebene.«

»Warum macht Mathilde das? Sie hat doch alles: einen wohlhabenden Mann, Stand, Ansehen.«

»Des weiß ich a net. Ständig steckt sie mit dem Wolffrum z'amm'.« Ilse hob ihre Schultern, was sie halslos aussehen ließ. »Des sollen die ehrenwerten Herren rausfinden, ich bin bloß a Küchenmagd. Aber damit is jetzt Schluss. Mich halten in dem Haus keine zehn Rösser mehr. Des wollt ich Euch nur sagen.«

»Du gehst?«

»Freilich. Da drin wohnt der Teufel und bringt ein' nach dem andern um.«

»Und wohin?«

»Zuerst zu meiner Schwester. Die is beim Adam von Rosenau in Ketschenbach im Dienst. Des is übrigens der Onkel von der Lisbeth. Jetz', nachdem die Kaiserlichen weg sin', hat er vielleicht a Anstellung für mich.«

»Viel Glück. Du wirst es brauchen. Die ganze Region ist ausgeblutet, und wovon die Menschen leben sollen, weiß allein der liebe Gott.«

»Ich kämpf mich scho durch.« Abrupt drehte sie sich um und stapfte davon. Selbst als sie bereits um die Ecke verschwunden war, blickte Hannes noch eine Weile in die Richtung.

Am nächsten Morgen drängte er sich in die Reihen der Gaffer. Als er Elisabeth mit kahl geschorenem Kopf und noch magerer als sonst auf dem Hexenkarren sah, schmerzte es in seiner Brust, als stieße jemand eine Klinge hinein. Sie wirkte benommen und orientierungslos. Oftmals gaben die Schergen den Delinquenten berauschende Mittel, damit sie keinen klaren Gedanken fassen konnten und die Fragen der Ankläger in deren Sinne beantworteten.

Lamboy war mit den Resten seiner Armee abgezogen. Nur oben auf der Veste hatte er einige Soldaten zurückgelassen, ebenso wie er die Verwaltung der Stadt in kaisertreue Hände gelegt hatte, auf deren Hilfe er im Notfall hoffte.

Die Prozession zog über den Marktplatz auf das Kanzleigebäude zu. Zum Geläut der Kirchenglocken beschimpften die Umstehenden sie als Hexe, Zauberin und Teufelsweib.

»Elisabeth!«, rief er, als das mangels Vierbeiner von Menschenhand gezogene Gefährt auf seiner Höhe anlangte. »Halte durch! Nichts zugeben, hörst du! Nichts zugeben!«

Für einen Augenblick schien sie aus ihrer Lethargie zu erwachen und ihn zu erkennen. Ein kaum wahrnehmbares Lächeln huschte über ihr Gesicht, ein kurzes Nicken folgte.

»Halt's Maul«, fuhr ihn einer der mitlaufenden Wächter an und fuchtelte mit seiner Hellebarde vor Hannes' Nase herum. »Dich kenn ich. Du bist einer von den Lamboy'schen. Du bleibst draußen.«

»Das wird sich zeigen«, gab Hannes zurück. »Noch sind wir hier die Herren.«

Eine Hand legte sich auf seine Schulter. In der Hoffnung, es wäre Karl, wandte er sich um. – Nein, Andreas Bachenschwanz.

»Kraft meines Amts als Bürgermeister gewähre ich diesem Herrn sowie dem Freiherrn Karl Köckh zu Prunn Zutritt zu den Gerichtsverhandlungen«, verkündigte Bachenschwanz. »Ich habe das Einverständnis aller Bürgermeister sowie des Geheimrats Dr. Gauer.«

Wieso hatte er Karl erwähnt? War der inzwischen eingetroffen? Aber wo steckte er dann? Hannes stellte sich in die hinterste Ecke der Gerichtsstube, während die Honoratioren der Stadt und einige Gäste auf Stühlen Platz nahmen. Neben dem Richter saß ein alter Mann, der ihn ausgiebig musterte.

»Das ist Dr. Gauer. Der kann sich seine Ehe mit Käte jetzt ans Bein schmieren«, sagte plötzlich Karl neben ihm.

»Wo kommst du denn her?«, rief Hannes freudig überrascht.

»Du wirst es nicht glauben, vom Herzog Johann Ernst in Eisenach.«

»Hat dich mein Bote also erreicht?«

»Ich bin daraufhin sofort nach Eisenach. Ein Kurier des Herrn Bachenschwanz hat dem Herzog ebenfalls eine Nachricht überbracht. So hat er es von zwei Seiten gehört.«

»Und was sagte Seine Gnaden dazu?«

Karls pfiffiger Gesichtsausdruck passte nicht zum Ernst der Lage. »Seine Gnaden hat sich von mir überzeugen lassen, dass diesem Fall weltliche Habgier zugrunde liegt. Ich habe deshalb angeboten, weiterhin Nachforschungen anzustellen, um ihm die Peinlichkeit eines Fehlurteils zu ersparen.«

»Und das hat er akzeptiert, obwohl er den Zentgrafen und den Scharfrichter persönlich eingesetzt hat?«

»Freilich. Er hatte kaum eine andere Wahl. Ich habe ihm auch ein Schreiben des Herzogs von Weimar vorlegen können, der sich in Anbetracht der kommenden Verhandlungen für eine friedvolle Lösung aussprach.«

»Aber nicht für einen Freispruch?«

»Das wäre zu viel verlangt gewesen.«

Karl wollte weitersprechen, wurde jedoch durch ein heftiges Pochen auf den Tisch daran gehindert. Die gütliche Verhandlung begann.

»Elisabeth erbt ein Vermögen, wenn sie heiratet«, flüsterte er Karl hastig zu. »Mathilde hat Elisabeths Mutter verleumdet, Käte hat sich wegen von Seckendorff aufgehängt und Lutz wurde auf Befehl Wolffrums erschossen. Mathilde und Wolffrum verfolgen anscheinend dieselben Ziele. Gundes Tod hängt bestimmt auch damit zusammen. Wahrscheinlich wollten sie sie zum Schweigen bringen. Ottilia dagegen musste wegen der Abtreibung sterben.«

Karls Kiefermuskeln arbeiteten. Dann nickte er. »Mathilde und Wolffrum – das ergibt Sinn. Hoffentlich gibt Elisabeth nichts zu.«

»Ruhe im Saal!«, rief der Büttel.

Hannes beugte sich vor. »Ich habe ihr gesagt, sie soll alles abstreiten. Wenn sie sich daran hält, müssen sie einen neuen Termin für das peinliche Verhör ansetzen, was uns ein wenig Zeit verschaffen sollte. Mathilde und Wolffrum sind der Schlüssel zu allem, da bin ich mir sicher.«

»Das sehe ich auch so. Sei still, bevor sie uns rauswerfen. Nach dem Prozess werden wir unsere eigene Befragung durchführen, und die wird nicht gütlich sein.«

»Der Vertreter der Anklage möge vortreten!«, rief der Zentgraf, der als Richter fungierte. Als sich Wolffrum erhob, wurde es mucksmäuschenstill im Raum.

62 Elisabeth

Zehn Augenpaare starrten Elisabeth über einen langen Tisch an, während hinter ihr die Neugierigen murrten und zischelten. All ihr Mut hatte sie verlassen. Sie konnte sich kaum auf den Beinen halten, nahm ihre Umgebung wie durch einen Nebelschleier wahr. Wie in Gottes Namen wollte Hannes ihr helfen, wenn nicht mit Gewalt? Sie war verloren, und würde er sich zu ihr bekennen, er ebenso.

Sie suchte sein Gesicht und entdeckte es zwischen all den anderen. Hannes' Blick hielt den ihren fest, vermittelte ihr so ein wenig Zuversicht. Neben ihm standen Vater und Karl, der müde aussah.

»... Elisabeth?«, fragte der Zentgraf barsch. »Elisabeth, beantworte die Frage!«

Sie wandte den Kopf und aus dem Nebel schob sich die Habichtsnase des Fragestellers in den Vordergrund, den sie wie eine Erscheinung aus einer anderen Welt anblinzelte.

Sie schämte sich, so verdreckt und unwürdig vor den Richtern zu stehen, aber wenigstens hatte sie ihr Hemd anbehalten dürfen.

Wolffrum trat steifbeinig und kerzengerade vor den Zentgrafen. »Elisabeth Bachenschwanz, wie hat dich der Teufel angesprochen?«

Streite alles ab, hatte Hannes ihr zugerufen. Jetzt, wo sie den Liebsten nahe wusste, gewann sie neue Kraft. »Er hat mich nicht angesprochen.«

»In welcher Form ist er dir erschienen?«

»Er ist mir nicht erschienen.«

»Was hat er von dir gewollt?«

»Nichts, da er nicht da war.«
»Welchen Handel hat er dir angeboten?«
»Keinen.«
»Hast du mit ihm Unzucht getrieben?«
Ein Raunen ging durch die Menge.
Diese Frage raubte ihr den Atem. »Nachdem ich ihn nicht getroffen habe, kann ich es mit ihm auch nicht getrieben haben. Wie Ihr wissen solltet, bin ich noch Jungfrau. Ihr selbst habt mich untersucht und mit Euren Fingern in mir herumgebohrt!«

Das Raunen brandete erneut auf. »Sie wird aufmüpfig!«
Beschwichtigend streckte Wolffrum seine Hand aus und wartete, bis sich das Volk beruhigt hatte. »Du besitzt eine schwarze Katze?«

»Nein.« Das stimmte, denn Mohrle war fort.
Das Murren der Anwesenden schwoll an. »Die hat eine g'habt! Das wiss' mer ganz genau!«

»Ruhe im Saal«, donnerte der Zentgraf, »sonst lasse ich ihn räumen!«

Sofort trat Stille ein. Wolffrum räusperte sich vernehmlich. »Womit hast du deinen Vater vergiften wollen?«

»Ich wollte ihn nicht vergiften.«
»Hat dir der Teufel das Gift gegeben?«
»Ich habe ihn nicht getroffen, also konnte er mir kein Gift geben.«

»Du sollst nur mit Ja oder Nein antworten.«
»Eure Fragen ergeben keinen Sinn.«
»Wir werden dir deine Frechheiten schon austreiben.«
Der Zentgraf lehnte sich zurück, badete sich offenbar in seiner Wichtigkeit. »Du siehst ein, dass wir dir nur helfen wollen? Ansonsten könnten wir dich auch sofort an den Brandpfahl stellen. Willst du das?«

»Nein.«

»Nun gut. Kehren wir zurück zum Ausgangspunkt. Wann und wie hat dich der Teufel angesprochen?«

So ging es ohne Unterlass weiter. Immer wieder dieselben Fragen, reihum gestellt. Mit der Zungenspitze im Mundwinkel notierte der Stadtschreiber jedes Wort in das Protokollbuch.

Ihre Füße brannten, der Rücken schmerzte, Durst quälte sie.

»Elisabeth Bachenschwanz, du hast dich bislang als äußerst halsstarrig erwiesen«, knurrte der Zentgraf.

»Ich bin nicht halsstarrig. Ich sage nur die Wahrheit.«

»Wie kann eine Hexe die Wahrheit sagen? Versuche nicht, uns zu verzaubern.«

»Ich kann nicht zaubern.«

»Willst du bestreiten, dass du die Herren Zehm, Görtz und von Seckendorff verhext hast, damit sie den Brief des Herzogs als echt bestätigen?«

»Ja, das bestreite ich, Euer Ehren.«

»Dir ist bekannt, dass die Veste durch einen Betrug in Feindeshand geriet?«

»Nein.«

»Auch nicht, dass Seine Hoheit, der Herzog von Sachsen-Eisenach, den Obristen Zehm wegen Hochverrats anklagen will?«

»Was hat das mit mir zu tun?«

»Ist das nicht offensichtlich? Du hast ihn verhext.«

»Warum hätte ich das tun sollen?« Sie erstarrte, denn ihr wurde klar, dass Zehm sich darauf berufen könnte.

»Lügen! Nichts als Lügen!«, schrie Wolffrum. »Es ist sinnlos, wir sollten gleich zur Territion schreiten.«

»Erst wenn alle Zweifel ausgeräumt sind«, erwiderte der Zentgraf. »Dies ist ein ehrbares Gericht.«

Die Liste der Vorwürfe nahm kein Ende: Ausgraben und

Schänden von Leichen, Teilnahme an der Walpurgisnacht, Verhexen von Tieren. Zu allen Anschuldigungen gab es Zeugen. Nach einer halben Ewigkeit zogen sich die Herren in den benachbarten Beratungsraum zurück, während sie mitten im Saal stehen bleiben musste, den hasserfüllten und ängstlichen Zuschauern ausgesetzt. Einmal wagte sie, sich umzudrehen, und fing Karls nachdenklichen Blick auf. Fast unmerklich blinzelte er ihr zu, als wollte ihr damit Mut zusprechen. Konnte sie in dieser Situation überhaupt welchen haben?

Die Tür öffnete sich und ihre Richter kehrten zurück.

»Elisabeth Bachenschwanz, du warst nicht geständig«, befand der Zentgraf. »Deshalb gehen wir zur Territion über, wie es das Gesetz vorsieht. Scharfrichter, zeige er ihr die Folterinstrumente.«

Otto Wahl räusperte sich und hielt ein handgroßes Gerät hoch, dessen zwei Metallplatten durch eine Schraube miteinander verbunden waren. »Die Daumenschraube. Deine Daumen werden so lange gequetscht, bis se brechen und das Blut rausspritzt. Deine Hände kannste danach nimmer gebrauchen.«

Als Nächstes hielt er eine lange Kneifzange hoch. »Wenn sie ordentlich glüht, bringt se jede Zunge zum Reden. Es gibt a paar Stellen am Körper, wo's besonders wehtut. Und dort drüben an der Wand, des ist die Streckbank.« Seine Stimme schwoll an. »Mit der wird so feste an dir gezerrt, bis deine Glieder aus den Gelenken springen.«

Sie spürte jetzt schon die Schmerzen durch ihren Körper jagen. Wollte ihr denn keiner glauben? »Ich bin unschuldig!«

»Bist du nicht!« Wolffrums Zeigefinger schnellte vor. »Uns blendest du nicht, Hexe!«

Elisabeth packte das blanke Grauen. »Der einzige Teufel im Raum seid Ihr!«, brach es aus ihr hervor. »Ihr habt mit der Frau Mutter gebuhlt. Ich hab's genau gehört.«

Wolffrums Augen weiteten sich und sie wusste, dass es nun um sie geschehen war.

63 Hannes

»Verdammt, verdammt«, knurrte Karl über seine Schulter zu Hannes, der ihm nach draußen folgte, »was war das denn?«

Obwohl es nieselte, standen viele Bürger auf dem Marktplatz und beobachteten, wie die Teilnehmer der Verhandlung aufgeregt miteinander tuschelnd aus der Kanzlei strömten. Hannes spürte den Regen nicht, nahm ihn wie durch einen Schleier wahr.

Mit aschgrauem Gesicht keuchte Bachenschwanz neben ihm: »Elisabeth muss wahnsinnig geworden sein. So eine Dummheit, den Geheimrat der Buhlerei zu bezichtigen.«

»Verschlimmert hat sie ihre Situation dadurch kaum, und Glauben schenkt ihr sowieso keiner«, sagte Hannes und streckte seine Hand in den Regen.

»Wolffrum wird jetzt nichts unversucht lassen, Elisabeth für immer zum Schweigen zu bringen«, sagte Karl. »Aber es ist gut zu wissen, denn nun verstehe ich die Zusammenhänge.«

»Ich nicht!«, rief Bachenschwanz dazwischen. »Und ich bin Bürgermeister.«

»Offenbar wisst Ihr über Eure Stadt besser Bescheid als über das, was in Eurer Familie vorgeht«, brummte Karl. »Übrigens, regnet es auch mal nicht in Coburg?«

Bachenschwanz wedelte hilflos mit den Armen. »Was meinte Elisabeth damit?«

»Dass Wolffrum Eure Frau besteigt.«

Bachenschwanz erstarrte und blieb stehen.

»Wundert Euch das?«, fragte Karl. »Dr. Wolffrum scheint Moral und Glauben mit zweierlei Maß zu messen, und Eure Frau steht oder besser gesagt liegt ihm näher, als Euch lieb sein kann. Ich vermute, es geht um Euer und Elisabeths Erbe, und es würde mich nicht wundern, wenn die beiden am gleichen Strang zögen. Verratet mir daher nur eines: Wer hat Eure erste Frau denunziert?«

»Das ist mir nicht bekannt.«

»Habt Ihr je danach gefragt?«

»Der Zentgraf und Felix Rauschert sind die Einzigen, die es wissen. Halt, Wolffrum natürlich auch. Er hat damals wie heute das Konsistorium geleitet und die Zeugen vernommen.«

»Eure jetzige Frau war's«, sagte Hannes. »Ilse, die Küchenmagd, hat es mir verraten.«

Bachenschwanz wurde aschgrau im Gesicht. Er schwankte ein wenig. »Stimmt, das hat sie mir gegenüber auch behauptet. Aber ob es stimmt …?«

»Warum sollte Eure Magd Euch belügen?«

»Jemand will mich vergiften. Vielleicht sie, weil sie mich hasst?«

»Oder Eure Frau. Ich werde sie befragen.«

»Ihr werdet meine Frau nicht belästigen!«, fuhr Bachenschwanz ihn an. »Diese Schande tut Ihr mir nicht an!«

Karl schob seine Unterlippe kurz vor, feine Falten umkränzten seine grauen Augen. »Gewiss nicht, denn nichts liegt mir ferner, als mich Eurer Frau zu nähern. Wir wollen lediglich ein paar Antworten von ihr, was in Eurem eigenen Interesse liegen sollte. Schließlich steht sie nicht nur im Verdacht, Eure erste Frau denunziert zu haben, sondern auch am Tod der Ottilia beteiligt gewesen zu sein. Vielleicht sogar an dem der Gunde.«

»Das sind schwere Anschuldigungen! Ich werde zum Gerede der Stadt.«

»Mann, Ihr seid so vom Erhalt Eurer Ehre besessen, dass Ihr sogar einen Mord begehen würdet, um etwas zu vertuschen.«

»Wie kommt Ihr dazu, Euch in meine Angelegenheiten einzumischen?«

Ein amüsiertes Lächeln huschte über Karls Gesicht. »Ich handle im Auftrag Eures Herzogs Johann Ernst, dem die Vorgänge hier äußerst suspekt erscheinen.«

»Wie kann ein Kaiserlicher im Auftrag unseres Herzogs agieren? Unmöglich.«

Karl wischte den Einwand mit der Hand beiseite. »Zwischen unseren Parteien herrscht Frieden. Die sächsischen Fürsten einigen sich gerade mit dem Kaiser. Dort vorne ist der Zentgraf. Sprecht ihn an, Herr Bachenschwanz. Ich muss mit ihm reden.«

Das war nicht nötig, denn er steuerte wippenden Schrittes geradewegs auf den Bürgermeister zu. »Herr Bachenschwanz, Ihr solltet Euch das nicht antun«, sagte er ohne Wärme in der Stimme. »Wie ich höre, seid Ihr am Herzen erkrankt.«

Sofort fuhr Bachenschwanz seinen Zeigefinger aus und stieß ihn auf die Hühnerbrust des Zentgrafen. »Es geht um mein Kind, das aufgrund verleumderischer Anschuldigungen angeklagt wird. Die werten Herren hätten eine Frage an Euch, die auch mich brennend interessieren würde.«

Der Zentgraf zog die Augenbrauen hoch. »Brennend soll wohl ein Scherz sein? Allerdings ein schlechter. Ansonsten beantworte ich keine Fragen, ich stelle höchstens welche.«

»Ihr irrt«, sagte Karl ruhig. »Im Namen des Herzogs Johann Ernst verlange ich Auskunft.«

»Ihr? Wer seid Ihr, dass Ihr es wagt?«

Karl stellte sich vor und zog ein Dokument aus der Tasche, das der Zentgraf hastig überflog. Am herzoglichen Siegel blieb sein Blick einen Moment lang haften. Seine Hände zuckten, als würde er es am liebsten zerknüllen. »Dann stellt Eure Frage in Gottes Namen, aber eilt Euch.«

»Im Namen des Herzogs, wenn es recht ist«, korrigierte ihn Karl. »Gott hat mit den menschlichen Machenschaften, die hier am Werk sind, nichts zu tun. Wer hat damals Agnes Bachenschwanz angezeigt?«

Der Zentgraf trat einen Schritt zurück. »Das darf ich nicht sagen. Vor allem nicht im Zusammenhang mit dem laufenden Prozess. Wenn wir jeden Informanten preisgäben, bekämen wir keine Anzeigen mehr und dem Teufelstreiben wäre Tür und Tor geöffnet.«

»Ihr sprecht Unsinn. Wenn Ihr Euch mir gegenüber verweigert, werde ich Euch festnehmen und nach Eisenach mitnehmen. Euer Dienstherr wird Euch lehren, was Ihr mir mitteilen könnt!«

Der Zentgraf schwankte von einem Bein aufs andere und atmete schließlich tief durch. »Also gut. Ich vertraue Euch den Namen an.«

Hannes' Herz setzte einen Schlag aus. Fiebernd hing er an den Lippen des Mannes. Jetzt würde es ans Licht kommen.

»Eine gewisse Ilse Beck.«

Neben ihm schnappte Bachenschwanz hörbar nach Luft. Auch Hannes schluckte. Die Ilse! Seine Vorstellung vom Ablauf der Ereignisse fiel wie ein Kartenhaus in sich zusammen. Bachenschwanz' eigene Küchenmagd hatte Agnes angeschwärzt? Warum? Dafür gab es keine Erklärung. Selbst aus Elisabeths Erzählungen konnte er keinen Grund ableiten; weder Teufelshysterie noch Hass auf die Familie. Im Gegenteil, Ilse war ihr Anker gewesen. »Seid Ihr Euch sicher?«

»Absolut. Wir erhalten oft Hinweise von Bediensteten. Sie war es auch, die Elisabeth verraten hat.«

Hannes konnte es nicht fassen. »Das ist unmöglich!«

Karl legte die Hand beruhigend auf seinen Arm. »Ist sie persönlich erschienen?«, fragte er.

Der Zentgraf zögerte. »Nein. Aus Angst, ihre Anstellung zu verlieren, wollte sie das nicht, was ich durchaus verstehen kann.«

»Wie ist dann die Anzeige erfolgt?«

»Sie hat sich dem Hofrat Dr. Wolffrum in einem Brief anvertraut.«

»In beiden Fällen?«

»Ja.«

»Und das habt Ihr geglaubt?«

»Ich muss doch wohl sehr bitten. Dr. Wolffrum ist ein Ehrenmann.«

»Das behauptet Herr von Seckendorff von sich auch. Ich bezweifle, dass Ilse überhaupt schreiben kann. Nun gut, seid für Eure Auskünfte bedankt. Auf wann habt Ihr die peinliche Befragung angesetzt?«

Die Augen des Zentgrafen wurden einen Moment lang schmal, dann antwortete er mit einem verschlagenen Lächeln: »Auf morgen. Wir dürfen keine Zeit verlieren, wenn es gegen den Teufel geht.«

So schnell? Obgleich sich Elisabeth bislang gut geschlagen hatte, würde sie eine peinliche Befragung kaum überstehen. »Auch uns eilt es«, sagte Hannes und nickte Karl zu.

Der bedeutete ihm zu schweigen. »Ich bin fertig mit Euch – für den Moment.«

Der Zentgraf nahm eine aufrechte Haltung an und marschierte grußlos davon. Auch Bachenschwanz eilte in Richtung Herrngasse, geduckt wie ein geprügelter Hund.

»Geh ihm nach«, sagte Karl. »Ich spreche inzwischen mit Rauschert. Und knöpf dir Mathilde vor. Aber nicht übertreiben, nur so viel, dass sie es mit der Angst zu tun kriegt. Frage kreuz und quer, verwirre sie. Wenn wir Glück haben, rennt sie zu Wolffrum. Folge ihr, ohne dass sie es merkt, und warte auf mich. Dann werden wir versuchen, es so einzurichten, dass einer von uns lauschen kann. Schnell, das Eisen muss geschmiedet werden, solange es heiß ist.«

Endlich bewegte sich etwas. Neuer Mut schwemmte Hannes' Unsicherheit hinfort. Genau wie er schien auch Karl der Mär von der verräterischen Küchenmagd keinen Glauben zu schenken. Hannes rannte los, dem Bürgermeister hinterher.

Mit verkniffenem Gesichtsausdruck drehte Bachenschwanz sich zu ihm um. »Diese Hexe!«

»Wen meint Ihr?«

»Dieses Miststück von einem Eheweib! Wen sonst? Und mit so einer habe ich Tisch und Bett geteilt. So ein verlogenes Frauenzimmer! Der werde ich was erzählen! Ilse Beck, dass ich nicht lache! Die meint wohl, sie kann mich für dumm verkaufen. Jetzt glaube ich es, jetzt glaube ich es wirklich!«

»Wurde Ilses Name denn korrekt angegeben?«

»Wieso fragt Ihr? Oh, jetzt verstehe ich, was Ihr meint. Nicht nur, dass sich jemand für meine Küchenmagd ausgegeben hat, der- oder diejenige hat sich nicht einmal die Mühe gemacht, ihren Namen richtig anzugeben. Ilse heißt mit Nachnamen nämlich Böck und nicht Beck.«

»Bitte überlasst das Reden mir.«

»Wir werden sehen.« Bachenschwanz riss die Haustür so schwungvoll auf, dass sie gegen die Wand krachte. »Kommt mit.«

Der Geruch von Krankheit und Tod schlug Hannes entgegen, das Atmen fiel ihm schwer. Es würde nicht leicht werden, Mathilde und Wolffrum zu überführen, vor allem nicht mit einem blindwütigen Ehemann an der Seite. Wutschnaubend stapfte Bachenschwanz die Treppe hinauf.

Kerzengerade auf dem Sofa der Wohnstube sitzend, blätterte Mathilde in einem Buch. Kleine Falten umkränzten ihre schmalen Lippen, die Haut unter ihrem Kinn hing schlaff herunter. Sie hatte deutlich an Gewicht verloren, wie fast jeder Coburger. Ihre Augen funkelten angriffslustig. »Was gibt es? Wer ist der junge Mann? Ich glaube, mich an ihn zu erinnern.«

Bachenschwanz holte zum Schlag aus, doch Hannes hielt seinen Arm fest, obwohl er sie am liebsten selbst geschlagen hätte. »Beruhigt Euch. Gebt der Frau Gelegenheit, sich zu erklären.«

»Wozu soll ich mich erklären?«, fragte Mathilde kalt.

»Ihr werdet des Ehebruchs bezichtigt«, entgegnete Hannes ebenso emotionslos.

Mathildes Nasenflügel weiteten sich für den Bruchteil einer Sekunde. »Ach? Und mit wem, wenn ich fragen darf?«

»Dr. Wolffrum.«

Sie lachte spitz, wie eine Gauklerin auf dem Jahrmarkt. »Ausgerechnet mit dem Herrn Geheimrat. Das ist fürwahr ein guter Scherz. Ihr glaubt das hoffentlich nicht?«, sagte sie an ihren Mann gewandt.

»Kennt Ihr eine Ilse Beck?«, fragte Hannes.

Ein flatternder Blick. »Unsere Küchenmagd?«

»Nein, die heißt Ilse Böck.«

»Böck?«

»Nun, eine Ilse Beck hat sowohl Agnes als auch Elisabeth bei Dr. Wolffrum angezeigt«, fuhr Hannes fort.

»Es gibt keine Ilse Beck in der Stadt«, sagte Bachenschwanz.

»Woher wollt Ihr das wissen?«

Bachenschwanz ließ sich auf den Stuhl fallen und griff sich an die Brust. »Falls es Euch entgangen ist – ich bin Bürgermeister.«

Es war an der Zeit nachzulegen, um die Glut zu entfachen. »Wir werden uns mit Eurem Geliebten auseinandersetzen müssen.«

»Mit wem?« Ihre Unterlippe zitterte.

»Ihr habt mit Dr. Wolffrum Ehebruch begangen«, schleuderte Hannes ihr ins Gesicht.

»Bachenschwanz, beendet diesen Schwachsinn. Mir ist unwohl.« Sie legte ihren Handrücken auf die Stirn. »Ich glaube, ich werde ohnmächtig.«

»Aber draußen, wenn ich bitten darf«, sagte Bachenschwanz ungerührt. »Raus aus meinem Haus!«

Sie sprang auf, raffte ihren Rock und warf ihm einen verächtlichen Blick zu. »Ihr glaubt diese Lügen also?«

»Ehebruch wird bekanntlich streng geahndet.« Hannes machte eine hackende Bewegung mit der Hand. Das war besser gelaufen als gehofft. Die Schlinge zog sich zu, falls sie zu Dr. Wolffrum lief.

Falls.

64 Elisabeth

Elisabeth wurde in die Folterkammer des Hexenturms gestoßen. Sie musste sich auf einen Stuhl setzen und Bechtold sowie der Gehilfe des Scharfrichters zwangen ihre Arme in zwei geöffnete Eisenschellen auf den Armlehnen. Mit einem lauten Klacken wurden sie über ihren Handgelenken geschlossen und ihre Füße an die Stuhlbeine gefesselt. An den Wänden und unter dem Stuhl zeugten schwarze Flecken von der Pein früherer Insassen. Neben der Esse hingen allerlei Zangen, Spieße und Hämmer an einem Holzbrett.

Bechtold hielt ihr einen Becher hin. »Da. Des sollste trinken. Hast sicher Durst.«

Gierig schluckte sie den sauer schmeckenden Wein. Als sie ausgetrunken hatte, verließen Bechtold und der Helfer die Kammer.

Nach einer Weile traten der Scharfrichter und Dr. Wolffrum ein. Alles um sie herum schien in Bewegung zu sein, die Wände, die Männer, sie selbst.

»Damit dir die Wahrheit ein wenig schneller von der Zunge geht, will ich dir einen kleinen Vorgeschmack auf morgen geben«, sagte Wolffrum. »Bedenke, du kannst deine Sünden jederzeit bereuen. Gestehe deine Hexerei heute, und ich erspare dir weitaus größere Qualen morgen. Du musst zugeben, das ist sehr entgegenkommend von mir.«

Elisabeth fehlten die Worte, ihr Hirn wirkte wie leer gefegt.

Wolffrums Augenbrauen schossen nach oben. »Höre ich keinen Dank? Vielleicht stimmt dich das Protokoll der peinlichen Befragung deiner Mutter um?«

Sie schüttelte stumm den Kopf. Ihr wurde schlecht.

»Weißt du«, fuhr Wolffrum fort, »dass es nahezu eine Kunstfertigkeit ist, einer Hexe ein Geständnis zu entlocken, ohne sie zu töten? Leider verfügen Hexen und Zauberer über vielerlei Möglichkeiten, sich gegen die Befragung zu wappnen. Es besteht sogar Gefahr für die Wächter und Richter.«

Wenn sie nur reden könnte. Ihre Zunge lag wie gelähmt in ihrem Mund.

Wolffrum winkte dem Scharfrichter, der ein Gerät aus der Tasche zog, das sie heute schon einmal gesehen hatte: eine Daumenschraube. Einer ihrer Daumen wurde zwischen die beiden Metallplatten gesteckt.

So viel Angst und kein Entkommen.

Unter wachsamen Augen drehte der Scharfrichter die Schraube langsam. Die zwei Platten berührten ihre Haut. Ein drückender Schmerz strahlte vom Daumen bis in ihre Brust. Ihr Atem beschleunigte sich, sie schwitzte. Der Folterknecht hielt inne.

»Nun?«, fragte Wolffrum. »Höre ich ein Danke?«

»…anke.«

Wolffrums Stirn legte sich in Falten, und er feuerte einen scharfen Blick auf den Scharfrichter ab.

»Sie hats g'sagt«, bemerkte Bechtold.

»Als Nächstes muss sie Ja sagen.« Wolffrum wandte sich ihr zu. »Bist du eine Hexe?«

Jede Faser ihres Körpers schrie »Ja«, um sich die Schmerzen zu ersparen. Du sollst nicht falsch Zeugnis reden, lautete ein Gebot, außerdem war sie unschuldig. Warum also nachgeben? Sie öffnete ihren Mund, um ihm ihr Nein entgegenzuschleudern.

Erneut verweigerte ihr die Zunge den Gehorsam.

»Fester«, befahl Wolffrum.

Quietschend folgte die Schraube dem Gewinde – eine Umdrehung, zwei Umdrehungen, drei …

Der Schmerz überflutete jede andere Wahrnehmung. Eine warme Flüssigkeit rann an ihren Beinen hinab. Es gab kein Entrinnen, keinen, der ihr half oder sich erbarmen würde. Ein Schrei löste sich aus ihrer Kehle: »Nein!«

Kurz bevor sie glaubte, ihr Knochen müsste brechen, hörte das Quetschen auf. Durch einen Tränenschleier sah sie jemanden eintreten und Wolffrum etwas ins Ohr flüstern. Augenblicklich verfinsterte sich dessen Gesicht.

»Zurück ins Verlies mit ihr. Die Befragung wird morgen im Gerichtssaal fortgesetzt.«

65 Hannes

HANNES FOLGTE MATHILDE durch Coburgs Gassen, wobei er Abstand hielt, was nicht nötig gewesen wäre, denn sie hastete zu Wolffrums Haus, ohne sich umzudrehen. Dort drückte er sich hinter einen Mauervorsprung. Erst nach einem tiefen Atemzug wagte er einen Blick um die Ecke. Von Karl war weit und breit nichts zu sehen. Wo blieb der Freund nur? Bis er eintraf, war die Gelegenheit vielleicht verpasst.

Mathilde wurde sofort Zutritt gewährt. Hannes wartete einen Moment, bevor er ebenfalls anklopfte.

»Ihr schon wieder«, zischte der Diener durch die Türklappe. »Was wollt Ihr?«

Sicher hatte er die Pistole, die er ihm vor die Nase gehalten hatte, noch gut in Erinnerung.

»Euch sprechen.«

»Mich? Zum Teufel, nein. Mein Herr hat mir ausdrücklich verboten, Euch ins Haus zu lassen.«

Verdammt, das gestaltete sich schwieriger als gedacht. »Ist er denn anwesend?«

»Schleicht Euch!« Die Klappe fiel zu.

Hannes klopfte erneut, dieses Mal vergebens, und lauter werden wollte er nicht, denn Mathilde sollte nicht gewarnt werden. Zornbebend blieb er auf der Türschwelle stehen und überlegte.

Endlich tauchte Karl auf und eilte auf ihn zu. Regenwasser tropfte im Takt seiner forschen Schritte von seinem Hut. »Was ist los?«

»Der Diener verweigert mir den Zutritt.«

Karls Miene verdüsterte sich. »Meister Ungeduld, du solltest doch warten. Komm weg von diesem Haus, damit uns im Innern keiner hört.«

Hannes folgte Karl um die Ecke. Von hier aus konnten sie den Eingang zu Wolffrums Haus beobachten, ohne durch eines der Fenster entdeckt zu werden.

»Was ist mit Mathilde?«, fragte Karl.

»Die ist drinnen. Alles lief wie von dir geplant.«

»Von Felix Rauschert habe ich erfahren, dass Mathildes erster Ehemann an einer merkwürdigen Krankheit gestorben ist. Danach hat sie Weimar in aller Eile verlassen. Rate mal, mit wem zusammen sie in Coburg eingetroffen ist?«

»Mit Wolffrum?«

»Genau.«

»Und Rauschert wusste das, hat allerdings versäumt, Bachenschwanz zu warnen.«

»Ich bezweifle, dass der ihm geglaubt hätte. Der wird froh

gewesen sein, eine reiche, schöne Witwe heiraten zu können. Weder er noch Rauschert haben Wolffrum misstraut, als er Mathilde als trauernde Witwe in die Coburger Gemeinde einführte. Ein Hof- und Geheimrat ist schließlich über jeden Verdacht erhaben.«

»Verstehe.«

»Da gibt es noch etwas, aber das ist Rauschert angeblich erst bei der Kontrolle des Kirchenregisters aufgefallen, und danach habe er schlichtweg vergessen, weiter nachzuforschen. Vielleicht wurde seinem Vergessen auch ein wenig nachgeholfen, wer weiß.«

»Spann mich nicht auf die Folter.«

»Kätes Vater war bereits ein ganzes Jahr lang tot, bevor sie geboren wurde.«

Hannes pfiff durch die Zähne. Sofort keimte ein Verdacht in ihm auf. »Donnerwetter. Da soll doch gleich der Blitz einschlagen.«

»Ein sauberes Pärchen ist das.« Karl schüttelte den Kopf. »Leider können wir ihnen nichts nachweisen, und von sich aus werden sie kaum etwas zugeben. Vor allem er nicht. Er wird den Beischlaf und erst recht die Vaterschaft bestreiten und sich herauslavieren, indem er Hexerei ins Spiel bringt. Dann wird Mathilde das nächste Opfer.«

»Er wird sich zu verantworten haben.«

»Kann sein, dass er dennoch ungeschoren davonkommt.« Karl sah sich misstrauisch um. »Wir haben uns schon zu sehr eingemischt. Coburg wird bald wieder den Sachsen gehören.«

Hannes nickte. »Und wenn wir ihm Gewalt androhen?«

»Vergiss den Zentgrafen nicht. Wolffrum vertritt die Anklage, der Zentgraf ist der Richter. Wolffrum muss die Anklage zurücknehmen, sonst war alles umsonst. Dann bleibt dem Zentgrafen keine andere Wahl, als Elisabeth freizulassen.«

»Wie willst du das bewerkstelligen?«

»Ganz einfach. Ich lenke den Diener ab, während du dich ins Haus schleichst und lauschst. Hoffentlich hörst du etwas Verwertbares.«

»Mathilde wird in der Wohnstube sein.«

»Oder in seiner Schlafkammer.« Karl trat an Wolffrums Haustür und donnerte mit der Faust dagegen, während Hannes sich an die Hauswand presste, damit der Diener ihn nicht entdecken konnte. Erneut öffnete sich nur die Klappe. Karl hielt das Dokument des Herzogs hoch. »Im Namen Seiner Hoheit des Herzogs Ernst – aufmachen! Und zwar sofort und ohne Aufhebens. Ich muss dich unter vier Augen sprechen.«

Als die Tür geöffnet wurde, stellte Karl einen Fuß hinein und winkte Hannes verstohlen zu sich.

»Was liegt an?«, fragte der Diener. »Wollt Ihr zu mir oder zu Dr. Wolffrum? Der ist noch nicht zurück.«

»Ich habe einige Fragen an dich. Geh voraus.«

Karl verschwand im Haus und ließ die Tür angelehnt. Jetzt kam es darauf an. Hannes schlüpfte hinein und schlich die Treppen hoch. Auf dem Treppenabsatz versteckte er sich hinter einem schwarzen Monstrum von Schrank, das etwas abseits stand. Kurz danach öffnete sich unten die Tür. Wolffrum. Hoffentlich ging er direkt in seine Stube.

Schritte stapften die Treppe herauf, verharrten und wurden dann Richtung Wohnstube gelenkt. Hannes hielt den Atem an.

»Komm rein, du elender Schuft!«, keifte Mathilde von drinnen.

Die Tür quietschte in den Angeln. Hannes spähte um den Schrank herum. Wolffrum war in der Tür stehen geblieben.

»Was machst du denn hier?«

»Du hast mich verraten. Mein Mann weiß von uns, und die beiden Kaiserlichen haben herausgefunden, dass Ilse niemanden angeschwärzt hat.«

Die Tür fiel ins Schloss. Hannes huschte aus seinem Versteck und legte ein Ohr ans Schlüsselloch. Von unten drangen die leisen Stimmen von Karl und dem Diener hoch.

»Beruhige dich erst einmal«, hörte Hannes Wolffrum gedämpft sprechen. Dennoch war er deutlich zu verstehen. »Warum sollte ich dich verraten? Ich bin doch nicht verrückt.«

»Woher weiß er es dann?«

»Wer weiß was?«

»Mein Mann! Dass du und ich …«

»Womöglich hat uns diese dumme Köchin belauscht.« Wolffrum wurde lauter. »Du sagtest damals, sie sei außer Haus.«

»Das dachte ich. Ach, Peter, was machen wir jetzt?«

»Streite alles ab. Ich regele das.«

»Käte ist tot.«

Eine kurze Pause entstand, auf die schwere Schritte folgten, die hin und her wanderten. »Ist besser so.«

Mathilde schluchzte auf. »Du Ungeheuer! Sie war mein einziges Kind!«

»Um das du dich nie gekümmert hast.«

»Und du wolltest Käte nicht als die Deinige anerkennen!«

»Bin ich der Ehebrecher oder du? Hat dich dein Mann vor die Tür gesetzt?«

»Dieser Freymann hat ihn aufgehetzt.«

»Und du dumme Gans bist gleich zu mir gerannt? Vermutlich sind dir die beiden nachgeeilt.«

»Mir ist niemand gefolgt.«

»Auch der Freiherr nicht? Der ist gefährlich, zumal er das Ohr des Kurfürsten hat, und wer weiß, wer ihm sonst noch gewogen ist.«

Unverständliches Tuscheln folgte. Dafür wurden unten jetzt Stimmen laut. Karl erklomm die Treppe, hinter ihm der händeringende Diener. Hannes nickte ihm zu. »Beide sind drinnen.«

»Dann wollen wir mal.« Karl stieß die Tür auf, die Hand am Schwertgriff. »Herr Dr. Wolffrum, im Namen seiner Hoheit des Herzogs Johann Ernst verlange ich eine Unterredung.«

Wolffrum wirbelte herum, die Nase spitz, die Augenbrauen zusammengezogen. »Ihr wagt es! In welcher Funktion seid Ihr hier?«

Der Diener stöhnte sein Unbehagen heraus, und Hannes bedeutete ihm, zu verschwinden.

»In der seines Beauftragten«, sagte Karl ruhig. »Ich bin befugt, die Unregelmäßigkeiten im Fall der Elisabeth Bachenschwanz und Eure Beziehung zu Mathilde Bachenschwanz aufzuklären.«

»Alles Lüge, was Ihr gegen mich vorbringen möget.«

»Das könnt Ihr mit Herrn Rauschert ausmachen, der sich jeden Moment einfinden wird. Erklärt Euch lieber gleich, denn sollten sich die Anschuldigungen bewahrheiten, steht es schlecht um Euch. Welche Bestrafung auf Betrug, Verrat und Mord steht, solltet Ihr selbst am besten wissen.«

»Ich pflege mit diesem Weib keine Beziehung, wie Ihr es nennt. Mir ist lediglich bekannt, dass sie in Verdacht stand, ihren ersten Mann vergiftet zu haben. Nun soll sie es mit ihrem zweiten versucht haben. Sie besaß die Impertinenz, uneingeladen in meine Stube einzudringen.«

»Welch Zufall: der eine Mann unter mysteriösen Umständen verstorben, der zweite beinahe. Und beide Male seid Ihr in der Nähe. Käte war Eure Tochter, nicht wahr?«

»Ich habe damit nichts zu tun! Sie ist die Schuldige!«

»Was höre ich da?«, schrie Mathilde. »Du Lügner willst die ganze Schuld mir aufladen?«

»Am Ende bist du selbst eine Hexe wie Elisabeth! Ihr beide stammt aus dem Haus, in dem der Teufel wohnt.«

Hannes erschrak. Nun geschah, was Karl vorausgesagt

hatte. Hilfesuchend sah er zu seinem Freund, der die Augenbrauen hochzog.

»Du Ungeheuer lässt mich im Stich?«, schrie Mathilde. »Du verdrehst die Tatsachen, damit du deine Hände in Unschuld waschen kannst.«

Wolffrum zuckte mit den Schultern. »Wem wird man glauben? Einer Ehebrecherin oder dem herzoglichen Geheimrat, der von dir verhext wurde?«

»… und der Elisabeth freilassen wird«, ergänzte Hannes und erntete dafür Karls zustimmenden Blick. »Wie Ihr das anstellt, ist Eure Sache. Solltet Ihr Euch verweigern, werden *wir* Anklage erheben.«

»Mit welcher Begründung? Keiner kann mir zum Vorwurf machen, ihrem Zauber erlegen zu sein.«

Oh, wie gern er diesem Mann an die Kehle gesprungen wäre. Er trat einen Schritt auf ihn zu, doch Karl hob beschwichtigend die Hand. »Ihr habt das Spiel verloren. Es geht nur noch darum, auf welche Weise man Euch ins Jenseits befördert.«

»Ihr werdet es nicht wagen!«

»Warum nicht? Ihr habt die Wahl. Ich schleife Euch in Ketten nach Eisenach oder Ihr sagt dem Herrn Rauschert, dass Elisabeth keine Hexe und alles der Einbildung der Frau Bachenschwanz entsprungen ist. Sobald Elisabeth frei ist, lasse ich von Euch ab.«

»Ihr seid mit dem Teufel im Bunde!«

»Oder Ihr.«

Wolffrum erblasste, schwankte etwas und hielt sich an einer Stuhllehne fest. Jetzt hatten sie ihn endlich da, wo sie ihn hatten haben wollen.

66 Elisabeth

Die kalte Nacht verlor sich endlich in einem grauen Schimmer, der durch die schmale Mauerscharte fiel. Vierbeiniges Getier trippelte über den Boden und schnüffelte an Elisabeths Füßen. Sie war zu schwach, um es abzuwehren. Mitunter nagten Ratten an den Gefangenen, aber Schlimmeres als die Folterknechte konnten sie ihr nicht antun.

In ihre Furcht hinein traten Schritte, die sich dem Turm näherten. Gedämpfte Männerstimmen ließen ihre Eingeweide sich verkrampfen. So früh schon? Die Sonne war noch nicht einmal aufgegangen. Offenbar hatte Hannes es nicht geschafft.

Ein Klacken an der Tür, dann schwang sie auf und eine dunkle Gestalt trat herein. Sie versuchte, von der Gefahr wegzukriechen, doch die Muskeln versagten ihr den Dienst.

Sanfte Hände tasteten nach ihr. »Elisabeth.«

Sie erkannte seine Stimme. Er war da. Sie kroch ihm entgegen, Tränen füllten ihre Augen.

»Du bist frei«, sagte er.

Er kniete neben ihr, strich sanft über ihren Kopf, während sie von Weinkrämpfen geschüttelt wurde. Sachte half er ihr auf die Füße.

»Komm, Liebste, raus aus diesem Loch. Kannst du gehen?«

»Ich versuche es.«

»Nur ein paar Treppenstufen.«

Starke Hände nahmen sie in Empfang. Fackelschein blendete ihre Augen, trotzdem wusste sie, wer sie trug, vertraute sich Karls kräftigen Armen an.

»Elisabeth Bachenschwanz, Kraft meines Amtes wirst du freigelassen«, schnarrte der Zentgraf am Ausgang des Turms.

Worte, die ihre Freiheit bedeuten sollten, waren bedeutungslos in ihren Ohren. Karl war da. Hannes war da, nur ihnen vertraute sie, und sie wusste, dass der Zentgraf die Wahrheit sprach. Sie schämte sich ihres Zustands, ihres Schmutzes, ihres Gestanks. Es war kalt und nass, und sie merkte, dass sie lebte.

»Bringt mich fort von diesem schrecklichen Ort, bitte.«
»Deshalb sind wir hier«, sagte Karl.

Hannes legte seinen Umhang um sie, und Karl trug sie zur Rosengasse, wo Felix Rauschert wartete. Der Morgen graute. Die ersten Coburger verließen ihre Häuser, um ihren täglichen Besorgungen nachzugehen. Köpfe drehten sich nach ihnen um, und immer mehr Bürger schlossen sich ihnen an. Ein Stein flog, jemand schrie: »Verbrennt se!«, doch dazwischen hörte sie auch freundliche Worte.

»Ruhe!«, rief Rauschert. »Es hat alles seine Richtigkeit.«

Unter den eingefallenen grauen Gesichtern entdeckte sie das von Hans Sommer, der einen Wassereimer schleppte. Er sah zu Boden.

Vor dem Goldenen Kreuz drehte sich Karl zu der Menschengruppe um, ohne sie abzusetzen. »Unrecht ist geschehen. Es gibt keine Hexe, nur Verleumdungen. Lernt daraus.«

»Genug geglotzt, verschwindet!«, herrschte Rauschert die Umstehenden an.

Abrupt kehrte Karl den Gaffern den Rücken zu und trug Elisabeth in die Schankstube, wo Sonja sie empfing. In ihrem Gesicht kämpften Zweifel und Wohlwollen miteinander, bis ein Lächeln obsiegte. »Soll ich dir a Bad anrichten, Lisbeth?«

Der restliche Tag verging wie im Traum. Ihre schmerzenden Wunden und der pochende Daumen konnten ihr die wohltuende Wärme des Badewassers, in dem Kamille und Schafgarbe schwammen, nicht verleiden. Sorgsam abgetupft, neu eingekleidet, mit etwas Brot und Suppe gestärkt, stieg sie hinunter in die Schankstube, in der Hannes, Karl, Rauschert, Matthäus sowie ihr Vater bei einem Krug Wein beisammensaßen. Sie blieb im Türrahmen stehen und verfolgte von dort die angeregte Unterhaltung.

»Sinnt Ihr auf Vergeltung?«, fragte Rauschert in die Runde, wobei sich seine buschigen Augenbrauen bedrohlich zusammenzogen.

»Das ist Sache Gottes und die seiner Stellvertreter auf Erden«, erwiderte Hannes. »Ich hoffe, dass jeder das bekommt, was er verdient.«

Rauschert kratzte sich am Kinn und blickte zu Karl. »Wohl gesprochen. Ist das auch in Eurem Sinne?«

»Sicherlich. Verfahrt mit den beiden nach Belieben.«

»Die zwei werden sich zu verantworten haben. Mathilde hat den Tod verdient, Wolffrums Verwicklung hingegen is mir net ganz klar.«

»Käte war Wolffrums Tochter«, sagte Karl. »Mathilde hat es gestanden.«

Matthäus hob dozierend den Finger. »Sie ist die Böse. Sie hat die Agnes denunziert, um den Andreas heiraten zu können. Ihr Plan war, ihn zu vergiften, und Elisabeth, die alles geerbt hätte, sollte den Wolffrum zum Mann kriegen. Klar wie Brüh.«

»Meint Ihr nicht«, fragte Karl mit pfiffigem Gesicht, »dass Mathilde leer ausgegangen wäre, wenn Wolffrum Elisabeth geheiratet und ihr Erbe eingestrichen hätte?«

Alle nickten.

»Am Ende könnte sie sogar die beiden Hebammen ermordet haben«, sagte Hannes. »Gunde und Ottilia.«

Rauschert trommelte einen Marsch auf dem Tisch. »Also erstens hat das Weib kein Gewissen und zweitens behauptet es, das sei der Wolffrum gewesen, weil die Hebamme Ottilia für ihr Stillschweigen mehr Geld haben wollte.«

»Die Nachbarn schwören Stein und Bein, eine Frau oder einen kleinen Mann gesehen zu haben«, sagte Karl. »Meiner Meinung nach hat Wolffrum mit ihrem Tod nichts zu tun. Das war Mathilde. Gunde dagegen könnte auf Wolffrums Konto gehen. Mathilde behauptet das zumindest. Aber unter Androhung von Folter wird viel erzählt.«

Mathilde eine Mörderin? Die Frau, die sie jahrelang als Mutter bezeichnet hatte? Elisabeth hatte genug gehört. »Hannes, bitte. Mir ist egal, ob es Mathilde war oder nicht, ich möchte endlich in Frieden leben können.«

Hannes sprang auf, nahm sie bei der Hand und streichelte mit seinem Daumen deren Rücken. »Komm«, sagte er sanft. Er zog sie vor den Tisch. »Wir haben noch etwas zu erledigen.«

Vater blickte lächelnd zu ihr hoch. »Mein Kind, ich bin so froh, dass sich alles zum Guten gewendet hat.«

Das war Elisabeth auch. »Ich gehe wieder zu Bett, wollte bloß schnell Danke sagen.«

»Verzeih meine Unaufmerksamkeit.« Hannes trat vor und stellte sich kerzengerade vor ihren Vater. »Eines muss noch getan werden, und zwar hier und jetzt. Herr Bachenschwanz, ich bitte um die Hand Eurer Tochter.«

»Von Herzen gerne«, antwortete Vater mit zittriger Stimme.

Lächelnd kniete Hannes vor ihr nieder.

»Hiermit frage ich dich, Elisabeth Bachenschwanz, willst du meine Frau werden und mit mir nach Amberg ziehen, selbst wenn du dafür deinen Glauben aufgeben musst?«

Das Schicksal spielte verrückt. Gestern von aller Welt gehasst und dem Tod geweiht und heute eine Braut.

»Ja, das will ich«, antwortete sie fest und ihre Augen schwammen in Tränen des Glücks. »Und ich danke Gott, dass er mir zwei Katholiken geschickt hat. Das macht mir den Wechsel des Glaubens leichter.«

Epilog
Juni 1637

EIN FRÜHSOMMERMORGEN WIE von Gott geschaffen, dachte Andreas. Das warme Licht verlieh den vom Tau benetzten Blättern und Gräsern Glanz und versilberte ein Spinnennetz, das sich von einem Zweig des Apfelbäumchens zum nächsten spannte. Er bewunderte das filigrane Muster, aufgehängt an dünnen Fäden, fest genug, um seinen Zweck zu erfüllen. In der Mitte hockte eine Kreuzspinne und wartete auf Beute.

An Tagen wie diesen besuchte Andreas mitunter den Hinterhof der Herrngasse 6, den Elisabeth und Agnes so geliebt hatten. Die neuen Bewohner des Hauses schienen ihn ebenfalls zu schätzen, denn Garten und Schuppen wirkten gepflegt. Ein Hauch von Wehmut lag über diesem Ort, womöglich die Sehnsucht nach einer Zeit, in der die Mehrung des Wohlstands die vorrangige Sorge gewesen war.

Seit den Ereignissen vor zwei Jahren hatte sich einiges geändert. Er war in die oberen Stockwerke des Gaststätte Zur Weintrauben in der Judengasse umgezogen – oder, besser gesagt, er war der Leere seines Heims entflohen. Die Gaststätte hatte er von seinem Vater geerbt, dem Bäcker Georg Bachenschwanz. Sie litt wie alle Schankstuben an Besuchermangel, da viele der Stammgäste die Wirren des Krieges nicht überlebt hatten. Nur zögerlich erholten sich Stadt und Herzogtum.

Andreas berührte mit dem Finger das feinmaschige Netz, zupfte an einem Faden, bis er zerriss. Die Spinne krabbelte näher, bemerkte den Betrug und floh. Er bewegte den Finger im Kreis, zerstörte so einen Faden nach dem anderen, bis von dem Kunstwerk lediglich zwei Silberfäden übrig geblieben waren.

Wie seine Hand das Netz hatte die Folter Mathildes Lügengespinst zerrissen, doch die Wahrheit war ein nicht minder verletzliches Gebilde.

Sie hatte keine Gnade erfahren, war im Gefängnis verstorben, zu früh für manch Wahrheitssuchenden.

Dabei war die Wahrheit leicht zu finden, wenn man ihr offenen Auges gegenübertrat.

Es war an der Zeit, den letzten Schritt zu tun, einen Schlussstrich zu ziehen. Er ließ den Garten hinter sich und mit ihm seine Erinnerungen, durchschritt den dunklen Flur und ging an der Küche vorbei, die jetzt von einer anderen Magd regiert wurde. Hier wohnten nun die Zehms, denen er nicht begegnen wollte.

Die Tage waren seit den damaligen Ereignissen im Gleichmaß der Jahreszeiten zerronnen. Monde hatten sich aufgebläht und waren geschwunden, genauso wie die Aussicht auf Frieden für das Kaiserreich – nur dass heute woanders gekämpft wurde.

Andreas wandte dem Teufelshaus den Rücken zu und schlenderte über den Marktplatz, seiner letzten Ratssitzung entgegen. Er hatte sein Amt niedergelegt, wollte auf keinen Fall weitermachen.

Die aufsteigende Sonne überflutete die Schatten der Häuser mit Licht. Die Brunnen plätscherten, ein Handkarren ratterte übers Pflaster, und vier Frauen ratschten vor dem Gasthaus Zur Weintrauben, dessen herausgehängtes Tännchen anzeigte, dass heute Bier ausgeschenkt wurde.

Die Stadtbevölkerung war auf die Hälfte geschrumpft. Nach dem Abzug der Kaiserlichen hatte ein Hungerjahr den

Menschen und Tieren der Region den Rest gegeben. Ganze Ortschaften lagen verödet, die Felder blieben unbestellt, das Gras auf den Viehweiden wucherte hüfthoch. Es war ein Jammer. Eines Tages hatten halb verhungerte Landkinder Bucheckern gemahlen haben wollen, die ihnen die Torwächter unter dem Beifall ihrer Vorgesetzten abgenommen hatten. Mit solchen Verbrechen gegen die Barmherzigkeit wollte Andreas nichts zu tun haben, und letztlich hatte das für ihn den Ausschlag gegeben, die Geschicke der Stadt anderen zu überlassen.

Die Kinder litten am meisten. Viele von ihnen bettelten mit grasverschmierten Hungermündern um eine Krume Brot, und Andreas war froh, keine eigenen durchfüttern zu müssen. Doch der Krieg und die Not hatten sie abgehärtet. Wenn alle litten, verlor man den Blick für die Not des Einzelnen.

Er drehte sich zur Kanzlei um. Dort hatte sich Elisabeths Schicksal, aber auch sein eigenes entschieden. Nach Agnes' Tod hatten sie nicht nur ihren Besitz eingezogen, sondern ihm zusätzlich neunhundert Gulden abgeknöpft, während der Zentgraf bei Elisabeth leer ausgegangen war. Recht war diesen Eiferern geschehen.

Zehm und von Seckendorff hatten sich wegen der Aufgabe der Veste vor Herzog Johann Ernst verantworten müssen, waren jedoch mangels Beweisen freigesprochen worden. Von Seckendorff zog jetzt samt Frau und Kindern mit den Schweden durch die Lande. Schließlich habe er nichts anderes gelernt, als Krieg zu führen, hatte er zum Abschied gesagt. Kein Wort der Entschuldigung oder gar der Reue.

Der Herr von Zehm hatte sich in Andreas' Haus in der Herrngasse eingenistet. Die Coburger meinten, der Teufel habe von dem ehemaligen Festungskommandanten Besitz ergriffen, die Räte tippten auf Wahnsinn, und der Arzt vermutete Syphilis.

Andreas selbst wurde weder vom einen noch vom anderen geplagt, allerdings war seine Gesundheit aufgrund der damaligen Vergiftung angeschlagen. Zudem stellten sich die Alterszipperlein früher als erwartet ein.

Langsam drehte er sich im Kreis, ließ die Häuser an sich vorbeiziehen: die Kanzlei, die Apotheke, die beiden Rathäuser, die Trinkstuben, Brunnen und Läden. Er fühlte sich alt, so unendlich alt.

Wolffrum hatte sich herausreden können, und nachdem Mathilde geständig gewesen war, hatte der Herzog keine weiteren Untersuchungen gefordert. Sie war es gewesen, die die Gunde aus Angst vor Entdeckung ermordet hatte, da sie von ihr die giftigen Kräuter und Pilze erworben hatte. Nachdem er misstrauisch geworden war, hatte sie ihn in den Wahnsinn treiben wollen und Ilse eingeredet, die Pülverchen täten ihm gut. Manchmal dachte er an seine einstige Küchenmagd, die bestimmt geahnt hatte, worum es ging, und die heute die Familie derer von Rosenau bekochte.

Mitunter entzog sich die Wahrheit den Suchenden, ihre Spuren hingen dann wie die Silberfäden des zerstörten Spinnennetzes am Apfelbaum. Opfer, Täter – bedingte das eine das andere? Nein, Mathilde war schuldig, kein Zweifel. Doch auch er trug einen Teil der Bürde, eine Mitschuld an Agnes' Tod. Fast hätte er wegen seiner Feigheit auch noch sein einziges Kind verloren.

Seine Elisabeth lebte mit ihrem katholischen Gemahl in Amberg und wollte mit Coburg nichts mehr zu tun haben. Nur vereinzelt erreichten ihn Briefe von ihr.

Es gehe ihr gut in Amberg, wo ihr Gemahl wieder als Oberforstmeister arbeitete. Der Freiherr Karl Köckh komme sie oft besuchen, sofern es der Kurfürst erlaubte.

Sie habe einem Knaben das Leben geschenkt und ihn auf den Namen Johann Karl getauft. Andreas hätte seinen Enkel gerne einmal gesehen, aber eine Reise war für sein Herz zu anstrengend. Sie hatte ihm eigenhändig geschrieben, ein wenig ungelenk zwar, doch sie sei stolz, es zu können. Die Katholiken hätten sie herzlich aufgenommen. Obwohl der Heimat entflohen, fühlte sie sich zu Hause. Sie komme in der Fremde gut zurecht und er solle für sie beten.

Alles hatte sein Ende gefunden, und für Andreas blieb jetzt nur noch eines zu tun: an seiner letzten Ratssitzung teilzunehmen. Kurz vor der Rathaustür stutzte er.

Eine einäugige schwarze Katze mit einer weißen Pfote kreuzte laut miauend seinen Weg.

Anhang

Fiktive Figuren

Elisabeth Bachenschwanz, Tochter von Andreas und Agnes Bachenschwanz.

Mathilde Bachenschwanz, zweite Frau des Andreas Bachenschwanz. Sie bringt eine Tochter ungefähr selben Alters wie Elisabeth mit in die Ehe. Ansehen und Wohlstand sind ihr wichtig.

Käte Bachenschwanz, Tochter von Mathilde, Elisabeths Stiefschwester.

Ilse Böck, Küchenmagd im Hause Bachenschwanz.

Lutz, Knecht im Hause Bachenschwanz.

Gunde und Ottilia, Hebammen.

Hans Sommer, Sohn des Krämers Matthäus.

Historische Figuren

Viele Schreibweisen von Namen und viele Ränge sowie Titel variieren von Quelle zu Quelle. Da es zur Handlungszeit keine genormte Rechtschreibung gab, wurden Namen oft lautmalerisch geschrieben. Sie werden im Folgenden komplett angegeben, wobei der Rufname nicht der erstgenannte sein muss.

In der militärischen Hierarchie entstand während des Krieges eine Vielzahl von Rängen, deren Bezeichnungen in späterer Literatur oft den aktuellen angepasst wurden, was zu Verwirrung führen kann. Dazu hatte ein militärischer Führer oft mehrere Titel inne, um seinen Rang bei verschiedenen Einheiten herauszustellen, so war Octavio Piccolomini Generalwachtmeister und General der Kavallerie in einer Person.

Alle folgenden Namen sind historisch belegt, allerdings habe ich mir bei einigen Personen schriftstellerische Freiheiten genommen. Trug eine Person mehr als einen Vornamen, wurde der im Text verwendete Rufname jeweils unterstrichen.

Die Coburger

Agnes Bachenschwanz, geb. von Schröder, wurde 1628 als Hexe verbrannt.

Andreas Bachenschwanz, einer der fünf Bürgermeister der Stadt Coburg.

Andreas Flemmer, Bürgermeister, gleichberechtigt mit Bachenschwanz.

Bonaventura Breithaupt, vorsitzender Bürgermeister.

Daniel Langer, Bürgermeister.

Ludwig Wilhelm von Streitberg, Bürgermeister.

Johann Lucas Amling, Bürgermeister im Ruhestand.

Dr. Andreas Peter Wolffrum, Kirchenrat und Geheimrat des Herzogs von Sachsen-Coburg-Eisenach.

Dr. Bonaventura Gauer, Beisitzer des Coburger Schöppenstuhls.

Hans Matthäus Sommer, Krämer.

Andreas Hohnbaum, Bäcker.

Felix Rauschert, Oberstwachtmeister, Kommandant der Coburger Bürgerwehr.

Wilhelm Pfürschner, Archidiakonus, das ist ein in der evangelisch-lutherischen Kirche ordinierter Theologe, der dem Pfarrer der Gemeinde unterstellt ist.

Georg Philipp von Zehm, oft auch *von Zehmen* genannt, Oberst, Festungshauptmann, im Dienste des Herzogs Johann Ernst von Sachsen-Eisenach-Coburg.

Georg Sittig von Schlitz, Oberstwachtmeister, genannt Görtz, war ab Februar 1633 Festungskommandant im Auftrag von Generalmajor Taupadel.

Michael Griesheim, Hauptmann der Dragoner. Nachdem er von Taupadel zurückgelassen wurde, fühlte er sich Görtz zugehörig.

Otto Wahl, Scharfrichter, von Herzog Johann Ernst bestellt.

Caspar Lang, Zentgraf, von Herzog Johann Ernst bestellt.

Adam Alexander von Rosenau, Besitzer des gleichnamigen Schlosses am Rittersteich, das er wegen Geldknappheit an Herzog Johann Casimir verkaufen musste.

Feinde und Freunde

Wolfgang Hannes von Freymann zu Randeck, geb. am 14. April 1610, Oberforstmeister zu Amberg, zweiter Sohn von Wolfgang Jakob Freymann, einem Geheimrat des Kurfürsten und Herzogs von Bayern. 1634 wurde Freymanns Burg Randeck von schwedischen Truppen unter der Führung von Oberst Taupadel geplündert. Die Ruine Randeck ging 1672 in den Besitz der Jesuiten über.

Freiherr Karl Friedrich Köckh zu Prunn, geb. am 11. Oktober 1609, Sohn von Freiherr Christoph von Köckh zu Prunn und dessen Frau Maria. Christoph Köckh war Geheimrat des Kurfürsten von Bayern. Die Köckhs zu Prunn waren die Nachbarn der Freymanns und wie diese gegen die Hexenverfolgung. Sie haben die Altmühl schiffbar gemacht. 1646 musste die Familie wegen finanziellen Nöten die Burg Prunn verkaufen.

Adolf Krafft, Oberstleutnant der Kaiserlichen Armee.

Albrecht Wenzel Eusebius von Waldstein, »Wallenstein«, geb. am 24. September 1583 in Hermanitz an der Elbe, gest. am

25. Februar 1634 in Eger; kaiserlicher Feldherr. Er wurde wegen Verdacht auf Hochverrat im Auftrag des Kaisers ermordet.

Georg Christoph von Taupadel, geb. in Börtewitz, Sachsen, Oberst, später Generalmajor in den Diensten des Herzogs von Sachsen-Weimar (schwedisch-weimarisches Heer). Hat mit fünfhundert Mann die Veste Coburg gegen Wallenstein verteidigt und später Kelheim eingenommen. Gest. 1647 in Blozheim bei Basel.

Melchior Graf von Hatzfeld, geb. 10. Oktober 1953 auf Schloss Crottorf, gest. 9. Januar 1658 in Schlesien. Kommandant des nach ihm benannten Kürassier-Regiments, Vorgesetzter des Oberstleutnants Adolf Krafft.

Wilhelm von Lamboy, geb. um 1590 vermutlich in Flandern, gest. am 12. Dezember 1659 in Böhmen. Er war General(feld)wachtmeister, zwischen 1634 und 1645 sogar Feldmarschall. Er wurde 1634 zum Freiherrn und 1649 zum Reichsgrafen ernannt.

Joachim Ludwig von Seckendorff, Oberst, geflüchteter Kommandant der Veste Heldburg. Wurde 1642 von den Schweden wegen Hochverrats enthauptet.

Johann Casimir Herzog von Sachsen-Coburg, geb. am 12. Juni 1564 in Gotha, gest. am 16. Juli 1633 in Coburg. Er verhielt sich bis 1629 neutral, wodurch er Coburg aus den Wirren des Dreißigjährigen Krieges weitestgehend heraushalten konnte. Ab 1629 schloss er sich der schwedischen Allianz an. Durch eine rege Bautätigkeit und die Gründung eines nach ihm benannten Gymnasiums trug er wesentlich zum heutigen Stadtbild Coburgs bei.

Johann Ernst von Sachsen-Eisenach, geb. am 9. Juli 1566 in Gotha, übernahm das Herzogtum Sachsen-Coburg 1633 nach dem Tod seines Bruders Johann Casimir, gest. am 23.10.1638 in Eisenach.

Kurfürst und Herzog von Bayern Maximilian I., geb. am 17. April 1573 in München, gest. am 27. September 1651 in Ingolstadt, streng katholisch, unterstützte den Kaiser, der wie er den Habsburgern angehörte.

Wilhelm IV. Herzog von Sachsen-Weimar, geb. 21. April 1598 in Altenburg, gest. 27. Mai 1662 in Weimar.

Wissenswertes

Geschichtlicher Hintergrund

Der Roman spielt zwischen Oktober 1632 und Juni 1637, während des Dreißigjährigen Krieges, kurz vor dem Ende der sogenannten Schwedischen Kriegsperiode. Ausgangspunkt des Krieges sind die Bestrebungen einiger Kurfürsten und Herzöge, sich nicht länger vom Kaiser bevormunden zu lassen. Sie wollen selbst bestimmen, welchem Glauben ihre Untertanen angehören sollen, und obendrein ihre Pfründe bewahren. Der Schwedenkönig kommt ihnen zu Hilfe geeilt; vordergründig, um den Protestantismus zu unterstützen, aber eigentlich, um die Macht des habsburgischen Kaisers zu schwächen.

Zu dieser Zeit finanzieren und versorgen sich die Heere durch Plünderungen selbst. Die Bürger einer besetzten Stadt müssen für deren Unterhalt aufkommen. Zudem bereichern sich die Offiziere und können eine Erhebung in den Adelsstand erwarten. An Friedensverhandlungen haben sie daher kein Interesse.

In einer Schlacht bei Nürnberg fällt der schwedische König Gustav II. Adolf, der den protestantischen Fürsten im Heilbronner Bund beistand. Sein Widersacher, General Wallenstein, wird in Egern ermordet, da er mit den Schweden kooperiert haben soll. Für den Kaiser wird es eng, denn sowohl sein Reich als auch seine Macht werden immer mehr geschwächt. Die angrenzenden Länder sehen darin eine Gelegenheit, sich beides einzuverleiben. Kaiser Ferdinand II. ist deshalb auf Frieden bedacht, da die Schweden drohen, sich mit den Franzosen zu verbünden. Doch auch der spanische König, obwohl selbst Habsburger, hat eine Expansion nach Osten hin im Auge.

Der frühere Herzog von Sachsen-Coburg, Johann Casimir, hat es verstanden, sich und seine Ländereien lange aus dem Krieg herauszuhalten. Erst 1629 tritt er dem Heilbronner Bund bei und ruft damit Wallenstein auf den Plan.

Während Casimirs Herrschaft haben die Hexenprozesse und -verbrennungen in Coburg ihren Höhepunkt. Gegen 178 Personen wird ermittelt, auch gegen Kinder. Es gibt 130 Todesopfer. Ob Herzog Johann Casimir selbst von den Umtrieben profitiert oder sie lediglich geduldet hat, ist ungeklärt. Als Johann Casimir 1633 stirbt, erbt sein Bruder Johann Ernst das Herzogtum Sachsen-Coburg und vereint es mit seinem Herzogtum Sachsen-Eisenach. Doch Johann Ernst zieht nie in Coburg ein, sondern bleibt auf seinem Stammsitz in Eisenach.

Wallensteins Interesse an Coburg und der Veste liegt nicht nur an der Ehre, die bislang unbesiegte Burg einzunehmen, sondern auch an dem Bestreben, sie und das Herzogtum Coburg für den Kaiser zu sichern. Der bayerische Kurfürst – ein Habsburger und Katholik – hätte beides nach der Übernahme der Oberpfalz ebenfalls gern seinem nach Norden hin expandierenden Machtbereich eingegliedert.

Wallenstein bringt Tod und Elend nach Coburg und sein Nachfolger Lamboy steht ihm darin in nichts nach. Ganze Dörfer werden durch Seuchen und Hungersnöte ausgelöscht und weite Landstriche verwüstet.

Lamboy hat es sich zum Ziel gesetzt, das zu vollenden, was Wallenstein versagt geblieben war: die Einnahme der lutherischen Veste Coburg. Doch auch er beißt sich an dem Bollwerk die Zähne aus. Erst durch eine List fällt die Burg in seine Hände. Es ist vermutlich Ludwig von Seckendorff, der die Festungskommandanten narrt. Als Lamboys Heer endlich weiterzieht, atmen die Bürger der Stadt befreit auf.

Von Seckendorff wird später von den Schweden des Verrats bezichtigt und enthauptet. Sein Sohn Veit dagegen wird geachteter Staatsmann. Der Krieg sollte noch bis 1648 währen. Das Land hat sich davon nur langsam erholt und es sollte noch Jahrhunderte dauern, bis ein geeintes Deutsches Reich entstand.

Militärische Organisation der Kaiserlichen

Sie stellt sich in den Verpflegungsordinanzen des Kaisers und Wallensteins folgendermaßen dar:
- Generalissimus
- Generalleutnant
- Feldmarschall
- General-Feldzeugmeister
- General der Reiterei
- Feldmarschallleutnant
- General-(Feld)Wachtmeister
- Oberst
- Oberstleutnant
- Oberstwachtmeister/Obristwachtmeister
- Rittmeister/Quartiermeister
- Hauptmann
- Leutnant

Im Tross gab es Tross- oder Hurenwebel, Stockmeister, Proviant- und Wagenmeister – und nicht zu vergessen den Kaplan sowie den Henker.

Bürgermeister

Damals hatten größere Städte mehrere Bürgermeister, die sich zumeist um bestimmte Bezirke kümmerten. Diese wurden vom Rat der Stadt bestimmt, und es war nicht immer ein Amt, das gerne angenommen wurde, vor allem nicht in Kriegszeiten. Einer der Bürgermeister hatte die Funktion des Vorsitzenden inne, der als »regierend«, »worthaltend« oder »vorsitzend« bezeichnet wurde. Diese Position rotierte. So waren es fünf Bürgermeister zur Zeit der Belagerung Coburgs.

Kaffee und Tee

Ein Wort zu Kaffee und Tee. Kaffee soll schon 1583 von einem Augsburger Mönch nach Bayern eingeführt worden sein. Danach wurde er oft von Reisenden und Händlern mitgebracht. Kaffeehäuser allerdings entstanden erst sehr viel später. Desgleichen bei Tee, der 1610 von den Niederlanden aus in Europa eingeführt wurde. Auch Tee wurde erst einige Zeit danach zu einem Massengetränk.

Quellenangaben

Wer nachlesen möchte, wird u. a. in dieser Bibliografie, im Bayerischen Hauptstaatsarchiv und im Stadtarchiv Coburg fündig:

Von Kronach nach Nördlingen, Der Dreißigjährige Krieg in Franken, Schwaben und der Oberpfalz 1631–1635, Peter Engerisser, Verlag Heinz Späthling 2006.

Eine Geschichte der ehemaligen Pflege und des jetzigen Herzogthums Coburg, Philipp Carl Gotthard Karche, 1829.

Coburgs Vergangenheit, Jahrbücher der Herzogl. Sächs. Residenzstadt Coburg, Philipp Carl Gotthard Karche, Verlag Willy Blume 1910.

Bilder aus Coburgs Vergangenheit, 2. Band, Dr. Georg Berbig, Roßteuscher Verlag 1908.

Geschichte der Veste Coburg, Prof. Dr. Thilo Krieg, Roßteuscher Verlag 1924.

Die Geschichte der Veste Coburg, Walther Föhl, Veste Verlag 1954.

Die Wirkungen das Dreißigjährigen Krieges in der Pflege Coburg – 2. Teil Heimatgeschichte, Dr. Walter Dietze, herausgegeben von der Coburger Landesstiftung und dem Coburger Heimatverein, Roßteuscher Verlag 1941.

Nachwort

Wie jeder historische Roman, der kein wissenschaftliches Geschichtsbuch sein will, vermengt auch dieser Wahrheit mit Fiktion. Viele der genannten Personen sind belegt, aber ich habe ihnen Worte in den Mund gelegt, die sie nie gesagt, und ihnen Taten zugeschrieben, die wahrscheinlich nie geschehen sind. Trotzdem könnte sich alles genau so zugetragen haben.

Angeregt wurde ich durch Erzählungen über die Veste Coburg und darüber, wie die Unbezwingbare kampflos in die Hände der Feinde fiel. Bei der Recherche stieß ich auf die Geschichte der Agnes Bachenschwanz und einiger anderer Frauen, deren Schicksal besonders auffiel, weil es sich bei ihnen um wohlhabende Bürgerinnen gehandelt hat. Die Frage nach möglichen Motiven für ihre Tode beziehungsweise geheimen Interessen dahinter regte meine Fantasie als Romanautorin an. Meine Heldin Elisabeth habe ich der Familie Bachenschwanz angedichtet und Mathilde ebenso.

Die zwei Helden, Hannes und Karl, fand ich in den Erinnerungen meiner Kindheit, in der ich oft meine Oma im Altmühltal besucht habe. Die Burg Prunn thront heute noch eindrucksvoll über diesem, während Randeck nach der Zerstörung durch die Schweden nie mehr aufgebaut werden konnte. Hannes und Karl waren vermutlich nie in Coburg, aber es gab tatsächlich zwei Personen dieses Namens. Sie mögen es mir verzeihen.

Wichtigste Grundlage der Recherche für die Ereignisse während das Dreißigjährigen Krieges in Franken und Coburg war das Buch »Von Kronach nach Nördlingen« von Peter

Engerisser, zu dem wir einen persönlichen Kontakt pflegten. Daneben viele andere, teilweise nur im Antiquariat zu findende Bücher, die im Quellenverzeichnis angegeben sind. Überdies wurden sowohl im Staatsarchiv Coburg als auch im Bayerischen Hauptstaatsarchiv Originaldokumente eingesehen, was mich zu der Erkenntnis führte, dass es schon damals individuelle Handschriften gab, von der Inkonsistenz der Schreibung von Namen ganz zu schweigen.

Zur Hexenverfolgung im Thüringer Raum (zu dem das Herzogtum Coburg damals gehörte) wurde Herr Dr. Ronald Füssel zurate gezogen, der diesem Thema seine Doktorarbeit widmete. Besonderer Dank gebührt an dieser Stelle dem Stadtheimatpfleger von Coburg, Herrn Dr. Christian Boseckert, der uns fachkundig beriet.

Mit »uns« meine ich meinen Mann Michael, der als ehemaliger Coburger ein besonderes Interesse hatte, die Geschichte seiner Geburtsstadt während des Dreißigjährigen Kriegs zu recherchieren. Er steht mir mit Rat und Tat beim Schreiben der Romane zur Seite. Ich danke unseren Testlesern und Testleserinnen, hier besonders Georgia Fehling-Fehn, und last, but not least dem Gmeiner-Verlag und unserer bewährten Lektorin Katja Ernst, die stets aus unseren Manuskripten das Beste herausholt.

Alle Bücher von Ilona Schmidt:

Kommissar Richard Levin ermittelt:

1. Fall: Bocktot
ISBN 978-3-8392-2047-4

2. Fall: Brunnenleich
ISBN 978-3-8392-2344-4

3. Fall: Schwarze Küste
ISBN 978-3-8392-2417-5

4. Fall: Mord nach Nürnberger Art
ISBN 978-3-8392-0286-9

Weitere:

Die Hexentochter und die Fränkische Krone
ISBN 978-3-8392-0344-6

WWW.GMEINER-VERLAG.DE
Wir machen's spannend